第八卷
中篇小说、传记

生活在工人中①

（代序）

我认识钱小惠同志，大约是在1953年的秋冬时节。

那时我很想到工厂深入生活。一来是我准备在长篇小说《东方》中写到工人；二来也是一种内心的需要，认为自己当了多年的共产党员，应当从感性上认识到自己的阶级。这样，我就在北京郊区跑了石景山钢铁厂和长辛店机车车辆厂，准备从其中选择一个生活据点。长辛店机车车辆厂是"二七"革命运动的发祥地，工厂的负责人黄英夫同志又特别热情，我就在这里蹲下来了。我暂时脱下军衣，换上了一套蓝布工人装，戴上人民铁路的路徽，在机车车间当了一名副支部书记。从此开始了一段新鲜有趣的富有意义的生活。

那时，小惠同志才二十四五岁。他作为北京市文联的创作人员也在这里深入生活。我们都住在工厂的招待所里，不久便厮熟了。很快我就了解到，他是老一代文学家阿英同志的儿子，是小小年纪随着父亲参加新四军的。开始搞版画，现在转到文学上来了。他平素不大活跃，话不多，但为人温和热情，尤其工作非常刻苦。生活上则不大讲究，什么时候见了他，都是那身披满灰尘的短大衣，下面是那双又大又粗糙的翻毛牛皮鞋。他就是这样经常出入在烟尘弥漫的翻砂场里，与工人滚在一起。

那时工厂的气氛真好。如果把那时的工厂比作热火朝天的战场，一点也不过分。一到晚间，你听吧，那机器的轰鸣声，那铆枪的哒哒声，那汽锤沉重的嗵嗵声，加上电焊不停息地闪光，真有点置身战场的味道。那时工厂的干部，绝大部分都是从工人中提拔的，他

---

① 本文是为钱小惠的《独臂厂长》写的序言，今用在此卷作为代序。

们政治觉悟高,懂生产,会管理,尤其与工人情同手足,工作起来得心应手,效率很高。我认为,建国之初大胆提拔和使用工人干部的做法,是十分正确和英明的。那时的工人在全国居于"老大哥"的地位,心境舒畅,干活儿特别卖力,真有一股"我不干谁干"的拼命劲头。我曾亲眼看见一些工人,早出晚归,两头不见太阳,孩子长了好大还不认识爸爸。这确不是虚话。

  当时我和小惠,除注意熟悉现实生活和各种人物,还注意了解长辛店初期的工人活动和二七大罢工那段光辉灿烂的历史。那时工厂里还有不少亲身参与过二七大罢工的老工友,从他们那里我们听到许多生动的故事和真刀真枪的斗争情景。说实在的,我的心里确实被这个登上政治舞台不久的伟大的阶级震撼了。不要看他们只是一群被污辱与损害的可怜的奴隶,等到他们一旦觉醒与组织起来,整个的世界就要刮目相看了。在这种激动的心情下,我向小惠建议我们两人合作来写一写这段历史。二七大罢工被镇压的腥风血雨之后,当时北京的一家大报上,曾出现了一则奇怪的启事:征求反映这个历史事件的剧本。然而事情过去30年了,并没有这样的剧本出现。我就对小惠说:让我们来偿还这笔历史的债务吧。

  小惠欣然同意。此后我俩便朝夕相伴,出入于二七老工友的家里。像二七老工人左士俊、刘炳波、李顺和、赵国良,还有二七烈士葛树贵、吴祯的遗属,都成为我们亲近的朋友。

  从1954年4月起,我们开始了电影小说《红色的风暴》的写作,至1955年4月完成,1956年7月由工人出版社出版。我可以说,这本书的人物,是以长辛店工人活生生的人物性格为基础,而又赋予二七斗争那一页伟大历史的灵魂完成的。如果没有我们对现实生活中各种人物的体验,只凭一些历史资料是不可能做到的。书写成之后,长辛店的工友们非常高兴。大家都很希望这部作品能够拍成电影,当时周扬同志、陈荒煤同志也很重视。但终因故未能拍成,大家至今仍认为是件憾事。

  在写作这本书的过程中,我们为了采访工人运动的先驱者邓中夏的事迹,结识了他的夫人夏明同志。邓中夏是最先在长辛店工人中搞启蒙活动的重要人物,又是二七大罢工的领导人,我们在《红色的风暴》中已经初步写了这位青年革命家的英雄形象。夏明同志积累了许多有关邓中夏的材料,她最大的心事就是希望有人能把邓中夏的传记写出来。这时候,她就把这任务托付给我们了,为这件事她还向中宣部写了一封信。尽管这时我久经准备的长篇小说《东方》急欲开笔,也只好应允。从此,我们又以这位杰出的工人领袖为中心,踏上了一个长长的行程。

"十月革命一声炮响,给我们送来了马克思列宁主义。"但是马列主义怎么同工人阶级相结合?工人在哪里?找什么样的工人?怎样启发他们的阶级觉悟?对于北大学生的邓中夏和其他先行者,却不是一蹴而就的事。为了找工人,他们曾经先去洋车夫中活动,费了不少力气认识了一些拉洋车的工人。一次,在天安门前用洋车摆了一个方阵,准备开会,结果会没有开成,就被马队冲散了。后来他们又去寻找北大印刷厂的工人,也因工头的干预没有成功。最后他们才到了长辛店,以开办劳工补习学校作为工运的起点。这些具体生动的过程,过去学党史没有学过,自然使我们深感兴趣。

1961年5月,我们与夏明同志结伴南下,在武汉、南京、上海、长沙、广州、南昌、南宁等地进行访问。在各地党政机关的协助下,访问了众多的老同志老工人,前后达100余人。其中有郭沫若、茅盾、李立三、陶铸、陈郁、史良、朱务善、杨东莼、陈望道、李达、包惠僧、冀朝鼎、潘梓年、陈同生、马非伯、郑绍文、马乃松、苏兆征的夫人等多人。这次历时半年的访问,给我们留下了终生难忘的印象。其中尤以上海和广州两地的工人运动,给我们的印象最为深刻。那时有不少参加五卅大罢工和省港大罢工的工人还健在,如上海的江元清、刘桂宝,广州的罗珠、彭松喜等同志,都给我们谈了许多生动感人的情节。这次大访问本身,可以说是一次党史的学习、工人运动史的学习,也是对工人阶级这个阶级品格和特质的学习。从中国工人阶级登上政治舞台之后历次的大搏斗来看,我深刻地认识到,比起其他阶级来,它确实是一个最坚决、最英勇、最少顾虑、最少负担、最富牺牲精神的阶级。它的组织性、纪律性也最强。它在革命运动中显示的作用和威力也最大。试想二七大罢工,在短短的几天之内,就使几千里的平汉铁路陷于瘫痪;在举世闻名的省港大罢工中,25万以上的香港工人齐刷刷回到广州,使香港变成臭港,而且竟坚持16个月之久。这些历史事实都足以说明,惟有工人阶级才有资格作革命的领导阶级,也惟有工人阶级才能决定中国的未来。不论是搞革命或者是搞建设,都必须信任工人阶级,依靠工人阶级。当然工人阶级也必须重视工农联盟和与其他革命阶级的联盟。

《邓中夏传》于 1964 年完成初稿。此后为"文革"所中断。1981 年 5 月,才由人民出版社出版。

粉碎"四人帮"后,我去看望彭真同志。他亲切地说:"你接触过工人吗?你还要多到他们中间去生活。"我回答说,我曾在二七厂机车车间当过一段副支部书记,他欣慰地笑了。

我对二七厂这段生活,自己也很满意。主要是对工人阶级有了更深的理解,并且交了许多朋友。可惜这段生活并不算很长。

我离开二七厂,小惠同志继续留在那里。后来他当了二七厂的副厂长,真是在工人中彻底地扎了根,落了户。遇到工人中有趣的人物和有趣的事情,他就同我谈一谈。而且他依然是那么勤勉,把这些材料都认真地记下来。我就向他建议,是否写一些工厂人物的素描。我还找了一本高尔基的《俄罗斯人剪影》为他作参考。因为我深知,创造文学典型,那是谈何容易的事!如果不从对真人的研究上下工夫,那可能会变成一句空话。相反,如果对生活中的真人研究得很认真,很有成效,想象的翅膀就会飞翔起来,创造文学典型的任务就有可能完成了。小惠欣然同意。最近两年,他就把二七厂印象深刻的人物一一地写了出来。这就是这本集子的由来。这本集子里的文章,我大部分都看了,其中描写的人物,有不少是我们俩共同熟悉,或者是我们共同的朋友。我看着那些人物活生生的性格和生动的细节,常情不自禁地微笑起来。这些文章,大部分在二七厂的小报上发表过,很受工人同志的欢迎。这些作品最可贵的是真实,是那些胡编乱造的作品所无法比拟的。

近年来,写工人的作品愈来愈少,尤其以工人为主人公的作品更为罕见,仿佛工人阶级已不再是这个时代的主人公了。新中国建立以后,在全国各地都培养了一批工人出身的作家,其中有一些为全国所知名,写出了不少反映工人生活的优秀作品。江苏的沈虎根同志就是这样的作家。去年我见到他时,曾问讯到其他工人作家的情况,他说有一些还在坚持,另有一些则改了行,"下海"去了。我听了之后,感到不胜惋惜。小惠同志的素描集在此时出现,我想是一件颇有意义的事。

　　自从1989年以来,世界风云突变,许多社会主义国家遭到了资本主义复辟的厄运。国际共产主义运动随之进入低潮。在这些国家里,工人阶级首当其冲地成为最大的受害者。他们当家作主的政治地位不仅不存在了,而且被重新抛入雇佣奴隶的地位。甚至连这样的地位也不可得,只能成为向隅而泣的失业者。悲惨的命运,已经重新笼罩着这个阶级。现实已经明白无误地说明,失去社会主义,工人阶级也就失去了一切。工人阶级比任何阶级都更懂得这一点。因此,工人阶级将必然成为社会主义最坚定的维护者。在那些资本主义复辟的国家,再次举起红旗进行革命的,也必然首先是这个阶级。过去的历史已经说明了这一点,今后的历史恐怕会继续说明这一点吧!

1995.2.7

目　录

老烟筒 …………………………………………（ 1 ）
长空怒风 ………………………………………（ 23 ）
红色的风暴 ……………………………………（ 49 ）
邓中夏传 ………………………………………（175）

老烟筒

你催了我好几回,叫我跟你谈谈我父亲的情形。实说吧,我不是故意推三推四的。我是一个平常人也倒好,我是一个党员,一天价跟他在一个车间里,你知道你一提他,我心里多难过!

他在这厂里也不是一年半年啦,打二十几岁就上工,今年整整60的人啦,修这老烟筒的时候就有他。我也不是说他没有好的地方儿,提起他,全厂谁不知道有个王老根!乍一看,老头子怪不起眼①的:牙也掉啦,花白胡子乱蓬蓬的,一双手像老树根子似的。要论细活,他不成;可你要论粗活,十条八条大汉,不是他的对手。8公斤重的大铁锤,左右开弓,一气能抡几百下。大氧气筒,两个足有300来斤,别人用小车推,还老费劲的;他大胳肢窝两边一夹,从厂这头能走到厂那头。前些年,人就给他取了一个外号,管他叫"老烟筒",他往那儿一站,老远一看,真像打不翻推不倒的半截烟筒似的。连日本、国民党的工头都惧他三分。

旧社会那时候谁真心干活!轮到夜班,工头不在,大伙一起哄,爬到厂房的房檐上掏鸽子玩。有几个年轻小伙,架着梯子爬上去,一掏,鸽子没抓住,反弄得唧唧咕咕满厂房乱飞。有一个小伙,抓倒是抓住了一个,一失脚栽下来,差点儿摔断了腿。可是,第二天,老头子说:"你瞧我的!"他把盛干粮的半截洋面口袋往腰里一掖,梯子踩都不踩,就顺着铁柱子爬了上去。你瞧,这厂房有四层洋楼高,他就一直爬到顶,接着,又爬到大梁上,他还吆喝:"关灯!给我关灯!"一关灯,鸽子看不见,不是就不能乱飞了吗!人们关了灯。满厂房

---

① 不起眼:不引人注意。

黑乎乎的,他一个人顺房梁爬着。人们仰着头,不断听见扑扑棱棱的,还听见他吃吃直笑。不到半个钟头,他就下来了。大伙开灯一看:吓!他捉了满满一大口袋。当晚,就在厂房里炖了一大锅好汤。

解放以后,干得更野啦。一来了粗活儿,他就呵喝大叫的;我老讨厌他吆喝,他老爱这么呵喝大叫:"呃,粗活儿给咱爷们丢①着!我打头阵!"特别是登梯爬高的事儿,像是全归他包揽了。不管多高,多险,眼睫毛眨都不眨。头年,工程师发现咱们的一根烟筒,烟筒帽儿离烟筒口太低,光压火,叫把烟筒帽儿截去。可是两架长梯子接在一块儿,架在厂房顶上,还离烟筒帽儿老高。你猜他怎么着?他弄了一根长杆子,头儿上安上铁钩,他爬上梯子,两手把长杆一举,钩子搭上烟筒,抓着杆子,身子悬空,三扒两扒,就扒住了烟筒口。一只胳臂搂着烟筒,身子在空中吊着,生②用钢锯把烟筒帽儿拉③下来了。他下来还跟工程师说:"工程师!你看看别的烟筒怎么样,要么也修理修理!"而且,他还指着老烟筒说:"工程师!你看看咱们那老烟筒,解放以前,那些该死的老鸹、野雀子的那粪!叫外人一看,多寒碜④得慌。要不我提一桶水,到上头冲洗冲洗!"

特别有一回:对,你瞧见厂门口挂国旗的那根大旗杆了吧,这是四五节铁管子接起来的,足有大街上两根电线杆接起来那么高,可是细得多,上边更细,只有茶杯口那么粗。这根旗杆立的时候,下边的洋灰座子,上边的滑车都弄好了,可是没有穿上绳子。正赶上第二天有人来厂里参观。总务科长那人,平时不断发脾气,可这会儿在旗杆下转来转去,脑袋耷拉下来啦。我父亲的耳朵,也不知道怎么那么尖,早赶到那儿看了看,说:"我试试!"说着,就脱了个光脚丫子,腰里捆上钢丝绳,像小孩上树那么往上爬。可是只爬了一多半,那条旗杆子就颤颤悠悠朝一边弯去。向那边一仄歪,杆子又颤颤悠悠地朝另一边弯去。多悬⑤哪!人们在下面喊:"下来吧,下来吧,

---

① 丢:放在一边。
② 生:硬。
③ 拉:读 lá,割。
④ 寒碜:难看,可耻。
⑤ 悬:危险。

不行!"可是,他停了停,还望着下面挤了挤眼,又往上爬。一口气爬到顶尖。谁知道,钢丝绳的头儿,在下头没弄好,毛毛草草的,总穿不上。他一只手抓着杆子,一只手穿,那杆子颤悠得像要倾倒一样。下面的人又喊:"哎呀!快下来吧!"他穿了足有一二十分钟才穿上。下来的时候,下面的人都出了一头汗。总务科长握住他的手说:"王师傅!你真行!"他把没牙的嘴一咧:"嘿嘿嘿嘿,惯啦!惯啦!"他老爱这么说,什么也惯啦,惯啦!

他知道什么叫脏,什么叫累?你说钻烟箱就钻烟箱,你说钻水柜就钻水柜。从烟箱里爬出来,成了个小黑人儿,只剩下两个白眼珠儿。冲洗锅炉,别人都穿工作服,套大胶皮靴,还弄得半边身子透湿;他呢,他才不穿哪!还说:"穿穿脱脱的,我费那个事!"说着,两只脚就吧唧吧唧站到水里。你到我家看看,他那湿鞋、湿袜子哪天不摆满一炉台子;真困极了,中午下班大麻袋就地一铺,枕着跟他十五六年的破饭盒子,睡不上20分钟,又是精力旺盛。他还跟人说:"我这身上就是长出18只手干活,力气也用不完!"

说起吃穿,你看看他穿的那一身!厂里买来的新棉制服,他给孙子;孙子不要,又给了孙子媳妇。孙子媳妇个儿又小,穿着又肥又大,裤脚拖落着地,从街上一过,人就笑;他倒破衣烂衫的,补钉前三块后三块,身上油得明光瓦亮,能照出人影儿。冬天,他的棉衣里套着一件棉坎肩儿,是我母亲给他缝的,也不知多少年了,又脏又硬像一块黑铁皮。坎肩里套着一个破褂子,只剩了半截袖儿,是我大前年扔了的大破褂子,不知怎么叫他从屋角角里找出来了。他裤子下面扎的腿带子,若是我没有记错,那是日本进中国头一年买的。腰里掖着条手巾。什么手巾?烂得不能再穿的破衬衣,他扯下四四方方一块,使得比人家的破抹布还要脏。你说他是小气么?不!不然,不管是哪位伙友缺钱用,只要你同他张了口,他就是没有,也得转弯抹角给你借,直跑个通身大汗给你借到手,心里才痛快。有一回,一个工友临到结婚手头还没钱,跟他叫了一声二哥,你猜怎么样,他当天就变卖了自己一间房子,三更半夜里给人家送到家去。可是轮到他自己了,他连条毛巾都舍不得买。你要劝他穿点儿干净的,他就跟你瞪眼:"什么好歹的,不露着就行。我又不当新姑爷。讲吃,讲穿,成不了大事!"说起他那吃的,别的工友都背过脸去,嫌砢碜①得慌。在家里别人吃剩下的,他三折两折,归拢归拢,统统倒在自家碗里,三扒两扒就吃了下去。白面什么的,他统让小的吃了,自己还说:"你们年轻人正长身子,吃点好的,长得结结实实的;我吃什么也能长出力气。我这身子不靠摔打不行!"

这就是我的父亲!

我能说我的父亲不好么?我能说他一个"不"字么?

再说,我父亲把我拉扯大是容易的么?日本鬼子那时候,我父亲吃混合面走不动,他下了工,一路走一路拣骆驼拉的粪球儿,回了家把粪球儿一个个掰②开,把骆驼吃到肚里没有消化的老棒子粒儿拣出来自家煮了吃,一打嗝③儿一股粪蛋子味儿。可就这样,有时候还怀里揣一个两个烧饼给我们。他是怎么上工的,他就是这么着上工的呀!我能说,我父亲把我拉扯大是容易的么?我能说他不疼儿女么?

可是,我们爷儿俩是越来越不对眼啦。

明说吧,就是因为那十几亩子地!

他就老丢不下它!他就老挂扯着它!

原先,咱们祖上就留下这十几亩地。这几十年,他就是一边上工,一边种地。可从前,那是什么时候?如今,这是什么时候?在先,吃了今天没明天,两头儿对付着,还活不下去哩。现在呢,我们一家两辈人在厂子里,挣的吃不清,用不完,他还是这么脚踩两只船。厂子里修的那么漂亮的宿舍,叫他搬他都不搬,非住到离厂子七八里的乡村不行。叫我看,他的那心是劈了两半儿,一多半儿在家,只有一少半儿在厂里。人家喊工人要以厂为家,都喊破嗓子了,他都听不见。我要问问现在的厂子是谁的厂子?他到底是打的什么主意?他这么办对不对?

他就这么两边跨着,可你说呢,他的精神劲儿,一点不见衰败,真是鬼才知道他有多么大的力气。你知道他什么时候起床?无管冬夏,三点就起。有时候厂子里开会,我回去得很晚,睡下不大会

---

① 砢碜:读 kē chen,肮脏。
② 掰:读 bāi,用手剥开。
③ 嗝:胃里的气体从嘴里出来,发出声音。

儿,他就又是咳嗽,又是吆喝起来了,鞋还没有提上,就跟我母亲嚷嚷:"死猪!把我的小锄儿放哪儿啦?"灯也不点,脸也不洗,黑咕隆咚地摸着小锄,叮叮当当擦打一阵,掖上块干粮就上地里去了。我刚才不是说过了吗?我家离厂子有七八里地,中间还有两个大山坡,紧走慢走你也得 40 分钟。别人拉头遍笛儿以前就得紧走,可是他呢,离拉笛儿还剩一分钟他也不走,单等笛儿一响,这才慌了神,抓三把两把土把小锄一埋,一路小跑。一只手拿着个窝窝头,一只手攥着块凉白薯,边跑边吃。赶到厂门口,干粮也正巧吃完。赶到车间里,呆不了一两分钟二遍笛儿——正式开工的笛儿正响。你说神不神!七八里地,20 多分钟,跟人家骑车子的来个前后脚。人家都说他是"飞毛腿"①,他还洋洋得意地说:"你们小伙子,都养娇啦!年轻的岁月叫你们白过啦!"说到下工呢,别的工友,都问问工长还有什么活没有;他呢,好,笛儿刚一响,走人!等人家洗完了手,他早开到了一里以外。你当他是回家吗?不,又下地去啦。把小锄儿从土里刨出来,又弯着腰去耪地。起码,再耪两点钟,这才摸黑回家。有一回,我看他没有拐到地里,我心想太阳从西边出来啦,这是怎么回事?你猜怎么着,早又拐到坡上去啦。不用说,那儿也埋着他一张镰。二话不说,捡起镰就割草。割这么老大一捆。这才背着草,弯着腰,摸着黑,往家返。"割草你尽管割,你可吃了饭再去割呀!"我妈这么刚一劝他,还没有说完,他就说:"我不吃也得叫它吃!把我的'毛毛虫'②饿坏,你说你们谁心疼?"有一回,我在厂里给工友们处理问题,又是回去得挺晚。我从我们的地边走,看见我们地里,飘飘游游,点着一盏灯。地里怎么会点着灯呢,我犯了疑,就走近一看。吓!哪有旁人,正是他老人家提着个灯笼种白菜呢。你瞧瞧!他就是这么着。就这样,不管睡得多晚,半夜里还起来给"毛毛虫"添两遍儿草,起床总是三点,你的钟,都不会有他那么准。真叫你又疼他,又爱他,又恨他!可是你刚一劝他呢,他脖子一扭:"累!什么叫累?老天爷给你下白面,地里头往外冒白面卷子,你坐在那儿情③

---

① 飞毛腿:走路很快的人。
② 毛毛虫:指牲口。
③ 情:等。

吃不累！哼，小心你自己别叫懒鬼捉去了吧。"再不然，就说："你别管我，我这身子不靠摔打不行，一闲呆着我就得生病，我才没有那份儿买药的钱呢！"

就这么着，两头忙，连澡也不顾得洗。身上臭到闻不得，脖子像根车轴，脸也不知道怎么洗的，这儿一块，那儿一块。上澡堂净①得人家拉着他，可是到那儿，人们还没脱完衣服，他早噗里噗通一阵，一边扣纽子一边走啦。有一回伙友们连骂带哄，硬捺着他搓了搓，吓，身子那个黑的，把半池子水都弄浑了。他还嘿嘿直笑："咳咳，穿上衣裳又是这样，要不我这半个钟头做多少活！"

可是，他当真不影响厂子里的工作吗？我才不信呢！

咱们厂这种半工半农的工友还很多。工作积极的也不太少；有人家里生活困难，捎带种点地，这也情有可原，可有人就硬是死叮着不放，人家农民兄弟伸着两只大手专等着要拖拉机呢，他倒撅着屁股在那儿种地，厂里工作没弄好，地也荒了；我不客气地说，有人还不如我父亲，干脆拿国家的厂子当副业。你说的是工业化，他想的是辘轳把；你说的是发明创造，他想的是棒子山药。火车头刚出厂又得倒回来，因为他正想着白菜地，错安了个螺丝钉。火车头修好了光叫唤开不动，因为他正想着毛驴没吃草，翻砂时气门上少打了个小眼眼。每逢收麦收秋，你头疼啦，他腰扭啦，病假事假一大堆。弄得厂长满头汗，总工程师到处转，任务怎么能很好地完成呢？我们的"黑小子"，对啦，我们都管火车头叫"黑小子"，它晚出厂一天，国家就少收入几千万，你说叫谁看着谁不心疼？再说我父亲吧，大礼拜一，人家都是生龙活虎的，他礼拜天干了一天零半宿，第二天打开水门就歪在座子上。钳工的脚下都流成河了，他歪着脖子睡得可香着哪。这也不说，再说学习吧，不管技术学习，政治学习，他是一概不参加，这么多年了，还是一个老牌三级工。我好言好语批评他，挨了一顿骂。工友们给他提意见，他不得不学习，就气昂昂地坐在课堂里。时间倒是遵守得很准，可是你问他讲的什么，他就给你来个："反正得好好干！人不好好干行吗？人生在世，要讲究一个勤字。顶没出息的就是懒鬼！"你要再追问急了他，他又是那一套："我

---

① 净：都。

这身子就靠一个摔打!细活我不成;有粗活你就给我丢着!"什么粗活不粗活,又是摔打,又是粗活,他那心,他那心就不愿整个放到厂子里!他是叫鬼把他牵去了。他哄别人成,他哄不住我!

因此,我们爷儿俩就越来越不对眼了!

最让人气恼的,是这么一件事:

让我就从"毛毛虫"谈起吧。我不是说过了吗,他老管牲口叫"我那毛毛虫"!

种地的人谁不喜欢牲口,可谁有他喜欢得那么出奇?正走道儿,从那边过来了几匹牲口,跟人家牲口主儿人生面不熟的,也搭讪着:"几个牙啦?""好使不?"说着,说着,老想伸手去摸索摸索人家的牛角、驴耳朵。要是人家的脸上有笑的模样儿,这就要动手去扳开人家的牲口嘴,看看到底是几个牙。好像他要弄不清几个牙,那就纳闷①得不行,连晚上吃饭都不准香。要是人家忙着赶路,脸上冷冷淡淡的,等人家的牲口过去好远,他还站在那儿望,还喷巴着嘴自言自语地:"吓,看人家那小黑驴儿,四只小银蹄儿走起来像翻花儿似的!"赶集的日子,你算找不到他,在哪儿哩?在牲口市上。在集上喝上二两酒——对,这一点我还没有跟你谈,这就要在牲口市上转一整天。这儿看看,那儿转转,还给人家卖主争论争论价钱,看着像个买主似的,可是他一个钱都没有。在旧社会那当儿,他就是这么找享受!他是多么想望自己能有一头"毛毛虫"啊!

我刚才提到的那头毛驴是怎么买的哩,就是这会儿我对他有意见,我也不能不承认老人家的心性真善。有一天,他路过一家"汤锅",听见里面有一头驴叫得真叫人难忍。它把老人家的眼泪都给叫下来了。"我救救它!"他这么想就叫开了门。原来,这头老驴老得连道儿都快走不动了,他想:我好好养养也许将就能使。就这么着,用了几斗棒子买了这头老驴。果然这老驴慢慢养好了,也能做不少的活。他更爱它了,还常说:"这也算咱家的一口子,你们谁也别亏待它!"

有这么个牲口,倒也罢了;谁知道解放后我们手里一存钱,他那心就大啦。

---

① 纳闷:想不透,心里憋。

我常听人说,陈老歪老往我家里跑。

这陈老歪是个什么人呢,他是我们隔壁一家富农,又是一个牲口牙子①。过去叼着颗烟卷儿,眼皮子挂在天上,你跟他走个对面,他都带答不理的。可这会儿见着你,真是管大姑娘叫大嫂——没话找话。往我们家一坐就是老半天,跟我爹一搭上话,一句话两头老根哥。"老根哥!这世道你们工人吃开啦,该发家致富啦。"再不就是:"老根哥!你是怕我借你,怕我抢你,把你那一卷一卷的人民币,也拿出来晾晾,别叫长了毛②!"说到这儿,往往叹一口气:"唉,我说你脑筋发死哩,老根哥,也不知道算计算计。你爱信不信,这死钱100也不顶活钱50!"我爹坏就坏在这个老家伙的手里。

有一天,他拉了一头驴到我家来,一见面,那个奸笑:"老根哥!你看你那驴该吃驴肉啦!还不换换!你看我给你找这个,七岁口!""真是七岁口么?""嘻!你摸摸这'渠'③,要是假的,是我捺住我爹做的!"我父亲见了这驴,油滑亮光,眼早笑成一条缝啦。可是买了不到两个月,越喂越瘦。给懂眼的一看,这驴比原先的那驴还老,原来那"渠"是做的假。听人说,正是牲口牙子捺住这驴,他爹拿刀子做的假"渠"!他还那么赌咒,你说奸不奸!我父亲受了骗,不能不赔钱卖出去。他把陈老歪也恨坏啦。按说,他的心该回厂啦。不,隔不了两天,陈老歪拉上他喝上二两酒,再给他半饭盒子肉汤什么的,头两天的事就忘光啦,就又往陈老歪家里跑,还酒言酒语地说什么:"如今,这世界上,儿子媳妇都指不得,就是靠朋友!"有一天,他把我准备买表的钱也要了去,把我母亲准备做衣服的钱也要了去,把他孙子准备买球鞋的钱也要了去,把那老驴也牵了出去。到晚上,喝得醉醺醺的,一路唱着,牵回来了四头大牛!

我一看,就急了。我就问:"厂子里的活,你还打算干不?你要这么多牛干什么?"他恼我打扰了他的高兴,瞪着眼说:"你别管!"一说话,一股酒气。说过,就又唱着,忙着给牛铡草。后来,我就发现,这四头牛一天天的不在家。我心里纳闷:这牛哪儿去了呢?莫非我

---

① 牲口牙子:买卖牲口时的中人,他也贩卖牲口。
② 长了毛:衣物、食物等受了潮热长霉菌。
③ 渠:就是牲口牙上的牙纹,根据牙纹可以判断牲口的岁数。

父亲做起倒腾牲口的买卖了？莫非他真的已经变成了商人了？我很警惕。我一问我母亲，我母亲说："亲戚家使去了。"我心里也就不怀疑了。

可是，有一天下班，我还没进院子，就听我父亲在院子里骂："我就非跟这班浑蛋算算账不可！非算算不可！我买的牛，倒叫他们给赚肥啦！"我一走进院子，他就扭过脸去不骂了。他身边卧着那四头牛，比以前都瘦了些。我心里更犯疑。吃过饭，我就假装睡了，呆了一阵，我就起来，到我父亲的窗户外偷听。哦，好哇！原来一家子全瞒着我！原来他在外村雇了人，用别人的劳动力到处去耕地挣钱！我在窗户外头，咬着牙，恨不得大叫起来。父亲，父亲，你可是我的父亲！可是你走到什么道儿上去啦？你是一个几十年的老工人，可是你看看你走的道儿，是工人阶级应当走的道路吗！你走到剥削者的队伍里去了，你！可耻呀，你！我的心都快要气炸了。可你听他在屋子里还谈什么呢，还在谈：雇的人怎么怎么说瞎话，耕了10亩说耕了3亩，一共交给他20多万，还问他要了18万的工钱，牛也给他磕打坏了，还不够本！……不够本，活该！这条道走不通，活该！什么鬼勾着你要去走资本主义的死胡同呢？你碰得头破血流才好呢，我看你还怎么走！

我当时真想一拳头把他的窗户砸开。

那边，那四头牛吃着草。吃草的声音不知道为什么这么讨厌，像嚼着我的脑瓜似的那么疼。

半夜，我连干粮也没拿就上了工厂。

是啊，那时候正交半夜。一路走，一路想。我抬头看一看三星，三星歪到西南。我看了看老烟筒，老烟筒还冒着烟，想一想我父亲，看一看老烟筒，又想一想厂子里活儿质量不高的情形，不知怎的，就掉下泪来。老烟筒啊，是谁在这里建筑的你哩，是我的父亲。你跟我父亲是一般老啊！你还记得么？我父亲小的时候，鞋底掉了，用铁丝捆着，从这儿上工，也走的是这路；他年老的时候，从这儿下工，一边走一边拾骆驼的粪蛋儿，也走的是这路。你什么都清楚，什么都记得呀，可是你今天是朝着什么方向，他又是朝着什么方向呢？

我抹抹眼泪，一路走，一路想。

路上，碰着我的树枝儿，都让我掰断了。

他还要跟人家算账哩,我非要跟他算算账不可!

我要把他的材料都调查清楚,非提交工会讨论他不可!别看我平时绵绵软软的,到节骨眼儿上,他要硬,我要比他还硬!

我进了厂。我一连三四天没有回家。碰上面,他不理我,我也不理他。吃饭,我就在食堂吃。睡觉?什么地方不能睡!人走光了,我就找个背角落一歪。再说,我还睡得着?一有空,我就调查他的材料,别的工友不好意思说,我就跟党员说:"你要看我是个党员,你就什么也别瞒我!"好,我这一了解呀,原来我有好多事不知道哩!

人都这么说:"王老根变啦!"

人都说他比以前更恋着外边的事儿啦。中午下班时间不大,他还要家去一趟。离下班还有十分钟,他就朝饭盒子里倒一股子水,把饼撕碎泡着;一拉笛儿,别人刚要洗手,他三扒两扒就把饼倒在肚子里出去了。也不知道他净往什么地方去。有一次还误过点。大伙看了不顺眼,跟他提意见,好,他一拉笛,就收拾案子,抄起笤帚就扫,扫得狼烟动地的,屋子里呆不住人,笤帚一扔,又走。你要再提,他就翻脸:"这案子,是你收拾的?这地,是你扫的?"恨不得一口把人噎死。特别这一点更让我有气,就是他的工作也大不如以前啦。也不知打哪儿学来的,一上班就聊大天①。聊的净是他那家务事儿。不是说:"我那'毛毛虫'这几天不能动弹啦,叫那些王八羔子给我使坏啦!"再不就是:"我孙媳妇她娘把我的口袋拿去啦,她跟我孙媳妇儿勾搭好来偷我!"可是,隔不了两天,又说:"昨儿晚回家,我孙媳妇儿给我做的面片儿,还打了二两酒,这样的个孝顺,真是世上难找!"再不又是:"今年村东那亩地,我上了8车牛粪,你说是不?牛粪也顶事,架不住我多上!"……就这么麻烦,没有个完。人家把话头儿给他牵到工作上,他三拐两拐就又拐到他的那些事儿上去了。人们把头扭过去,不对着他;他又跟着转过去,又向着你。就是这么着,有一回洗完炉,叫他点火,他点着了火就又聊。老天哪,水快烧干了,他还聊呢,要不是工长发觉得早,你说要出多大的事故!……

你看看他出的这事,我,我不能认为这都是小问题!他是变啦,他是走到邪道儿上去啦。你看人一沾上资本主义的味儿,给厂子带

---

① 聊大天:闲谈。

来的是什么！假如说,锅炉真的烧凹了,唉,我想都不敢想……父亲哪,你就是赚了100头牛,200头牛,1000头牛,可是能抵住厂子里停工的损失么？……我以前还怪他没有找窍门儿,没有提合理化建议呢,他自己都迷了心窍啦,还能找得着窍门儿？谁有这思想,创造的路子也得叫他堵死！创造？说着好听！

我把他这些事都给记到了小本上。记的时候,我的笔尖儿哆哆嗦嗦的,我记的是谁啊？我真难过,真羞耻啊！

我母亲见我几天没有回家,就打发孩子来叫我。

我问:"你爷爷这几天在家都做了些什么？"

"他,他……"他还结结巴巴地不愿说呢。

气得我把桌子一拍:"说!"

他这才告诉我,说爷爷自从四头牛回来后,每天半夜才睡,两点就起。铡草,筛草,牵着牛到井台上叮叮当当饮水。贴①井住的邻居刚睡下就被他吵醒了；邻居不满意,他又同邻居吵了一架。老年人怎么能不累呢,就是躺下也睡不着了,以后他就干脆不睡。你猜他干什么？他把老锡酒壶取出来,守着一盏灯,饮一阵酒,喂一会牛；喂一会牛,又回来饮一阵酒。还擎着酒杯说:"老天,老天,你就是不给我生18只手,我也有的是气力！"

是啊,父亲,我并非不钦佩你,你是天神一般的人！你要转过弯来,真是江也挪得动,山也劈得开,让大树结果就结果,让大地开花就开花,你拿得起,放得下,什么能挡住你,什么你做不出！只要你第一天放下这个包袱,第二天,看吧,第二天,就没有人知道你会创造出什么奇迹啊！父亲,可是你……

他呀,他多么叫人又爱,又恨！

我又问:"他去找人算账了没有？"

"去啦。可是走到半道,听说人家的老婆正病着,他又蔫不唧②地拐回来,没有再去。"我点了点头,没有作声。

孩子又说:"可是,他听了老陈的话——"

"哪个老陈？"

---

① 贴:靠近。
② 蔫不唧:蔫,读 niān,不言不语的。

"陈老歪。"

哦呀,我真急了,我忙问:"他又跟你爷爷说了些什么?"

"他说:好汉不挣有数的钱!老根哥,我也不是劝你,听不听全在你。你看你吃公司一天费力巴结的,能挣几个钱?真是在外边挣一个小板板,家里丢了个大门扇!何如告退休,回家拿一份儿养老金,再雇上一两个小做活的,还不是村子里数一数二的美日月!……"

我把帽子一摘,又问:

"你爷爷呢?"

"我爷爷说:退休可不成。我不干活,白拿那份钱,心里不乐意。现时四条'毛毛虫',不雇做活的,'毛毛虫'可早晚要受屈!"

"那么,他去雇小做活的了吗?"

"陈老歪荐①来了一个,已经来了两天了!"

哦呀!陈老歪,你个老狗日的!

父亲呀父亲,咱们俩说清楚的时候,就在今天!

我抓起了帽子,天黑沉沉的,我一路小跑,孩子跟都跟不上我。

到了家里,星光底下,院子里乱哄哄的,围着一群人。我父亲跟那个小做活的正在争吵!一边倒着头大牛,四条腿伸得绷直。

"你就赔我的'毛毛虫'!你为什么让它掉到井里淹死?"是我父亲的声音,他还叉着腰。

那小伙子摊开两只手:"您大伙听听!他要不逼着我两点钟就起,牛就掉到井里去啦?黑浓吧唧的谁看得见!"

"你起得早?我比你起得不早吗?我闲呆着了吗?"

"我不能跟你比!我一个月挣你七八万块钱,犯不着给你那么劳动!"

我父亲一听更来了火,别人越发劝不开了。他又跨上了一步,用手指着小做活的脑门子说:

"你还嘴硬哩!我看你就是个窝囊废②,没造化③!"

---

① 荐:读 jiàn,介绍。
② 窝囊废:胆小无能的人。
③ 没造化:没福气。

我再也忍不下去了。我多天来积压的闷气,再也憋不住啦。

"爸爸!"我双手分开众人,站在那个小做活的前面,我大声地说,"你骂的是谁,看你还像工人阶级的样子不像?你才有几天不叫人骂窝囊废啦?你就什么都忘记了,你真可耻!"

我父亲看见我答了话,那还了得,他把袖子一挽:

"谁可耻?"

"谁剥削人谁可耻!"

"你个兔崽子!"他又跨上了一步指着我,"我剥削?我要问你,我一天苦扒苦曳地为的是谁?我比谁多吃了一口?我还不是为了你们这班兔崽子么?"

"我不承情!我不要你为了我!"我平时有点怕他,可是这天我什么也豁出去啦,"你今天得给我说清,你倒是愿不愿在厂子里!"

"你管得宽!我在家干活,厂子里我也没有耍赖,你——"

"你把锅炉烧炸了才算耍赖么?"

"好你臭小子!"他更火了,顺手拿起了条大棒子,别人上去拦住,他还骂,"就你爱工厂!就你爱工厂!你才进厂几天,我王老根拍拍身上的土,也埋得住你的脖根子!"

母亲也拉着我,扯着我,我把脖子一挺:"不行!他今天不把牛开销了,这家一天我也不呆!我把小子带走,我不跟着他吃剥削饭!"

"你滚!你滚!"

他暴跳着;又跑到屋里,把我跟孩子的被子都扔出来:"你们全滚!登时①,就给我滚!我一个人也能活!"

我喝骂着儿子:"走!"

我母亲哭着,我也不管,我扯着儿子,头也不回地走了。我在前面跑,邻居们在后面追。

我们当夜,在别的工友那儿借宿了一宵②。第二天在厂门口的大街上赁了一间房子。

我当时虽然气愤,可是过后一想,我的心是多么地疼啊,他铁了

---

① 登时:立刻,马上。

② 一宵:一夜。

心啦,他个老工人,他个三四十年的老工人,走了另一条道儿了!

可是,我知道他是爱他的孩子们的;他就是舍得我,他怎能舍得他的小孙子呢!

不然!

第二天,我看见他在厂里照常干活,像没事人似的。

第三天,我听说他在家里,小做活的出去放牛,他一个人铡草。你听说过一个人铡草吗?一只手往里入,一只手铡。

第四天,我看见他脸绷得紧紧的,跟人不大说话。

第五天、第六天,我看他像是要同我讲话,我没有理。

第七天、第八天,也没有事。

可是等到第九天……

第九天是个礼拜日。天刚蒙蒙亮,就听窗户外头有人喊:

"其林!其林!"

我一听,是我父亲的声音,他喊他孙子的名字。

我和孩子连忙爬起来。开开门,一看,我父亲推着一辆明光瓦亮的"飞鸽牌"的新自行车。前叉后叉还包着纸。两个明晃晃的轮子,车轴上,套着麻绒团团儿,一个红的,一个绿的,车子把的扶手,套着彩色的套子,还垂着两条红穗儿。

他的眼睛避开我,只看着孩子:

"给你!你不是早吵着要辆车子么!"

其林这孩子接过车,弯着腰儿瞅着,脸上那个笑……

你说我父亲这时说什么,他也弯着腰儿,对着孩子的脸,声音不高地说:

"你在这儿干什么!跟爷爷走!"

"你敢!"我瞪着其林。其林还试试摸摸地把脚往脚蹬上搁呢,我又说:"放下!你跟着他走?你还是个团员哩,不害臊!"

其林,脸一赤一红的,把车子往墙上一靠,慢吞吞地往外走。

"其林!其林!"

他叫着孩子,孩子没有理,孩子出去了。好哇,他劈头就给了我两拳;又顺手从地下拾起块半截砖,狠狠地举起来要砸车子,可是举了几举,下不得手。他又羞又恨,最后更猛地劈下来。劈头盖脑砸了一阵,又连着踹了好几脚,才把半截砖头一扔,扭头走了。等他临

走到门口,扭过头来,我看见他的脸孔都抽搐歪了。他咬着牙说:

"好你臭小子!你一辈子也再别登我的门。"

街坊告诉我,老头子走到街外的时候哭了鼻子。

可是,说老实话,我的心里就不难过么?

这件事,很快便吹到工会范主席的耳朵里。

他就把我喊去批评了一顿。说我别的都对,就是对老人家态度不好,不耐心。又告诉我,这陈泥古锈不是一下子能弄干净的,必须不断地磨,不断地擦,甚至放到碱锅里煮。他说昨天他跟老人家一边喝酒一边谈了大半宿。一批评到他剥削的时候,老人家就难过地抬不起头,低声地说:"老范,我求你,再别提这两个字了……"说着说着,大泪点子乓乓地滴到酒碗里。范主席还告诉我,对于土地,老人家不会那么容易就撒手的,要我慢慢帮他转过弯。最后,还要我提上半斤老白干,去陪陪情,把道理说通。

第二天,我打了半斤酒正要家走,我母亲哭着找来了。

她哭着说:"你爸爸找不着啦!"

我吃了一惊。

接着,母亲就告诉我:"他那天绷着脸,从厂里一回来就问:'小做活的呢?'我就跟他说:'人家村里成立了合作社,他要入社,不愿在这儿干了。'他就说:'快给人算工钱,别亏待了人家。'接着,就挨个儿地摸那三头牛的犄角。摸了好半天,才去给牛铡草。铡了半截,又住了手,无精打采地坐在那里。我说你是累了吧,他也不理;我把饭给他端到跟前,他也不睬。一会,他忽然又叫我:'去,把那牛给我拴到外边树上。'牛好好地在槽上吃草,把它拴到外边树上干什么呢,我一问,他粗声粗气地:'你别管!我心烦得慌。'我怕他发脾气,就照他的话做了,可你说这倒是为什么。他像泥胎似的那么坐着,一会儿,陈老歪笑嘻嘻地进来了。往他身边一蹲就说:'老根哥,我知道你这两天心里不大痛快。我也不是当你面说你孩子的坏话,这年头年轻人先进,怕有点太先进了吧。人往高处走,水往低处流,人不为财帛谁早起,谁不愿生活得好一点?雇一个半个小做活的就算剥削?'你爸爸没有理他。他又说:'你把心放宽点,别生那些闲气。你儿子不愿你喂那么多牛,你再添点钱,我给你换个大骡子。我那儿有两个胶皮轱辘,再凑钱弄个车架。咱们俩合伙,让我那小做活的赶着,一天挣个八九万,比什么不强?……'说到这儿,你爹忽地站了起来,指着他说:'陈老歪!我看不透你。你诓我的钱也不少了,你净往好道上引我呀!你弄得我儿子不是儿子,父亲不是父亲,我今天没有让你来,你给我请出去!'吓得陈老歪连着朝后倒退了好几步,一愣:'你,你……你这是为什么?咱们多年的老街坊,平常又挺不错的……'你爹的眼珠子都气成了红的:'我们是老街坊?我和你说吧,你记着,我王老根跟你不是一条血脉传下来的!'陈老歪就这么一愣一愣地叫你爹轰①了出去。我估摸着你爹准是在厂里受了谁的恶气,你瞧他那牛脾气有多大!当晚没吃饭又扎挣着到厂里请了假,回来就病倒了。一阵冷,一阵热。半夜里睡着睡着,登时就坐起来,直勾勾②地看着我说:'我王老根不愿剥削人,我以后也永不会再剥削人;可是他们想取消我的这三个权利,不行!我有这三个权利!……'"

"他有三个什么权利呢?"我问。

"是呀,我也这么问他,"我母亲说,"他说,他爱儿子、爱工厂、爱土地是他的三个权利。谁也不能挡着,谁也不能不让他爱!可接着他又唉声叹气:'可是哪,儿子大了,翅膀儿硬了,他飞啦,我不撒手,行么?工厂哪,我愿把我的力气都给了它,直到我死。可是,有一天,他会给你说,王老根!你老啦,该退休啦,我不愿撒手,行么?就是我的第三个权利,我的地,它不能飞,也不能跑,这是我手里最后的一块宝呀。我是到我咽气那天晚上,我也要紧紧地捏着它,抓着它,至死不能撒手!……'"

我母亲说,这是他头天晚上说的话;赶到第二天半夜里,睡得好好的,忽然,哼哼地哭起来了。问他哭什么,也不答言,哭得像小孩一样。问了好半天,这才边哭边说:"我把锅炉烧炸啦。我思摸着再给孩子置几亩地吧,我正想哩,正想哩,忘了关水门呀!……怎么办哪,厂房也炸塌啦,老烟筒也炸倒啦,还炸死好多个伙友呀!……"我说:"你是做梦哩,你没有去做活,怎么会把锅炉烧炸了呢。"我给他用湿手巾擦了擦头上的汗,这才醒了些。他又说梦见自己去找厂

---

① 轰:驱逐。
② 直勾勾:两眼一动不动。

长承认错误,厂长跟他说:"王老根!你看看你自己干的这事,你回去吧,厂里不要你啦!"他就回来了。一个人拿着把锄头,在无边无沿的土地上掘着,四外荒荒落落的一个人也瞅不见。他抬头看看每天都看到的老烟筒也看不见了,抬头看看就伴几十年的老伙友一个也看不见了。说到这里,他还像在梦里的时候一样,哭着,喊着:"老烟筒啊!老伙伴啊!老白、老赵、老李啊!我一个都看不见了,我怎么活呢……"

我母亲说,他说过这话,就披着衣服跑出去了。直到这会还没有回来。全村子里挨家挨户都找遍了,也不见他的影儿。直到这会还没有回来。

他是到亲戚家里去了么?我猜想着,跟母亲一商量,就马上请了假,动身到亲戚家去找。

但是,并没有找见。

我跟我母亲找了一天,正往回走。西边天上,一轮红澄澄的太阳,还没有落山。

赶到村边,只见村边上一个人迎着面喊:

"回去吧,回去吧,你父亲回来喽!"

原来是我们的老街坊李老头儿,他背着粪筐子,拿着粪叉子,赶到我们面前,兴冲冲地说:

"你猜老根哥在哪儿藏着哩,嘿,他在他地里窝了一天一夜,在那儿唱'薛平贵别窑'哩!"

老头儿说,他刚才拾粪到了我家地头上,看见他一个人蹲在地里,正在那儿瞅着他的地自言自语哩。老头儿放下粪筐子,蹑手蹑脚地走到他脊梁后听了好半天,他还不知道哩。他叨咕着:"地啊!地啊!你连着我的根,你连着我的心。祖上把你传给我,你是我的祖业地呀。我顶着星星种,顶着星星收,我大把大把的汗珠子把你泡肥了,你的一块石头也有四两油呀!凶荒年月,吃青苗儿我也没有丢你;地主揭了我的锅,我也没有卖你!那时节,当头儿的三节两寿,只要有一回你送不到礼,找个辞儿,就一脚把你踢到厂外去。李二傻给头儿刷①了,饿得一天价啼哭,满街找西瓜皮,找梨核,找烂白

---

① 刷:开除。

菜帮儿,临死也没摸着口饭吃。我不给那些狗日的送礼,厂里开革①了我好几次,是谁救了我?不是你这棵'老米树'么?要不是你,一家大小不得全饿死么!我总觉着你是我身上的肉,心上的宝。儿子劝我,大伙劝我,只要一说叫我离开你,就像往我耳朵里塞刺猬一样,我听都不听。我总想把你传给儿子,就是我咽了气,也留给他一碗保险饭,也算对得起他。可是,可是,可是……"他跺着脚,还擤着鼻子,"可是你今天要把我带到什么地方去呢?你想让我把老烟筒都撤开么?你想让我把老伙友一个不剩地全撤么?你想让我把孩子们也撤开么?……呸!"他仰着头,搓着手,"王老根哪!王老根哪!说你不傻,你也真傻。旧社会把你饿怕啦,饿傻啦。天也改啦,地也变啦,你是没听见呢,没看见呢。你亲生的儿子还会哄你么?人家范主席是你的老伙友,还会诓么?人家范主席说的对,这中国无边无沿的地,都是你的,你为什么还单单划出挺可怜的一小块,跟芝麻粒一样,说:'这是我的?'这大江大河都是你的,你为什么还留起一小勺藏起来,说:'这是我的?'你不傻么?只要人民的江山不倒,家家户户都吃白面卷子,还能让你王老根的孩子喝稀粥么?人人都吵着工业化,工业化,遍地高楼大厦,独独就没有你的一间么?拖拉机满地滚来滚去,就没有你的一份光荣么?……地啊,只要人们不把你捞水饭吃了,不让你受屈,你就让社里把你收留了吧,社员们是会好好耕种你的,是不会让你受屈的……"他拾起了一块土坷垃②瞅了瞅又把它扔得远远地:"滚吧,你!"

老头儿说:"要不是我把他领回来,还不知道要叨咕到什么时候哩!"

啊,我的父亲!

父亲啊,我知道你是会这样的。

父亲,我这些天对待你的态度是多么不好啊!父亲!我愿头顶着你,高举着你向前面走!

我又把酒瓶夹了夹,拉着母亲说:"妈妈!快去看我爸爸去。"

三拐两拐,我顺着我家的院门口一看,我的父亲敞着怀坐在院

---

① 开革:开除。

② 土坷垃:硬土块。

子里正在喝水。一边还不慌不忙地收拾着他的旧饭盒子。天上的红云彩,照得他的脸、他的胸脯子都是红澄澄的。

"爸爸!"

我叫了他一声,他抬起头来瞅瞅我,又偷看了酒瓶子一眼,接着立起身来又装作没看见似的气昂昂地说:

"谁叫你上我的门?"

说着,他又向我跨了好几步,把手一摔:

"你用不着教训我,我比你不差!"

我怕惹他生气,向后退了几步准备躲开。他又厉声说:

"站住!明天替我告诉厂里,我活是厂里的人,死是工厂的鬼。就是我王老根的骨头变成灰,我的魂也要顺着老烟筒的烟冒出去!"

长空怒风

魏巍 白艾 著

你爱毛泽东,就要保持队形。

——录空军中的一句格言

一

飞行员牟永刚同志的房子里,有一件很惹人注意的东西:就是他床头墙壁上挂的一把马刀。这把马刀,有三尺来长,鲨鱼皮的刀鞘,已经破旧了;可是刀把上却垂着尺把来长的两条穗子,红得照眼,风一吹进来,就微微摆动。这把刀的主人——牟永刚,据说隔个三天五日,就抽出来擦它一回。见过的人讲,那真是一把好刀,明光闪闪,简直像抽出来一条水银。

可是,他为什么还要把这把马刀挂在这里?

有人说,这是他哥哥跟日本人拼刺刀的时候,缴过来赠给他的。恐怕也很难说这是主要的原因。主要的还是他爱它,拿着它征战过;或者说,为了纪念他现在还忘不掉的骑兵生活。

人讲,他从小就是一个倔强的家伙。八九岁的时候,有一次他家里的锅被地主揭走,他的小脸,气得紫茄子似的,提着一只鞋子在后边追着,骂着,地主踢了他两个筋斗;当天晚上,地主的家里就着了火。他看着火,拍着手笑。入伍不久,他就成为一个勇敢慓悍的骑兵。年纪小,勇敢,就逗人爱,团长发给他一匹最烈性的枣红骝马。这马,长长的鬃毛披散着,跑起来,四只蹄子像不沾地似的。马到了他手里,也像是找到了自己的主人,奔驰得更加得意与骄傲起来,不管前面有多少马,它也要风一样卷过去。骑兵团的战士们看了又羡慕，又嫉妒。

有一次，要去奔袭敌人的一支骑兵，并且要消灭里面的一个骑黄马的、最凶悍的地主还乡团的团长。冲锋号一响，牟永刚和他的马，就像是被火烧着了一样，舞着他的马刀，一眨眼，就离开队伍，扑到敌人的马群中了。有一个敌人刚爬上马背，就被他一刀砍在马下。另一个敌人举起的马刀刚要落下来，他用刀一迎，把敌人的马刀格飞了一丈多远。可是，他并没有发现那匹黄马。这时敌人的十多匹黑马，已经把他围在中心，但却不敢接近他。忽然，他身后有一匹黄马一闪，他一扭头，一个胖胖的家伙，正举着一把马刀向他狠命地劈来，他咬了咬牙，上去攥住那人的手腕，夺过刀来，又狠狠地插到那人的肚子上，然后又照着黄马的屁股上戳了一刀，黄马暴跳起来撞翻了好几匹马，驮着插着刀子的主人奔走了。等到乘马冲锋的大队涌上来的时候，他已经劈死了四个敌人，从敌人的重围里跃了出来。当时舞在他手中的，就是这把马刀，这把鲨鱼皮鞘、垂着红穗子的马刀。

以后，我们这位勇士，又被调去当了侦察兵。他的枣红骝马更走得无拘无束起来，他在功劳簿上的战绩，也就像架上葡萄一样，滴里多啰地垂着。在某一方面来讲，他差不多成了全团的一个尖子，虽然背后的评论也一天天地多了起来。直到他来参加中国人民志愿军空军的时候，他才和他的枣红骝马洒泪分别，背着他这把再也舍不得离开的马刀来了。

牟永刚在志愿空军里，有一个最要好的朋友，就是他的僚机杨德林。

人说，杨德林原也是一个骑兵，并且两个人在一块儿呆过。不过，杨德林的年纪比牟永刚大些，入党也早些，个性也有些不同。如果牟永刚像一匹野马，一团烈火，那么，杨德林就是一条又宽又大的江水。从表面上看，杨德林人最平凡，话也不爱多讲，你只能从他的一两声笑声里，听出他是多么地纯良。他，长期的班、排长的生活，把他锻炼得像只是为了别人才活在世上。为了班里有一个人感冒，他可以在深夜里，走大半个村子，轻轻地叩开一家一家的门，向老大娘要一块姜去熬姜汤。自入党到现在，他很少的津贴费，没有花过一文，烟也戒了，用纸把钱包着，在长途行军里，给这个病号买一个烧饼,给那个买一根麻花,他笑着看别人吃在嘴里,才像完成了自己的责任。炕小人多,睡在炕下的必定是他,也好像只有在地下,他才睡得稳,睡得香。

我们军队里有无数这样的人,平常总是那股"黏糊"劲,讨论会发言口吃,在生人面前说话脸红,受了表扬像大姑娘那样害羞。可是炮声一响,就摸不清他是从哪里来的那种惊人的勇猛、沉着和刚毅,好像这一切,平常不知道缝在一个什么神秘的荷包里,只等炮声一响才拿出来似的。我们的杨德林就是这样。

有一次,可能是侦察、警戒疏忽一类的原因吧,他们这个连遭到了敌人骑兵的奔袭。恰恰师长也在那里,连长劝师长走,师长听都不听,他镇定地站在那里,就地组织抗击。后来越发危急了,连长不由分说地把师长抱上马去,然后就照着他那匹有名的白马,狠狠地打了一枪把,才掩护着师长突围走了。可是敌人大队的骑兵紧紧地追着,还高声叫着:"捉那匹白马!""捉那匹白马!"这时候,杨德林从别的伙伴身上抽出一支驳壳枪,于是两只手提着两支驳壳枪。一边喊:"同志们快走呵!"一边却命令两个战士和他一起跳下马来,像钉子钉在那里一样,向敌人猛烈地射击着。敌人连人带马滚了一片,不得不下马进行徒步战。师长和连长他们慢慢望不见了,他枪里的子弹只剩下了两粒,马也中了十多粒子弹倒下了。这时,敌人又一窝蜂似的乘马猛冲过来。有一匹快马几乎是从他的身上扑了过去,那个敌人勒着马嚼子,伸过手来骄傲地说:"缴枪吧!"这时,他最后的两粒子弹响了,敌人从马上倒下,一条腿还在镫里套着,他已经纵身上马,把马打得飞一般地追自己的部队去了。他在一个山谷里找到了连长和师长。他下了马,别人才看见他的血把半个马肚子都染红了。他扶着马头向师长敬过礼,眼里扑簌扑簌地掉下泪来。师长上去握住他的手说:"不要难过,同志,我知道你负了伤。……""不是那个,"他抽抽噎噎地说,"是我没有把那两个战士带回来!……"——这,就是杨德林!

关于他们过去的事情,我们还是不要说得太多吧。总之,这一对英勇的骑兵,都撇下了他们最亲爱的战马,驾上了最新式的喷气式歼击机志愿援朝了,而且成为一对最亲密的朋友。

提到他们的友情,真叫人羡慕。

到街上去,两个人是并着肩膀;晚上睡觉,两个人的床是并着肩膀;到了天上,两个人的飞机也几乎是并着肩膀;跳舞啦,也在一起。当然我们不愿把他们两个的口味,勉强说成一样。比如杨德林顶爱抽烟,牟永刚却爱吃苹果,吃起来,不削皮,一气能吃四五个。假若您要有机会走过他们的窗前,您就会听见:

"永刚同志!苹果我给你收在抽屉里了。"

友情,多么好的友情!就是两个人在党的小组会上,彼此提意见也比别人直爽些。谁不羡慕他们的友情呵,大家也就不知不觉地学起来了,使得整个大队都充满着融洽快乐的空气。指挥员还特别表扬过他们,并且提到一定的高度上,强调在飞行员中间,特别是在长僚机之间要培养这种感情。指挥员甚至还说:"长僚机除了不能共一个爱人,什么都是可以共同的。这种感情必须培养到这样的程度:比如你的长机或者你的僚机肩膀上挨了一拳,你马上就感到自己肩膀上疼痛,那才是长僚机的关系!假若你不懂得,等上天空去告诉你,那就迟了。"

其实,我们这位指挥员,不过站在空军的角度上更加强调罢了。经历过斗争的人,都会知道"战斗"同"友情"是多么亲密的一对姊妹。"同志"——这个神圣的字眼,它是包含着多么丰富的可歌可泣的内容,不管在什么岗位上,如果我们做到它的含意里所指东西,就是泰山也会被我们压倒!

可是,我们的这一对朋友,却因为下面一件事情,发生了一点小小的争执。

请您试想,这一对朋友是那么亲密,又都是饱经战斗的英勇的骑兵;这个中队的郭祥,虽然平时爱喳喳呼呼、大大咧咧的,鉴定表上却写得明白,历来是"一贯勇敢";不错,郭祥的僚机小高是学生出身,没有经过战斗考验,可是个很好的青年团员,浑身每个毛孔里都散发着青春的热情,决心书上写着大大的字,本来要贴在自己的座舱里,指挥员不允许,才贴在自己的床头上,而且还写了很多的诗,如"快!飞上去吧""为朝鲜人民报仇""致祖国""我的燕儿为和平"等等。这样的一个中队,谁不说出国参战一定是旗开得胜,马到功成呢,连整个大队也都这么暗暗议论。特别从中队长牟永刚看来,这不过是当然的事情。就好像他一跨上枣红骝马,注定第一份的战绩必然是他的想法一样。可是呢,事实不然。经过了几次战斗,其他的中队都或先或后的打下了几架敌机,牟永刚的中队虽然参战晚些,可是一架也没有打下。开始,牟永刚还勉强镇静,心里暗暗地说:"我不打就不打,一打就近近的,打个开花冒烟的给你们看看!"俱乐部里,打下敌机的飞行员的相片也出现了,有人还给它围上了红绸子。别人围拢上去看,他也跟着去看。别人谈打落敌机的经验,他心里也很想听,也在听。可是,他慢慢沉不住气了:飞机场上的广播机,越来越多地传着捷报,有时广播员兴奋得气都喘不过来了;唱着歌的飞行员,从他窗口经过的也更多了;俱乐部的相片,一天天地多起来了。——这对牟永刚来说,并不是一件小事!

特别叫他气恼的,是他们中队最近一次的出动情形。

在出动之前,同志们的情绪,真好像火星掉到汽油里一样。头天晚上,小高像唧唧喳喳的小麻雀似的,东屋串西屋去地采集经验,笔杆刷刷直记。郭祥大大的步子走到牟永刚跟前,说:"中队长,我跟你打个赌!"接着,他拍着胸脯子说:"这次我要不打下一架,你管我叫老笨驴!"对方还来不及答复,就转身又去跟碰到的人打赌去了。牟永刚自己也半夜没睡着觉,后半夜刚一合眼,又让一阵咯咯的笑声惊醒了。点灯一看,杨德林睡得好好的,满脸笑纹,笑得那么得意,叫醒他一问,才吃吃怔怔地说:"我刚才打下了一架,还是F-86呢!"……

第二天一起飞,小高情不自禁,小声哼起了他的青年团员之歌,什么"亲爱的妈妈,祝福我们一路平安吧"等等,牟永刚就喊:"谁在唱?空中纪律!"小高就不敢唱了。可是牟永刚自己呢,他驾驶的这架喷气式,却老跟别人的不一样,很有点像他以前的那匹枣红骝马。在整个大队整齐的编队里,不知不觉地就冲到人家的前面去了,或者,紧紧顶着前面飞机的尾巴。还要人家及时提醒,这才含着委屈似的慢一阵。一句话,他这架喷气式老有点像他那匹枣红骝马。直到某地上空分批寻觅食物的时候,这架喷气式走在自己中队的最前头,才好像舒展了些。

牟永刚的中队,飞到清川江的上空了。牟永刚从耳机里,听到地面的指挥员喊:

"1号!1号!我是101号,我是101号,××空域,有24个强盗,快去算账！快去算账！"

牟永刚马上答:"101号！101号！1号明白,1号明白。"

牟永刚把命令复诵给大家,然后向东飞去。接着又听耳机里叫:

"1号！1号！我是101号,我是101号,敌人高度5000,航向140,离你们65公里,快去！"

"跟我来！"牟永刚喊。大家忙编紧队形,向着指定的空域飞去。牟永刚的眼睛瞪得好大,一眨也不眨,向着这面又向着那面张望。

可是在这个指定的空域里,并没有发现敌人。马上又听到地面的指挥员叫:

"1号！1号！敌人就在你们的左下方,高度3000,快去！"

"向左转,90度,跟上！"牟永刚喊,并降低了高度,可是还是发现不了敌人。天空这样广阔,四外满是棉花朵一般的白云,就是生四只眼也不够用呵。……从牟永刚的声音里,已经可以听出来,他着急了,他问:"2号！2号！你看见了强盗没有？""没有。"他又问小高:"4号！4号！你看到了没有？"只听小高那年轻的声音答道:"没有呀！"郭祥不等问,就答:"娘的,藏到他娘的牛腿里去啦！"按空中纪律一句闲话都不准讲,可是郭祥还要打浑,气得牟永刚真想骂他一顿。

只有到过天空的人,才知道什么是天空,才知道它有多深多大。不错,它一没有森林,二没有山脉,可是它有着各种各样的奇云,人见都没有见过；天空,就是这些云彩的家乡,云彩的世界！因此,就不像在地面攻击一个山头那样一目了然,更不像我们的骑兵挥舞着马刀面对着他的敌人。一个没有经验的飞行员,在天空找不到敌人不足为怪的。据有经验的飞行员讲,在天空搜索敌人的时候,眼睛必须镇定地搜索完一个方向,再转到第二个方向,可是急性的牟永刚,这面还没看清又转到那面,自然就不容易找见敌人。

正在他们搜寻的时候,又听地面指挥员叫他们去迎击另一批敌人,但同样没有找到。忽然,杨德林发现一批敌机向海上飞去,牟永刚正要命令攻击的时候,大队指挥员集合返航的命令来了。可以看得出,牟永刚是用了多大的强制力,才留恋地、勉强地飞去集合。他们扑空了。着陆的时候,牟永刚的飞机,扑啦扑啦的,像带着满肚子的怨气。

每当战斗归来,飞机将要着陆,是飞机场上最动人的场景:这时候,指挥所的一些人员和所有的地勤人员,沿着停机线站了好大一溜。他们的心情,有点类似打靶的人在等待报环的红旗一样,可是要比那强烈得多。指挥员严肃地守望着喇叭筒,惟恐他的耳朵在不经意里漏掉一个字,就是炸弹落到他的跟前,也不能够惊动他。特别是,当电波送来紧张的厮杀声,他像真的置身在惊心动魄的空战中间,脸上时忧时喜,像那变幻无常的天色一样。标图员双目凝视着那些比芝麻还小的字,雷达员凝视着那些飘游无定的闪闪的影子,他们不敢眨眼,他们惟恐有丝毫的疏忽,给自己的鹰招来巨大的不幸。特别是那些机械员、军械员们,在半夜刺骨的寒风中,把手探进冰凉的汽油里,或者用手电筒去探寻着每一个螺丝钉,每一个螺丝钉上都闪着他们对祖国、对朝鲜人民的赤红的忠心呵!所有的这些人们,他们的一切劳苦,都集中在一件事上,就是打下那些丧心病狂的空中野兽们。所以,当飞机一要着陆,他们就挤过来了。他们总想比别人早一点儿知道他们"银燕"的战果,哪怕仅仅是早知道半分钟。当飞机还在空中,机械员就双手向上抬着,好像母亲从别人手里要接过自己的婴儿一样。所有的人,这时也都竭力想凭一些经验上的征候,去判断猜测。飞机刚一落地在跑道上滑行,他们就弯下腰去看炮口,看炮口是不是熏黑了,这是经过空战的可靠的证据,虽然他们并不能看得清楚。他们就是这样迎接着他们"银燕"的归来。

这天出动的飞机刚一落地,人们就拥了过来,把飞机围在中间。牟永刚还没有跳出座舱,就听见大家你一言我一语地谈论。这个说:"牟永刚这下还不揍下一架两架的吗?"那个说:"那还用问,少说也是一架。"牟永刚的脸,刷地红到耳根。机械员跟他亲热地说了一句什么,他也没听见,挤出人群,走到休息室里去了。小高根本没让人注意,从人缝里溜了出来,郭祥简直冲动起来了,两手一摊,一跺脚说:"别问了吧,还不够丢人的哩!"杨德林的脸色,也有些愁闷,但他还算平和地说:"这次,没打下来。"飞行员差不多都有很高的自尊心,他决不会说"没打下来",而加上"这次"两个字,他觉得他应该这样。

牟永刚在休息室里，双手蒙着头，听见外面一片欢腾：

"我打下一架，你呢，你几架？"

"我也是一架！"

"哈哈，真是好样的！"

他越听越听不下去，饭也不吃，就走回宿舍，经过捷报栏下，头都抬不起，他懊恼极了。

杨德林看见刚才下飞机的情形，他觉得一件什么沉甸甸的东西，压在自己的身上。他马上向小高和郭祥进行了一些解释。吃饭时候，发现没有牟永刚，他没吃几口，就放下饭碗走到宿舍里来。一进门，看见牟永刚用被子紧紧蒙着头，睡在床上。床头墙壁上的那把马刀，也歪在地下。他怔住了。他沉思了一会，知道马上劝也无用，又怕把牟永刚惊醒，就轻轻地把马刀拾起，倒在床上沉思起来。他看着手里拿的马刀，好像看见他的朋友挂着这把刀，骑着枣红骝马，雄赳赳，气昂昂走在全团最前头的形象。他感觉到，他的朋友原有的缺点，不但没有克服，而是和他奋不顾身的英雄气概、对人民的忠心一起交织地发展起来。它今天已经不是一个芽子而几乎像一株小树了。他惭愧自己对他帮助得不够。他叹了一口气，把那把马刀放在桌上，又苦思着自己这个中队今天没有搜索到敌人的原因。又爬起身来找着自己的笔记本，和其他中队的经验对照着，竭力回想着前几天的战斗，画着图。外面的风呼呼地吹着窗户。不知什么时候，他手拿着小本和红蓝铅笔，在苦思里睡着了。

第二天早晨，杨德林醒来的时候，已经迟了。他一看牟永刚不在屋里，地上掉着一本红皮的小本子，拾起一看，是牟永刚的一本随身日记。前面几页上写着："再见吧，同志们！今天我真乐呀！！（这里打的是两个又粗又大的惊叹号）我要往我早想去的那块地方去了，我要去会会那些家伙们去了，我的愿望实现了。……"等等的字句，杨德林知道：这是他将到朝鲜来的时候写的。接着又翻开最近的几天，只见字迹歪七竖八粗率得惊人。上面写着：

9月21日

有什么可记？

9月22日

不值得记!
9月23日
牟永刚:
这个本子是上级发给飞行员的,是让我们记打下敌机的数目的,请问你打下敌机了吗?如果没有,你就别不害羞地使用它吧!

杨德林急忙合上本子,穿好衣服,走出门去。他找了很久,才远远看见牟永刚一个人,正从一片小松树林子里走出来,又向另一片小树林走去。他几乎跑步式地向牟永刚走去。"牟永刚!"他喊着,牟永刚转过身来,他走到牟永刚的面前。

杨德林说:"你怎么连饭都不吃啦?"

牟永刚回答:"我不想吃。"眼睛望着地下。

"永刚!"杨德林叫了一声,"我知道你心里着急,可为什么要那样写?"

"什么?"

"在你的日记上。"

牟永刚不答。

这一对朋友,不知怎的变得不自然起来。杨德林想进一步地安慰他,但他不能,他决心要批评他。杨德林指出他这种情绪,是表现了思想上的不健康,等等,还没说上几句,就见牟永刚抬起头来,眼里像要滚出泪珠,但他又用极大的强制压了下去,声音嘎哑地说:

"你说的是我的思想?有什么不健康?我喝了人民那么多汽油,人民用金子垒起了我,难得我一个大老粗看着三角几何掉泪,我学成了,我为的什么?人家都打落了敌机,我呢?我呢?我牟永刚过去是什么样的人,今天是什么样的人?在人面前好像短了半截……我懂得什么是羞耻!我不能羞耻地活着!"

"可是,我提醒你,牟永刚同志!"杨德林说,"我们是为人民活着,不是单为俱乐部的数目字活着!"

牟永刚几乎是愤怒地凝视着他的朋友:

"谁为俱乐部的数目字活着,谁?你说的是谁?"

"不是说你的全部,"杨德林也毫不示弱地和他对视着,"可是我说的是你!"

正在这时,只听警报声呜呜地响了起来。那边,大队长大声地喊着:"集合!战斗准备!"

只见飞行员像飞一般地跑回机场去了。

二

机场上,一切已安排停当,银色的战斗机群,按着号数,整整齐齐地排在停机线上。威武地张着翅膀,太阳一照,白得耀眼。只要绿色信号弹飞上晴空,他们就要卷起双爪,腾空而起了。

然而,起飞的命令却老不见下来。飞行员们老在看表,表好像不走似的;有的人竟守在电话机旁,专等着电话铃响。

终于,指挥所的电话来了,地面团指挥员拿起耳机,所有的人都静下来。团长挂上耳机,一挥手说:"上飞机!"

大家忙背上航空图,抓起飞行帽就朝停机线上跑。一边跑,一边朝头上戴飞行帽,两只帽耳朵一闪一闪的。

牟永刚也像其他的飞行员一样,不再想别的事情,他顺着小梯子,登上自己的01号飞机,跳进座舱。机械师忙着帮他穿伞,绑保险带,擦座舱盖上的玻璃,一边又用着满含希望的眼光看他,牟永刚转过头去。

这时,全机场都静得没有一点声音。

"信号!"机械员喊。

只见4颗绿色的信号弹,一颗接一颗飞上晴空。

差不多同在一分钟,所有飞机的马达都发动了。立时间,烟雾弥漫,泥土飞扬,遮盖了半个机场。马达的轰鸣,简直把地面都震动起来。飞机一对跟着一对,翘着头,像大公鸡似的,滑向跑道,随即"刷"的一声,飞上去了。飞机的影子,一架一架地滑过草地。烟消雾散以后,抬头再看,银色的飞机已变成一对一对的小白点了。

牟永刚带领着自己的中队,穿过一层层的云,越过一重重的山,数不尽的河流,在机翼下闪闪发光。牟永刚瞪起眼睛,向前观看,每一朵云彩的旁边,发光的海面和出太阳的方向,他都仔细地搜查一遍。

正飞着，牟永刚看见左下方远处，升起一股股的黑烟，一片片的火光。"一定是敌机正在那里轰炸。"牟永刚心里判断着。向指挥员报告以后，就带着自己的中队，顺着烟火的方向飞去。飞近了，牟永刚朝下一看，果然不错，下面是一个不大的朝鲜村庄，村庄上空，有十几架黑十字形的 F-84 美国飞机，正在村庄上空像作飞行表演似的，钻上翻下地向村庄轰炸、扫射，只见村庄上卷起一片烟火，跟在牟永刚后面的杨德林向牟永刚喊道：

"1号,1号,你看见了吗？"

牟永刚咬着牙，眼珠子瞪得多大，狠狠地说：

"看见啦！"

"他们在炸哩！"杨德林着急地喊。

牟永刚一推操纵杆，翅膀一闪，尾巴一调，说声"打掉这群放火的强盗！"对准烟火的方向，一头扎下去。杨德林、郭祥也同时一推机头，紧跟着扎了下去。小高稍微慢了一点，一转眼，看不见他们了，一面向敌人方向俯冲，一面却着急地喊：

"我看不见你们啦！我看不见你们啦！……"

"看不见只管自己找敌人打！"牟永刚说。继续朝下俯冲，眼前立刻出现了七八架黑十字，正从烟火里朝上升，另一处也有七八架，也正朝上升。牟永刚一看见这伙强盗，心气得要炸：

"好狗日的！这么个小庄子你还要炸！看老子就要在这个地方，把你打下来，让朝鲜老百姓看看！"

牟永刚冲进20多架敌机群中，眼看着，身前身后尽是黑十字，像满天飞的黑老鸹似的，心里又喜欢，又着急，像一个饿汉碰见满笼的白面馒头，哪个也想抓，不知抓哪个好。他刚瞄住了这一架，又想打那一架，朝这架敌机开一阵炮，又朝另一架开一阵炮，他恨不得把所有的敌机都"胡拉"下去。那些飞贼们，正在欣赏着他们炸起的黑烟，盘算着可以领多少美金的时候，突然发现了他们害怕的米格15，顿时像打散的野鸭子一样，张着翅膀，乱七八糟地朝海里飞，一边逃一边把来不及扔下的炸弹胡乱朝海里丢，炸得海面一片水花。

"跑？哪里跑？炸过就想跑？没那么便宜的事。"牟永刚加大油门，穷追过去，一边追，一边骂，"帝国主义，你有什么了不起，老子一个人就追你一大片！"

等到狡猾的敌人,看清了只是牟永刚一个人从后面紧追过来的时候,就慢慢镇定下来,紧紧地编着队形。可是,我们的牟永刚这时也有了经验,他不再乱打,就认准了掉队的两架紧追过去,后面的一架一看摆脱不掉,连忙把翅膀一歪,一个翻身想用半滚脱逃,牟永刚心里想:

"以前就这样叫你跑了的,今天放不了你了,你半滚我也半滚。"跟着一个翻身扎下去。

敌人看扎下去逃不掉,又钻上来,牟永刚也钻上来。

"你跑到哪里,我追到哪里,你钻进牛肚子里,老子杀牛吃!"

追着追着,只见敌机屁股上冒出两股黑烟,牟永刚知道敌人想放增速器甩脱追击,连忙加大油门,紧跟不放,眼看着一点点地靠近了,那架灰色敌机的影子越来越大,牟永刚两眼像要把座舱盖的玻璃看穿似的,死盯住敌机,瞄好准,准备按电钮开炮了。

"不,再近一点。"他又转念头一想。

只离 100 米了,连机身上的"USA"和白五星,座舱里的美国脑袋,都看清楚了。不知怎的,牟永刚很想看看这匹野兽到底是一副怎样的嘴脸,他凭什么要破坏别人的幸福生活?他凭什么炸咱们祖国的东北?他凭什么炸朝鲜的庄子?可是,这家伙却只顾低着头跑。牟永刚咬着牙骂道:

"你这个狗日的,你抬起头来看我呀!我叫你看着我把你打下去!"

那家伙不敢抬头,更不敢看,只顾低着头跑。牟永刚把机头推了推,和敌人的飞机拉平,成一条水平线,然后在瞄准镜里瞄好了,狠狠地一按炮钮,一串炮弹,闪着火亮,打过去,只见那敌机乱晃了一阵,从屁股上乱七八糟地掉下来些被打碎的破铁片;可是,还在飞。

"还不掉!"牟永刚想,正准备再打。敌人吓慌了,竟逃到他同伴的前面,想叫他的伙伴挡住他,替他挨炮弹。"多么卑鄙的家伙!"牟永刚在心里骂着,把速度加到最高度。那家伙为了躲避射击,又使用起老办法,东摇西晃起来,一边晃,一边作"S"形的飞行。

"他又扭起来了,"牟永刚想起前天的敌人也是这样扭着跑掉的,不由得骂道,"你扭!你扭!"敌人扭到左边,他跟着瞄到左边,敌人扭到右边,他跟着瞄到右边,一按炮钮,打个正着,只见那家伙的座舱里忽地喷出一团火来,飞机屁股上像扯开一整匹黑布似的,翻着筋斗,栽下去了。

牟永刚松了口气,再朝下看时,只见那家伙头朝下尾朝上地扎在海滩里,一片浓烟烈火翻卷着。牟永刚用袖口擦了擦头上的汗。这些日来,脸上第一次出现了笑容,他感觉全身都说不出来的轻松,在天空飞得这么自由,好像飞机的翅膀真的长在自己身上一样。

"1号,注意屁股,有强盗!"牟永刚正要升上高空,忽然听到无线电里杨德林的喊声。接着,"刷"的一声,一架敌机的影子从翅膀下闪了过去。

"好小子,你还要想我的点子。"

牟永刚正要一推机头,猛追过去,一抬头,上面也黑黑一片,十几架敌机,像一群疯狗似的,正从上面朝他扑下来。原来牟永刚只顾低空穷追敌人,没注意被高空中的敌机F-86盯住了,这是空中的凶恶的敌人,他被这些凶恶的敌人包围了。牟永刚想下滑脱离,已经来不及,因为敌人正从上俯冲下来,速度正大,他想:不如索性从正面升上去,冲出包围。于是,他把操纵杆朝怀里一收,机头一翘,猛朝上升,像小燕钻天似的,看准了顶空一块白云,一头钻进裂纹的云层里,不见了。

敌人却还在他的下面转着圈子找他。

可是牟永刚只顾想着再打一架冒烟的,耳机里指挥员的命令和杨德林的呼唤声也都听不见了。他在云层里盘旋着,盘算着。一会,他从大块云层里钻出来,像他过去在地面上利用地形地物一样,又钻进一小块云彩里。然后,死瞅着一架,像老鹰抓小鸡似的猛扑下去,一顿炮弹,立刻就见那架F-86敌机冒着烟,喷着火一头栽下去了。

"又干掉一架!"牟永刚得意洋洋地不自禁地说出声来了,这是说给谁听呢,自己也觉得好笑起来。可是,这时扭头一看,身前身后闪动着的全是敌机,自己的飞机一架也看不见了。怎么回事?原来刚才俯冲的速度过大,一时收不住,又掉进了上下两层敌机群中间;同时,他只顾追打敌人,却忘记了空中作战的一条经验:"当你向敌机攻击时,要回头看看,是否有敌机攻你。"这时,他知道,如果一转身,马上就会挨到后面射来的一阵炮弹;从正面冲出去吗?正面也有敌机,并且封闭了冲出去的道路。可是,他顾不得这些了,心一横,一推油门,加大速度,瞄准正面一架敌机,猛冲过去。那架敌机见他来势汹汹,以为要和他对撞,吓得赶紧向旁边一闪。正好闪出一个缺口,牟永刚就从那缺口中冲了出去。可是,敌人又像苍蝇一样盯了上来,子弹像流星一样,一道道从他的翅膀两边,座舱上面,肚皮底下,曳着火光飞了过去。牟永刚突然觉得机身一抖动,好像尾巴被人拉住了似的,飞不快了。扭头一看,左边的翅膀被敌人子弹打成一片黑洞,他感到就像打在自己的身上一样难过。他愤恨地正要转过身子和敌人对打,忽然又听见身后一阵炮响,机身又一震动,赶忙扭头一看:后面整整有八架敌机紧紧地追着,枪炮齐发,曳光弹像一条条火龙,在他的机身四外穿飞着,右边的翅膀又被右边的敌机打成一片黑洞,机身随着摇晃不定。牟永刚正要想法脱离,迎面又来了一架,气势汹汹像要和他打对头的样子猛扑过来。牟永刚处在危急的情况中了。

"拼啦!"牟永刚想,董存瑞的英雄形象,从他的脑子里闪了过去。他猛推油门,浑身使劲,直撞过去。眼看距离一点点地靠近了,这时,谁如果动摇,向上或者向一边闪开,谁就会把最大的面积暴露给对方,遭对方击落。可是敌机显然并没有动摇,牟永刚看见敌机的影子越来越大,简直就要碰碰头了。这是牟永刚和那架敌机生死攸关的一霎!就在这一霎,地面上将看到我们战无不胜的骑兵英雄,和敌机一同着火粉碎落下朝鲜天空,然而就在这一霎,终于那个最顽强的家伙,在英雄的面前动摇了。他刚一闪开,牟永刚哪里肯放,狠狠地紧按炮钮,把所有剩下的炮弹全部打了出去,骂道:

"我打不下你,也吓你屙一裤子。"

只见那架敌机的大半个尾巴被掀了下去,还勉强地在那儿摇晃着,挣扎着。接着就看见跳出一个人来,降落伞像小蘑菇似的向下坠落着。

可是,就在他打中敌机的同时,自己的机身又震动了一下,他的发动机又被后面的敌机打中了,马达不响了,停车了,机头突然朝下一栽,他猛拉操纵杆,想把机头拉上来,不行!还是一直朝下栽,他不知道栽下了多少高度,栽得他眼睛发黑,翅膀摇晃着,简直要翻的样子。

"跳伞,再不跳就不行了!"牟永刚昏迷了一下,可是随即又镇定了,"不,我不能这样,当我的飞机只要还有一线的希望,我就不能这样。"脑子一清醒,跳伞的念头就打消了。现在,他感觉有一种特别的劲头支持着自己,这是当一个人肩负着千万人民的使命要完成一件事业,并且非成功不可的时候,所发生出来的那股力量。他挣扎着,把座舱里各部分检查了一遍,除了发动机和无线电被打坏以外,操纵杆还能使用,只是不能上升了。他极力保持机身的平稳,对正航向徐徐地、无声无息地朝回路滑翔……

几分钟以后,他在自己的机场上着陆了,飞机轮子冲出跑道几百米外,停在跑道外面的草地上。

这时他才感到嘴唇发干,两臂酸痛,精疲力尽,全身的劲好像都用完了似的。他还没有来得及打开座舱盖,就看到救护车、牵引车和机场上所有的人都朝这架受伤的飞机跑过来。

三

牟永刚一跳出座舱,连人带飞机,就被跑过来的人群包围起来。

从救护车上跳下来一个年老的戴着老花眼镜的医生,在人群里挤着:

"受伤的飞行员呢?在哪儿?闪开,闪开!"

"我在这里,没有负伤。"牟永刚答。

老医生一挤到他的身边,架起他的胳膊就要上救护车:"你觉着怎么样呀,头昏昏的吗?伤在哪里?唉唉,小伙子真棒呀!还站着和人说话哩!"

"我没有负伤呀!医生同志。"

"你说什么?我的耳朵不大好。"

"我没负伤。"

"什么?没有负伤?"老医生简直不相信自己的耳朵了,他把牟永刚上上下下看了个仔细,摸摸他的胳膊,晃晃他的肩膀,然后还是不大相信似的,"真没有吗?"

"我的飞机负伤啦!"牟永刚心里很难过地说。

老医生向飞机转过头去,只看了头一眼,就惊叹起来:"哎呀呀,打成蜂窝啦!可是你自己呢?真的没负伤吗?简直是……真英雄,真英雄!"跳上救护车开走了。

这时候,机械员们正搬着小梯子,爬上爬下地在检查飞机上的弹痕,有一个惊讶地叫着:"你们看,58个!"

"怎么飞回来的呢?"所有的人都摇摇头,啧啧嘴,敬佩得很。

他的机械员把他抱住,亲热地问:

"今天战斗打得真凶呀!跟我们说说,你打下来几架?"

一提起今天的战斗,牟永刚就兴奋起来了。他明明记得他打下来3架,可是在照相枪的胶卷没有洗出来之前,他的自尊心使他不能这样说。他不好意思地红着脸说:

"大概有个把吧!"

杨德林那架飞机的机械员问道:"杨德林他们怎么没回来呀?"

"噢,还没回来?咳,没关系,一会就回来了,今天空战打得激烈呀!真过瘾,我一个人就干掉……等一会你们看胶卷好了。"他又兴奋地讲起今天的空战来了。周围的同志们一边听一边不住声地赞叹着:"好样的!好样的!"

他向首长报告了以后,就走进休息室,又被一群新闻记者,还有广播员、宣教股长、参谋处的参谋包围起来:有的照相,有的访问,有的画图,调查战斗经过。弄得他不知应付哪一头好。

不大一会,郭祥也回来了,老远就看他伸着一个手指头,嘴里喊着"1架,1架"地跑过来。

牟永刚看他只一个人,忙问:"杨德林和小高回来没有?"

郭祥正在兴头上,似乎没听见,敬个礼报告说:"报告队长,1架,我打下来1架。"

"我问你杨德林和小高呢?没有和你一块回来?"

"他们早回来了吧?"郭祥回答,原来他也是单机作战。

牟永刚有点着急了,眼看规定返航的时间已经到了,太阳也落下去了。他走出休息室,站在滑行道上,向天空张望。地勤人员也都站在那里,瞪着眼睛朝上望。每当返航的机群,通过机场解散着陆时,他们就各人找各人的飞机了:"这个是我的吧?像我的。"(其实不一定看得出来)等到一看清号码是自己的,双手一举:"这边来!"飞机就滑了过来。

眼看着连最后一批起飞的,也都一个跟着一个地着陆了,就是不见杨德林和小高。现在,机场上只剩下杨德林和小高这两架飞机的机械员了,他们仍一动不动地站在原处,一面看着表,一面朝天空望,计算着该回来了。偏偏天空不出现飞机的影子,眼睛看花了,一次竟把归巢的小鸟当成飞机。正在这时,响起一阵马达声,天空出现了一架飞机的影子,这是一架单机,它通过机场,在跑道上着陆了。

"这是谁呢?怎么只一架?"牟永刚正在想。只见小高那个组的机械员喜得蹦起来,也不用"双手一举,这边来!"的老规矩了,就大声喊道:"小高回来啦! 小高回来啦!——"跑了过去,牟永刚也跟着迎上去。

小高下了飞机,眼睛红红的,喊了声:"队长!……"一把抓住牟永刚的手,像要哭的样子。

机械员们围上来问他:"怎么啦? 小高,负伤了吗?""杨德林呢?"他一概不理。

"一定出了什么事啦!"牟永刚心里想,忙拉着小高,走到休息室里。一进门,小高一句话还没说,眼泪就朝下掉了;接着,他一面擦着眼泪,一面说:

"一发现敌人的时候,也没听见你下命令,怎么个动作,怎么个打法,光听见你骂了句,你就下去了;杨德林和郭祥也跟着下去了。当时,我怕后面有敌人偷袭,正朝后看哩! 一转脸,你们都没有了。我就急了,向你请示,你说'只管打!'当时我想:要冲,咱一块冲,要打,配合好打;既然你说'只管打!'我想这是命令,我也不管三七二十一,一头扎到敌人当中,蛮干了一阵! 开始是把敌人冲散了。可是,过了一会,敌人看见我只是光杆一个,就把我围住了。我左闯右闯闯不出来,有架敌机又咬住我的尾巴,正要向我开火,要不是杨德林回过头来,把那家伙打掉,还说不定怎么样呢! 接着,杨德林向我晃晃翅膀,我就和他编在一起。……这时候,正看到你打掉一架敌机,后面又给敌人盯上了,那家伙偷偷摸摸,藏到你的肚子底下,打算暗算你! 可是当时你并不知道。杨德林急得什么似的向你喊:'注意屁股,注意屁股,有强盗。'不知道怎么弄的,当时是你没听见呢,还是无线电坏了?"

"我听见了。"牟永刚一边听,一边默想着刚才的战斗。

"可是当时你没有回话呀!我们以为你一定没听见,杨德林就冲过去救你。谁想,他还没冲到你旁边,就被七八架敌机包围起来了。当时,我亲眼看到他翅膀被敌人打中了,可是还听见他朝你喊:'1号,1号,2号不能掩护你了,你要注意自己的屁股呀!'我正要赶上去援助他;一转眼,看见他的飞机冒火了。我一看糟了,就喊他跳伞;可是他并没有跳伞,还带着火,强挣扎着,歪歪斜斜地飞行着去追你,一边冲开敌人,向威胁你的敌机射击,一边又向我喊:'不要管我,快去掩护1号!快去掩护1号!'他一连打了几十发炮弹,才把你肚子下那家伙打跑了;可是烟呀,火呀,已经快扑到他的座舱里了,才看见他跳出来,可是伞一张开,七八架敌机又围着伞打。我一急,就朝打伞的敌人开火,刚打了几炮,又有四架敌机把我围住了。我心里想:'今天跟你们拼了。'我左打右打,总算把敌人打跑了,可是,转脸一看,杨德林的伞没有啦。怎么回事呀!被敌人打中了吗?我就围着那一片找。我在6000米转了一圈,没有;又在3000米找一圈,还没有。我又在无线电里问下面指挥所,也没回话。我说完啦,完啦,杨德林牺牲啦!我心里……"小高的喉咙里好像塞了块棉花球似的,哽住了。

"不要说了!"牟永刚痛苦地低着头。"我对不起杨德林,他的牺牲全是因为我……"他痛苦地想着。

"喂喂,请同志们注意!"这时候大门口那只麦克风又开始广播今天的战果了:"今天的空战是最激烈的一次,战果也是最大的一次:敌人出动了100多架飞机,企图大肆轰炸我朝鲜后方的公路、铁路、桥梁要道,并企图袭扰我们祖国的安东。我们年轻的中国人民志愿军空军,给敌人以迎头痛击,打得他落花流水大败而逃。据初步不完全的统计:共击落敌机8架,击伤5架。在这里,应该特别提到的,是3大队1中队长牟永刚同志的事迹,创造了1次击落3架敌机的新纪录;并且,他的飞机曾3次受伤,被击伤58处,最后,终于安全地滑翔返回机场。现在让我们向优秀的空中战士牟永刚同志致贺……"

此刻,牟永刚听着喇叭筒子里的这些话,简直比什么还难受,内心里痛苦万分。几分钟以前,他一提起今天的空战,一想到他一连干掉3架敌机,心里有种说不出的高兴和骄傲了;现在,这些都成了他的负担,都成了他痛苦的焦点了。他越听越不好受。他走出休息室,向飞机场上走去,他想离喇叭筒子远一点,不要听到那里面的广播,不要有人再提起什么"创造新纪录"等等的话。

太阳已经落下去了。机场已经听不到马达的轰鸣了。大部分的飞机已检查完毕,罩上蒙布,拖回机窝了。三三两两的机械员们,手里提着工具,正朝回走。牟永刚抬头一看,见杨德林那个组的3个机械员还孤孤单单地站在机场上,仰着头朝天上望着。迎面吹过来一阵晚风,隐隐约约地听见他们的说话声:

"唉,唉,恐怕不会回来啦!"一个失望地说。

"你说的,等一会就回来了。"另一个希望地说。

"油量表早该指到零字啦!"失望地说。

"那怕什么,他会滑翔回来的,牟中队长不是滑回来的吗?"希望地说。

其实按科学的道理,他们的等待和希望,早已是多余的了,油量表既已指到零字还不说,天也黑了,飞回来不可能,滑翔回来更不可能。他们明明懂得这些道理,但是他们仍旧在这里一分钟、一秒钟地等下去。

"我对不起杨德林,也对不起大家……"牟永刚听见机械员们这番谈话,更加难受,更加痛苦,他转身想走回宿舍,却被迎面来的一群飞行员拦住了:

"你跑哪去啦!到处找不到你,走走!"

"走到哪去?"

"你还不知道呀!开会去,刚才来了一大堆新闻记者,要访问咱们今天的战斗,准备登报,他们特别提到你,说是要单独给你写一篇哩!"

"我头痛,要回去睡觉。"

"你这家伙,这么大个喜事要回去睡觉,走走!"不由分说,牟永刚被大家架着胳膊,扯着袖子,拉着扯着地来到俱乐部里。

座谈会开始了,真是热烈得很,有说有笑,飞行员们指手画脚地讲,记者们一字不漏地朝小本子上记。第一个讲过后,第二个站起来补充。讲欢了，推开椅子，双手比成飞机，就在屋里进行空战了。记者们一边问一边记，还怕弄不清楚，从小本上撕下一张纸来，又请飞行员画图。

这时，一个戴近视眼镜的记者站起来提议说："现在请1次击落3架敌机的牟永刚同志给我们作一个典型的报告吧！"

"对对，那么现在就请……"

"等一等，"戴眼镜的记者忙用手势打断别人的话，接下去说，"在牟永刚同志没报告之前，我先提出一个要求，希望讲得详细一些，特别是关于心情方面……"

立刻响起一阵热烈的掌声，掌声一落，戴近视眼镜的记者又重复一句说："现在请牟永刚同志报告吧！"

可是很久，却不见牟永刚同志站起来。

"牟永刚，牟永刚同志……"

"牟永刚同志……"

大家都你瞧我，我瞧你，互相转过头来找牟永刚，可是满屋里没有牟永刚的影子。

"牟永刚到哪去啦？……"

牟永刚在自己的宿舍里，双手抱着脑袋，痛苦地回想着这一天所发生的事情。他看到杨德林床上的被子折得那么整齐，就好像杨德林在的时候一样，只是杨德林的飞行帽飞行衣却不在了，只有自己的飞行帽孤单单地挂在那里。桌子上杨德林的照片，永远是那么纯良、笑纹满脸的样子，并且好像在说："牟永刚！苹果我在抽屉里给你留着。"牟永刚下意识地抽开抽屉，果然有五六个苹果，又红又大。牟永刚的大泪点子，扑扑地落在他粗壮的手臂上。突然，他擦去眼泪，在杨德林的照片上写了一句话，就转身跑到外面去了。

深夜，当团政治委员到宿舍里来找牟永刚时，屋里的4张床，只有2张床上睡了有人，那是郭祥和小高，牟永刚的床是空的，杨德林的床上连行李都卷起来了。灯光下，政委看见桌上摆着杨德林的照片，照片的后面写着一句话。政委看了看，皱起眉头，摇摇头，走到宿舍的外间。

"报告政委，我犯错误了。"牟永刚一脚跨进房门，向政委敬个礼,立正站在房门边说。

"牟永刚同志,你坐下。"政治委员扶着他的肩膀坐下。

牟永刚红着眼睛说:"……我对不起杨德林,我请求上级明天允许我去给他报仇!"

"你说什么?"

"我觉着我对不起他,他今天的牺牲,完全是因为我……"

政委凝视着杨德林的相片,沉痛地说道:"多好的一个鹰呵!牺牲了,是谁听了也会难过的……"

"政委,我就是因为难受,我才这样……"

政委安慰地说:"同志,不要难过,问题是怎么样去接受这次的教训。你,是勇敢的;勇敢,是可贵的,并且永远是可贵的。正因为勇敢,所以你才能把穿了一二十年飞行衣的美国佬打下来,使他害怕我们;可惜,你却忘记了你是个指挥员了,忘记了你后面还有一个中队,忘记了不仅要自己打得好,还要全中队都打得好,你只想到要狠狠地打敌人,却不知道怎样才能把敌人打得更狠。"

牟永刚低着头,默默地听着政委的话。他感到每一句话,都说到他内心的深处,每一句话,都给他一个新的启示。

"这是你刚才写的吧!"政委拿起桌上杨德林的照片,指着上面写的那句话,念着,"'你的血不会白流,我要用自己的血为你报仇!'同志,血并不能顶战术用,你们平常都感到那些美国佬狡猾,管他们叫'空中扒手',光用你的血,是不能打下那些'空中扒手'的。

"见了敌人,不是一个人抢着去攻击,而是有组织地攻击,有掩护地攻击;有组织地脱离,有掩护地脱离。你好像几辈子没有见过敌人似的,空战不是斗鹌鹑,要学老鹰抓小鸡!"

"我错了,政委,我没有认识到这一点。"牟永刚挺起胸脯,郑重而又惭愧地说。

"是的,牟永刚同志,是有一个东西妨碍了你认识这一点。是什么东西呢,就是你对自己的荣誉强调得太过分了一点。军人是应该重视自己的荣誉的,那些马马虎虎的人永远是没有出息的。可是你强调得过分了,你的革命英雄主义发展得还不够健康,个人英雄的东西还保留着一些。这就是你的病根子。我提醒你,牟永刚同志,你今天驾驶的是最近代的喷气式,并不是你那匹枣红骝马。你参加的是最近代化的空中战争。这个战争,没有什么比组织性、纪律性更为重要的了,它简直是我们的命。"政治委员停了半晌,又接着说,"因此,它也就要求我们每一个人,比什么时候都需要集体主义的精神。你只要损伤他一点点,就会出乱子。所以,我们才三番五次地强调'双机作战',就是这个道理。"政委最后又说,"这也不能全怪你,也怪我们对你教育得不够,重要的是要总结经验,师长让我告诉你,明天你们开检讨会,他亲自来参加。"

政委走了,牟永刚觉得清醒了些。他两只手捧着杨德林的相片,把政委的话,一个字一个字地想着。

尾　声

不久以后,在朝鲜前线流传着一个动人的故事。

一天,在北朝鲜某地一个小山沟里,一群朝鲜人,正仰头观望一场激烈的空战,当人们看到,美国的黑十字被打得冒着烟,喷着火,落地燃烧的时候,人们情不自禁地鼓掌叫起好来。后来,忽然看到从一架着火的飞机上蹦出一个黑团团,只见那黑团团在空中翻了几个筋斗以后,就变成一个白蘑菇似的降落伞,伞下面挂了一个人摇摇晃晃地向下坠落。这时,有人大喊了一声:"抓美国的飞行员去呀!"所有的人都抓起石头、木棒,向伞奔去,一面跑,一面喊着:"快一点,不能让他跑啦!"可是,赶到一看,大家都愣住了:原来是人民志愿军的飞行员!他的胳膊摔伤了,昏了过去,流出的血,把白色的降落伞染成斑斑点点的红色。人们跟他讲话,他也不答,嘴里只是迷迷糊糊地嘟念着:"小高,小高,快去掩护1号!小高……"所有的人都不知道他在讲什么,只是流着泪,默默地围着他。

"站着干什么?还不赶快把他抬回去!"不知是谁说了一句。只这一句,提醒了所有的人,放下手里的木棒、石头,有的跑回家去找床,有的找扁担,七手八脚的临时做了副担架,几个朝鲜妇女,把降落伞折好给他铺上,然后把这位受伤的飞行员抬到担架上,抬回到庄子上来……从此,这位飞行员就住在这个小山沟里的庄子上养伤,全庄老少像对待亲人一样地看护着他……

半个月后,志愿空军飞行师,收到由前方拍来的一份电报:"你部飞行员一名,在某地降落,被朝鲜人民搭救,现正在我部医院休养,伤口不日痊愈……"

一星期后,杨德林回队了。这是一个愉快的日子,杨德林被所有的飞行员包围起来,从这个人的怀里抱到另一个人的怀里,争着问长问短;可是,杨德林什么话没说,第一句话就是问牟永刚是否活着。当他亲眼看到牟永刚站在自己的眼前时,真不知怎样来形容当时的情景,这一对生死的战友,一边笑着,一边流着泪,紧紧地抱在一起,一会又推开肩膀互相看看,然后又抱在一起,这个说:"你活着。"那个说:"你回来啦!"似乎不大相信是真的似的。晚上,他们仍旧睡在原先的房子里,两张床并在一起,肩并肩,整整说了一夜的话……

一天,当记者到北朝鲜的机场采访时,正是空战最激烈的一天,牟永刚中队也和大家一同飞出去作战了。团政治委员和记者一同漫步在机场绿色的草地上,他向记者叙述了牟永刚中队和这一对生死朋友的全部故事。这段故事,对于这个中队来说,是辛酸的一段,是难忘的一段,也是一个部队成长过程中必然经过的一段,最后,政治委员说:

"现在已经和几个月以前大大不同了。我们的空中战士,已经学会了如何编队配合作战,如何更狠狠地打击敌人。到现在为止,单牟永刚一个中队,就击落敌机18架,成了本师很好的一个中队……"

机场上空响起一阵马达声,作战的机群返航了。记者抬头看时,只见一队队银色的"燕子",编着整齐的队形,从头顶上轰然掠过,然后,在机场上空盘旋了一周。当指挥所的对空联络台发出"准许着陆"的信号后,机群解散了,一对跟着一对,按着正规的航线,顺着跑道,安然着陆了。

"看,牟永刚下来了。"政治委员说。

记者和政治委员一道,向停机线走去。

刚刚着陆的飞机,也正顺着跑道,向停机线滑行过来。只见一架涂着"01号"的飞机,刚刚滑行到停机线上,马达声一停,座舱盖一开,跳出来一个高个子飞行员。

"就是他。"政治委员说。然后又大声喊道:"牟永刚同志!这边来!"

大个子飞行员向这边跑过来了,跑到跟前,立正,敬礼,没等他作报告,政委就迎上去说:

"来,介绍一下,这是记者,这就是牟永刚。"

"杨德林呢?"记者问。

牟永刚正准备转过身去喊杨德林,却被迎面跑过来的一个人的笑声打断了:

"哈哈,记者又来访问了吗?队长,这回可该你好好地作个典型报告了吧!"

"什么报告?郭祥同志,来吧!小高呢?"牟永刚问。突然又扭头看见了,忙喊:"小高!这边来,跑快一点!"

记者和郭祥、小高一一握过手,然后对牟永刚说:

"郭祥同志说的对,你应该给我们作个典型的报告。"

牟永刚脸红红地说:"作报告的不该是我,是他!"说着,朝旁边一闪,把刚跑到身后的一个人拉到前边来:"是他,杨德林。"

一个中等身材的飞行员站在记者的眼前,圆脸,满脸红光,多少有点黏黏糊糊的,露出一脸纯真的笑。

"是他,是杨德林!"牟永刚重复着说。

1952年7月改写于北京

红色的风暴

魏巍　钱小惠　著

人　物　表

钟　夏　　　　青年革命家，北方初期工人运动的启蒙者。27 岁。
辛老厚　　　　杂工。50 岁。
辛大成　　　　辛老厚子。22 岁。
辛二凤　　　　辛老厚女。18 岁。
葛振红　　　　人称"大老葛"。铆工匠。工会副主席。二十四五岁。
葛　母　　　　瞎子。52 岁。
田　广　　　　人称"田大脖子"。旋工。工会主席。40 岁。
田广家的　　　38 岁。
小　红　　　　田广女。8 岁。
旦　儿　　　　田广子。5 岁。
高　海　　　　锅炉工。工人纠察队大队长。36 岁。
高海家的　　　33 岁。
吕银河　　　　老木工。工会纠察队情报员。50 岁。
陈永寿　　　　人称"陈老鸢"。铸工。56 岁。
陈老鸢家的　　54 岁。
秦志高　　　　油工。工贼。31 岁。
吴老大　　　　锻工。58 岁。
大轱辘刘　　　旋工。纠察队员。24 岁。
吴佩孚　　　　军阀。40 多岁。
白坚武　　　　吴佩孚的谋士。30 多岁。
顾　问　　　　英国人。40 多岁。
赵继贤　　　　京汉铁路局局长。30 多岁。
柔　曼　　　　法国厂长。40 多岁。
庞总管　　　　外号"庞大肚子"。42 岁。
胡　头　　　　工头。外号"爪子胡"。34 岁。
刘进财　　　　职员。28 岁。
王绅士　　　　(后任县长)50 多岁。
商会会长　　　40 多岁。

时全盛　　吴佩孚十四混成旅旅长。30多岁。

其　他　　工人、纠察队员、工人家属、军官、练习生、站长、士兵、旅客、听差、掌柜、伙计、行人、小孩等多人。

第 一 部

一

　　火,远方燃烧着大火。惊惶的鸟鹊,从着火的大树上飞起。它们,飞过了一处处冒烟的战壕。它们,飞过了一处处荒凉的村落。它们落上枯树。大路上有饿倒的行人。它们落上茅屋。茅屋里有饥饿的孩子和焚香祷告的母亲。悲歌声起。

　　　　民国呀那个八九年,
　　　　乌云遮满天。
　　　　洋人雇用狗军阀,
　　　　遍地起战烟。
　　　　血泪洒满好河山!

　　　　哪里是活命的路呵,
　　　　哪里是苦海的边?
　　　　盼只盼一阵风暴起,
　　　　推开乌云见青天……

　　歌声里,大道上由远而近,出现了一辆山东太平车。推车的是一个衣服破烂的青年农民,一个乡村姑娘在前面曳着粗绳,一个穷苦的驼背老头儿,背着破包袱,跟在后面。车上除了破烂的行李,还捆着许多穷人舍不得丢弃的破锅、粗碗、竹篮、铁壶等等用物。车架上还挂着一个破水瓢、一双旧鞋。他们像怕人追赶似的,一边走,一边回头张望,太平车在悲歌声里赶着坎坷的道路。

老头儿回过头,感伤地说:

"唉!大成!要不是穷,何至大年三十,给逼得离开家呵!"

"别难受了,爹,"那个青年农民说,"只要到长辛店找着姑父就好啦。"

老头儿点点头,满怀希望地凝视着远方,又嘱咐说:"二凤!别叫累着你!"

姑娘拭了拭汗,说:"爹,我不累。"

太平车继续赶着荒凉的道路,幕后悲歌交织着悲哽的车声。

一路上,他们不断遇见和他们一样逃难的人。有的搀着老人,有的背着孩子,有的把小孩子放在筐里挑着赶路。……

他们一家三口不知走了多少日子!身上的衣服,一天比一天破烂,车上的东西,一天比一天减少。

一天,太平车经过地主门前。老头儿伸手求乞,地主不给,老头儿苦苦哀求,地主唤来了几条恶狗,把老头儿吓退。

一天,太平车又经过一个破落的村庄。远处有人喊:"吴佩孚的兵来了!"老头儿赶忙搀着二凤藏在一个破庙里。大成慌忙藏车,兵士冲来,把大成抓去。老头儿赶出来抢救,被兵士踢翻在地。

二凤伏在爹爹的身上痛哭。

爹爹抚着二凤,眼里滚着泪水。

悲凉的歌声,又缓缓唱起:

> 民国呀那个八九年,
> 乌云遮满天。
> …………

尘土,滚动的车轮,破了的鞋子……

老头儿吃力地推着太平车,二凤的肩头被曳绳磨破。

> 洋人雇用狗军阀,
> 遍地起战烟。
> …………

二凤支持不住,跌在地上,老头儿来扶,二凤看着肿了的脚背,背着脸,把泪珠滴在尘土里。

血泪洒满好河山!
…………

老头儿扶二凤上车,又推车赶路。

哪里是活命的路呵,
哪里是苦海的边?
盼只盼一阵风暴起,
推开乌云见青天……

二

历尽风霜的人,看见了远处的烟囱。
黑烟,流过树梢,流过天空。
二凤和爹爹站在山头。
"二凤,"老头儿说,"瞧,长辛店,真是大地方呵!……这地方怎么也有咱爷儿俩一碗半碗吃的。"
父女俩兴冲冲地走着。
忽然二凤说:
"爹,你等等我。"
她跑到就近的河沟里洗了洗脸,又掏出半截破木梳拢了拢头,一边对爹爹说:"看见了姑父叫人家笑话。"说着,把套在外面的破布衫脱去,丢在地上。
老头儿觉着可惜,又把破衣裳捡起来叠好。
他们走进古老的长辛店镇。
街上房屋破旧,青石铺地,骆驼队缓缓走过。
巷口。老头儿拦住一个行人,谦恭地打听说:
"老哥,你可知道有个叫黄子义的……"

"黄子义?"那人皱起眉,想了想,"是头年来大厂做工的老头?"

"对,对,"老头儿见有下落宽心地说,"我叫辛老厚,他是我大姐夫……"

"他前两个月就叫厂里开革,不知上哪儿去了。"

"呵……!"

父女俩全身一震,老厚手里的破衣落在地上。

这时,那边走过来一个猴眉鼠眼的瘦人,身披上衣,歪戴礼帽,手托画眉笼子,醉醺醺地走进酒店,嘴里唱道:

　　谁想高升去发财,
　　送礼来把马屁拍,
　　洋钱花上几十块,
　　管保事事顺心怀。

那个行人同情地看看老厚,指点说:

"那是厂里的胡头,有事,央求央求他也许能行。"

老厚怀着一线希望,领着二凤走到酒店门口。里面胡头大腿压着二腿,正在敞怀大喝。老厚挪了一步,想想又不敢进,迟疑了半晌,才鼓起勇气走过去。

"胡——大哥……"

胡头转过身,瞪着大眼:

"谁是你的大哥?"

老厚吓得连忙改口说:

"先,先生,我想求先生行好,找个事……"

"找事?"胡头上下打量了一番,仰头哈哈大笑起来,"哈,哈,哈!这帮外乡狗,也想来长辛店吃屎,可连长辛店的风俗都不打听打听。老头,领着你姑娘找间房子,开饺子馆卖饺子去吧!"

辛老厚脸色煞白。

"爹,咱们走!"

二凤拉着老厚走出小铺。

一个饭铺伙计,赶上来说:

"老头,别难过。这里有你一个老乡,在厂里当铆工匠,是个好人。你去找找他吧。他的名字就叫葛振红。你一打听'大老葛',人们就知道。"

* * *

汽笛声,有力地震荡着工厂的上空。

厂子里涌出被煤烟染黑的疲惫的人群。

人群里,有一个青年人。他,像许多工人一样,戴着破礼帽,外披一件油污的单衣,里面的紧身小袄上钉着密密的布纽子。他,身材魁伟,举止有些粗笨,忠厚、纯朴的容貌里,隐藏着一股英气。

他走过大桥。不声不响地买了两个烧饼,揣在怀里。然后走进一条肮脏、狭窄的土巷。

破旧的小院。绳上晾着几件破衣裳,在风里急迫地飘抖。一个眼睛瞎了的白发老大娘,正抖抖索索地收衣服,脚没站稳,跌在地上。

"娘!"这青年人将她扶起,"你怎么出来了?"

"我听嚷要变天,怕把你洗的衣裳淋湿了。"

"娘,以后我不在家,你可别出来了,别叫再磕着、碰着。"

说过,这青年人把自己的母亲背到屋里的土炕上。

他从怀里掏出了烧饼递给母亲。

他又开始劈柴,生火,做饭。

劈柴声触动了母亲的感情。

"孩子!"她忽然叫道。

"怎么啦,娘?"儿子停住斧头。

"我拖累了你了,孩子——"她说,"自打你爹叫厂子里冤死,不承想娘的眼就急瞎啦。你每天把娘不是背出去,就是背进来,在厂子里累死累活一天,回来还得自个儿做饭……"

"你说这干什么,娘,我不觉着累。"

"你多可怜哪,孩子。"

他站起来,拭去母亲的泪。

辛氏父女走到葛家门外。

二凤忽然停下:

"爹,我不去。"

"怎么啦,孩子?"老厚问。

"又没亲没故,生巴巴的。"

"唉,这是没法儿哪……"

老厚拉着二凤,怯生生地走进院子。

他低声地问:"这儿有姓葛的么?"

"老大爷,进来吧,有什么事呵?"

大老葛把辛氏父女让进屋里坐下。二凤怯生地靠在爹爹身边。

"唉……"老厚长叹一声,为难地说,"我们是从山东来的……"

窗外刮起大风,尘埃满天,空中乌云飞驰,天边,打着骇人的闪电……

屋里,老厚结束了自己的叙述:

"……没法呀,"他哀怜地说,"只好来求求你。"

葛母抹抹湿润的眼睛:

"唉……振红他爹,当年也是这么挑着振红,从山东逃出来的呵!……"

大老葛听了,有些难过。他抬起头说:

"老大爷!你等一等,我就来。"

说着,他走出门去,穿过小巷,走进大街。

南头,一家店铺的房山上,写着一个丈把高的"当"字。

大老葛大步走进当铺,脱去外衣,朝柜台上一扔:"两块!"

"嘻!"伙计轻蔑地看了看,伸出一个指头。

* * *

"老大爷!别推辞啦,"大老葛把钱递给老厚,"你先买点礼物给总管庞大肚子送去。这年头,离开钱是什么事也难办哪!"

老厚怀疑地看着他问:"你的衣裳……"

"我的衣裳给一个大嫂洗去啦。"大老葛赶忙打断他的话说。

老厚接过钱,感激地说:"我怎么谢你……"

"都是穷人哪!"葛母安慰地说。

天空,滚过隆隆的雷声。

"爹,"二凤望望门外,"要下雨了,走吧。"

老厚正在踌躇,葛母说:"这天气,上哪儿?就在这儿住吧!"

"这,这……"老厚更是不安了。

"老大爷,"大老葛说,"不要紧,我上伙友家借一宿去。"
二凤望着大老葛,心里充满说不出的感激。
　　　　　＊　　　＊　　　＊
黎明。冷清、寂寞的街道,到处是雨后的泥泞、污水。
老厚在店铺前徘徊:这家看看,那家看看,都觉得东西太贵,看看手里的钱,不知买什么好。
在一家小铺里,最后他挑中了一篓只值几百钱的豆腐卤。
　　　　　＊　　　＊　　　＊
一所华丽而庸俗的客厅。
藤靠椅上,躺着一个肥头大耳的胖子。他跷起腿,拿着一把小牛角梳子悠闲地梳着小胡,随后又拿起一本《法文入门》,"滴里啰落"地读着。大约念得高兴了,悄悄笑起来:
"只要学好法文,厂长看得上,什么好差使不是我的!嘻,嘻,嘻!"
"总管,"听差走进来说,"外边有人送礼!"
庞大肚子连忙整整衣裳,梳梳小胡,神气十足地走出去。
老厚把礼送上,结结巴巴地说:"求老爷给找个事……"
庞大肚子一看,原来是一篓豆腐卤,脸色顿时变化,冷笑了一声:"行,行,明天来。"
老厚走出门,心里正自高兴;猛然,豆腐卤隔墙扔出来,摔在污泥里,流了满地。老厚连忙用手去抓,这时候,门里露出庞大肚子满脸怒容的脸,他恶狠狠地骂道:
"不长眼的混账东西,你听谁说我收过别人的礼!"
　　　　　＊　　　＊　　　＊
"不收礼,哼!"大老葛听老厚说过,恼火地说,"他嫌你送的礼少!算啦,等我上大脖子哥家跑一趟,让他出个主意。"

三

田广家。
屋里堆着零乱破旧的家具,惟一引人注意的,是条几上一尊祖腹大笑的弥勒佛。

灯光下,呆着三个工友,个个眼色无光,面容消瘦,额上爬满了愁苦的皱纹。他们有的躺着,有的靠着,有的无聊地和田广的儿女开着玩笑。

他们在等候着田广的到来。

"大脖子哥怎么还不回来?"

"是呀,我等他有一个多钟头了。"

"我等两个钟头也不少了。"

条几上的旧座钟,指到了11点。

但是,田广还没有回来。

人们还在谈着自己的不幸。

"真气死人,"一个留着胡子的又瘦又高的老头,手上缠着破布条,坐在桌边,脸色十分焦躁地说,"我在这儿耍手艺也不是一年半年了。我吴老大凭力气吃饭,凭手艺挣钱,拍拍胸口,没有坑过谁,骗过谁。可这回受了工伤,把两个手指头都轧掉了,厂里连一个子儿也不发。儿媳妇一天混闹,说不能陪着我们家一块饿死。这怨我吗!我一定找大脖子跟她说说理,看看她这么办对不对!"

"吴师父,人不走时气怎么也没法子。"一个瘦汉子恼火地说,"胡头,一天价跟我媳妇吊膀子,我要大脖子哥给他句话:再这么着,哼,我秦志高不是好惹的!"

只有一个矮老头儿,穿着一双破毡靴子,沉默地坐在角落里。

"陈老蔫!"吴老大叫道,"无怪大伙这么叫你,你怎么老是不说话?"

"唉,我说什么。"瘦老头子低声地说,"我们班儿的老张吊死了。"

"为什么?"大伙惊讶地问。

"一点小事。"陈老蔫低声地说,"他病了一个月没上工。昨儿个他的孩子要烧饼吃,他没有钱买。他跟人说,他白托生了一个人,心眼儿一窄,就吊死了。"

大伙沉重地叹息了一声。

老蔫继续说:"他一死,我老是恍恍惚惚的。我比不了你们,我有七八个孩子。……我想托大脖子,送几个给人,免得我病了的时候……"

老蔫悲哽地咽住,大伙低下头去。只有条几上的旧座钟,嘀嘀嗒嗒地响着。

11点半。

外间屋里,田广家的满肚子气,朝里间屋望望,不满地叽咕着:

"天天晚上来一帮人,出外办事,连饭都不吃。普天下,也找不着这么个爱管闲事的!"

忽然,"嘭,嘭,嘭",叩门声响了。

"大脖子回来了!"吴老大叫。

大伙兴奋地站起来。

"爸爸!"小红一边叫,一边抢着开门。

开开门,谁知道进来的是一个又高又瘦的女人。大伙扫兴地吁了口气。

她披头散发,一头闯进来,又哭又骂地叫:

"大脖子哥,你给我评评理呀!高海一天价赌博、喝酒,一个钱不拿家来,跟他说理他举手就打呀!他有没有良心哪,大脖子哥!……"

秦志高对她说:"嫂子,大脖子哥不在。"

"不在?"她不信,到桌下、床底乱找,一边嚷着,"你不管管你兄弟,你藏起来不行!……"末了,看看真没有,才慌慌乱乱地跑出去。

几上的钟打12点。

吴老大悄悄地问:"大脖子倒是上哪去了呢?"

真的,他到底上哪儿了呢?人们还在等着,有的已经打起盹来了。

* * *

夜色里,井台上,站着一个长着粗脖子的又高又大的胖子。他踢里拖落地披着破棉袄,下面是一双露着脚后跟的破鞋。他拦住一个要跳井的媳妇问道:

"干吗跳井,有什么解不开的?"

"唉,大脖子叔!"媳妇流着眼泪说,"自打过门子那天,我就没瞧过好脸。公公打,婆婆骂,男人在厂里受憋,回来也找我出气。今儿个罚我打80斤柴,挑20担水。我没有一点活路了,大脖子叔!……"说着又哭起来。

那边一个男人赶来,骂:"臭娘儿们,还不挑呵!"说着,举手就揍。

"住手!"田广一把拦住,厉声地说,"她肩膀都挑肿了,你想逼她死吗?……好,我田大脖子也不回去了,走,我给你挑!"说过拿起扁担就挑。

男人忙道歉地说:"大脖子叔,别,别,有什么不能说的。"

"哼,有什么说的!"田广正色道,"她一天价在你家累死累活,穿了什么好的?吃了什么香的?你们还要折磨她,人活,就要活一个好心!"

* * *

座钟的针指着12点半。

小红跟旦儿已经睡熟。

田广家的噘着嘴往外撵大伙,说:

"你们看看天多晚了,自个不睡,别人也得睡呵!"

"大嫂子,大脖子哥回来,一定要把我的事说给他。""千万别忘啦!嫂子。"大伙走出门七嘴八舌地托付着。

田广家的回到屋里,看看饭又凉了,心里十分懊恼。

田广从外边回来。田广家的动也不动,坐在那儿怄气。

田广会意,故意打喜诨地问:"老婆子!饭好了么?"

田广家的把眼一翻:"我当你在外边吃饱了呢!"

"好,好,你不做,我做。"田广故意卖俏地拉长声说着,一边拉开架势动手热饭,"嘿,不知道哪炷香没烧到,把老佛爷得罪了。"

"老不死的!"田广家的指着他骂道,"一天到晚瞎忙活,你看看你那双鞋!老给人家管事,就不想想谁管你呀!……"

大老葛从门外走进来。

"大脖子哥,"他说,"我有个老乡想上工,他送的礼少了,叫庞大肚子骂了一顿,挺可怜的,你给想个办法吧!"

田广说:"大老葛,咱们都是直心肠的汉子,用不着多说。这世道,穷哥儿们再不你帮我,我帮你,真是一天也不能活呵!"

四

凄厉的汽笛声,唤醒了早晨。

饥饿疲劳的人群,无精打采地从四面八方涌进工厂。他们的面孔是忧郁的,他们的步子是慌乱的。那些从远处乡村里赶来的伙友,他们拿着窝窝头,一路跑,一路啃,像有什么看不见的东西,在急迫地追着这些不幸的人们。

厂子里,法国厂长柔曼闭着眼,悠然自得地坐在一把大罗圈椅上,两边绑着竹竿,工人喘吁吁地抬着,向一所大楼走去。一只小哈巴狗,带着铜铃儿,爽爽爽爽地跟在后面。

田广像在思索着什么。他急急忙忙地在各个厂房里走着。

他走到翻砂场:有人在聚众赌博。

他拉过一个正在赌着的工友:"老王,借几个钱给我!"

那人拿出仅剩的两个铜板苦笑着。

他走进铆工场:有人在吃酒聊天。

"大脖子哥,喝一盅。"有人嚷。

"老张,你借几个钱,我有急事。"田广说。

"这年头儿有什么过头!我通通喝了他娘的啦。"

他走进合拢场:有人躲在锅炉、水柜里睡觉。

田广推推人们,人们不醒。

他走向破车场。

破车场。一大群人围着一个身量矮小、有些丑陋的老头儿嚷叫:

"吕师父,来一段吧。"

"给大伙开开心吧。"

吕师父不慌不忙,缓缓地挽起袖子,故意咳嗽了一阵,这才把惊堂木猛地一拍:

"话——说——曹操率领83万人马,一路浩浩荡荡,杀奔东吴。前锋刚到赤壁,猛然一阵狂风,将帅旗折断,这也是上天之意,活该如此……"

有人嚷:"胡头来了!"

大伙连忙散开。

吕师父不慌不忙,解开事前装好刨花的口袋,就地一撒,装作干活。

一个邋里邋遢、傻大黑粗的愣小伙子,嘴里鼓鼓臃臃地吃着什么,正听得入迷,抬起头问:

"吕师父,曹操那会儿多大年纪了?"

胡头走来,照头一巴掌,骂道:"不干活,罚你二毛!"

"我,我……"

"再说,再罚你二毛!"

胡头走后,一个工友愤愤地说:

"这年头儿,工人一天说十句话,一个月的工钱就完了!"

"大轱辘刘,"吕师父说,"你这愣小子,怎么老是不长眼?"

大轱辘刘瓮声瓮气地说:

"干吗你们不告诉我!"

田广指着他说:

"往后学机灵点儿!这就叫不打勤的,不打懒的,就是打不长眼的。"

车头旁边。围着七八个人在掷骰子。

田广走过来。

大伙对一个短粗有力,眼里布着红丝的汉子嚷道:"高海!你还敢赌不敢?"

"不敢?输光算了!"高海把剩下的钱全押上去。

一个工人拿起骰子,使劲吹了口气,把手一松,骰子打了几个转儿停下,是两个"六",一个"幺"。

高海大喜:"这下非叫你裤子脱得光光的!"

说过,他拿起骰子使劲一甩,一个蹦了老高,两个打了几个滚儿,是"三"和"二"。大伙忙嚷:"别动!别动!"你推我碰地涌到另一个骰子边,弯腰一看,是个"幺",顿时掀起了一场大笑。

高海气得把油衣裳脱下来,使劲摔到一边,扒上车头,高声嚷着:

"小子,别卖乖!男子汉,大丈夫,有种的上来,赌到底!"

"你没有钱啦!"一个小伙子尖声尖气地逗他。

"我跟你们借!"高海叫,"要还不起,把老婆押给你!"

下边又掀起一阵大笑。

"对,赌个痛快,咱们到车头上干呵!"人们纷纷涌上车头,又赌起来。

田广在下面,一会叫:"好,赢了!"一会叫:"对,再押几个!"不住地给高海打气。

高海一连赢了几牌,面前的钱越聚越多。

汗珠从输钱人的脸上滚下来。

下面有人喊:"大脖子哥,给他们编上一段!"

田广略一寻思,随口念道:

  耍钱的鬼在车头,
  赖、哄、钻、骗是老侯;
  高海胜过那穷王四,
  打垮了局家砂轮儿刘。

大伙哄堂大笑:"大脖子哥出口成章,真有你的!"

"大脖子哥,"有人叫,"你哪儿来的这么多玩艺儿?"

"嘿嘿,"田广指指自己的大脖子说,"我这点才气,全在这里头咧!"

高海越赌越来劲,几乎把大伙赢光。

高海美得发狂,在车头上跳、唱、练把式。

"老高,上花梁上唱一段!"有人叫。

"上呵!"人们嚷着。

高海兴冲冲地走下车头,朝手心吐口唾沫,抱着柱子爬上去。一霎时,攀上厂房的细花梁,离地面好几丈高。

"别再上啦,高海,看摔死你。"田广喊。

"死算什么!"

说着,他早已经高高地登在细花梁上。他的脸色通红,眼里充满着一种近于疯狂的表情,用嘶哑、粗涩的嗓门,唱起了悲凉、深沉的歌:

过一天,少一天,
乐一刻,是一刻,
谁要做活就挨饿。
要想不受苦,哥们呀!
赌钱、耍牌、大吃喝!……

空中,响着下工的汽笛。田广和高海并肩走出厂房。

"老高,"田广说,"这回可得请我吃一顿了!"

"没说的,大脖子哥,"高海拍拍胸脯,"我的就是你的!"

工厂大门。守卫的拦住田广,指着他凸起的肚子:"你藏的什么?"

田广掀开衣裳的前襟儿,指着自己的肚子,俏皮地说:"东西在肚子里,你拿刀打开来看!"

"这是老子赢的,"高海拿出一大把钱挖苦地说,"你要不?"

守卫的脸红耳赤地挥手:"去,去,去!"

饭铺。

桌上放着熟肉。高海挽起袖子,用海碗大口喝酒。

"老高,"田广坐在对面说,"把钱拿出来数数,赢了多少?"

高海仰头哈哈大笑:

"大脖子哥,还害怕不够你吃一顿么?"

"不是这话,"田广说,"兄弟有件难事,想要你帮个手儿!"

"钱算什么!"

高海把钱全抓出来,推给田广。

田广把钱划作三份,指着说:

"这一堆是酒钱,这一堆归你老婆,这一堆我拿去用。看你还赌不赌!"

高海哈哈大笑:"大脖子哥,真有你的!"

* * *

钱,堆在葛家桌上。

田广一边打算盘,一边说给老厚听:

"你给庞大肚子买上一筒龙井茶叶,合三块二毛钱,再买十斤猪肉,两块二毛五,除这,再捎上二百个鸡子儿,一块六毛钱……明天,正巧是大肚子家小王八蛋一百天的日子……"

* * *

庞大肚子家的大门。

胡头托着画眉笼子从门里出来,见老厚提着礼物,冷笑:

"好呵,不用我这台阶儿啦。告你说,我就是个活梯子,不登梯子上房,可不大方便哪!"

胡头悻悻而去。老厚走到门口,敲门。

庞大肚子看见礼物,眉开眼笑地说:

"唉,唉,这是干什么,花这些钱。……"说着,回头又叫听差:"陈四,快收下!——好,好,明天上工吧,可有一样,你得在我的'锅伙'里吃饭。"

庞大肚子走后,老厚问听差:

"老哥,什么叫'锅伙'?"

听差慢条斯理地回答:"我们总管开的饭铺,就叫'锅伙'。"

五

铁路伸向天边。远处是太平岭的山影。

铁路边,二凤和七八个妇女、孩子在拣煤核。

她的手在煤渣堆里不时地停住。

她的脑海里,出现了大老葛朴实热诚的容貌,出现了她父女俩初到葛家时的一幕幕情景。……

她的脸上,充满了感激的表情。

拣煤核的人渐渐散去,有人回过头来偷偷笑她。

眼看红日落山。

她猛然惊醒,又匆忙地拣着煤核。

* * *

二凤把大半筐煤核倒在地上,又连忙抓起扁担挑水。

葛母心疼地说:

"二凤,你住到咱家,就跟我闺女似的,你别总是觉着不过意呵……"

"不,大娘,"二凤分辩着,"我从小干活惯了,我呆不住。"

说过,她挑了水来,又忙着生火做饭。忽然,她发现窗台上放着大老葛的一双破鞋。她望着,望着……

她悄悄地将一只破鞋拿下。

她拿在手里,比了比,找着剪子,铰了鞋样。

"闺女,你在干什么?"葛母问。

"我没干什么,大娘。"

二凤说罢,又找出自己在路上穿破的布衫,把它悄悄地晾开。……

* * *

嘈杂的厂房里。辛老厚卖力地锉着铁活。

有几个工友在交头接耳偷偷笑他。

"伙计,"吴老大走过来,关切地说,"干吗这么卖力?这年头儿老实人吃亏!"

"老哥,"老厚摇摇头,"端人碗,服人管,吃人家饭,就得好好给人干哪!人,不能干亏心事呵。"

下班汽笛响了。人们纷纷走出厂房。

胡头提着一大包衣裳叫住老厚:"老头儿,听说你姑娘衣裳洗得不坏,给我洗几件吧!"

老厚胆怯地接过。

厂内空场。老厚提着衣裳包走着。大老葛从后边赶上,问:

"这是什么?"

"胡头叫二凤给他洗的衣裳。"

大老葛夺过包儿打开,里边露出:女人裤子、臭袜子、小孩尿布……

大老葛气得把包儿朝地下一摔:

"这不是明明欺负人么!咱们凭力气吃饭,凭手艺挣钱,用不着巴结谁!老大爷,给他送回去!"

老厚在犹豫着。

"你就说闺女病了。"大老葛催促着。

屋里。老厚把衣裳包儿还给胡头。

胡头冷笑了一声:

"好,我劳不起你的金身大驾!"

　　　　　　　　　＊　　＊　　＊

　　胡头气呼呼地在厂房里走动：
　　"哼，这火车房几百人谁不怕我！你一个新来的臭老头儿，算什么玩艺儿！你不烧香，不上供，就想吃这碗饭？看我有没有法子治你！"
　　他迎面发现一大堆乱铁，站下想了会儿，忽然露出一脸奸笑。
　　他走近老厚，指着那一大堆乱铁，说：
　　"头下班，你把它全搬到外头去。要是误了，可别怨我的眼不认人！"
　　"胡头……"
　　胡头洋洋得意地走去。
　　老厚搬了两块，就喘个不住。
　　大老葛走来，在老厚耳边悄悄地说：
　　"老大爷，你上那儿瞅着，一来人就给我个信儿。"
　　说过，他脱去油褂子，垫在肩上，飞快地搬着铁块。
　　胡头走来，见铁块已经搬完，奇怪地问老厚：
　　"是你干的？"
　　高海走来，瞪大眼说：
　　"是他干的，你想怎么！"
　　胡头见他怒气逼人，不敢多说，连忙扭头走了。

　　　　　　　　　＊　　＊　　＊

　　胡头对庞大肚子卖好地说：
　　"总管，你的地里草长得老高咧，我打发人给你去锄锄吧。"
　　庞大肚子梳着小胡，满意地点了点头。
　　田里。几个工人在倚着锄发牢骚、聊天。
　　"哼，庞大肚子当了不到一年总管，就在这方圆置了三四顷地！"
　　"置地？光房子就置了多少！"
　　"他置100顷地我也不管！"吴老大气得胡子哆嗦着，"他犯不着在咱工人身上找便宜。在厂里一天累个臭死，还得跟他来撸锄把子！"
　　旁边，只有辛老厚一个拿着锄头汗流浃背地锄地。
　　远处，胡头托着画眉笼子，对庞大肚子说：

"总管,那个姓辛的老头坏透了,自己不干,还背地说你坏话。"

庞大肚子怒冲冲地提着文明棍赶来,大伙一见,急忙干活。

庞大肚子的文明棍打在老厚挂满汗珠的脸上。他恶狠狠地骂道:

"你问问这厂子里的人,谁没给我种过地,你觉着抱屈了吗?……"

* * *

葛家。屋子里已经搭了一层秫秸隔扇,又另开了一个房门。

二凤躺在床上,满脸病容。

葛母在秫秸隔扇那边问:"你的病轻了些么,孩子?"

"不要紧,大娘,"二凤说,"就是路上累着了点儿。"

老厚低着头走进来。

"爹——"二凤叫。

老厚不语。

"爹,脸上怎么啦?"

老厚连忙扭过头去,掩饰地说:

"没什么,孩子,碰了一下……"

二凤看出爹爹的痛苦,涌出了泪。

老厚走到二凤身边,辛酸地说:

"唉,孩子,你大哥到这会儿也没个信儿,你又病了,等明天开了支,我给你请个先生瞧瞧……"

"不,爹,"二凤摇摇头说,"我躺一躺,过两天,就能起来做活儿。"

* * *

工人的"大锅伙",到处是赌博、哭骂、埋怨的声音。

门口。陈老蔫对吴老大悄悄地说:

"老大!这个月的工钱,你替我领领吧。"

"你自个儿怎么不去?"吴老大问。

"唉,"陈老蔫叹了口气,"不开支倒罢,一开支反而为了难,那儿好多人等着我,一屁股饥荒,你说这两个钱给谁?"

老厚在柜台下数着第一个月的工钱。

"怎么才这两个钱?"

"吃的不花钱么!"职员刘进财瞪着眼说。

"一天两顿窝窝头、菜汤,也扣不了这么些呵!"

刘进财把桌子一拍,发了火:"你个臭要饭的,还想吃山珍海味吗?"

老厚忍气吞声地走开。

胡头正跟几个管事的玩纸牌,看见老厚,亲热地叫:

"老头儿,来,玩一牌。"

"哦,不,不,我不……"老厚害怕地躲避着。

"怎么?"胡头走过来说,"我胡头高攀不上啦,是不?"

"谁说,谁说……"

"来,来,玩一下吧。"胡头强拉硬扯地把老厚拖过去。

老厚胆怯地洗起牌,手簌簌发抖。胡头装模作样,故意打出一张,老厚吃上,赢钱。

"怎么样,"胡头笑道,"我还能叫你吃亏?"

桌上两只大手在洗牌。

胡头向其他人挤眉弄眼,把钱全部赢去。

忽然,老厚把手伸进口袋,掏不出钱。他怔了一会,一把抓住胡头的手腕,嚷道:

"不行,你们诓人,这钱我,我不能给……"

胡头一拳把他打倒,骂道:

"不受抬举的东西,再闹,我刷了你!"

* * *

路边,老厚在哭泣。

高海袒着胸脯,提着酒瓶走过来。

"怎么啦?老大爷。"

老厚伤心地说:

"我的闺女正病着,开,开支给胡头诓去了……"

"不要哭!"

"我的闺女正病着呀!"

高海把酒瓶一扔,用拳头捶着胸口,吼道:

"不要哭!"

他眼望着远处,愤恨地说:"胡头,胡头,我高海今天不和你拼了,就不算顶天立地的一条汉子!"

*　　*　　*

夜晚。胡头家。桌上放着酒肉。

胡头用筷子夹起大块肥肉,放到嘴里,又抓住酒瓶,仰起头咕嘟咕嘟喝了几口,美得咂嘴、闭眼,不知怎么才好。

他张开眼,蓦地一惊:桌上斜插了把明晃晃的尖刀。

高海站在眼前。

"这……这干什么?"胡头颤抖。

高海把手一伸,命令地说:

"把诓的钱,还辛老厚!"

"为什么?"胡头镇定了些,想站起来反抗,"那,那是我赢的!"

"你赢的? 哪回开支,你们锅伙不是这么把人扒个光屁股! 今儿个,要不给钱,你砍了我!"高海瞪着眼吼道,"要不,我宰了你!"

胡头吓得跌在椅子上:

"行,行,行……"

高海拿起钱扬长走去。

胡头怔了一会,把桌子一捶,咬着牙说:

"好,姓高的,饶了老头,我也饶不了你!"

*　　*　　*

铆钉声哒哒地响着。

大老葛在飞跑。

他从东横西倒的大锅炉旁边跑过去。

轮子飞旋。

田广。

"大哥,大哥,"大老葛慌张地叫着,"高海给开革啦!"

"什么?"田广一怔。

"高海给胡头开革啦!"

轮子渐渐停住。

在厂门口的大墙上,贴了很大一张开除高海的布告。

布告下。田广紧紧抓住大老葛的胳膊说道:

"只要咱们穷哥们在,就不能让高海饿死!"

*　　*　　*

在二凤的病床前,老厚几乎哭出声来。
"爹,你怎么啦?"
"高,高海叫开除了!"
"呵?"
"他为了我,叫厂里刷了!"
二凤挣扎着从床上坐起,她的脸烧得通红。
"爹,不要紧,我还能给人家洗洗刷刷,咱们攒个钱,也得帮补高海!"

* * *

田广提个小口袋,站在刨床边,一个工人把几个铜钱丢进袋里。
田广点头:"谢谢!"
田广走向另一个工人。
工人掏出钱,丢进去。
袋上一面写着"募捐袋",一面写着"同舟共济"。

* * *

街头。小杂货摊。高海在一边异常清冷地坐着。
偶然过来一个行人,指着毛巾,问:"有贱的么?"
"嫌贵就别要!"
"干吗这么横?"
高海发了火:"东西是我的,要买掏钱,不买就去!"
行人翻了翻眼,边走边说:"哪儿见过这样做买卖的。"
路边,母子二人经过。
"妈,我要那个!"
孩子指着摊上的玩具。
"饭都吃不上了,还买那个!"
"呜——我要,我要么!"孩子坐在地上哭起来。
高海忍不过,把玩具给小孩说:
"送给你!"

* * *

赌场。人声喧闹。高海在人堆里押宝。
高海家的蓬头散发,在人堆里乱撞,一眼看见高海,叫:
"好,你把本钱输光了,连家也不要了……把钱给我!"

高海家的冲过来夺钱。

"放手,不要脸的臭娘儿们!"

高海拼命把钱夺回,掷到红纸块上。他一手拦住老婆,嚷:"我全押,开宝!"

庄家开宝:黄块。把钱赢去。

高海怒火烧心,一把推倒老婆,从怀里摸出最后的一张票子,举在空中,疯狂地大笑:

"哈哈,还有,还有张票儿……这回,你们谁也赢不去了!"

高海一口把票子吞下,眼里涌出大颗的泪。

六

一架破旧的留声机,在娘娘宫门前的石阶上呜呜哑哑地低唱着。

热风沙,从街上卷过。

留声机边,有一个蓄着长发、穿着长衫的青年人。他约有二十六七年纪,长着淡淡的胡髭和一对充满热诚的眼睛。他身边插着一面写着"讲演队"的三角小旗。这面小旗不时地被热风卷起。

他拼命地给留声机上着弦,想让它唱得更响些。他几乎向每一个过路的行人,都热情地招呼着。

"喂,喂,老太太来听一出吧。"

"我还做礼拜去哩。"

一个老太太撇撇嘴向远处的"福音堂"走去。

"喂,那位工友有什么心事,来听一出梅兰芳的,解解闷吧。"

"去你的!"

高海正低头走着,瞪了他一眼。

他的脸色由兴奋转成失望。留声机也喑哑无声地停住。

只有三四个孩子,围着留声机伸手探脑地混闹。

远处有两个老人在指着他议论:

"这是干吗的呀,老哥?是传道的么?"

"不,这是北京下来的讲演团。"另一个回答,"这些人真有点苦干的劲头儿,就是讲的那话,听不大明白。"

这时候,那位青年正弯下腰问几个小孩儿:

"小朋友!哪儿住的工人多呀?"

"赵辛店!!!"几个小孩子抢着叫。

他马上收起留声机,扛着旗子,走向赵辛店。三四个小孩儿仍旧兴致勃勃地跟着。

"喂,站住!"后面田广家的抱着旦儿喊,"卖给我们几块梨膏糖!"

"对不起!我不是卖梨膏糖的!"

* * *

破落、古旧的赵辛店。

古庙的壁上,题着"一去二三里,烟村四五家"的诗句。

愁苦的陈老蔫坐在门口,和大轱轳刘、秦志高几个人闲谈着什么。

青年擦了擦汗,在人多的地方停下来。旗子靠在枣树上。留声机又呜呜哑哑地唱着。

一时又来了几个小孩、妇女,人越聚越多。

青年的精神振奋起来,开始了慷慨激昂的演说。

"亲爱的同胞们!现在,我们中国已经到了危急存亡的时候了。万恶的帝国主义,正在勾结军阀,制造内战,企图瓜分我们地大物博的中国。现在,特别是我们无产阶级……"

人群里,大轱轳刘愣声愣气地问秦志高:"他说什么,无产阶级?……"秦志高碰碰他,叫他不要说话。

"现在,"那位青年继续讲道,"要想挽救中国,我们无产阶级就要起来进行革命。我们的革命是能够成功的。……"

人们疲倦、打盹,人越来越少,终于剩下了几个仍旧在混闹的孩子。

青年脸上,充满懊恼的神情。

他跨上井台汲水。

陈老蔫见他几乎把辘轳弄下井去,连忙过来,帮他汲了一大柳罐。

青年两手抱着大柳罐咕咚咕咚地喝着。脸上滴下一颗一颗的汗珠。

远处传来火车的汽笛声。

他急忙地收起留声机和小旗,向车站跑去。

他的长衫后背上,被枣格针挂了很大一个口子。

* * *

车站上。

烧饼铺。青年买了一个烧饼,一数手里的钱,只够买票,又把烧饼退回。掌柜不满地瞪他一眼。

票房口,他把全部的钱买了车票,走进车厢。

暮色苍茫中的北京。

他提了东西下车。走过前门。走过天安门。走过宽阔的东西长安街。走过北海。

古老的公寓。许多房门口各自挂着"无政府主义研究会""读书会""马克思主义研究会"等五光十色的牌子。青年向"马克思主义研究会"的房门里走进去。

房间里,有简陋的行李和一张马克思的相片。

他坐定后,连着叫了两声"老张",茶役走来。

"请赶快给我开饭吧。"

"对不起,钟先生,"茶役说,"老板已经通知我:停止给您开饭了。"

"为什么?"青年站起身问。

"老板说您房钱已经3个月没有付了。"

"我家里会寄钱来……"

"钟先生,老板说,家里给你寄一个钱来,就有你100个穷朋友等着,一辈子也轮不上他!"

茶役又走近一步,悄悄地说:

"我听,我听说……"

青年睁大眼睛望着他。茶役伏在青年耳边,低声地说:"明天一早儿,老板要叫你搬出去!我还听说警察局也在打听你。"

"哦!"青年惊讶地叫了一声。

"这是您的信。"

茶役把信交给青年,转身走出去。青年急急把信拆开:

钟夏吾儿：

　　为父劳尽心血为你谋得要职，望即日赶来上任。如仍在外胡作非为，则立即对你停止供给，并脱离父子关系。此谕！

　　　　　　　　　　　　　　　　　　　　　　父字

　　青年将信一把扯碎，送上灯火，信纸顷刻化成纸灰飞上屋顶。他望着纸灰，嘴角里露出轻蔑的笑容。

　　他点着一支纸烟，拔笔写道：

大钊我师：

　　他的脑海里闪着李大钊的面影。

　　他继续写着：

　　我第一次到长辛店的活动失败了，但我还要去。不怕失败一百次甚至一千次！

　　他的脸上，显出无限勇敢与坚毅的神情。

七

　　从夏到冬……

　　小铜锣噌噌地响着。

　　黎明中的长辛店。寂静的街道上，一个满身油腻的小贩，挎着篮子，敲着小锣，向厂门口走去：

　　"烧饼、馃子！"

　　从他的声调和面貌上，可以看出是青年革命家钟夏。

　　厂门口。污浊的河沟边，丸子锅里冒着热气，老豆腐摊边挤着吃早点的工人。

　　"烧饼、馃子！"钟夏左顾右盼地打量着走过的工友。

　　一个工人买烧饼。

　　钟夏搭讪着问："老哥，听你的口音像是河南人吧？"

工人没好气地:"什么地方还不是一样受罪!"说着,揣起烧饼走去。

"烧饼、馃子!"

钟夏又同另一个工人在谈:

"……是呵,时下穷人是太苦啦!"

狗在后边吃着馃子。

一个人喊:"狗吃馃子了!"

大伙哈哈大笑:"哪见过这样卖馃子的!"

近处,大轱辘刘背着口袋,走进"全兴粮行"。

一个戴着瓜皮帽,胖得没有脖子的商人,坐在那儿打盹。

"王掌柜,"大轱辘刘对他叫,"给我弄20斤杂粮。"

"有现钱么?"王掌柜头也不抬地问。

"三五天就开支,开了支还你。"

王掌柜伸出一只肥手,指了指墙上的条子——"概不赊欠,免开尊口",马上又打起盹来。

大轱辘刘把口袋一甩,走了出来。

钟夏在门外,狠狠地看了王掌柜一眼。

街上,挂满了鸦片馆的牌子。钟夏走进名叫"青云阁"的一家。

好几处铺上,点着大烟灯。工友们乱哄哄的,围着吸食鸦片。一个工友焦急地喊着:"还有地方没有?给我来两个泡儿!"

"烧饼、馃子!"钟夏叫卖着,走近那个工友,搭讪着问,"老哥,一天挣多少钱哪,还抽这个?"

"我不抽,给谁丢着!"那人翻了他一眼,把买来的烟泡儿喝下去。

钟夏沉重地叹了口气。

"烧饼、馃子!"接着,他又向一家赌场走去。刚刚跨进门口,工人们正在怒骂殴打,几乎把他的篮子撞翻。钟夏连忙退到街上。忽然有人喊:"疯子来了!疯子来了!"大伙纷纷回过头去。高海家的衣衫褴褛地走过来,嚷:"我不跟高海过了!我不跟高海过了!谁给我吃的,我嫁给谁!"

地下有烂白菜帮子,她捡起就吃。

钟夏在人的笑声中滴下眼泪。他连忙取了一个馃子递给高海家的。

高海家的指着钟夏傻笑:"卖馃子的,你想娶我么?你不嫌我丑,我跟你走,我跟你走!"

高海家的追赶钟夏,钟夏急忙躲避着。

有人嚷:"疯子不要胡闹,王老爷过来了!"

大伙尊敬地闪开。王绅士手拄拐杖,身穿长袍马褂,一手捻着白髯,和商会会长边谈边走。

王绅士用手杖指指高海家的,叹道:

"年轻少妇竟在大街抛头露面,真是世风日颓……可叹,可叹!"

会长唯唯诺诺地应着。

钟夏愤恨地挤上去想说什么,但又压制了自己。

"文章何尝不是这样,"绅士继续高谈阔论道,"现在提倡什么白话文,不纯粹是胡闹么……"

王绅士走过。钟夏在一旁悄悄地问:"这是谁?"

"这就是那个不跟凡人说话的王绅士。"一个人答道,"你要不会什么'之、乎、者、也',就别想跟他说话。"

"他是个秀才么?"

"秀才?嘿,人家是前清的举人哩。这当儿,是什么,什么……平民教育嘟进会……"

"促进会吧。"

"对对,平民教育促进会的会长。"

钟夏沉思,微笑,自语地说:"哦,哦,我正要找他!"

"烧饼、馃子!……"

*　　*　　*

平民教育促进会的办公室。

王绅士和商会会长点头,微笑地看着一张呈文。

"这篇呈文写得很古朴,功力可说到家了。看来此人至少也有40多了。"王绅士摇头晃脑,夸赞不已,忙对门口听差说,"请他进来。"

钟夏穿着长衫进来。

王绅士见他这么年轻,大吃一惊:

"哦,哦,你就是呈请办平民教育的钟先生么?"

钟夏有礼貌地点了点头。

王绅士请他坐下,说:

"如今人心不古,风习败坏,极需加深教育。我与这里厂长、总管很熟,一定支持贵举。"

*　*　*

破旧的小院。钟夏在扫地,抹桌。

他在门口挂起"长辛店劳动补习学校"的牌子。……

八

春天的原野。

解冻的永定河水向南奔流。

雁群飞过。

小红跟二凤提着竹篮在挖野菜。

风,轻轻地吹。

"二凤姑,这是什么菜?"

"这是老鸹嘴儿。"

"这个呢?"

"苦蔓儿。"

"这呢?"

"这个——小红,他还常到你家去么?"

"谁?"

"大,你大老葛叔叔。"

"他呀——这是什么菜?"

"什么菜!什么也不是,这是草!——我问你,他常去么?"

"常去。"

"你听他说了我什么没有?"

"他说你——二凤姑!二凤姑!"

"干什么大喊小叫的?"

小红指着一只蝴蝶,欢蹦乱跳地叫:

"你给我捉住。"

"你妈叫你挖野菜,你怎么尽顾玩。"

"你给我捉住,我要嘛!"

二凤只得放下竹篮,脱下一件单衫,把蝴蝶扑住。

"你给我用线拴上。"

小红捏着蝴蝶,二凤掏出线,搂着小红的脖子亲着:

"小淘气!告诉我,我给你做个小花帽儿,他到底说了我什么?"

"他说,他说——哎呀!"

小红不小心,蝴蝶又从她的小手里飞去。

"再给我捉住呀!"

"你自个儿捉!"

"不,二凤姑,那是个花翅膀的。"

蝴蝶飞着,风,轻轻地吹……

* * *

红日落山。

二凤挎着满满一竹篮野菜回家。

她走进院子。院子里搭满了衣裳。二凤放下竹篮,把干了的衣裳一件件叠好。

然后,她抹去脸上的汗珠,又坐到那儿洗菜。

屋里。葛母坐在炕头,好像有多大心思。

"二凤……"她迟疑地叫,"你来,我有句话跟你说。"

"什么话呀?干妈。"二凤连忙擦干手走进去。

"你,你坐到我这儿。"

二凤坐在她身边,忽灵忽灵地闪着一双大眼。

葛母话到嘴边,又吞吞吐吐地改口说:

"二凤,你来了这多日子,你瞎妈也没好好儿照顾你……"

"干妈,"二凤不安地说,"我知道你疼我,光怕把我累着了。头回那病,要不是我哥哥买药,到今儿还不知道怎么样咧。"

葛母见话投心眼,接下去说:

"你那哥哥……"

"呵?他说我什么?"

"不,我是说——你那哥哥,也没好好照看你……"

二凤松了一口气,说:"我哥哥一天价上工,你看他累的那样……"

葛母又低声试探地问："你看你哥哥这人怎么样？……"

二凤羞得低下了头。

葛母见她不答，脸色惶惑了一阵，叹了口气："你亲妈死了多少年了，二凤？"

二凤难受地说："一生我，就死了。"

"唉，"葛母感伤地，"你哥哥的爹，也去世几年了。你从小也没有妈，两个多可怜的孩子呵！……"

大老葛从门外走进来：

"娘，我回来了。"

二凤连忙上院里挑水。

大老葛夺过扁担，说：

"妹子，你的病还没全好，我来挑！"

黄昏。二凤把做好的饭，先给葛母盛了一碗，然后又端在桌上。

"老大爷呢？"大老葛问。

"他出去有点事儿，"二凤说，"你先吃吧。"

＊　＊　＊

漆黑的院落外，有人叩门。

"二凤，二凤……"

"来了，爹！"二凤听是老厚声音，忙去开门。一看——原来是又胖又大的田广。

"嘻嘻，我学的有几分像吧。"他十分得意地鬼笑。

二凤举手要打，田广扭头就跑，二凤追上去骂道："再坏，我看你脖子更大了！"

"你个大脖子没老没小的。"葛母等田广进来责备地说，"你说说这街上的大闺女小媳妇，你哪个不逗！说不定什么时候，她们按住你往你嘴里塞屎橛子！"

田广又嘻嘻笑了一阵。

"大老葛，"他走近桌边说，"快吃，到上课钟点了。"说着随手拿起一本书翻看，"钟夏先生这本书，你看完了么？"

"看完了，"大老葛说，"就是好多字眼不懂。比方说，什么叫'阶级'？还有……'主义'是什么意思？"

"阶级？这还不懂！"田广大大咧咧地说，"阶级就是台阶儿嘛，一登儿一登儿的。'主义'……"他搔搔头皮,寻思地说,"这个'主意'……对了,就是心眼儿,一个人应当有个好心眼儿,是不是?好比我上这儿来,你光顾自己吃饭,也不请我吃,这个'主意'就不行。"

大老葛一笑:"大脖子哥,别瞎编了,走吧。"

二人起身向外走去。

* * *

二凤看着门外,忽然愣住。

老厚低头走进来,把钱放在桌上,叹了口气。

"爹,"二凤问,"你怎么了?"

老厚不语。

二凤端过饭来:"爹,你先吃点儿。"

老厚拿起干粮,又放在桌上。

"怎么啦,爹?"

老厚伤心地抽噎着说:"我把你洗衣裳的钱给老高送去,想叫他买点吃的。他硬是不接。我,我怎么办?他为了我,落到这个地步,我能眼看着叫他挨饿么?"说罢眼泪簌簌直掉。

二凤也将滴下泪来:"爹,等明天我给他送去吧。"

"唉,"葛母叹息了一声,"高海是条硬汉子,孩子,你洗衣裳挣的几个钱,他是不会收的呀。"

"嫂子,"老厚抽噎着说,"可我怎么办呢?为了我,他,他……"
说着,大颗的泪,滴在干粮上。……

* * *

田广、大老葛拿着书向劳动补习学校走去。

学校里。

钟夏卷起袖子笨拙地切着菜,秦志高在帮他劈柴、烧火。

"你老是来帮我做饭,怪辛苦的。"钟夏说。

"钟先生,"秦志高说,"这有什么!帮助人是我的本性,只要朋友有难处,你叫我把脑袋豁出去,我也干!"

"你怎么想起上这儿来的?"

"我一听大脖子说来了个教书的先生,我一想,念书往后有干头儿,没容他说,我头一个就来了。"

"你一进厂就当油匠么?"

"唉,"秦志高叹了口气,"这年头,耍这份穷手艺,哪有出头的日子……"

田广、大老葛走到门口。

钟夏把锅放在炉子上,问:"炒菜是先放油,还是先放盐?"

"瞧我的!"田广把袖子一卷,马上帮助炒菜。

钟夏问:"你们劝工友入学的事怎么样了?"

秦志高摇了摇脑袋,抢先答道:

"昨天,我跑了好几个车间去劝,他们说,要给窝窝头就去!"

"真是,"田广接口说,"我们这里每天晚上还不跟吕银河那边人多呢。"

"哦!哪里的吕银河?"钟夏惊奇地问。

"一个50多岁的老木匠。是个光棍儿。他每天晚上在家里说'三国',讲'水浒',炕上、地下坐得满满的。连窗台儿上坐的都是人。"

钟夏沉思了一阵,脸上忽然闪出光彩,对田广说:"大脖子哥,明天你请他到我这儿来说一段。"

"请他?"

"是的。"钟夏果断地说,"请吕银河来说一段。"

钟夏掏出怀表,短针指着8点。田广他们3个围着桌子坐好。

"现在开始你们3个人的课。"

钟夏说过,在黑板上用力地写下几个大字:

"我们要过人的生活……"

* * *

"我们要过人的生活……"一个声音轻轻念着。

灯光黯淡。桌上放着一本打开的书。灯光里显出大老葛的侧影。

葛母躺在炕上,说:"天不早了,快睡吧!……"

"嗯,嗯……"大老葛还是醉心地看书。

葛母似乎想起了什么,悄悄叫道:"孩子……"

大老葛从书上抬起头来。

"那边二凤睡了么?"她问。

"没有动静,多半睡了。"

"孩子……你爹死了几年了?"

"8年了,娘,你说这干什么?"

葛母伤心地说:"你瞎娘这么老了,今儿个脱了鞋,还不知道明天穿不穿,苦命的儿,你将来依靠谁呢?……"

大老葛低下头去。

"孩子,"葛母更加低声地说,"你看二凤好么?"

"娘,你今天怎么了?"

"唉,"葛母叹息了一声,"儿呀,你从小就老实,现在还是这个傻样儿,连句话都不会说。要没了你瞎娘,不知道要落到什么地步呢!……"

"娘,别说了。"大老葛充满感情地说,"像二凤那样的人才,又那么可怜,日后给她寻个好主儿,怎么也比我强。我一天挣的吃都不够,哪能……叫她也跟着受罪呢!"

秫秸隔扇那边,二凤躺在炕上,眼里转着满眶的泪。

大老葛叹了口气,又拿起书来……

* * *

烟雾,热闹、嘈杂的谈笑……

墙上贴着一张张稀奇古怪的神像。窗台上东倒西歪地放着破碗、碟子和一本残缺的《麻衣神相大全》。

吕银河坐在炕上,看了看大伙,把惊堂木一拍,大声地说:

"今天,这一段,叫'景阳冈武松打虎'。话说……"

"好差事来啦,"田广故意喘吁吁地跑到门口,"吕师父!吕师父!劳动学校钟先生听说你的口才好,特意准备了上等茶叶,请你给大伙讲上一段。"

"好呵,走吧,走吧……大伙一块去。"吕银河洋洋自得地把惊堂木装起。

"大伙走哇。"田广趁势鼓动着。一伙人拥着吕银河兴冲冲地向学校走去。

校内。灯光明亮。钟夏搬椅,倒水,热烈欢迎大伙。

钟夏尊敬地说:"听说吕师父很有学问,很有口才。"

"过奖,过奖,"吕银河文质彬彬地说,"兄弟别的不行,若要看个麻衣神相,观看风水,写写文告,十八般武艺,虽不敢说样样精通,也都手到擒来,不算什么。"

"吕师父说书也说得好极了!"大轱辘刘也帮着吹嘘。

吕银河眨巴眨巴眼,十分得意。

钟夏趁势地说:"吕师父,你给我看看相好么?"

吕银河煞有介事地端详着钟夏的脸,接着,又看了看钟夏的指纹。

"噢,钟先生,我不是捧你,你看你这天庭饱满,主大福大贵;地阁虽欠方圆,也跟常人不同。你将来至少不在县知事之下。可惜你这掌纹,有一点缺欠……鸿运没来还要受压一个时期。不瞒你说,你在这儿当这个穷教员,也是因为这个掌纹生得不好。……"

"你说得一点不错,"钟夏故意赞同地说,"可这富贵贫贱倒是怎么决定?"

"这自然是命。俗话说'祸福皆由天定,人生不可强求',要不,为什么同一样人,有的乘马坐轿,有的作奴作婢呢?"

"吕师父说得对!"有人附和着,"像人家有福气的,身不动,膀不摇,吃的是山珍海味;可咱们工人呢,苦折腾一辈子,落得个吃这顿,没那顿,工人命定就不能存隔宿粮嘛!"

吴老大也接口说,:"一个人一辈子吃几坛子酒,穿几箱子衣服,都是有一定的。你想吃饱,吃饱了就得早死。"

钟夏的心情有些沉重,他问:"那为什么有的命好,有的命坏?"

吕银河说:"这就说到祖坟风水了。"

"吕师父,你自己的相貌看过没有,"钟夏问,"是不是缺妻之相呢?"

吕银河有点窘,但马上又答:"不瞒大伙,我找了很多相书看,我不是缺妻之相。"

"那你为什么直到现在50多岁,还没有娶亲?"

"唉,"吕银河长叹了一声,"我现时一身饥荒,娶媳妇不是娶媳妇,是娶饥荒,搂着个饥荒可有什么乐的。"

大伙笑起来。

钟夏摇摇手,止住大伙的笑声,又挨近吕银河问:"那么别人都有三妻四妾,你既是有妻之相,为什么连个媳妇也娶不起?"

"这……"吕银河低下头去。

"吕师父,你的祖坟风水好么?"

吕银河怒火万丈地说:"我以前种地,我那地风水好,叫那些王八蛋夺去了!"

"为什么就跟他算了?"

"我,我有什么办法!"吕银河悲哽地说,"刀把捏在别人手里。……我爹死时候,连个埋尸骨的地方都没有……"说过,泪珠再也止不住地扑扑落下。

人们轻轻地叹了口气。

钟夏难受地扭过脸。

吕银河继续伤心地说:

"没有家,也没有业,我不能眼睁睁饿死,十来岁就出来当小工,一天价挨打受骂,抬起头没有一个亲人,我真是丢了没人找,掉了没人拾,连哭都没有地方去哭呵……我怕想这些事,黑价,买不起油,就用香头照着相书,一个字一个字看,一个字一个字认……每天给大伙说段书,看个相,心里就觉着畅快点似的……"

屋子里到处是明亮的泪眼,沉重的叹息……

钟夏拭了拭眼睛,沉痛地说道:

"伙友们,什么是命?……人家三妻四妾,我们连媳妇也娶不起,这是命;我们穷死、饿死、叫人在脚底下踩死,这也是命;我们父母死了连埋尸骨的地方都没有,这还是命!我们受苦受冤一辈子,临死都不知道是怎么死的呵……伙友们,再不能受骗了。命,是那帮大肚子想出来蒙骗人的。伙友们,俄国工人已经把大肚子推翻了!……"

人们惊讶地低语着:

"俄国?"

"俄国工人?"

"是我们北方那个俄国?"

"是的,伙友们。"钟夏提高声音说道,"就是我们北方的那个俄国。列宁领导着俄国工人,已经把那些吃人肉、喝人血的大肚子推翻啦!……"

人们的脸色振奋起来。吴老大问:

"我们能学俄国么?"

"我们能把大肚子推翻么?"另一个人问。

钟夏说:

"明天晚上七点钟,我就要讲这个。请大伙回去叫更多的人来听。"

九

黄昏。老厚和大老葛一同下班回家。

大老葛脸上闪着光彩,对老厚说:

"老大爷,今儿晚上好多人到学校听讲去,你也去吧。"

老厚摇摇头:"我哪有这个心思呵。"他难过地说:"振红,我这些时,连觉也睡不着,一合眼,就看见高海。高海,高海连窝窝头也吃不饱哇。胡头为了我把他刷啦……"

"老大爷,心眼儿别太窄了,我给他想法子。"

"唉,振红,我的心过不去呀,我想,我想……"

"你想怎么?"

"我想,"他凑上一步,低声地说,"我想去求求胡头,求他换了我,叫高海上班……"

"求胡头?"大老葛惊讶地说,"那还行?"

"我想试试……"

"老大爷,"大老葛决断地说,"你趁早别去!"

他向另一个方向走了几步,又回过头说:"我找钟先生说点事,你吃过饭可一定去。"

大老葛的影子消失在一条漆黑的胡同里。

月亮升起。

辛老厚正低头走着,忽听那边喊:

"疯子来了!疯子来了!"

他惊惶地站住。抬头一看,高海家的从一条胡同里走出来,披头散发地喊着:

"我不跟高海了。谁给我吃的,我嫁给谁!"

她反复地喊着,向另一边奔去。

"站住!"老厚凄楚地喊道,"高海家的,你站住!"

他又从怀里摸出两个窝窝头,在后面追着喊道:"高海家的,你站住呵!……"

高海家的已经不知奔到什么地方去了。

月亮照着河沟,泥水缓缓地流。

辛老厚在原地徘徊。

一时,他的脑海里出现了胡头,他向胡头哀求,胡头点头答应,他的脚步就向胡家走去;但没走几步,眼前又出现了大老葛严肃的面影,他又回过身来。

月亮照着浑流。他在徘徊。

他坐在地上。脑海里马上又出现了高海家的那可怕的幻影。他像受了针刺一般,毅然决然地立起身来向前走去。

远处是胡家的灯光。

胡家愈来愈近。

他踏上了台阶。望着那一对黄铜门环。刚要举手叩门,他的手就激烈地颤抖起来。他连忙又退下台阶。

这时候,他听见背后有人喊:

"谁?"

他抬头一看,更加颤抖得厉害:眼前站着胡头。

"胡头……我,我求你让高海上了班吧……"

"让谁?"胡头瞪着眼,"让高——海?哈哈,你的面子倒不小哇!"

"胡,胡头,那事怨我,你把我刷了吧,让他……"

"哦——这工厂是你家开的,是不是?"胡头挖苦地笑着,踏上台阶,"辛老厚!等你下辈子,托生到一个好爹家里再说吧。"

"胡头,你……"老厚抢上一步,抓住胡头,"高海一家快要饿死了呀,胡头,他在这厂里干了好几年,你一下就把他刷了,你还有点善心么,你?"

"善心?善心多少钱一斤!"胡头一脚把老厚踢下台阶去,"滚!"

* * *

厂房里弥漫着一种和素日不同的气氛。人们在到处交头接耳、窃窃私语。

"那个钟先生,真有学问。句句话说到我心窝里去啦。"

"伙计,明儿快去听,要不,在世上真白活啦。"

"明儿我也听听去。"

这时候,只有辛老厚在一个角落里静静地坐着。他的脸色灰暗,似乎在严肃地考虑着什么。

一时他的眼前出现了胡头凶恶的脸孔;一时又出现了高海家的和高海生活悲惨的情景。他的眼睛,不时地望着"材料库"的房门。脑海里纷乱地出现着许多滚珠。

当他发现材料库没人守着的时候,他的神色紧张起来。

他走进了材料库。他凝视着一堆滚珠。

他伸过手去,手在激烈地颤抖。

这时,他的眼前出现了一幅恐怖的图画:一个工人给吊在厂门口树上,身上贴着两个醒目的大字——"小偷"。

他迟疑了一会,终于下了狠心,慌乱地抓起五六颗滚珠塞在怀里,走出门去。

他先向这里走,不知为什么又折向那里走。

胡头迎面走来。他的腿不由得颤栗起来,向后退了几步,眼睛射出恐惧的光芒。

"你在干什么?"胡头问。

"我,我……"

胡头更加怀疑,大声喝道:"你在干什么?"

"我,我什么也没干。"他激烈地颤抖着,几颗滚珠呛朗朗滚在地上。

"唔!"胡头狞笑了一声。他得意地用凶残逼人的眼光,盯着老厚,脚步慢慢地向老厚逼近。老厚向后倒退着,脸色变得煞白。

"唔,"胡头骂道,"我说车间里怎么丢这么多东西,原来是你这个老贼偷的!"他捡起滚珠,猛扑上去,抓住老厚的脖领,"跟我到总管那儿去,走!"

"我不去!"老厚由慌乱变得镇定起来。

"你不去就不开除你么? 走!"

"我不去!"老厚反抗地说。

胡头狠狠骂道:"好你个贼子贼孙,工厂供你吃,供你喝,有什么地方亏待你,你反倒来偷工厂,抢工厂!"

"你才是贼子贼孙!"老厚反击地说,"锅伙里,我们穷工人的一条破被子都让你偷走了,你当我不知道?"

"好哇!你造反啦。我胡头大小是个头儿,长短是个棍儿,你敢骂我?"他说着,劈头给了老厚一记耳光。

"好,好,我今天跟你拼了!"

老厚上前和胡头厮打。

一台机车由厂里飞快地开出来。

胡头一下把老厚推倒在铁道上。

机车从老厚身上轧过……

大老葛大惊,抓起铁棍要拼,被工友们拼命拦住。

下工汽笛激烈长鸣……

第 二 部

十

汽笛声撕裂着人们的心。……

人们涌出工厂。有的唉声叹气,有的怒火激昂。

大轱辘刘说:"老蔫叔,像这样下去,咱们工人就得死完哪!"

"唉!"老蔫叹息了一声,"有什么办法呵,刀把在人手里,他要宰你,比杀条狗还容易呵。"

"比杀条狗还容易?"秦志高吼道,"我们跟他拼死算了,怎么还不是一死。"

吴老大沉痛地说:

"唉,死的也不是这一个了。打我进厂,死的人像苍蝇似的,今天抬出一个,明天抬出两个。你今天顶了他,明天就把你刷了。再不就把你关到大狱里,落个求生不得,求死不能……"

老蔫苦痛地说:

"这工厂就是个大火坑呵,走到哪儿才是一站呵。……"

* * *

无尽的黑夜,狂风怒吼。

钟夏和田广从"劳动学校"走出来,态度严肃匆忙。

钟夏说:

"大脖子哥,要办就快,我已经叫秦志高去联络人啦,你敢不敢这样去做?"

田广激昂地说:

"我大脖子为了自己弟兄,一颗人头落地,不能含糊。"

二人匆匆地通过荒野向葛家走去。

葛家。门大开着。

大门外,挂着一长串纸琐钱,在风里激烈地飘抖。

小屋里,迎门放着一口柳木棺材,头前放着一盏幽暗的小灯。

葛母,正摸摸索索地在灵前烧纸。

钟夏和田广难过地走到灵前。钟夏问:

"大娘,大老葛哪儿去了?"

"不是到'劳动学校'找你们去了?"

"二凤呢?"

"二凤刚才还在这儿哭呢,"葛母叫,"二凤,二凤……"

没人答应。

"真怪!"田广说。

葛母扶着棺材,伤心地说:

"振红爹死了还不到几年,二凤爹又死了,二凤家人死完了,留下这可怜的孩子怎么过呢!……把那些当头的千刀万剐吧,神灵爷呵!……"

说罢,泪在小灯光中滴落。

钟夏和田广也拭去悄悄流下的泪。

钟夏走上前,安抚葛母说:

"大娘,我们的人是不能白死的!"

田广沉痛地说:"钟夏,看你脸上血色都没有了,你先呆一会儿,我找大老葛去!"

"不,"钟夏一把拉住他,"走!"

田野,风声愈大,二人更急迫地向前走去。

* * *

猛烈、咆哮的劲风。

茫茫的荒野。

大老葛携着钢刀一把,心里燃烧着复仇的怒火,大胆无畏地向前走去。

后面,二凤远远地追着,大风把她的长发吹起。

"哥哥!"

二凤渐渐追上。

"你来干什么?"大老葛在两棵大柳树跟前激动地站下。

二凤一把抓住他,哀求地说:

"哥哥,你可不能去呵。你一去,留下咱妈给谁管哪!"说着,从大老葛手里把刀夺下,"哥哥,你就是要去,也该给钟先生、大脖子哥商量商量呵!"

大老葛悲愤地说:

"商量?我就去不成了。我攮死他一个够本,攮死他两个赚一个。妹妹,你回去照顾我那个瞎娘吧,我把她全托付给妹妹了。……"他悲痛到了极点,又去抢刀,"妹妹,你给我吧,我再这样活着,我真不是一个人了!"

二凤把刀藏过,悲哽声嘶地说:

"哥哥,你要去,你就先杀死我吧!"

她死命地把大老葛拖回来。

二人走进院,二凤把刀扔在地下。

"哥哥,"二凤说,"你先歇会儿,我给你找钟先生去。"

二凤把大老葛推到屋里,悄悄拾起刀,锁上大门,又飞快地向荒野奔去。

风声呜呜。她在走,在走。……

在那两棵大柳树下,她不由地望望柳树,回过头来。

她满眼滚着泪,拿着刀,向地上跪倒。

远处,烟囱缓缓地冒着黑烟。

"爹爹,"她悲声叫道,"你从山东带着我逃出来,一路东讨西要才到了这儿。大哥半路叫吴佩孚抓去,想不到你又死得这么可怜……爹爹,你的仇无边,恨无边呵,我这回替你报了仇,也不亏你养我一场……"

远处是朦胧的灯火,葛家的小屋。

"干妈呀,"她又叫道,"我无依无靠,亏你收留,总想后半生服侍你,想不到也不能了……"

她满脸流泪,又望了望葛家的小屋。

"哥哥,你对我的好处我都知道,我不是对你无情无义,可是……我们只有等到来世再见吧!……"

说过,手握尖刀,向荒野里奔去。

一棵柳树被大风折断……

* * *

高海家中。

桌上摆着菜饭和一大瓶烧酒。

高海家的头发散乱地坐在炕上。高海站在桌边,一脚踏在椅上大吃。

"好老婆子,我的心烦躁得很,你再给我打上半斤烧酒,好么?"

高海家的直勾勾地望着地下不语。

"老婆子,"高海说道,"你让我痛快点,叫我老高好好地吃顿饱饭。"

他把桌上的东西,几乎全部吃光。然后翻箱倒柜,取出一件新衣。

"这是我娶你那年做的吧,今天好冷,我穿它一穿。"他穿在身上,乘老婆不注意,藏起一把短刀。随后走到老婆身边,"你娘今天捎信叫我去看看她,天明我要不回来,你就回你娘家去吧。"说过,他抱住老婆,声音里略略可以分辨出有一点悲哽,"好老婆子,你跟了我五六年,没有享过一天福,不是挨冻,就是受饿,我老高还三天打你,两天骂你,请你多包涵我吧……"

"你……"高海家的瞪大了眼睛望着他,"你怎么啦?"

话音没落,高海早已大步跨出门去。

* * *

钟夏、田广赶到高海家。

"大老葛来了没有?"田广问。

高海家的傻呆呆地摇头。

"老高兄弟呢?"田广又问。

高海家的又傻呆呆地摇头。

"真怪,"钟夏说,"一个个都没了。"

二人又奔进"劳动学校"的大门。学校里还是没有一个人影。

"走,还回大老葛家去!"钟夏说。

葛家。田广启锁。大老葛走出来。

"这是干什么?"田广问。

"这，这……"

"二凤呢？"

"不是找你们去啦？"

钟夏说："怎没见哪！"

大伙正在惊讶，高海领着二凤进来了。

高海气急地说：

"你们也不管管，她一个人去胡头家，不明摆着送死么，要不是我……"

"你也去胡头家了？"钟夏问。

高海不语。

大伙挤在棺材旁边坐下。

"兄弟们，"钟夏心情沉重地说，"我想问你们一句话，你们说胡头该杀么？"

"那还用说，"高海愤愤地把桌子一拍。

"总管、局长跟那些大头子们呢？"

"没有一个好东西，全是喝工人血长大的。"大老葛怒冲冲地说。

"对！"钟夏接着说，"可是，我们跟胡头拼了，总管、局长他们就不欺压工人了么？"

"管他！"高海叫道，"先出出我这口恶气。"

"出气，凭一个人不行。"钟夏说，"你不就这样给开除的么！"

"别说开除，就是蹲大狱，上法场，我老高也不能眨一眨眼。"

大老葛也气愤地说："我先拼他一个够本！"

"听钟夏兄弟说！"田广命令道。

"够本？"钟夏激昂地说，"他们杀死了我们多少？我们杀死他1000个、10000个也不够本，我们得把他们统统连根拔了！……我们要把大伙联合起来！"

二凤在一边哭道："那要到什么时候哇！"

"是呀，那要到什么时候？"高海又说，"大伙都怕开除！"

"怕？"钟夏说，"一辈子不敢打老虎，就一辈子怕老虎，只要大伙能敲掉老虎一颗牙，就不会有人再怕。我已经跟大脖子哥把办法商量好了，你们听听……"

忽然，吕银河喘吁吁地跑进来，对大伙说："哦，你们在这儿，我，我刚才探听了一个消息……"

* * *

傍晚。

大老葛匆匆地从家里走出去。

"哥哥,等等我。"二凤在后面喊,"我也要去。"

"你去干什么!"大老葛回了回头。

"不,我要去!"

二凤把手里的活放下就走。

葛母急得在屋子里喊:"二凤,二凤,别去,那可不是闹着玩的!"

二凤追着大老葛,早已经走远了。

* * *

夕阳缓缓落山。

群鸦在枝头叫噪。

树下,土沟里,一批工人埋伏着。

远处,小土坡上,秦志高在望风。

钟夏和田广面色严峻地在各处走动。钟夏指着一个道口说:"这个道口也把住!"田广马上调人,在近处伏好。

吴老大见钟夏走来,用颤抖嘶哑的声音说:

"钟先生,我敢打胡头吗?"

"敢打!老师父。"钟夏激动地说,"他把我们的人都轧死啦,还怕什么!"

"要真敢打,"吴老大把拳头举起来,"你看我这拳头,钟先生,我是个锻工呵,连铁我也砸得碎它!"

钟夏豪迈地笑着,拍了拍他。

大伙勇气更高。

远处,放风的秦志高跑过来,叫:"来了,来了!"

大伙连忙隐蔽好。

胡头一手托着画眉笼子,一手提着酒瓶,跌跌撞撞走来,边喝边唱:

谁想……高……升……去发财,

送礼……来把……马屁拍;

洋钱……"

他走到了沟边。

秦志高首先冲出来,一声大喊:"打呀!"

"打呀!!!"大伙震天动地地喊着,从各处冲了出来。

胡头一愣,丢下瓶子就跑。

秦志高紧紧地追着,一边喊道:"别让他跑哇!"

"别让他跑哇!!!"

"逮住这个马屁党!!!"

"给他算算账!!!"

人们随着秦志高勇猛地追上去。喊声震动旷野。

胡头越发恐慌,急忙又丢了画眉笼子,没命地飞跑。画眉飞去。

胡头逃上大桥。

大老葛、二凤忽然迎面冲来,揪住胡头。

"我咬死你!我咬死你!"二凤狠狠地拧着。

秦志高冲上去,把胡头一拳击倒。

人们发着喊声蜂拥上来,痛打胡头。

钟夏和田广赶上来。

田广问:"打死么?"

"多少留下口气!"钟夏狠狠地说。

胡头在人堆里哀叫:"大爷,大爷,饶了我……"

田广赶来,推开大伙,喝道:"好,饶了你!"

他把胡头提起,举在头上,走到桥边。

胡头望着下边泥水滚滚,大叫:"大叔,大叔,别……"

"噗通!"一声,胡头被扔进了河沟。他在泥汤中翻了几个滚,狼狈不堪地给水流带到远处,在一处爬上岸跑了。

秦志高领人拔腿就追。

"伙友们!回来!"钟夏高声喊道,"我们的仇人,不光是他一个。饶他一条狗命,让他报信去吧,叫他们也知道知道我们工人不是好欺侮的!"

"对,谁要再欺侮我们,我们就把他的狗腿打断!"秦志高气昂昂地骂着。

钟夏走上桥头。两岸拥挤着兴奋的人群。

"伙友们,"他大声讲道,"过去胡头吹牛说:'我胡头在长辛店当间一站,四街乱颤。'可是大伙一动手,就让他在臭沟里洗了一个好澡。……"

大伙大笑。

"这是为什么呢?"钟夏继续讲道,"这就是因为我们团结起来了。当然,他们是不甘心的,可是,我们不怕!"钟夏说得异常响亮,"只要我们大伙齐心团结起来,五个人是只虎,十个人就是条龙,要有100人,那就是一座搬不倒、推不动的泰山。伙友们!我们马上成立自己的团体——工会,行吗?"

"行!""行!"群众兴奋地嚷起来。

"大伙既是赞成,明儿早起,到学校报名去!"

群众纷纷鼓掌、欢呼。

二凤眼里涌出喜悦的泪。

十一

田广家。

田广家的在做饭。田广在炕上躺着,小红、旦儿骑马似的骑在他的肚子上,嚷:"快跑!快跑!"

"别闹!"田广说,"我教给你个曲儿。"

他唱:

> 长辛店的工人真敢干,
> 长辛店的工人真敢干,

小红和旦儿欢叫地重复着。

> 铁道东边拉战线。
> 铁道东边牙战线。

旦儿抢先叫着。

小红噘着嘴:"不是牙战线,是拉战线。"
"你别管,就是牙战线。"旦儿歪着脑壳强硬地说。
"别闹。"田广又接着唱道,

把胡头扔到臭沟里,
劈柴石头当炸弹。
打起来呵真好看!……

田广家的回过头数落着:"自古以来,光听说当头儿的打工人,没听说过当工人的打头儿,看人家把你刷了,你领着孩子喝西北风去!"
小红翻翻眼说:"我长大了,厂长还敢打呢。"
田广哈哈大笑。
"再唱一遍。"他说着,三人又唱了一遍。爷儿三个一齐大笑。
钟夏微笑地站在门口:"小红,这是干什么呀?"
"叔叔!叔叔!"小红、旦儿抢着扑到钟夏怀里。钟夏把他俩抱起来亲着。小红叫:
"我们打胡头好吧,叔叔,你装胡头——"
"好,我装胡头。"钟夏顺手拿过田广的帽子歪戴上,刚唱了一句"谁想高升去发财……"小红、旦儿一声喊:"打呀!"勇敢地冲上去。钟夏装出害怕的样子,怪腔怪调地哭着。惹起一串叽叽嘎嘎的大笑。田广笑得几乎淌出眼泪。
"大脖子哥,"钟夏拍了拍土,问,"厂里有动静没有?"
田广摇摇头:"还没听说。"
"咱们找秦志高把报名的事商量商量,要趁热打铁呀。"
"走!"田广披上衣服。
小红跳起脚:"叔叔,我要去!"
"你去干什么呀,小红?"
"打胡头去。"
"好,走。"钟夏把她抱起,刚走出门,旦儿哇的一声哭起来:"我也要去。"钟夏只得赶回来,在哭声里,用纸给他折了一个卷尾巴的小狗。

"你们不吃饭啦,"田广家的噘着嘴说,"你这个姓钟的来了,更热闹啦。"

"大嫂,下回,给我做点好的我才吃咧!"说过,钟夏抱着小红走出门去。

"瞧你这个大忙人,"田广家的扒着门框说,"头发那么长,真成了老长毛了!"

"老长毛?"钟夏指着自己的胸口说,"哪比得上咱们厉害!"

"你就不许找个空儿剃剃!"

钟夏在远处回过头说:

"嘿,过这一阵儿——准剃!"

* * *

赵继贤的牌局正在热火朝天。

一个说:"赵局长,吴大帅不断向北运兵,看来又将有一场大战了。"

赵继贤点头微笑说:"他们挣大钱,咱们挣小钱,吴大帅胜了,少不得也有咱们一份油水呢!"

听差走进来:"赵局长,有紧急电报!"

"哪里的?"

"长辛店。"

"长辛店有什么紧急电报,咄!——妈的,东风!"

赵继贤怪叫着,又打出一张。

听差又进来说:"赵局长,长辛店工厂派人来了!"

赵继贤把牌一摔:"真是,没见我在这儿有事么!"

赵继贤气呼呼地走出。

客厅里。庞大肚子哭丧着脸:

"……工人实在厉害,胡头给打得夜间都不敢到外头解手了。"

赵继贤露出不屑的神气说:

"我当什么事,大惊小怪!工人有什么怕的,不好,就刷了。这帮臭要饭的,在门口挂个窝窝头,要多少有多少。"

赵继贤回到桌边继续打牌:"平糊!"

* * *

通往"劳动学校"的路上,工人们三五成群地走着,惊讶地议论:

"老哥,那天打胡爪子,你去了没?"

"我没敢去,走到半道儿,我又拐回来了。"

"我一听打了胡头,心想惹娄子啦,嘿,谁知道打了没事!"

"要知道这样,以后连总管我也敢揍!"

"你填名字不填?"

"怎么不填?只要有人领头我就敢干。"

人们向"劳动学校"走去。

* * *

夜深。"劳动学校"门口,还陆续有工人走出。

过道里。陈老蔫在徘徊。

屋子里。钟夏、秦志高、大老葛在整理会员名单。

秦志高边写边说:"真没想到报名的这么多,把我的手都写疼了。"

"大老葛,数数看有多少?"钟夏说。

"我早已经数了!"秦志高抢着说,"1129名。快占全厂一半啦。"

钟夏说:"好!这一打,胆量壮起来了。"

大伙快活地笑着。

"大老葛,"钟夏说,"陈老蔫今天来了两趟,都没有报名,是怎么回事?"

"是呀,他是工友当中顶苦的啦。"大老葛也很奇怪。

"谁说我不报名?"陈老蔫站在门口,激动地说,"钟先生,不是我不报名,你想,我拉家带口的,七八个人指着我吃,万一刷了我,就全得活活饿死呀!……"他生气地用手打断自己的话,"得了,说这干什么,我也是工人一分子,我不能有二心,把我的名字填上吧!"

"我们都不怕,你怕什么!"秦志高急躁地叫。

"有我们吃的,就不能叫你饿着。"大老葛拿起笔说,"老蔫叔,你的大号怎么称呼?"

"陈永寿。"

"哪个寿?"

"福禄寿的寿。"

"福禄寿的寿?……"

"唉,唉,你就写上这个手的手吧!"

"来！我写。"秦志高抢过笔来写上。

钟夏看着名单,自语:"真怪,吕银河为什么没参加呢?"

大老葛说:"我倒是找了他两趟,街坊说他串亲去了。"

"哼,这人是个老江湖,很不可靠。"秦志高说。

田广神色慌张地跑进来。

"钟夏兄弟,我听说厂里要刷人了!"

"呵!"大伙紧张起来。

钟夏沉着地望着大伙,说:

"好,先下手为强,我们明天就开成立大会!"

* * *

娘娘宫。古老的庙宇。屋檐。高大的槐树。

大院里,挤满了人。

台阶前,放着古代的大铁香炉。香炉上坐着高海。附近蹲着钟夏、秦志高、田广、大老葛。

钟夏对大老葛几个说:

"你们几个,谁给大伙讲讲?"

"这,这么多人,我一句儿也说不出。"大老葛为难地说,"叫大脖子哥说吧。"

"我去讲!"秦志高站起身走到台上。

他穿着一件新衣,站在桌边,声嘶力竭地演说:

"……他们的钱是哪儿来的?"他竭力模仿着钟夏讲话的腔调,"他们是卖国,是杀同胞,是吃我们的肉、喝我们的血来的!……"

"说得好,说得好!"吴老大感泣地说。

秦志高不断地挥着手臂:

"他们为什么敢随便压迫我们?就为的我们没有团结起来。"他的声音越来越大,"只要我们成立了工会,他们就得听我们的,我们就有好日子过!"

陈老蔫激动地站起来,胡须抖动着说:

"我也不要什么好日子,我也不要什么鸡鸭鱼肉,你看,我一个老翻砂工,手艺大伙都知道,一天只挣两毛小洋,一家七八口人,够吃不够穿,够穿不够吃,每天能加一毛钱,我也松口气……"

"要不,真活不下去了!"大伙纷纷嚷起来。

"光加钱也不行。"有人嚷,"一天价顶星星来,顶星星去,孩子长大了,连爹都不认的,要不减少钟点儿,累也得把人累死!"

"老秦,"钟夏脸上激动得厉害,"还有什么要求,叫大伙都说说。"

"你们有什么要求,站起来说说。"秦志高大声地重复着。

大轱辘刘在人群里站起来。

"加不加工钱,先不说,"他用拳头捶着胸口,喊道,"我给庞大肚子干了半年活,才让我上了工;这会儿两三年了,还是个临时工,好歹得给我换个长牌!"

"对,对,要求换长牌!"大伙又嚷起来。

"当工人的一个月歇两个礼拜天,当先生的,为什么歇四个礼拜天?他比咱们多长一个鼻子怎的?"大轱辘刘又愣里愣气地吼着。

……噪声平息后,钟夏拿着一张纸对秦志高说:

"你给大伙念念。"

"大伙听着,"秦志高说,"现在我把大伙提的条件念一遍:第一,要求每人每天加 1 毛钱;第二,要求短牌改长牌;第三,要求开革五强,把爪子胡、庞大肚子他们 5 个人刷了;第四,要求改 8 小时工作,1 个月歇 4 个礼拜天;第五,工人退休、亡故,子弟可以上工;第六,要求厂方给工人盖官房……还有么?"

大伙热烈地鼓掌、欢呼。

高海大声说:"我怎么上工呢?我就不活了?"

"对!"大伙纷纷说,"再添一条,工会可以荐人。"

"还有,伙友们!"钟夏站起说,"我提议第一条还要加上两个字——要求每人每天加 1 毛钱,改成要求全路每人每天加 1 毛钱。天下工人是一家,我们不光为自个儿,要大伙都有得吃!"

下面纷纷嚷着:

"这话对呀!加上!加上!"

大伙鼓掌通过。掌声里有人悄悄地说:"看人家钟先生,心眼儿就是细!"

钟夏继续说:"好,现在有了 7 条,大伙要没提的,我再添 1 条:承认工会有代表工人权。有了这条,那 7 条就不会落空了。"

"好,好 8 条,8 条!"大伙乱糟糟地喊着。

吴老大站起来说：

"咱们工人就凭一个锄头,一把钻子,又没有洋枪,又没有大炮,上边不答应怎么办？"

"那我们就罢工!"钟夏把拳头用力一挥,"香港的海员工人,不是也没有洋枪大炮么？可是他们一罢工,资本家就傻眼啦。咱们这里只要一说刷人,我们马上开始!"

"对呀!!!要给就给他个厉害的。"人们纷纷嚷吵着。

钟夏平定场内噪声,宣布：

"现在我们选工会委员。"

"我提大脖子哥。"有人嚷着,大伙齐声响应,特别热烈。

"我提钟先生!"大伙热烈鼓掌、欢呼。

"我提秦志高,"吴老大又站起来说,"他有胆气,又能写又会说,办个文事行。"

"行喽!"大伙鼓掌通过。

"我提大老葛……"

"我,我……"大老葛红着脸站起来,

"我就会干个粗活儿……"

"行喽,人直正,老实,不会邪门歪道的。"人们鼓掌,通过。

"我提老高,他胳膊根儿行。"大轱辘刘叫。

"不行,不行,"有人摇手反对,"老高是粗人,又爱赌爱喝,哪干得了这细事。"

大轱辘刘恼火地说："粗人有什么不行!以后要有人压迫工会,他好领着打,叫他当个打手委员。"

高海急得从香炉上跳下来,说：

"人就不能改吗？……"

大伙笑起来。

"大伙同意吗？"钟夏问。大伙鼓掌。"好,通过。"

"我提吕银河。"一个瘦子站起来,"叫他当个探子委员不错!"

"对,对!"大伙四处看,不见本人,奇怪,"咦,吕银河呢？"

钟夏说："他没报名参加。"

高海生气地说："这小子胆小,我把他弄来!"

"老高!"钟夏正要叫住他,他已经跳下台阶走了。

吕银河家。大门关得严严的。门上挂着一个小牌,写着:

> 本人下乡探亲,3日后方能回来,希来访工友见谅是荷。
>
> 　　　　　　　　　　本主人白

高海感到奇怪。

他问邻家一个老头说:"大爷,吕银河什么时候走的?"

"不知道。"老头儿摇摇头,又悄悄地说,"他家里每天晚上都有动静,不知道干什么!"

"这小子!"高海大怒,走到门前,一脚把门踢开。

屋里,吕银河手里攥着刻字刀子,正聚精会神地刻着一个大木牌,上边显出"长辛店工会"几个歪歪斜斜、不大好看的字。

"你这小子,干吗躲在家里弄这个,快开会去!大伙全等你呢!"高海走上去拉他。

"别闹,别闹,"吕银河挣脱手说,"再有两刀就完了。"

他用力将"会"字刻成。

娘娘宫。会场上,讨论在热烈地进行。

门外,人声躁动。大伙望着高海、吕银河抬着的大木牌,纷纷鼓掌、欢呼……

牌子在欢腾声中,被许多手抬着挂在一个大门上。

吕银河在人群里望着木牌,露出得意非凡的笑容。

十二

春夜,桃花悄悄地开放。

菜油灯下,钟夏在伏案写信。

大钊同志:

　　罢工正在积极准备中。这礼拜党的会议,我不能参加了。

我一定按照你的指示……

灯光渐渐暗淡，晨光走进窗口。钟夏推开门，望着正在黎明中苏醒的工厂的远景……

* * *

一盏将尽的油灯……

二凤缝好了最后一个"纠察队"的臂章。

她插了针，吹了灯，拢拢头发，包好臂章，匆匆地走向"劳动学校"。

她把臂章递给钟夏。

"好，好，"钟夏边看边称赞着，"做得好。呵——这是什么？"

钟夏指着一块绣了花的臂章，皱了皱眉。

二凤噘噘嘴，脸上有些不高兴。

"也好，也好，"钟夏连忙改口说，"这个留给有福气的戴吧。……你赶快找大脖子哥来一下。"

二凤只是瞅着钟夏。

"快去！你怎么还站在这里？"

"我……"

"怎么？"

"哟，瞧你脊梁上爬了多大个虫子！"

"什么？"

"快脱下来看看！"

钟夏连忙把长衫脱下，二凤一把夺过来，转身就走：

"哼，不让你脱下来，100年你也不洗！……看你那头发，多长啦，人家老说你，就不找个空儿剃剃！"

钟夏搔搔头发："过这一阵儿——"

"准剃——是吧？"二凤学他的口吻，紧接上说。

钟夏哈哈大笑。

二凤走出门去，钟夏忽然叫："二凤！二凤！"

二凤在门外站住。

钟夏问："这几天老高大嫂的疯病好了些么？"

"好些了。"二凤答。

钟夏严肃地说：

"老高要不好好待承她，你马上告诉我！"

　　　　　　＊　　＊　　＊

厂房里，酝酿着巨变。

到处有人在紧张地打着月牙斧、小榔头……

庞大肚子夹着《法文入门》，手提文明棍走过来，大伙连忙藏起月牙斧、小榔头，装作干活。庞大肚子刚一走过，大伙忙又拿出来，送进火里，不一刻，又响起一片锤声。

高大的厂房里，田广庄严地在锅炉、车床边巡查、走动。

他走进翻砂场，经过堆积如山的砂箱、铸件、化铁炉……

吕银河披着衣裳，跟在后面，警觉地瞧着四周。

田广走到陈老蔫面前，低声问道："打好了么？"

陈老蔫举起手中的月牙斧，把身旁一根棍子一劈两断。脸上露出几分骄傲的笑容。

远处，工友们问吕银河："你老跟着大脖子哥干什么？"

吕银河不言不语，把披着的衣裳掀开，袖子上露出一个绣花臂章："纠察队。"

"不简单！"工友眼热地说，"谁做的？这么漂亮！"

"二——凤。"

田广面带笑容地走过来。

"大脖子哥，"工友说，"你把钟夏编的歌，再教我们一遍好么？"

田广看看四周，用粗哑的嗓子，轻轻地唱着：

　　如今世界太不平，
　　重重压迫我劳工。
　　…………

大伙一边打小榔头，一边随着田广低而有力地唱起来：

　　一生一世做牛马，
　　思想起来好苦情。
　　…………

歌声在厂房上空轻轻地荡漾,它唱出了一个伟大阶级的最初的觉醒……

* * *

庞大肚子家。

庞大肚子满脸怒容,坐在桌旁。职员刘进财拿着毛笔正在写着什么。胡头拐着腿立在一边,头上、手上缠着绷带,脸上还贴着一块膏药。

"说!"庞大肚子吼道,"除了田大脖子、大老葛,那天打你的还有谁?"

"还有秦志高。"胡头愤愤地说。

刘进财连忙记下,又欣赏了一下自己的字体,抬起头来。

庞大肚子又问:

"还有谁?"

"还有大,大轱辘刘。"

"还有呢?"

"我,我记不清了。"

"咳,谁打了你,你都记不清啦?"

"我,我……"

"有没有吴老大?那小子上回种地,就没给我好好种。"

"可,可能有他。"

纸上,密密麻麻地写满了名字。

"好,"庞大肚子满脸怒容地说,"明天早起,就把这帮臭要饭的全刷了!"

* * *

永定河,弯曲地伸向天边,河里滚着黄苍苍的流水。岸上,柳枝低垂,桃花怒放。远处,古老的卢沟桥,长弓般地搭在水面。

平坦的滩地上,高海光着臂膀,领着100多人在兴致勃勃地打拳。

他纠正着每一个人的动作,拉开架势叫道:"你看,这一踢,这才有劲!"

一个来迟的小伙子,神情不安地走来。

高海申斥地说:"我们练这多日子,你净迟到,没出息,又是跟老婆睡觉睡误了!"

"谁睡了?"小伙子急了,"光说罢工,罢工,也不罢,把人都练腻了。"

"我不更着急!可工会叫练,我们就得练。"高海把手一扬,"小伙子,来一个!"

小伙子脱去上衣,伸拳踢腿、精神抖擞地来回练了几趟。

"好小伙子,"高海夸赞地擂了他一拳,"行,还没有泄劲!"

小伙子笑着说:"高师父,瞧你的!"

"对,对,对!瞧高师父的!"大伙一齐嚷起来。

高海神色不动,大步跨到一块大石头跟前,摆好架势,两手轻轻托住那块大石,一声喊:"起!"登时把大石举起。

滩地上,响起一片喝彩声。

一只苍鹰在柳林中飞起。

怒放的桃花,在风里微微飘舞。

这时候,吕银河气喘喘地跑来,在远处土岗上高喊着"高——海!高——海!"

高海望着远处的吕银河说:"你这个老家伙喊什么!"

"高——海!高——海!"吕银河仍旧边跑边喊。

高海带着人,迎着吕银河走去。

吕银河气急败坏地说:

"我哪儿都跑遍了,也找不着你们。开除工人的布告已经贴出来了!钟夏和秦主席下令立刻罢工!"

汽笛疯狂地吼起来……

大伙提着衣服紧张地向工厂跑去。

* * *

工会门口,站着雄赳赳的工人"纠察队"员。

交通路口,站着手持斧、锤的工人"纠察队"员。

大街,桥头,到处有身强力壮的"纠察队"员在守卫。

桥边,高海佩着"大队长"的臂章,俨然像一个威严的军官。

他带着几十个队员,向工厂的大门走去。

他摆出一副长官模样,命令厂警:

"你们天天站岗,太辛苦了,今天给你们放个假,痛痛快快玩去吧！"

说过，他指挥身后的纠察队员：

"这里放8个岗！"

8个队员立刻在门边威武地站成两排。

高海又带着人向大楼走去。

大楼前面，站着手拿文明棍的柔曼和十几个中国职员。

高海指着法国人说："柔曼！你在外国见过罢工，今天叫你在中国也赏赏光。"说过，又命令职员："谁是翻洋文的，给他翻！"

职员连忙出来翻译。厂长叽里呱啦、神色不安地说了几句。职员对高海说：

"柔曼厂长问有没有生命危险？"

"你告他没有。"

柔曼听职员说过，面露笑意地点了点头。

高海又带纠察队切断电话线。……

远处，高大的厂房大门。人们打着"文明罢工"的横幅标语，潮水般涌出来。秦志高威风凛凛地走在前面。

东边厂房里出来一支队伍，是田广领着队。

西边厂房里又出来一支队伍，是大老葛领着队。

各处厂房里纷纷走出队伍，打着红旗，朝一个方向——工厂大门声势浩大地走来。

吕银河在队伍旁边，挥着拳头，不断地小声督促着：

"走得整齐些，有劲些！伙计，卖点力！"

歌声在队伍上空雄壮地响起来：

> 如今世界太不平，
> 重重压迫我劳工，
> 一生一世做牛马，
> 思想起来好苦情。
>
> 北方吹来了十月的风，
> 惊醒了我们苦弟兄，
> 无产阶级快起来，

拿起铁锤去进攻。

  红旗一举千里明,
  铁锤一举山河动,
  只要我们团结紧哪,
  冲破乌云满天红。

高海率领纠察队威武地走进锅炉房。
一个老工友在铲煤,高海上去把铲子夺过,说:
"歇歇吧,老师父。"
老工友胆怯地说:"人家要开除,怎办呢?"
"不要紧,到我家吃我老婆做的糠饽饽去!"高海说着,马上关了电门。
大伙迟疑地丢开家伙,走进涌过的人群。
歌声,更有力地响起来了:

  北方吹来了十月的风,
  惊醒了我们苦弟兄,
  无产阶级快起来,
  拿起铁锤去进攻。
  ……

队伍示威地从厂长、职员的面前通过,歌声响彻了云霄。
远处屋顶上,二凤和钟夏向这里张望。
钟夏眼里涌满喜悦的泪水。
"钟夏哥,你看,出来了!出来了!"二凤回头看钟夏,突然一愣,"怎么……你流泪啦?"
"傻丫头,我怎么会流泪呢!"钟夏掩饰着内心的激动,"走,二凤,快拿传单,咱们到街上去。"
钟夏、二凤和小红怀里抱着传单,向街上飞快地走去。
强大的工人队伍,在市民们惊异的眼光中通过大街。
队伍潮水般涌进娘娘宫的大门。

古老的庙宇,屋檐前挂着的横布上,写着鲜明的大字:

　　从前是牛马,现在要做人!

　　秦志高,威风凛凛地站在台上,他望着满院数不清的人们,显出异常坚决的神气,高声讲道:
　　"伙友们,在我们中国的北方,第一次罢工现在开始了!"他激动地挥着胳膊,"为了争取胜利,工会现在向大伙宣布罢工的纪律。大伙听着——"他拿出纸念,"第一,没有工会的命令,任何人不许上工。第二,罢工期间一律禁止赌博。第三,发生任何意外,一律听候工会指挥。以上几项望我全体工友一概遵守。主席秦志高,副主席田广,秘书钟夏,委员葛振红、吕银河,纠察队大队长高海。"

　　　　　　　＊　　＊　　＊

　　高海率领纠察队,威严地在街头巡逻。
　　他和大轱辘刘走进"青云阁"鸦片馆。一张张床铺上点着大烟灯,只有老板一个在那儿打盹。
　　他和大轱辘刘走进赌博场。桌上放着麻将、牌九、宝盒,显出从来没有的冷清。
　　纠察队走过去。鸦片馆、赌博场的老板在窃窃私语:
　　"二寡妇!这是闹什么事呀,一点买卖也没啦?"
　　"是呵,我这赌博场开了几十年,哪天不是满满的!"
　　"咳!连老张三都没来,还说别人哪!"
　　高海走过一间间酒馆,这些平时吵笑怒骂的地方,也是一样的冷清。
　　一个伙计说:"高师父!喝两盅吧。"
　　高海理也不理地向前走去。
　　他又检查了几间烟馆、赌场,最后回到工会。
　　他向钟夏、秦志高庄严地报告:
　　"我全检查过了,伙友们没有在大烟馆、赌博场的。"
　　"好,今天中午你再检查一遍。"钟夏指示说。
　　"是。"高海严肃地回答。

　　　　　　　＊　　＊　　＊

在柔曼的客厅里。

"别看他小小一个工会,倒有不小的威风!"刘进财惊惶地说,"听说大街上工人连赌钱、打架的都没有了,几十年来也没有这样。"

柔曼和职员们面面相觑,唉声叹气。

庞大肚子匆忙地走进来。

"谈判有结果么?"柔曼问。

"厉害,厉害,"庞大肚子掏出手帕擦汗,"他们的口气硬极了,一点也不让步。工人全在家呆着,没有一个上工的!"

"厂长,"一个职员胆怯地问,"怎么办呢?……"

"怎么办?"柔曼气昂昂地说,"我要亲自去,亲自到北京去,找赵继贤去!"

十三

落日。黄河。

一列一列兵车杀气腾腾地向北急驰。

田野里,一个衣衫褴褛的孩子喊:

"爷爷,你看兵……马……大炮……"

"唉,吴佩孚又不知道要跟谁开火啦!"憔悴的老农民扶着犁把叹息。

兵车冲过荒芜、贫瘠的大平原……

* * *

一匹赤色骏马霍地跃出。马上,吴佩孚手持古代长剑,在音乐声里纵情地狂舞。

洛阳郊外。摆着酒筵。护兵、马弁手里提着酒瓶、食盒。谋士白坚武和吴佩孚的僚属,陪同英、美顾问站在一旁喝彩。

吴佩孚收剑下马。

"诸公见笑,"他谦虚地说,"这套剑术,是敝人少年时代经名师传授,好久没有练了。"

"今天,你的高兴。"顾问生硬地说着中国话。

吴佩孚欣然自得地说:"不瞒诸公,这是我的老脾气,每逢布置一个大战役,不由得总要骑骑马,耍耍剑。方才我还作了一首小诗,你们听听如何?"他摇头摆脑地念道,"胸中雄心射斗牛,乱世英雄救神州;乘马舞剑心甚乐,还有什么,什么……"

白坚武忙接着:"自古儒将最风流!"

吴佩孚大笑。他拍了拍白坚武的肩膀夸奖地说:"太好,太好了,你续的这句太好了。自古儒将最风流,哈哈,自古儒将最风流,来来来,干一杯!"

吴佩孚和顾问、白坚武碰杯痛饮。

副官走来说:"大帅,京汉铁路赵继贤局长有要事在帅府求见。"

* * *

吴佩孚的客厅。一扇墙上挂着《关云长夜观春秋图》;另一扇墙上,挂着吴佩孚的巨幅画像。画像两侧的对联写着:"武功震天下,大德驰宇中。"

吴佩孚和顾问、白坚武坐在上面。

赵继贤张皇失措地说:

"大帅,大事不好。长辛店工人闹工潮,谈判几次都没有效果,他们说不接受条件决不复工。"

"什么条件?"吴佩孚问。

"要求全路每人每日加薪1毛……"

"1毛?"吴佩孚吃惊地说,"我这军费,大部分靠京汉路。1天1毛,1月3块,全路两万多工人,每年就得七八十万块钱。你,你这局长是怎么当的?"

"大,大帅,"赵继贤差点哭出声来,"他,他们实在太厉害啦!"

吴佩孚怒道:"我派兵去一个个毙了,看他们还罢工不罢!"

"不好,不好!"顾问摇摇头,"现在,正在战争的准备,牵了后腿,麻烦!麻烦!最好办法还是收买、分化,几个钱,用不了!"

"好!"吴佩孚对赵继贤说,"就这么办。"

"是,是,"赵继贤恭恭敬敬地退出去。

* * *

启明星升起,东方发白。

钟夏同高海还在查哨。他们从一处处手拿月牙斧、小榔头的纠察队的岗哨前走过。

高海夸口地说:"你瞧,我的纠察队没有睡觉的吧!"

钟夏微笑地点了点头。

高海心中十分得意。

钟夏忽然想起了什么,问:

"你现在还打老婆么?"

"没有。"高海赶忙说,"自你说过我,一次也没有。"

"有没有骂过?"

"那,那,一句半句还断得了。"

"老高大哥!"钟夏上前握着他的手严肃地说,"这也得改。大嫂跟你一块儿受苦受罪,我们不能欺侮妇女呵!"

"老钟兄弟,我听你。"

高海深深地低下头去。

晨风吹来,柳丝轻轻飘动。

钟夏牵着柳枝又嘱咐说:"现在各家都缺吃的,等天色大亮,你派人劝大伙捋柳须去!"

"是,钟夏兄弟。"高海顺从地答应了一声。

* * *

> 北方吹来了十月的风,
> 惊醒了我们苦弟兄,
> …………

柔软的柳条,在歌声里轻轻飘荡。

一行柳树上,挂着竹篮。妇女和孩子们在捋柳须。

小红在树下仰着脸喊:"二凤姑,再扔下一枝儿大的!"

"小丫头!别让砸住你。"二凤掰了一枝扔下来。小红连忙拖到妈妈身边,一边欢乐地吹着柳哨。

"二凤!看摔死你!"高海家的看见二凤正攀上一枝很细的柳枝,惊慌地喊。

"不要紧,我从小就上树,惯了。"说着,二凤攀上去,柳枝颤巍巍地摇曳着。

一阵阵的罢工歌声,又传过来。……

* * *

远处,走来了一个背枪的人。

他拿着一封信,向工会走去。

工会门口。高海手里拿着信,雄姿昂然地训斥着他:

"我们主席那么好见?告诉你,我们主席比你们小小的局长不在以下。我是大队长,你有话先给我说。"

"是是,大队长,"来人恭维地说,"这回赵局长来信,是请工会派人到北京谈判。"

"谈判?我们跟你们谈了几次,你们尽拿这当玩艺耍,不行!"高海随即对大锨铲刘说,"叫他站好,不要让他乱串!"

"是!"大锨铲刘举着拳头朝来人威吓地一晃。

高海走进屋子,钟夏、秦志高、田广、大老葛正在商量着什么。高海把信递给钟夏。几个人凑过来看。

"哼,说的倒好听!"钟夏说,"明天谁去?振红兄弟,你是不是也去见见世面?"

"钟夏哥,派我别的活吧。"大老葛说,"叫我耍硬的行,我嘴头子笨。"

"我还去!"秦志高抢着说。

"好,明天让大脖子哥跟你一道去。"钟夏郑重地嘱咐着,"我们要硬,敌人才能软,我们要软,敌人就硬了。不要因为我们困难就降低条件。"

* * *

一列火车开到前门车站,停下来。

站上,军警森严,好几十挺机关枪对着车门。

秦志高、田广从车里走出来,看见情形不对,

"咱们别下。"田广机警地把手一晃。

站上,赵继贤带着卫士,威风凛凛地走过来装作十分谦虚地说:

"二位代表,请——。"

"这是给谁预备的?"田广指着军队,"要打,就打死我们好啦!"

"我们是寸铁不带来说理的!"秦志高高声地说,"要这样我们就回去!"

赵继贤回头看看军队,故意惊讶地说:"你们来干什么,快滚回去!"

"是,是,是!"军官狼狈不堪,回过头骂,"还不给我滚回去!"

兵士们狼狈地退去。

汽车边,赵继贤赔着笑脸说:"请二位跟兄弟一块坐汽车去。"

汽车开进"京汉铁路局"的大门。

秦志高、田广随赵继贤走进一间繁华的大厅。

秦志高说:"跟你谈了几次,都没答复,条件到底怎么样?"

赵继贤满脸是笑:"咳,好说,好说。"

"好说?还得加一条!"秦志高说,"罢工这么多天,还得照发工钱。"

"唉,唉,"赵继贤连声叹气地说,"工人生活困苦,兄弟一向关怀;只是目前内忧外患,国库空虚……"

"赵局长,你上次讲过了!"秦志高不放松地说。

"老弟,咱们有什么过不去的。"赵继贤带笑地说,"咱们都是在铁路上混事,吃一个锅里的饭,我能不能也加入你们的工会?……"

"你答复不答复我们的条件?"田广打断他。

"别急,别急,这都是小事,"赵继贤狡猾地笑着,"你们远道而来,先用点饭。"

他打开餐厅的门,里面已经摆好了一桌极为丰盛的酒筵。他往里让着:"咳咳,家常便饭,没有格外给你们预备。"

说着,他斟上两大杯酒,殷勤地端过来。

秦志高正抬手要接,看见田广不动,连忙把手缩回来,脸有些红。

赵继贤偷偷地瞅了他一眼。

"有话快说,"田广恼了,"我们没有功夫!"

"好,好,"赵继贤放下酒杯,瞅着秦志高说,"工人最讲究直爽,凭良心讲,你们只来了两次,我就看出你们都是有大才的人,真是美玉藏在粗石之中,可惜!可惜!"

说着,又取出好几包大洋,递给秦志高。

"老秦,咱们走!"田广满脸怒容地说。

秦志高瞅着钱,神色有些慌乱。

赵继贤阴险地笑:

"兄弟一番好意,全为你们着想,说句知心话,你们还能当一辈子工人?事办好了,我放你们俩每人当个段长,再也用不着拿锄头把了。"

"少来这一套,"田广果断地说,"不答应条件,我们饿死也不复工!"

他拉着秦志高怒冲冲地走出去。

火车上,映着远方落日的霞光。

"这不是存心耍我们么!"田广碰了下秦志高。

"呵,"秦志高正在出神,一惊,"是是……是,真气死人!"

冷落的长辛店,田广、秦志高从灯光明亮的车站里走出来。

"老秦兄弟,"田广问,"你身子有些不舒服吗?"

"你先回工会吧,"秦志高点头说,"我家去一趟,头有些疼。"

秦志高一个人在车站边徘徊。他的脑子里,一时飞舞着洋钱和阔绰的段长的幻影;一时出现了可怜的工人的形象;一时又出现着工友们愤怒的面孔,但慢慢又被无数的洋钱淹没了。

十四

黄昏,工人住宿区街头,到处笼罩着动荡不安的气氛。远处,不冒烟的烟囱,像死神般在空中站着。

路边,秦志高和几个工人低声谈着什么。

"老秦,"一个工人问,"罢工有把握赢么?"

"条件太高。"

"再下去,吃什么呢?"吴老大担心地问。

秦志高满脸愁容。

"钟秘书有什么主意没有?"吴老大又问。

秦志高说:"他一个外乡人,说不定什么时候,就拍拍屁股走了。"

大伙充满忧愁惊慌的表情。

街那头,陈老鸢走回家。

屋里呆着七八个没精打采的孩子。一个头上蒙着湿布躺在炕上。陈老鸢家的坐在旁边叹气。

孩子们见老鸢进屋抢过来叫:

"爸爸,我饿啦。"

陈老蔫坐下不语。

陈老蔫家的说:"我看去大脖子哥家借点吧。"

"借?……"陈老蔫懊恼地说,"人家吃什么?"

"唉……罢工,罢工,我看工钱加不了,饭碗也得叫人家踢了。"

门外,秦志高轻轻地走进来。

"老蔫叔,"秦志高摸摸生了病的孩子,

"没有。"

"有吃的吗?"

陈老蔫家的正想插嘴,陈老蔫抢上说:"有。"

"唉,老蔫叔,别瞒着啦。"秦志高说,"这回罢工,谁家也够呛!"

陈老蔫家的接上说:"你们委员,怎么不好好商量商量,好歹加个钱,上了工算了。"

"咳,谁听我的?"秦志高叹了口气,"人家早把我踹在黑窟窿里了,还显得出来我?"

"老秦,咱不能太着急,"老蔫安慰地说,"人家大脖子,都捱得住饿;咱也是个工人,也得挺住点!"

"唉,老蔫叔,他们当然挺得住。他们罢上二年也不怕呀……"

"那是?……"

"老蔫叔,你还不知道哩,有人供他们钱花……"

* * *

"我们要找钟秘书!!!"

"我们要找田大脖子!!!"

工会门外,人们大声嚷着,乱哄哄地涌进来。吴老大气昂昂地走在前面。

钟夏和大伙走到廊檐下,望着满脸怒容的人们。

二凤也惊慌地张望着。

田广说:"伙友们,你们干什么?"

人们乱哄哄地嚷着:

"咱们罢工罢到多久哪?"

"家里人都快饿死啦……"

"工钱没有加,窝窝头也丢啦!"

吴老大跨上一步,声音更高地说:

"我们把条件降低点不行吗?"

二凤狠狠地盯了吴老大一眼,想说什么,又压制下去。

高海扑到吴老大跟前,愤怒地吼道:

"降低条件?你们想装孬种呀?"

吴老大把眼一瞪:

"高海,你说谁装孬种?"

"谁想投降,谁就是孬种!"

"老高,住嘴!"钟夏大声喝住高海,人声渐渐静下来。钟夏逐渐由紧张变得沉着。他大声讲道:"伙友们!我们为什么罢工呢?我们是因为活不下去才罢工的。你们说对不对?"

"对呀!"有人应声答道。

二凤在角落里,轻轻吁了口气。

"可是,"钟夏继续讲道,"资本家手里端着一碗饭,我们要分他一半吃,他乐意不乐意呢?……他是不会答应的。只有把他挤疼了,他才能拿出来。我们要软,敌人就会捺着我们永远抬不起头来。——伙友们,我们不能降低条件!我们要坚持!"

但他的声音,马上又被群众的话声打断。

秦志高暗暗朝人群里的两个人使着眼色,那两个人大声地叫:

"坚持?你一个外乡人,成不成,一拍屁股走了,你怕什么?"

"他是个红党!有人供他吃,供他喝,罢上二年,他也不怕!"

二凤气得浑身发抖。

群众重又骚乱起来。

骚乱中有人喊:"叫他说说!……"

二凤再也压制不住自己。她的双颊烧得通红,眼里射出愤怒的火光。她抢到人前,激动地叫着:

"叔叔大爷们!你们听,你们听有人冤枉他呀……"

大伙一齐愣住,只见她三脚两步闯到屋里,把抽屉打开,拿出几个菜团,用手托着走出来,声嘶力竭地叫着:

"你们看吧,这是什么,这就是他吃的!"

说过,她气得把菜团猛地一摔,菜团散碎在地上。她眼里落下被愤怒的烈火烧着的泪水。……

人们低下头去。

吴老大难过地理着胡子。

秦志高朝那两人又使了个眼色,那两个人悄悄溜走。

钟夏充满感情地讲道:"伙友们放心,不管多危险,我决不会离开大伙。罢工的事,工会还要好好商量一下,请回去听信儿吧。……"

人们渐渐散去。……

工会委员们刚刚坐定,大老葛急急走来说:

"钟夏哥,庞大肚子把二十几家伙友都赶到街上了……"

"什么?"钟夏吃惊地问。

"庞大肚子说,他的房子不让住啦。"

* * *

肮脏的街头、巷口。被赶出房子的人们,有的坐着,有的抱着孩子,背着包袱在走。小孩哭叫着,大人在怒骂。显出一片混乱。

陈老蔫一家挤在一个屋檐下。

陈老蔫家的抱着生病的孩子,埋怨着:"我看你住到哪儿去!老是这么蔫,蔫,一辈子,也说不上100句话。家里没吃没喝,老秦叫你到工会要求要求,你怎么不去?"

"我不去!"老蔫头也不抬。

"你为什么不去?"

"我嫌姓秦的心眼儿不正。"他决断地说,"我既入了工会就不能变心!"

"我看你住到哪去?"

"人家挺得住,我就挺得住。"

"我反正不能叫孩子们冻死,你不去,我找他们去!"

* * *

钟夏他们心情沉重地在麦田的小径上走着。

远处人行道上,骆驼队缓缓地迈着步子。逃难的推着山东太平车,不断地走过。

田广寻思地说:

"大伙为什么会冲到工会,要求降低条件呢?……"

"哼,"大老葛说,"我看就是沉不住气。"

"不,"田广摇摇头,"我看这里头有鬼。"

"晤,我也这样想。"钟夏点头深思着。

大伙随着钟夏在一处井台上坐下。

大老葛懊恼地问:"要是过了两三天,真有人上工怎么办?"

"是呀,怎么办呢?"秦志高也装作着急的样子。

田广皱了皱眉头,说:"反正降低条件不行。你跟敌人要求,他什么条件也不答应。是么,钟夏兄弟?"

钟夏点点头:"是的,这是咱们北方第一次罢工,头一仗是必须打胜的。"

大老葛接口说:"我跟老高带纠察队,谁上工就不答应他!"他愤激地晃着拳头。

"砸断他的腿!"秦志高大声附和着。

钟夏把手猛地一挥:"那就正中了敌人的计!"

"那可怎么办?"大老葛问。

严重的思虑在压着人们。

麦浪在不停地起伏。

夕阳已经衔山。

远处,传来快要消逝的驼铃。

钟夏在小径上来回踱着,脸上刻着苦思的皱纹。

秦志高背过脸,露出狡黠的笑容。

忽然,钟夏站住,脸上闪耀着光彩。他用手指着前方,兴奋地说:

"听,这是什么?"

大伙惊愕地望着远处,用手支起耳朵细听。

远处,传来了急促奔驰的火车声。

"火车?"田广不解地问。

"对,不卡住敌人的脖子就不行!"钟夏握紧拳头,严肃有力地说,"把火车截断,几天之内,敌人就会向我们投降!"

秦志高猛地一惊。

田广、大老葛兴奋地注视着钟夏的脸。……

十五

消息震动了敌人的心。

"哼,造反啦!"胡头拍桌子叫道,"上边叫我们俩今儿晚上就把那姓钟的小子宰了!"

"几,几点钟?"秦志高头上出了汗。

"12点!"

座钟,时针指着11点半。

窗外,墙头上,一个黑影跳下,飞快地向东奔去……

工会。大老葛正跟高海在喝水、谈话。吕银河从外边冲进来:

"你们,你们,快,快,胡头要在12点把钟夏害了!"

"什么!"两人陡然一惊,茶碗从大老葛的手里跌落……

劳动学校。钟夏伏在桌上写字。

桌上的马蹄表,表针紧张地移向11点45分。

大街上,大老葛在夜色里飞奔。

11点50分、11点52分……

天边,打着骇人的闪电,一阵阵雷声滚过。

又一处山道上,飞快地走着几个持刀、拿枪的人影。

钟夏的桌上,钟表声越来越紧。

长针指到55分,"嘭"的一声,大门给踢开了。

一阵大风,把屋里油灯吹灭。

大老葛冲进来,不容分说,背起钟夏就跑。

钟夏吃惊地叫:"干什么?"

大老葛冲出大门。

大雨里,墙头上出现了几个鬼鬼祟祟、持刀拿枪的黑影。

一架长梯从墙头上放下。

长梯上走下了几个人,悄悄地摸到屋里。

"糟糕,跑了!"是秦志高的声音。

这伙人正要转身逃走,门外一阵猛喊:

"别叫跑了!"

"抓活的!"

高海带头冲进来。他抡开一根大棍没头没脑地打着。后面冲进来的人越来越多。

敌人争先恐后地抢上梯子跳过墙去,有一个被高海一棍打翻下来……

荒野。大雨。

大老葛背着钟夏气喘喘地跑着,跑着。

"怎么回事,你说呀。"钟夏在背上着急地问。

大老葛不作声。帽子被大风吹落。他只顾向一个破砖瓦窑没命地奔跑。

他一直跑进窑里,才气喘喘地放下钟夏。

"怎么回事,这是怎么回事?"钟夏气急地问。

"有,有人……要……要害你……"大老葛坐在地上,喘不过气来。

"呵——!"钟夏一下抓住大老葛的两手。

"钟夏哥,"大老葛望着钟夏,渐渐停住喘息,"这下他们可害不了你啦。"

钟夏感动地点了点头。然后向窑外走去。

窑外还卷着风雨。

"上哪儿?"大老葛问。

"回去。"钟夏说,"兄弟,我怎么能撇下大伙,一个人在这儿呆着?"

"不行,"大老葛上前拦住,严肃地说,"钟夏哥,你,你,我不能让你去!"

"大老葛,"钟夏说服道,"种子不下地,是不会发芽的。走吧,你再不让走,天一明截车怎么办?"

"那,那……"大老葛无话可说,"那这样吧。"他硬把钟夏的长衫脱去,又从地上抓了把灰。

"这是干什么?"钟夏惊奇地问。

"你今天得听我的。"大老葛固执地说着,用灰把钟夏的脸上涂黑,又端详了一番,这才放心地紧紧跟着钟夏走回来。

东方微明。广场上涌满了数不清的人。

秦志高鼻青脸肿,被绑在一边。四周围满怒气冲天的人们。吴

老大拥上去,咬牙切齿地揍道:

"……吃工会,喝工会,临了反倒恨工会,你,你还有一点人性么!……你还叫我们到工会去闹,我恨不得咬死你!"

大轱辘刘也冲上去吼着:"好哇,你一天说的是给大伙谋幸福,原来是给你自个儿谋幸福,你把我们傻工人卖啦!"

高坡上,田广在大声地讲话:

"伙友们,秦志高把我们工会卖啦,他入工会,是想蹬着我们工人的肩膀儿往上边爬。我们不能饶他!"

下边掌声如雷,人们喊着:

"枪毙了他!"

"把他揍死!"

"罢工罢到底!"

田广忽然看见钟夏走过来:

"伙友们,我们的钟夏回来了!"

大伙踮起脚尖望着,乱哄哄地欢叫着:"他回来啦,""他回来啦,""真危险哪!"

钟夏和工会委员们交谈了几句什么,接着,大步走上了高坡。

"伙友们!"他等掌声略略停下来,大声说,"我对不起你们。我把这个坏蛋当成好人啦,差点让我们的罢工遭到失败。……为了罢工胜利,工会决定:第一,开除工贼秦志高;第二,由田广担任主席,葛振红担任副主席……"

"好,好,大脖子哥行!"大伙一齐鼓掌。

"第三,"钟夏更加有力地说,"我们要立刻切断铁路,卡住敌人的脖子,不让一列车,不让一个车皮从长辛店开出去!"

"好哇!!!"下面热烈地喊着。

远处一列火车驰来。

"伙友们,截车去呵!"

"冲呵!""截车去呵!"人群高声喊着,随钟夏、田广、大老葛勇猛地冲上前去。

*　　*　　*

赵继贤的办公室里,几个电话铃乱成一片。

"大帅,大帅,"赵继贤满头大汗,对着电话叫,"铁路……铁路全不通了!"

"什么,铁路全不通了!"耳机从吴佩孚的手里跌下来。

白坚武拿着电报,慌张地报告:

"大帅,奉军开始南移,前方形势万分紧急,要求后援火速赶到。"

吴佩孚痛恨切齿地说:"这帮臭工人,把我先发制人的计划全破坏了。看我以后狠狠地收拾你们!……答应他们的条件!"

他在工人提的8项条件上,狠狠地写下两个字:

"照准!"

* * *

鞭炮声激烈地响着。工会门前涌满了欢腾的人群。

钟夏抱着小红和田广、大老葛、吕银河在人群里高兴地望着。

"我们胜利了!""工人万岁!"口号声震动了整个长辛店。

大轱辘刘悄悄地问吕银河:"大叔,万岁是皇帝,工人怎么也能叫万岁?"

吕银河嘿嘿笑道:"皇帝怎么能跟咱比?工人是顶天立地一条汉,你瞧,'工人'两个字合到一块儿,就是个'天'。皇上叫'天子',就是工人的儿子,是工人养出来的!哈哈,连这都不知道。"

大伙哈哈笑起来。

远处,锣鼓打响,高跷走动,高海把大狮子也舞起来了。后面"小车""旱船""大头和尚戏柳翠"……摆了几里路长。两边街上、房上,人山人海。

小红坐在钟夏肩头,在人堆里看着大头和尚戏柳翠的故事。场子里两个工友戴着斗大的假头,摇着扇子,耍得十分有趣。人们不断地喝彩。

田广指着人们感叹地说:"钟夏兄弟,你看大伙多高兴呵!"

钟夏点了点头,眼里不由地涌出喜悦的泪水。

大老葛望着他,感动地说:

"你该歇歇了,钟夏哥,多少天你都没有睡啦!……"

小红噘着嘴说:"不歇!我们还玩哪!"一边又指着那两个假头叫:"叔叔!我要那个!"

"来,让我们也扭一扭。"钟夏走进场子,要过假头,给小红戴了一个,自己也戴上一个,在锣鼓声里尽情地扭起来。

人们在哄笑着……

十六

全兴粮行。王掌柜在门口打盹。

大轱辘刘走进来,把口袋一甩:"来 20 斤杂粮!"

王掌柜连忙笑嘻嘻地站起来让座,一边命令伙友:"给刘师父可得挑好的!"

大轱辘刘付钱,王掌柜推辞着:"刘师父!你先拿着用,等手里宽绰了再给吧。"

"你那儿不是贴着条儿吗?"大轱辘刘讥诮地指着那张"免开尊口"的条子。

"嘿嘿,咱们乡里乡亲的,还能讲这个!嘻嘻嘻……"

* * *

高海和几个工友戴着"长辛店铁路工会"的徽章,美滋滋的。

一个工友低头瞅着徽章傻笑:"嘿,蓝底金字!……听说戴着它,坐火车不用买票,可是真的?"

"怎么不真?"大轱辘刘说,"昨儿个我到北京去,跟我要票,我把胸脯一挺,查票的二话没说,笑呵呵地就过去了。"

大伙越发乐起来。一个工友从腰里掏出牌九,拉着高海说:

"老高,推一牌吧!"

"不行!"高海正色说,"人家看见我大队长赌博像什么话!"

"嗨,胜利了,这个高兴劲儿……"那人死乞白赖地说,"咱们把门上住。"

大轱辘刘真去关门。

"真会缠人,"高海下了狠心说,"只打一牌!以后可再不能来了。"

他们正偷偷摸摸地赌着,有人敲门。高海张皇失措地连忙把牌藏进裤腰。他的肚子本来就大,这一来,更鼓得可笑了。

开开门,原来是职员刘进财。大伙吁了口气。高海马上变得严肃高傲起来。

"高大队长,"刘进财胆怯地走过来说,"我,我过去也是个工人,你们工会要,要我不……"

"哈哈,你要入会?"高海脑瓜一仰,摆架子说,"你也瞧得上咱爷儿们啦,去!等我们开会研究研究。"

"是,是……"刘进财瞧瞧大伙,可怜地走开。

一个工友把嘴一撇:"这帮马屁党!又给咱们溜沟子来啦,哈哈……"

"他们算什么。"大轱辘刘轻蔑地说,"来咱们的。"

高海把牌从裤腰里倒出来。大伙又聚精会神地赌着。

* * *

门外,吕银河挎着写有"会费"两个字的大褡裢,正向一个工人收钱。他发现了一个蹩脚的制钱,皱了皱眉,马上挑出来。

"这钱买什么东西不行?"那人问。

"老弟,"吕银河说,"这是收会费,不是要饭。把这钱拿回去给孩子买烧饼吧。"

他走到门口,听见屋里打牌,轻手轻脚地在窗眼里瞅了瞅,扮了个鬼脸,连忙悄悄跑开。

一会,田广气呼呼地赶来,吕银河很神气地跟在后面。高海几个正打得热火朝天,见他们突然闯进门来,一个个泥菩萨似的张嘴、瞪眼。

"老高,"田广瞅着牌九说,"前几天,你们队员喝酒,叫秦志高钻空儿跑了;今天你又赌博,你身为大队长,你自己说怎办呢!"

高海哭丧着脸说:"罚我立正一点钟,以后再赌,就把脑袋拧了。"

吕银河得意地暗暗发笑。

* * *

秋夜。

草虫细鸣的秋夜。

淡淡的云彩里,露出一弯明月。

灯下。钟夏在看一本《向导》杂志,他的脸色有些憔悴。

窗外,闪过一个黑影。

钟夏把书放下,走去开门:

"谁?"

黑影里,走出了大老葛。

钟夏埋怨地说:"怎么还是你?"

"我……"

"又怕人害我么?"钟夏说,"睡吧,你也比以前瘦了。"

大老葛慢腾腾地走去。

钟夏望着他的背影渐渐消失在夜色里。……

虫声细鸣。

他回到桌边,叹了口气:"唉,天天夜里都守着我。"说过,又拿起打开的杂志,凝神地读着。

月亮平西。

钟夏抬头,又看见窗外有个黑影——大老葛还在外边。

"你怎么还没睡?"

"天还不晚。"

钟夏开门:"兄弟,干脆进来,咱们亲热会子。"

大老葛进来坐下。呆了半晌,他慢吞吞地说:"钟夏哥,我想问你句话。"

"什么话?"钟夏问。

"人都说你怪。……"

"怎么怪,不是跟大伙一样么?"

"不,"大老葛摇头,"人都说,你不图官,又不图财,倒甘心跟我们一块儿吃苦,不知道为什么?"

"别人不知道,你还不知道么?"钟夏微笑着说。

"我知道是知道,可,可……赵继贤他们说我们这儿有共产党,也不知道在哪儿。"

钟夏笑起来:"哪儿有水,哪儿就有鱼,哪儿有土,哪儿就有花。你说是不,兄弟?"

"钟夏哥,"大老葛低声说,"你对我说了吧。大脖子哥也叫我问问你,我们俩背地里常说,要是遇上共产党,就是为他死了,也不冤呵!"

"好兄弟!……"钟夏激动地抓住大老葛的双手。

虫声细鸣。

*　　*　　*

高空,雁群斜向南方。

永定河,红叶满岸。

瓜果成熟。

大老葛家。二凤在缝着大老葛衣服上挂破的口子。

二凤低着头,红着脸,吞吞吐吐地说:

"咱,咱娘给你说过什么没有?"

"说什么?"大老葛问。

二凤把嘴一鼓:"说什么你还不知道!……"

大老葛瞅着二凤傻乎乎地笑。

"傻样儿。"二凤责备地把脖子一扭。

"妹子,你还不知道,我,我不会说。"

钟夏、田广从外边进来。

"好呵!"钟夏说,"你们在合计拆隔扇子吧!"

二凤害臊地骂:"你净跟大脖子学!"

她说过,正想躲出去,吕银河冲进来叫:

"大喜,大喜!"

"什么事?"钟夏一愣。

"瞧!"吕银河把一叠电报递给钟夏。

"哦,电报!"钟夏连忙接过来看,大伙也挤上来。

"江岸、郑州、驻马店、新乡、保定……"钟夏一边看一边念,脸上喜色越来越浓。最后,他举起电报大声地说,"你们看,好多铁路工人弟兄,都要派代表来参观我们的工会啦!……"

"好呵!"大伙快活地叫起来。

*　　*　　*

工会。吕银河在屋子里指指画画,一本正经地对钟夏、田广几个人说:

"这房子太破,这,这哪像个工会!"说着,又走到桌边,"啧啧,这活作得多粗糙,木匠师父准是喝酒喝醉了!……"他站在门口,扫兴地摇摇头,"唉,门也烂了,还少个环儿。哦,哦,这条通车站的道太孬,人家来参观简直没法下脚。对,对,"他指着门上说,"这儿,这儿务必挂一块大匾,刻上四个大金字:'劳、工、神、圣。'比王绅士门上那块匾还得大。……末了,对了,还要弄一出罢工戏,要好好招待招待!末了,末了,我掏掏劲儿,说上一段'三国'……"

田广笑着说:"好,好,你就当个总招待委员!"

"对!"钟夏点头说,"明天,咱们就动手修马路!"

"我看什么也别修,先修这个!"门外忽然有人叫道。

接着,二凤端进一大铜盆热水,放在地上,然后不容分说,给钟夏围上一条白护襟,陈老蔫随着进来,把手里布包打开,拿出剃刀、推子、剪子。

大伙哄地笑了起来。

* * *

　　北方吹来了十月的风,
　　惊醒了我们苦弟兄,
　　…………

秋天的中午,红叶飘落……

歌声震响。

车站到工会的路上,展开了一幅火热的场景:到处是挥舞的镢头,到处是光着膀子在热情劳动的人们。

吕银河一边走,一边喊:

"伙友们,保定郑州和江岸,许州郾城驻马店,从南到北,一十六处铁路工人弟兄要来参观咱们的工会啦,这是给咱们工会干活,可不能磨洋工!"

"对呀!"大伙欢叫着。

远处,田广往一个坑里填土,小红使劲扶住坑里的木牌。

木牌上显出三个大字:"胜利路。"

吕银河又走过来,喊:

"哥儿们听了,这条路,就叫'罢工胜利路'。往后让咱们的孩子走到这儿,知道咱爷儿们没装孬种;叫那些乌龟王八走到这儿,一边走一边打哆嗦!"

他装作哆哆嗦嗦的样子,弄得大伙哈哈大笑起来。

歌声,更有力地升起了。

庞大肚子手里拿着《法文入门》，胡头手里提着包裹、箱子，后跟一列家属大车，从远处缓缓走来。

吕银河讥诮地叫：

"胡头！住几天，等路修好再走吧！"

人们又是一场大笑。

庞大肚子、胡头灰溜溜地走过去。

"钟秘书，"吴老大快活地叫，"今儿晌午，到我家咱爷儿俩喝二两！"

"来，来我这儿，"大轱辘刘傻呵呵地笑着，抢着把钟夏拉到一边去。他神秘地从怀里掏出一把小锡酒壶，又从口袋里摸出一个手巾包，解开，里头是一堆黑哝吧唧的小蘑菇，"来，你来一盅。"

"你可别吃他那玩艺儿，"吴老大说，"他就爱吃脏东西，把脸都吃肿了。"

大轱辘刘不满意地瞪了他一眼。

* * *

街头架着好几口大锅，几个妇女忙着烧水。二凤、高海家的正把烧开的水，从锅里舀到桶里去。

田广走过来挤挤眼："别累坏啰！"

二凤抹去汗，笑了笑："不累。"

田广说："就是，给新姑爷、爷们出点力，有什么累的！"

"你总没个正经！"二凤噘着嘴说。

"不信？"田广指着边上偷笑的媳妇们，"要不，这帮大闺女、小媳妇为什么一个个都那么美的！"

"死大脖子，当了主席更坏啦。咱们揍他呀！"高海家的嚷着，随手抄起一把粪叉，闺女媳妇们都涌上去。

胖大的田广，被赶得鸭子般跑着，没跑好远就给大伙揪住了。有人挂在他脖子上打滴溜，有人扳腿，一下把他掀翻在地。

"哎哟，哎哟，"田广给大伙按住，揍得抬不起头。他故意怪声怪气地叫着，"我的娘嗳，饶命呵，女将饶命呵……"

满地里扬起一片笑声。

"喂，喂，钟夏来啦。"田广机灵地叫。

姑娘媳妇们连忙撒手，田广乘势逃走，回头卖了一个鬼脸。

他拍拍土,走到吕银河身边。

在那块"劳工神圣"的大匾上,吕银河正在丝毫不苟地刻字。脸上不自觉地浮着笑容。

"大叔,乐什么?"田广带笑地问。

"乐?"吕银河说,"我不乐的时候谁知道?往后咱们工人得了天下,不管丑不丑,你们也给我张罗一个……"

"大叔,别太着急啰,"田广附到吕银河的耳边说,"有人结记着你咧。"

"谁?"

"钟夏。"

"钟夏?"

"嗯,"田广点点头,"他交代了我好几回,叫我把那不大不小的给你张罗一个。"

吕银河眨巴眨巴眼,显出不屑的神气:"哼,你大叔是说着玩的,那有什么可着急的。"

田广走后,他满脸笑容,低头用力地刻着。

* * *

车站上,拥满欢迎的人群。

"快到了,站整齐点!"吕银河胸前挂着"总招待委员"的红条,来回走动着,嚷着。

火车进站,人们鼓掌,代表们纷纷招手下车。

钟夏、田广、吕银河、大老葛、高海和大伙拥着代表出站。

站口,是一条宽阔、平坦的大路。

不远处,有座松枝搭成的牌楼。

吕银河在头里领着说:"这是咱们工人修的'胜利路',嘿,嘿!别挡道!"他骂一群孩子,"……完,完全是义务干的!"说着,又对一只不知让路的狗踢了一脚。

人们向工会走着。

几个代表对吕银河热情地说:

"老师父!这回你们长辛店工友打头阵,功劳可不小哇!"

"是呀,我们没出一点力气,就加了工钱,心眼里觉着怪有点不过意的!"

"老弟,要这么说,就见外啦。"吕银河嘿嘿笑着,"天下工人是一家嘛!……看,这就是我们的工会。"

代表们望着工会新修的门楼和那块"劳工神圣"的大匾,脸上流露出羡慕的表情。

吕银河把代表们让进院,代表们望着屋子里摆的桌椅、花盆等许多摆设,称赞地说:

"好,好,这个工会太出色了!"

吕银河极其谦逊地笑着:"请进,请进,诸位大哥,听说你们来,我们一点准备也没有,真是太慌促了,太慌促了……"

台上演着罢工的戏,吕银河陪着客人边看边说:

"唉唉,我的罢工经验很简单,就是要有这么一根铅笔,一个小本,白天黑价一个劲瞅着坏蛋,听他们说了什么,赶忙记上,给会里报告。你想,要不报告,咱们不知道人家干什么,怎么对付呢?这经验,就是要有一个小本,一根铅笔。呃,呃,你看钟秘书出来了,不,不,柔曼出来了,是钟秘书装的……"

台上,出现了钟夏扮的鼓着大肚子的柔曼。

他胆怯地走到工人面前。

"条件全部接受么?"一个工人气昂昂地叫。

柔曼叽里呱啦说过,翻译带笑地说:"全部,全部。"

工人示威地说:"要有一条办不到,我们就罢它三年!"

柔曼吓一跳,往后一退,差点跌个跟头。

台下,代表们和工友扬起一片轻微的笑声。

台上,柔曼乖乖地在条件上签字。

台下掌声四起,代表们纷纷高呼:

"打倒帝国主义!"

"向长辛店工会学习!"

长辛店工人的脸上,流露出胜利者的骄傲的笑容。

钟夏换过装,微笑地出现在闭幕后的台上。

"各位亲爱的代表们!"他说,"方才的戏大伙都看了。为什么工人能把我这个洋鬼子制伏了呢,就因为大伙团结得好。你们看,长辛店3000多工人团结起来,敌人就害了怕;要是京汉铁路两万多工人团结在一起,谁还敢爬在头上压迫我们哪!"

"对呀!"台下人们兴奋地嚷。

钟夏继续说:"北京劳动组合书记部让我向大伙提议,我们要立刻筹备成立京汉铁路总工会!"

"好呵!""对呵!"大伙纷纷站起,欢腾、呼叫声响成一片。

* * *

"在郑州成立总工会?哼,"吴佩孚脸上充满了愤恨,把电报扔给白坚武,"上回罢工,单增加工资,每年就损失七八十万。"他激动地走来走去,"还要成立总工会!哼,这是共产党要把我的京汉路全盘端去!……"

"怎么复赵继贤呢?"白坚武问。

吴佩孚苦思了一会儿,突然狠狠地说:"批准,发给他们代表免票!"

"什么?……"

吴佩孚大声说:"批准,发给免票!"

"大帅,你,你……"

"我糊涂了吗?"吴佩孚怒叫,"给我写批准!"

* * *

大老葛家。葛母拉着钟夏说:

"孩子,你在这儿过得好好的,你还要到哪儿去呢?"

"大娘,"钟夏说,"我跟大脖子哥到郑州去一趟。"

"孩子,你不会到了好地方,就忘了这穷地方吧。"

"大娘,不会的,这儿就是我的家,我还要回来。"

外边有人嚷:"走吧,车快到站啦!"

二凤恋恋不舍地看着钟夏。

钟夏安抚了一下葛母:"大娘,我走了。"

葛母难受地叹了口气。

钟夏和田广、大老葛走出门去。

大老葛拉着钟夏,恳求地说:"我跟你去吧!"

"唉,你怎么老是怕别人暗算我。"

"不,钟夏哥,"大老葛说,"那天,我真看见墙角里像藏着个人,等我提了块砖头到跟前一看,又没了人。"

"你的眼看花了。"钟夏亲切地笑,"好,别说了,兄弟,我跟大脖子哥这回走了,工会的事,就全交给你了。"

大老葛点点头。

汽笛声里,列车缓缓开进车站,停下。

大伙送钟夏、田广上车:

"钟秘书,听你的好信儿!"

"别忘了咱长辛店呵!"

钟夏热情地和大伙握手。

吕银河和高海偷偷把钟夏拉到一边。

"干什么?"钟夏问。

"老高,老高说吧!"

"你,你说。"

"到底怎么回事?"钟夏疑惑地问。

喇叭吹响。

大伙在下边喊:"有什么事,回来说吧!"

吕银河紧紧拉住钟夏说:

"那,那天,大老葛、田广到你屋里去,你就关上门,我从窗户眼里,见你领着他们举着手念着什么,墙上还挂着列宁和一个大胡子像,那,那是干什么?……"

"回来跟你说,"钟夏打断他,笑着说,"车要开了。"

"钟夏,"吕银河满眼含着泪说,"你想看看我们的心吗?"

"我们的心是红的呀!"高海叫。

火车开动。吕银河、高海恋恋不舍地跳下。

钟夏怀着深深的激动,站在车边说:

"好朋友,有人会答复你们的……"

吕银河、高海望着渐渐走远的钟夏,招手。

二凤气喘喘地赶来,久久地望着走远了的列车……

远处,车窗里,钟夏、田广还在向大伙挥手告别。

车厢的一个角落里,秦志高和胡头在贼头贼脑地窃窃私语着。

第 三 部

十七

雪花飘落……

1923年2月。

小红和旦儿坐在大门的门限上,摇头晃脑、一句一句地唱:

> 二十三,祭灶官。
> 二十四,扫房子。
> 二十五,磨豆腐。
> 二十六,打年肉。
> 二十七,杀年鸡。
> 二十八,插年蜡。
> 二十九,打年酒。
> 三十儿,贴门神,打旗儿。

"初一——"两个把头一抵,扮个鬼脸儿,"牛犊头,作揖。"

小红见街上有人拿东西走过,歪着小脑瓜说:

"小旦儿,过年了,妈妈说要买好多好多东西给我吃。二凤姑还说给我做一顶小花帽咧。"

"嘻,"旦儿不稀罕地说,"钟叔叔上郑州,说回来给我捎一个小狗,跟真的一样样,那才好玩呢!"

吕银河兴冲冲地在街上走着。他穿过小巷,走进大老葛家的大门。

"大娘,是你叫我么?"

葛母点点头,说:"钟夏来信了么?"

"呀,这才几天,就把你想坏啦!"

"可不,"葛母叹口气,"我这些天光梦见他……你说怪不？昨儿晚上我梦见永定河发大水,钟夏驾了一只船,飘呵,飘呵,飘到南海观音那里,讨了一枝儿灵芝草,把我的瞎眼一下治好了……"

吕银河笑起来。

"大娘,你找我就是为这事么?"

"哪儿,哪儿,"葛母沉吟了一会,笑着说,"你猜猜。"

吕银河得意地说:"不猜便罢,一猜就着,为大老葛的喜事,对不?"

二凤在另一间屋里做小孩的花帽,害臊地低下头。

"轻点儿,"葛母责备着,"二凤这孩子听了又要害臊了。"她顿了顿,"他俩非要等钟夏回来,我想看个好日子,早点办了……"

吕银河跑到"灶君"像前看了一眼,兴奋地说:"嘿！大后天就是黄道吉日。钟夏三五天就能回来,要是碰巧赶上,那更是喜上加喜啦!"

葛母笑起来,从腰里掏出一叠票儿说:"这是我偷偷儿给他俩攒下的,也不知道够不够?……"

"放心吧,大娘,"吕银河接过钱,夸口地说,"像代表们参观那么大场面,我都对付下了,这点小事,不算什么,你等着请我喝喜酒吧!"

葛母笑了笑,接着又叹了口气:"唉,振红连身新衣裳都没有,穷人娶亲就是难哪。"

"那不要紧,"吕银河忙接口说,"高海那小子还有一件,先借着穿!"

大老葛从门外走进来,一边抖雪,一边问：

"大叔,来多久了?"

"不大会儿,"吕银河鬼笑,"大老葛,快喝你的喜酒啦!"

"说正经的。"大老葛有些不好意思。

"吓,还装大蒜！年轻人不急着娶媳妇那才有鬼;明儿我还得请大娘给说个小寡妇儿呢!"

二凤在屋里忍不住,"噗嗤"一下笑出声来。

葛母也乐了。

*　*　*

二凤还在绣着花帽。

窗外,飘飘扬扬舞着一天雪花。

她时而沉思,时而微笑,她的手渐渐停住……

幸福的想象,使她的脸上出现了动人的羞怯的笑容。

她是多么羞怯地顶上了红布被人们簇拥着上了花轿。

几乘花轿,颤悠悠地在街心走过;她在花轿里,胆怯地掀开轿帘,偷偷望着满街看热闹的人。

在满斗香火的桌案前,她又是多么不安地和大老葛并着肩膀,拜天地,拜葛母,拜着吕银河和许多长辈伙友。

然后,她被送进洞房,屋里屋外闹新房的人,多么叫她难为情,就是钟夏、田广也向她灌酒……

"你在这儿干什么?"

二凤猛然惊醒,看见高海、大轱辘刘站在面前,连忙惊慌地说:"我,我没有想什么。"

"谁问你想什么来着!"

高海、大轱辘刘一齐哈哈大笑。

"你们真是——"二凤不好意思地扭过头去,"你们有事么?振红哥出去了。"

"不找他,"高海说,"我们有我们的事。"

"什么事?"

"就这事!"高海伸胳膊拆隔扇。

"干妈,干妈,"二凤叫,"老高闹玩,哪有这么闹法。"

"孩子,"葛母笑,"这不是闹玩,是真的。"

高海和大轱辘刘用报纸糊墙。

高海家的从门外走来,拉着二凤:

"妹子,走吧,到我那儿住一宿,明儿要给你上头哩!"

二凤扭扭捏捏,高海家的强拉硬扯地把她拖出去。

大门两边门框上,贴着一副醒目的喜联:

玉镜人间传合璧，
银河天上渡双星。

吕银河正在门扇上贴着大红"囍"字，向二凤卖弄着得意的笑容。

二凤害羞地捶他一拳："看你这当叔叔的，尽跟人闹！"

"嘿，嘿，嘿！"吕银河嬉笑，"常言说得好：'辈叔公素大大伯儿。'当叔叔的不闹，谁闹呵！"

二凤拉着高海家的红着脸跑出去。

吕银河忽然想起了什么，大声叫：

"小丫头，回来，回来，看看你叔叔这一笔字……"

* * *

拂晓。天上抹着淡淡的云霞。

葛家院中。乐声悠扬。小树上挂着提灯。……

陈老鸢挽起袖子，束着围裙，在几口大锅旁边，跟人们乱糟糟地忙着。

屋里，糊着报纸，十分干净。小桌上放着新置的梳妆匣，炕头是洗过的被褥。墙上贴着《麒麟送子图》、对联和一个大红的"囍"字。

吕银河给大老葛穿着借高海的那身长袍，人们围了一圈。

"瞧，新郎官穿上这一身就更俊啦！"吕银河逗乐地说。

高海家的闯进来，指指画画地叫："大老葛，快点儿！新媳妇在我们家等坏啦。"

大伙笑起来。

大老葛红着脸，笨笨磕磕地说："你们光闹！"

"嘻！"高海家的说，"一个大男人家，平时见着女的就脸红，还比不上人家大闺女开通哩！"

"咳，我这孩子，"葛母说，"跟他爹一样，一辈子都是那么老实巴交的！"

门外，人声喧闹，大鼓声越来越近。

有人喊："老高的狮子队来了！"

大伙涌出门外。

广场上，停着两乘花轿。大轱辘刘敞着怀在擂着一面大鼓。高海跳在桌上,擎着绣球,正和一头大狮子兴高采烈地耍着。

"高师父,添一张桌子吧!"有人嚷。

人们又搭上了两张桌子。

大狮子在半空,在人们的彩声里,耍得越发精彩起来了。

十八

由南向北飞驰着一列快车。

车窗里伸出田广悲愤、焦灼的面孔。

"回去怎么说呢?"他朝北望望又转向南。

列车卷着风沙,冲过"保定"站。

列车发着吼声,冲过"高碑店"。

列车以更快的速度,冲过"琉璃河"。

列车刚进入"长辛店",车没停妥,田广就一步跳下,向站外拼命跑去。

大街上,火铳连响三声,笙箫吹奏,人们正拥着大老葛上轿……

有人喊:

"大脖子哥回来了!"

"你看,怎么这样慌,出了事啦?"

乐声顿然停住。

田广冲进人群,大老葛一把抓住,问:

"怎么啦?"

"怎么啦,大脖子哥?"人们七嘴八舌地叫。

田广眼里涌着热泪,说不出话。

"你,你说话呀!"大老葛叫。

"叫我说什么呀,"田广悲痛声嘶地叫,"伙友们!咱们的总工会叫人家砸啦!"

"什么!"

鼓槌从人手里惊落,狮子皮被摔在一边。

随着田广悲愤的哭诉,出现了郑州一幕幕壮烈战斗的场景。

"吴佩孚批准我们开会,可是各路代表到了郑州,他又不让开啦。我们打着旗、抬着匾去开会,郑州警备司令黄殿辰就带着军队把我们包围了,把我们的旗也撕了,匾也砸啦。钟夏兄弟说,我们决定开,就要开,就领着我们硬冲到会场里去,把我们的总工会成立起来了。……当天下午,总工会的会所就叫大兵占了,各团体送的礼,也全给毁啦,代表们住的旅馆也叫兵围上,两个人不准在一块说话,连饭菜也不准卖给我们呀……"

"既是不准开会,他们为什么批准?为什么发给免票?"吕银河愤愤地问。

"伙友们,这就是吴佩孚的计,叫我们不防,好一网打尽哪!"

"心好毒哇!!!"

"钟夏呢,"大老葛问,"我们的钟夏呢?"

"钟夏……"田广呜咽地,"钟夏……秦志高领着人把他抓去,已经解到保定啦。"

"呵!!!"人们身子猛地一震。

大老葛脱去新衣,把帽子往地下一摔,一把抓住田广吼道:

"走!咱们到工会去!"

* * *

高家。

二凤毅然地把圆头解开,头发披落下来。

"二凤,"高海家的悲痛地说,"你可别哭,你可别哭。"

"我不哭。"

"你可别伤心哪,二凤。"

"嫂子,我受得住。"

二凤呆了半响,突然趴到高海家的身上大哭:

"嫂子,我难受的是钟夏哥呀!……"

高海家的搂着二凤也哭出声来。

* * *

漆黑的夜。

香炉里,飘着几缕淡淡的青烟。

葛母面对着神像在桌前跪倒:

"老天爷,保佑我们的钟夏吧!我这个瞎婆子看也没看见他是什么样呀!让他早一点儿回来,我摸一摸他也是好的,老天爷呀!……"

青烟,静静地飘着……

* * *

早晨,大雪纷飞……

娘娘宫,人们挤得水泄不通。四外墙上、房上站满了人。一个个脸色悲愤,手里拿着三角小旗。旗上写着"还我们的钟夏!""争取人格!""争取自由!""恢复我们的总工会!"

威风凛凛的纠察队,拿着月牙斧、小锒头在四外森严地警戒。

台上,高海雄姿昂然地立在大铁香炉跟前。

田广声嘶力竭地在喊:

"伙友们,总工会的命令,今天中午,就要举行全路总同盟罢工了。我们总工会的牌子给人打烂啦,我们的钟秘书给敌人逮去啦,没有人格,没有自由,我们还能活吗?伙友们,就是钻刀山、流鲜血也要争取我们的自由呀!"

下面群众沸腾起来:

"对!我们要自由!"

"光给几个臭钱不行!"

"罢工,跟他拼到底呀!"

"把钟秘书要回来!"

"不把总工会恢复起来,就不答应呵!"

"恢复也不行!"一个工人叫,"我们一定要赵继贤、黄殿辰一步磕一个头把总工会的牌子给挂起来!"

"对呵!"人们吵嚷成一片。

吴老大在人群里叫:

"要再出了秦志高怎么办?"

"怎么办?"高海一脚把香炉蹬倒,"我一脚踢死他!"

"对!"大轱轳刘喊,"没有种的趁早站出来,我们不要软骨头汉子!"

"快说怎么罢工吧!"有人急了。

田广走向台边,叫道:

"哥儿们,这回钟秘书不在,我们罢工要罢得更有次序,更有力量,对不对呵!"

"对呵!"下边吼起来。

"现在,让大老葛向大伙宣布罢工的事。"

群众静下来。

大老葛走上台,手里拿着纸条,大声念道:

"昨天晚上工会决定——合拢场编为第一队,由队长大耖铲刘带领,担任截车,占领车站,不论客车、货车,一律不准通过!——队长领旗!"

雪片飞舞中,大耖铲刘严肃地走上去,高海发给写着"第一队"的白旗。

"翻砂场编为第二队,由队长陈老鸢带领,把厂里所有电力、风力一律停止,自来水、暖气,全部切断。——队长领旗!"

雪片飞舞中,陈老鸢领取"第二队"的白旗。

"破车场编为第三队,由队长吕银河带领,上北京雇洋车,有多少,要多少。——限今天下午赶到。"

大耖铲刘愣头愣脑地问:"雇洋车干什么?"

吕银河拿着"第三队"的白旗,说:"我们把车都截住,旅客成千上万地集在这儿能不抱怨么?我们罢工要争取大伙的同情。免得这儿一乱,敌人造谣,对我们没好处。——这是大脖子兄弟的主意。"

大伙喊:"有理,有理!"

大老葛继续宣布:

"铆工场编为第四队,由队长吴老大带领……"

* * *

大老葛和田广率领大队愤怒地向车站走去。

二凤急急忙忙地从后面赶来。

田广从队伍里走出来喝道:"你来干什么?"

"我也要去。"二凤说。

"这不是别的活,这是去截火车!"

"我知道。"

二凤顽强地继续往前走。

田广气急地厉声喝道:"回去!"

二凤站住,委屈地哭着。

队伍大步地向车站涌去。……

* * *

陈老鸢率领打着"第二队"白旗的队伍,走进厂长室。人们揭去墙上挂着的"工厂全图"。

职员们面面相觑。

刘进财献殷勤地指着其他图表问:"这,这也揭去不?"

陈老鸢威风地叫:"都揭,都揭!"

工人拿着钳子、铁锤在切断自来水。柔曼在一边苦苦哀求,见工人不理,竟不顾羞耻地跪下。"切断!"陈老鸢愤怒地叫着,工人把水管切断。

* * *

大雪不停地纷飞。

一列北来客车,长鸣,愈来愈近。

大老葛回头喊:"伙友们,不怕死的,跟我截车去呵!"

"截车去呵!"

人们喊着,洪流般地冲过去。

列车迎面飞驰过来。大老葛无畏地立在铁轨中间,挥着臂膀,高声喊着:

"罢工啦!——停下啦!——"

群众黑压压地涌上铁道,大轳铲刘带头挥动小旗喊道:

"罢工啦!——"

"停下啦!"

列车驶近,停下。

高海指着司机骂道:"你知道罢工不知道?"

司机吞吞吐吐地:"这也不怨我,是上司的命令……"

"这是总工会的命令!"大伙愤怒地说。

大老葛用手一指:"开上第八股道,马上清炉!灭火!"

列车开上八股道。清炉,灭火。

田广叫:"第四队队长哪?"

"有。"吴老大精神抖擞地回答。

"上车给旅客们宣传宣传。"

"第四队的伙友们,"吴老大回头招呼着,"拿好传单,上车!"

一伙人打着小旗,拿着传单随吴老大上车。

忽然有人喊:"南面的车来了!"

"走呵!上南边去!"大老葛又领着大伙向南涌去。

大雪不停地纷飞。……

"罢工了!——停车了!——"大老葛举着旗喊。

"罢工了!——停车了!——"大伙随着高喊,小旗像森林一样起落。

远处,机车停下。

辎重车上跳下军官、士兵。

司机说:"看,前面那么多人摇旗,大半是罢工了。"

"管他,开车!压死几个臭工人算什么!"

"老总,我担不了呵!……"

军官火了:"奉军又进关了,你知道么?弹药运不上,把大帅的计划耽误了,你担得了么!"

"我不能开!"司机毅然地说。

"不开,揍死你!"军官上去打了司机一个耳光,又命令士兵:"上刺刀,车头上去!"

士兵刺刀向外,在车头前坐了一圈。

司机被迫地继续开行。

罢工的人群惊喊着:

"又开了!"

"你看,像是兵车!"

"前边坐着有兵!"

"伙友们,不要慌!"大老葛高声叫道,"不管它什么车,今天就是吴佩孚,也不能让他过长辛店!……"

车轮飞转,火车越来越近。

"啊呀,这怎么办?"有人惊慌地后退着。

"躺下呀!伙友们!"大老葛叫,"我躺在前边,要轧,先轧死我姓葛的,就是把我轧成三截,也不能含糊!"

"我躺在前边!"高海叫。

大伙激动地喊:"别装孬种呀,躺下!躺下!"

大老葛和高海首先卧在铁轨上。大轱轳刘和群众纷纷卧下。

车轮飞驰,大雪狂飞……

无边的大雪,扑向为自由而战的刚勇的人们。

车声狂烈,人们脸上滚落大颗的汗珠。

在千钧一发中,火车突然刹住,轮子冒烟。

司机跳下车,脸色煞白,跌在地上。

军官下车,指指自己对大伙说:"我是辎重营王营长,你们工人为什么不让开车?"

"我们罢工了!"大老葛高声地说。

"罢工也得开!"军官蛮横地把枪一挥,对士兵命令道:"把开车的押上去!"

兵士正要动手,田广过来拦住:

"老总,别生气,罢工归罢工,军车还是要到北京的。"他悄悄丢个眼色给司机,"你还不快开去加水!"

"对,得把水上足了。"司机忙应和着。

司机攀上车,有人在后面摘钩。

机车开在水柱下停住。司机匆匆地清了炉火,下车溜走。

站上,军官看看手表,着急地问:"怎么车还不来?"

"急什么,"田广说,"咱哥儿俩先上小铺喝几盅去。"

他连哄带骗地把军官扯走。

* * *

字幕:"三小时之内,三千余里的京汉铁路,总同盟罢工完全按计划实现了!……"

京汉路全线,到处是拆散的车皮,熄火的机车,冷落的车厢……

保定——

铁路上,走着佩了"保定分会工人纠察队"臂章的工人。

石家庄——

"石家庄铁路工厂":厂房冷落,烟囱不冒烟。

郑州——

车站上货物堆积如山。工人在站口、月台上站岗。

汉口——

大街上,游行的队伍,数不尽的旗帜,旗上写着:

"要求恢复京汉铁路总工会""严惩罪魁冯澐、赵继贤、黄殿辰!"……

　　　　　　　＊　　＊　　＊

风雪将停。长辛店车站九股道完全被列车塞满。

纠察队在车站周围站岗。

站上旅客纷纭。

墙上贴着很大一张"长辛店工人为罢工告同胞书",下面人们围满。

车站。办公室。田广被拥挤不堪的旅客追问着:

"我还有要紧事,怎么办?"

"我今天一定要赶到北京!"

"我也不能等!……"

"诸位,别忙,别忙……"田广脸上滴落大颗的汗珠。

就在这时,远处,公路上,出现了密密麻麻的洋车的黑点。

吕银河和几个工人在成千的洋车中间走着。

"老哥,"一个车夫说,"你们这么干,连咱们都出一口气呵!"

吕银河得意地说:"五个人是条虎,十个人是条龙,咱们大伙团结了,谁也不敢来欺负我们了!"

"对,对,对!"另一个车夫点着头笑,"有用得着咱哥儿们的,尽管说,咱们准给办到!——你在长辛店工会,一定担着大角色吧?"

"唉,唉,也不过在工会里头跑个腿儿,打个杂儿,"吕银河颇为自谦地说,"工人里边藏龙卧虎,比我有能耐的人有的是,有的是……"

成千辆洋车浩浩荡荡地涌入长辛店。

车站上,许多旅客在欢欣地喊着:

"上车啦,上车啦!"

工人纠察队在维持着秩序,有的帮忙背小孩,有的帮着搀老人,有的帮着扛行李。

吕银河帮一个妇女把小孩抱上车。

旅客们坐在车上纷纷和工人告别。

有的旅客,走了很远,还在悄悄赞叹着:"工人里头真有能人!"

　　　　　　　＊　　＊　　＊

工会。大轱辘刘走进来,嘴里吃着什么,鼓鼓囔囔地说:

"外头:王县吃事……"

田广斥责地说:"吃过再说!什么时候看到你都是吃东西。"

"我,我,我站岗没空么。"大轱辘刘辩解地说,"外头王县知事说要见你。"

"你跟他说,"田广说,"要是来谈判,叫他回去。我们就知道总工会的命令,不知道别的。"

"他说,有点私事儿。"

"叫他进来。"

王县长——原来的王绅士,身穿长袍马褂,和商会会长满面含笑地走进来。

田广讥讽地笑:"你升了县知事啦。"

"岂敢,岂敢。"王县长躬身地说。

"县知事是来谈判么?"田广等他们坐定了问。

王县长笑道:"在下郑重声言,此行绝不代表任何一方,请千万不要误会。不过敝人居住长辛店多年,你我都是老街坊,敝人一向主持公道……"

"你既然主持公道,我们钟秘书叫抓走,郑州军阀破坏总工会,你怎么不说一句公道话呢?"田广问。

"此是国家大事,敝人不敢妄加议论,然而国家求治,必须上下一致,贫富一心。像这样今日罢工,明日罢工,岂不让外人耻笑?……"

"是,是,贫富一心最好。"商会会长点头哈腰地帮腔。说过,又连忙弹了弹身上的土。

"唉,"王县长叹了口气,继续说,"在下身为百姓的父母官,你们的困苦,也就是我的困苦,你们如答应复工,我可以担保,不仅马上开支,而且每人可发双薪,"他加重声音地说,"双薪!"

"我们不要双薪,"大老葛说,"我们要人格,我们要自由!"

"好,我给你问问大伙,"田广对门外工友喊,"伙友们,王县知事说要发双薪,你们要不要呵?"

"双薪?你抬一座金山来,我们也不要!"

"我们要赵继贤、黄殿辰的脑袋!"

"叫他把赵继贤的脑袋拿来,我给他双薪!"

屋外群众怒吼起来。

商会会长不安地四顾着。

王县长阴险地笑了笑,傲慢地说:

"诸位,请问,要脑袋是煮着吃,还是熬着吃,你们不过是欲萌之芽,还经不起风霜咧。"

"他说什么?"外面有人喊,"别在这儿摆臭文!"

王县长轻蔑地一笑:"哈哈,说句白话,我说诸位是袖子里吞着个小老虎,别捅出来还能吓了人,一捅出来就不灵了。"

工人们愤怒地喝道:"叫他滚!"

"好,好,"王县长站起身狼狈地说,"将来你们会后悔的。"

"滚你的吧!"大老葛叫。

"快滚!"工人们有的把胳膊都伸出来了。

田广笑着:"既然这样,我也就不多留了,请!"

王县长和商会会长在大伙怒视中向外走,匆忙中,在门口绊了一跤,连忙爬起狼狈地逃去。

十九

全兴粮行。二凤、高海家的、田广家的和一伙子妇女在打门。

王掌柜开了门,露出他那颗肥脑瓜恐惧地说:"昨儿晚上,上头来了命令,一颗粮食粒儿,也不准卖给工人,要让查出来,说不定我的脑袋都有危险……"

说着,他指了指自己颇为宝贵的肥脑瓜,匆匆把门闭上。

* * *

大街上。庞大肚子和胡头在几个士兵的保护下又出现了。他俩手里提着铜锣,边敲边喊:

"厂里开工啦!快上工吧!"

"千把人都进厂干活了,再不上,过12点就没有饭碗子啦!"

大烟囱果然冒出一缕缕黑烟。厂里传来了纷乱的铁锤声。

罢工的人们在街头纷纷地集聚着,惊慌地议论着。

"看,"有人指着叫,"烟筒真冒烟了!"

"你听,这个声音,真开工啦!"

"哪个软骨头去上工的?"吴老大着急地问。

"说是大沽造船厂来了好几千工人。爪子胡、庞大肚子全回来了!"

"这怎么办?"

人们惊慌起来。

高海出现在街头,人们马上围过去。

"怎么让他们进去的?"高海问。

"军队护着,硬冲进去的,"大轱辘刘说,"把纠察队员也打坏了!"

高海气昂昂的。远处厂口站着几十个士兵。

大伙气愤地大骂:

"这不是破坏罢工,夺我们的饭碗子么?"

"咱们冲进去,给他个厉害看!"

吴老大指着高海叫:"老高,你是大队长,你怎么不管?"

"你不敢干,我们干去。"大轱辘刘暴躁地说。

高海气急地走上高处,吹哨。

纠察队员从四面八方奔来……

高海把队伍整理好,正要出动,田广赶到:

"干什么?"

高海说:"大沽那帮坏蛋破坏罢工,给他个厉害的!"

"对,对!是应当揍他们!"大伙愤怒地叫。

"高海,"田广厉声问,"你是工会会员么?"

"是。"

"工会的命令,你听不听?"

"听。"

"马上收回你的命令!"

"伙友们,"高海顺从地说,"我收回方才的命令。"

"大脖子,你要胆小,我们干去!"吴老大和大伙一起愤愤地叫。

田广把脖子一拍,大声地说:"你们先把我的脖子拧了,再去!"

大伙静了下来。

"伙友们,我们不能打!"田广走到高处决断地说,"自个人打自个人,正中了敌人的计。大伙先回去。有什么事,听工会的。"

大伙纷纷散去。

"高海,"田广说,"你马上派个人到厂里探探去。"

"谁去?……"

"我去。"陈老蔫站出来说。

高海打量了一眼,说:"这么大年纪啦,要出了危险……"

"我,我会爬……爬墙。"陈老蔫笨笨磕磕地说。

田广说:"好吧,可得当心呵!"

陈老蔫高兴地向工厂走去。

* * *

陈老蔫看看远处:厂门口站着兵。

他爬上一处矮墙头,跳进去。

他绕过铁堆,躲在树后,走到厂房门口。

他看见:厂房里,稀稀拉拉的,只有100多大沽工人。有的在赌博、抽烟,有的在用小锤乱敲铁板。

人们在纷纷发着怨言:"人家罢工,我们来挣这不要脸的钱,祖宗三代都得挨骂。"

"那你为什么要来?"

"为什么,还不是为老婆、孩子饿着。"

"那你嘀咕什么?"

"我要知道是来抢人家的饭碗,老婆饿死我也不来!"

胡头走过来喝道:"把小锤敲响点!"

人们又拿起小锤,在铁板上纷乱地敲着。

高大的烟囱冒着烟。

烟囱下,锅炉房里,肥胖的庞大肚子正笨拙地朝炉门里添煤。

"他妈的,都不干,我干!"他气愤地用手帕擦了擦那张污脸,对一个瘦弱的老头子叫,"老头,看看气烧得够不够?"

老头无精打采地走到水表跟前,抬起脸一看,突然大惊:

"哎呀!锅炉要炸了!!"

庞大肚子吓得抱着头连滚带爬地跑出去,一边狂叫着:

"锅炉,锅炉要炸了!!"

厂房里,人们惊得乱跑乱躲……

陈老蔫暗暗发笑,偷偷地溜回。

* * *

一辆小轧车在铁路上飞驰……

吕银河和一个工友轧着车,汗珠不时地从他们的脸上滚落。

站上,有人兴奋地高喊:"吕师父回来了!"

小车靠站。大铲轳刘亲热地问:

"吕师父,又到北京干吗去啦?"

"宣传工作。"他走下轧车,严肃得叫人发笑。

"凭你这样还要到北京宣传?"

"嘿嘿,这小伙子。"吕银河翻他一眼,"军阀在北京造谣,说咱们工人在长辛店抢人,不宣传还行!——这是劳动组合书记部的主意。"

吕银河和同来的工友走进工会。

田广倒水,递过一杯说:"大叔,你们俩辛苦啦!"

"心不苦,就是腿苦,把我累坏了!"吕银河说过,坐下不一会,就睡着了。

同来的工友兴奋地说:"这回到北京宣传,一看那么大场面,我越急越说不上来。吕师父真行!把那些学生都讲哭了。大伙捏着拳头直骂吴佩孚不是玩艺。……你看这报。"

田广打开报纸,有两行醒目的标题:

  北京各大学学生集会,
   一致支援京汉铁路大罢工!

田广看着,看着,脸上流露出微微的笑容。

陈老蔫从门外走进来。

田广忙问:"老蔫叔,厂里真开工啦?"

"可不,真开工啦,"陈老蔫喘呼呼地说,"庞大肚子自个烧锅炉呢!"

田广、高海哈哈大笑。

"那大沽的一千多工人呢?"

"一千?二百也不到,在那儿叮咣、叮咣砸铁板哩!"

高海说:"对,让他们'叮咣'去,'叮咣'他十年。"

"不,"田广果断地说,"要把大沽工人拉到我们这边来。……可派谁去呢?"他瞅瞅正在睡着的吕银河,"不,他太累了……"

"我去。"高海说。

田广摇摇头。

"我也能爬墙呵!"

"我知你能爬墙,爬过去打架么?"

"得了,"高海懊丧地说,"往后你叫我蹲在这儿,房塌了,我都不挪窝。"

"我去。……"吕银河哼了哼,迷迷糊糊地叫。

"你去哪儿?"田广问。

"我也不知道去哪儿。"

"睡你的吧,哪也不去。"

高海没好气地说:"大沽工人在厂里上工,叫你宣传去。"

"呵,这事,当然是我的……"吕银河真挚地像孩子般要求着,"老田,就让你大叔去吧!"

田广沉吟了一下,说:"好,你吃过饭,带上宣传队去。可千万别跟大沽工人闹翻了呵!"

"嘿,嘿,嘿!"吕银河笑,"没错,外交部长嘛!"

* * *

深夜。工会。田广正在写着什么。

大老葛从外边匆匆走进来。

"大脖子哥,事情有点不大好。……"

"什么?"

"劳动组合书记部叫我们特别注意,说吴佩孚的军队在前门车站集中了。"

"他们没有司机,怎么上车呢?"

"听说,吴佩孚训练了500个当兵的……"

"书记部指示了什么办法没有?"

大老葛低声说:"书记部说……"

二十

北京的野外。

一列兵车"呼——哧""呼——哧",极其缓慢地走着,最后终于停下了。

一个军官骂着:"你算什么练习生,我给你算过,这是第八次停车了!"

穿军服的练习生说:"营长,我有什么办法,我才学了不到几个月……"

"到了什么车站了?"营长问。

护兵答:"什么站也不是,才走了七八里!"

"哼,走了三个半钟头;你简直是牛车练习生!"

"牛车?"练习生说,"营长,真使牛车,我倒顺手些……"

营长问:"一个司机都找不到吗?"

"营长,"护兵说,"你知道,连个司机毛也找不到了。"

练习生说:"找着站长也行,站长都能开几下。"

营长说:"去几个人,把站长找来。"

北风凛冽。辛大成和士兵们在货车的车厢里颤抖着……

营长愤愤地骂:"真不是人干的差使!……"

终于,把站长找来了。这个大胖子,不能说是不负责任的站长。

"你是站长吗?"营长问。

"是,官长。"

"你把这车开到长辛店。"

"哦?"站长慌起来,"天地良心,我不,我不会开……"

"不会开?你会什么!"

"我,我平常也就是签签字,此外,此外……"

"哼,"营长火了,"此外,你让我们走去么!"

站长忙说:"官长,您别动气,听说这里段长会开,他离这里不远,七,七八里地。"

练习生说:"只好这样,要不,我开到明天也到不了。"

"哼,"营长丧气地说,"这个倒霉的差使!——去吧!"

站长毕恭毕敬地脱帽行礼,领人走去。

北风狂吹,被冻醒的士兵在埋怨着:

"我的脚快冻掉了,真倒了血霉!……"

"不给老子关饷,光让老子打,打,打!"

"当这个穷兵!要当土匪,老子早混阔了。"

"工人在长辛店造反了,听说逢人就抢,你不去打行么?"

"造反?反得天塌下来才好呢,把大伙全砸死,谁也别受这穷罪了。"

辛大成愁闷地坐着,又躺下了。

北风刮得铁门都震响起来。

* * *

广场上围着成百的老弱妇孺。

田广站在板凳上讲话:

"……叔叔大爷们,婶子大娘们,等一会军队来了,你们就把这些话跟他们说,一点儿也别慌……"

下面,人们迟疑地嘀咕着:

"他们要开枪,伤了人可怎么办?"

"这可不是玩的。"

吴老大火了:

"要这么前怕狼后怕虎,你们别去,我去!"

"这老头儿说话真难听。……"

几个老婆子悄悄议论着,接着偷偷溜出会场。

"婶子大娘,你们别走。"二凤上前拦住。

"哟,多吓人哪,我们平时大门不出、二门不迈的,谁干得了这个!"

"大娘,"二凤说服着,"咱们怕,他们就不来了么?……咱们不能等死。再一说,咱们的钟夏都给抓走了,他是为了谁呀,大娘。"

几个老婆子犹犹豫豫的。旁边有人喊:

"二凤说的对,咱们怕,他们就不来了么!"

"别慌,婶子大娘们。"田广大声说,"咱们不是硬碰硬,咱们是给他们说理。等一会,我跟吴老大走前头,出什么事,我们先抗住!"

人们渐渐平静下来。

高海走近来问:

"我呢,又是不让我去?"

"你?"田广说,"你带纠察队藏在车站后头,一看大伙有危险,——不,我摆小旗的时候,你再动。我不摆旗,你要动,我就不饶你。不,大老葛,你专门看住他,老高这小子,我对你老不放心!"

"对,"大老葛对高海说,"我专门看着你。"

"大脖子哥,你偏心眼,咱们罢工胜利了再算账。"高海受屈地说。

小红不知道从哪里钻出来:

"爸爸,我也去。"

"你去?"田广故意开玩笑地说,"那帮人披着二尺半的老虎皮,可厉害啦,你不害怕?"

"我不怕。"

田广笑着点头说:"好吧! 就是不让老高去。"

"真倒霉!"高海使劲拍了下大腿,背过脸去。

小红快活地跑开了。

忽然,大轱辘刘急急忙忙地跑过来:

"田主席,厂里乱糟糟的,不知出了什么事了。"

大伙侧耳细听,果然,厂里响起了一片吵嚷声和杂乱的铁器声。

田广、大老葛、高海连忙往厂门口奔去。

"一定是他们跟吕大叔的人打起来了!"高海边走边说,"我去集合纠察队吧!"

"快去!"田广威严地叫。

高海精神抖擞地跑去。

田广、大老葛更加急迫地走着。

* * *

厂子里。大沽工人纷纷把家伙、铁锤抛在一边。有人把锄头扔得高高的,又迸然落在机器上。

"长辛店吕师父说得对,"一个青年扬手说,"走,咱们不干啦!"

"挣这两个亏心钱,真对不起长辛店的哥儿们!"一个老人愤愤地叫。

胡头恼火地走过来:

"好哇,你们一个人得了 50 块现大洋,就想不干啦,天底下有这样好事?"

"哥儿们,"吕银河连忙鼓动大伙说,"这就是吃里扒外的胡头,他压迫咱们工人顶厉害啦,上去揍他呵!"

大伙哄地涌上去,胡头吓得一溜烟跑了。

"各位哥儿们!"吕银河号召说,"到咱们工会喝茶去,咱们走呵!"

"走呵!"

大伙喊着,一下涌出大门,把站岗的也撵跑了。

门外,田广、高海带着纠察队齐声鼓掌。

"哥儿们,对不起你们呵!"一个大沽工人叫。

田广豪迈地笑着:"拿锄头把儿的,都是一家子,没说的,到咱们会里坐坐吧!"

"不了,不了……长辛店伙友们,再见啦!"

"再见啦,吕师父!"

"往后到大沽,断不了麻烦您,别装不认识呀!"吕银河笑着。

笑声里,大沽工人纷纷散去。……

* * *

大轱辘刘慌慌张张地跑来。

田广问:"你慌什么?"

"兵车到了长辛店了。"大轱辘刘急促地说。

大伙都惊慌起来。

"别慌!我们就按刚才说的去做。"田广说过,又转身悄悄地告诉大老葛:"要管住高海,可别出了事。"

列车缓缓开到车站外,停下。

田广带了一群老弱妇孺,各自拿着传单、小旗,提着饭桶、开水走上去。吴老大极力地往前挤着。

营长大声问:"你们都是什么人?"

"我们是长辛店的工人跟家眷。"吴老大抢上去说。

"你们要干什么?"

"我们要求官长主持公道。"

"你们工人造反、抢人,还要主持什么公道?"

"这话全是造谣。"吴老大说,"我们是家里没吃没喝,才罢工的。"

田广暗地推了推高海家的,高海家的鼓了鼓勇气,凑上去说:"官长,我们家里也有人在外头当兵,一去多少年,连个音讯都没有;想你们家里也有三老四小,你们出来多少年,家里能不苦么?"

士兵纷纷下车倾听。

吴老大又赶上几步说:"是呀,我们都是苦同胞呵。你们为的是家里要饭吃要衣穿,才出来当兵的,我们也是为了家里人要饭吃要衣穿,才出来卖力气。你们是月中关饷,我们是月中开支,唉,讲起你们的饷,有四五个月、六七个月没有关的,不是跟我们一样苦么?……"

车站小楼上。

高海说:"看,他们下车了。"

"别忙,不要动!"大老葛制止着。

高海焦急地说:

"怎么还不举旗子?嗨,行了,要摸腰了,——唉,怎么又放下了!"

这时候,车站上,笼罩着一片严肃的气氛,二凤在人群里说:

"你们这里头也有山东人吧,"她的声音有点抖,"那年,我们一家从山东逃荒出来,半道上,我有一个哥哥,给队伍抓去了,到这会儿也不知道死活……"

辛大成微微一怔,伸过头听。

"我跟爹爹来这儿做工,爹爹又给当头的害死啦,你们还要来打我们,我们有什么罪呢?……"

"你,你是二凤?"辛大成推开人们,吃惊地叫。

"大哥!"二凤扑上去。

二人抱在一起大哭。

全场士兵、群众不由地低下头去。

一个兵愤愤地骂:"这他妈是什么世界!"

"唉,他奶奶的!……"另一个兵狠狠地把枪顿了一下。

"老总们!"田广大声说道,"我们罢工,跟你们告老回家一样,我们不愿干了,这是不犯法的。你们手里有枪有刀,有子弹,今天来杀我们手无寸铁的苦工人,恐怕于心不忍吧?如果你们一定要杀,我们只有拼着一条穷命,将来历史上也留个好纪念,可是对你们的名誉,好听吗?……"

士兵纷纷动摇,营长也不知道怎么好了。

田广连忙给大伙丢眼色，大伙趁机散发传单，拿出食物，士兵越发动摇。

"既是这样，"营长无奈地说，"我们就回去报告，说工人并没有什么犯法行动。可是这个练习生40里路开了十多个钟头，你们能不能给找个会开车的！"

田广说："可以，可以。"

当场有一名工友上去开车。

汽笛长鸣，轱辘转动……

车上，大成在人群里招手："妹妹，隔几天太平了，我就请假来看你！"

二凤点头拭泪。

列车飞驰而去。

二十一

吴佩孚和白坚武在阅读着一封接一封的急电。

吴佩孚脸上，充满了惊恐的表情：

"道清、正太、津浦、粤汉……这几条铁路为什么会全都罢工？共产党的力量会发展得这么大？"

"是呀，"白坚武说，"根据情报，共产党在全国最多也不过一万人！"

"唉，"吴佩孚叹息了一声，感慨地说，"自我吴佩孚献身戎马，这么大中国，哪一个是我的对手？不想今天——"他愤恨地叫，"哼，枪子儿总是可以打死人的！"

"大帅，这样做固然有效；"白坚武建议说，"可是您那'保护劳工'的口号，恐怕从此再也不能用了。况且，二次对奉战争，正在准备，这样做恐怕对大帅大大不利！"

"坚武，这也正是我的为难处。"吴佩孚点头说道，"可又有什么办法？你跟我多年，谅必知道，我哪里是那种头脑简单的军人？只要有一点办法，这张牌，我是不愿丢的。……再不，我到保定跟老曹商议一下。"

"大帅，你忘记铁路都不通了？"

吴佩孚默然。

顾问进来。

"吴巡阅史,我刚才接到大使馆电报,叫我的转告你,自从交通断绝以后,敝国在商业、铁路收入上所受损失的太大……"

吴佩孚有些不平地说:"我有什么办法,难道要我自己给你们开车么?"

"如果阁下的不能当机立断,敝国政府将立刻停止对贵军军火的供给!"

"这,这……"吴佩孚慌了。

副官送上电报,白坚武紧张地念道:

"赵继贤来电,说去长辛店一营兵,消极观望,退回北京,罢工还在继续中。望大帅速为设法。"

"好!"吴佩孚咬紧牙根说,"让我来狠狠地收拾他们!马上回电!"

白坚武连忙取来纸、笔。

"命令。调十六混成旅,第三炮兵营,第一骑兵团至汉口。调第三师,八旅第一团至郑州,调游缉队张国庆一营,保定十四混成旅时全盛所部至长辛店。出发前将违令营长当场枪决,以儆效尤。限以上部队按日到达,严厉镇压。否则,定予严惩不贷,此令。"

一只手在纸上用力地签字:"吴佩孚。"

*　　*　　*

野外,山头,军号到处乱鸣。

营长在集合的队伍前被枪决。

车站。军车开动,车上站满士兵,车边挂着白牌:"开向汉口。"

军车开动,车边挂着白牌:"开向郑州。"

军车开动,车边挂着白牌:"开向长辛店。"

大军纷纷开向铁路工人的罢工区域。

*　　*　　*

保定狱中。钟夏隔着铁栏和一个戴皮帽的人在谈话。

"……告诉他们,不管敌人怎么压迫,绝对不能妥协……"

"好,"来人说,"我走了。"

"等一等,"钟夏掏出一张纸,毅然地把一个手指伸到嘴边……

"你——"来人惊慌地低叫了一声,鲜红的血珠已从钟夏的指尖滚落……

血指在纸上迅速挪动。

钟夏脸上充满坚决的表情。

他激动地将纸折起,递给来人:

"这封信,尽快地送到长辛店……"

* * *

长辛店。

街道上布满了兵。五步一哨,十步一岗,外围山头上,到处都有军队在警戒。

工厂被军队占领。

娘娘宫被军队占领。

但墙上仍显出凛然、鲜明的大字:"劳工神圣。"

民房门口,挂着牌子:"第三营部。"

商号门口,挂着牌子:"第一团部。"

又一家民房门口,挂着牌子:"第二连部。"

火神庙的大门前,站着八个哨兵。门边挂着一块最大的牌子:"第十四混成旅旅部。"

屋里,时全盛、赵继贤、王县长、商会会长、庞大肚子、胡头、秦志高及许多军官,正在开紧急会议。

王县长躬身站起,带笑地说:

"时旅长,赵局长,诸位先生,敝人有一妙计,可以两全其美,既收镇压之效,又不失大帅体面,不知是否可行?"

"王县知事请讲。"时全盛说。

"古语云:'射人先射马,擒贼先擒王。'敝人以为……"

* * *

太阳偏西。

工会门口,站着纠察队。

屋里,田广、大老葛、高海、吕银河正开完会。

田广神色紧张地说:"今天工友们有些恐慌,我们要赶快分头下去。"

各人匆匆向门外走去。

田广又嘱咐高海:"现在形势很紧,你要特别小心,不要随便离开工会。"

太阳缓缓落入西山。

高海在工会门口巡视。

一群士兵扮成工人悄悄地走近……

高海发现,大喊:

"你们是第几队?为什么不守自己岗位,到这里乱跑?"

"我们有事找工会委员……"士兵们吵叫。

大轱辘刘怀疑地说:

"怎么都是外路口音?"

士兵加快地涌来。

"站住!"高海喊,"你们是什么人!"

士兵冲上,被高海打翻在地。混战开始。

"伙友们,死也要守住咱们的工会呵!"高海喊。

纠察队员英勇地冲上去。

高海如入无人之境,将士兵们打得东爬西滚,一个兵被他卡住脖子按在地下。

"你们是什么人,不说卡死你!"

"我们是,是,是十四混成旅……"士兵吓白了脸。

敌人越来越多,工人终于支持不住。

高海大声叫:"快!快上房顶!"

大伙退到院里,少数人留在门边坚持。

士兵气焰越盛,一个排长喊:"兄弟们,冲呵!"

士兵们雪崩般涌来,正要进门,房上飞下大块瓦片,排长和士兵们被打得头破血流,狼狈地逃去。

"小子们!"高海站在房上得意地笑,

"有种的上来,别跑哇!"

远处,排长重整队伍,士兵们重新向工会逼近。

"打呀!"高海一声大喊。瓦片哗哗地飞落下去。

排长举枪瞄准高海,射击。

血从高海臂上流下。

"他们开枪啦,咱们快下去吧。"有人惊慌地说。

"什么！"高海喝道，"没有大脖子哥的命令，就不能退！"

高海高高地擎起一块瓦片："下去，找倒霉的去！"说着，一块瓦片向敌群飞去。

"老高，你胳膊上带伤啦！"大轱辘刘连忙从衣服上撕下一块，替他包扎。

"不要紧，离心远着哪。"高海挥开胳膊，喊，"伙友们，工会就是咱们的命，咱们拼死也要守住呵！"

"对！拼死也要守住工会呵！"纠察队齐声吼道。

士兵更猛地涌上来，有的已经冲进了大门。

正在危急，士兵后边发出一片喊声，田广、大老葛等带人赶到了。

高海大喜，喊："伙友们，大脖子哥带救兵来了，冲呵！"

高海和大伙从房顶上跳下去，敌人在夹击下，纷纷地逃命……

高海追上被瓦片打伤的排长。

排长连忙跪下作揖哀告：

"老爷，老爷，我家里上有八十岁老母……"

"不能饶他！"大轱辘刘愤恨地说，"刚才就是他把你打伤的……"

"妈的，吓成这个熊样！"高海充满豪气地大笑了几声，骂道，"好汉不打倒汉，滚！"

排长狼狈地逃去。

田广、大老葛给高海裹伤。

大老葛仇恨地说："他们真开枪打我们哪！"

"不要紧，兄弟，"田广咬紧牙说，"这笔账迟早是要叫他们还的！"

二十二

时全盛的司令部。

一个人从外面匆匆走进来，脱下马虎帽，是秦志高。

"官长，我刚才探好了，他们几个全都在田广家里。"

"好，"时全盛命令道，"你领着一个连，马上全部给我抓来，哪个敢抵抗，当场枪决！"

"是。"

秦志高领着一个连,全副武装,上刺刀,出发。

*　*　*

田广家。

田广、大老葛、吕银河面色沉重地在研究问题。小红站在一边。

"就这样吧,"田广结束说,"看样子,他们是不会饶我们的,我们应该做好准备。吕大叔,今天写的传单要连夜赶印,越多越好,明天一早,一个兵撒他一张。"

"爸爸,"小红问,"那些兵来干啥哪?"

"干啥?"田广说,"来打我们工人,孩子。"

"我们也拿枪打他!"

大老葛说:"我们没有枪呵,要有枪,他来一万,也干得了他!"

"我们怎么没枪呵!"

"傻孩子。"田广抚着小红的头,对大老葛、吕银河说,"就这样,快去办吧!"

大老葛、吕银河刚走到门口,陈老鸢神情不安地进来了。

"我找你们好半天了。"

"什么事?"田广问。

"我有一句话,也不知道当说不当说。"陈老鸢充满了激动。

"说吧,老鸢叔。"

"老田,"陈老鸢激动得声音有些发抖,"咱爷儿俩就伴多少年了,没红过脸。老葛侄子,我跟你爹也是多年的老伙友……"

大伙一起说:"老鸢叔,你有话就直说吧。"

"今儿早上,军队一来,我的心就直跳。你们当我害怕,担心我那一堆娃娃么,不,我打那天在工会本上写下名,就没变过心。……我是担心你们几个呀,吃鱼先拿头,他们会……"

"老鸢叔,"田广打断他的话说,"你放心,为了大伙,我们不怕。"

陈老鸢摇摇头:"唉,傻孩子,你大爷的眼亮着呢,这帮人跟我们的心不一样,你,你们还是听我的话,先出去躲几天……"

"老鸢叔,"大老葛说,"你说这话不对,我们一走,工会交给谁?我们对得起大伙么!"

"老鸢哥,咱们哥儿俩说话,你别见怪。"吕银河严肃地对他说,

"你是叫我们学秦志高头冲下走路吗?……真是话说多了,就得走板儿!"

"唉,唉,不是这么说,"陈老蔫有点急,"你们走了,工,工会……"

"是呀,工会怎么办?"吕银河问。

"工……工会就交给我。我,我不要紧。"老蔫望着田广、大老葛说,"你们年轻轻的,日子还长着哪!……"

"快别说这话,"田广说,"老蔫叔,你马上回去,叫你那个组的人明天一早就出发撒传单。"说过,又转脸对吕银河、大老葛说:"走,快去办咱们的事,我也得上外头看看去。"

"你两天都没吃饭了,吃完再走!"田广家的走进来叫。

"老婆子,"田广反问说,"你看这是吃饭的时候么?"

"得啦,"吕银河说,"你就吃点吧,明天还得抬大头呢!"

说过,他和大老葛拉着陈老蔫走出去。陈老蔫还不放心地回头望着,望着……

* * *

田广举起筷子正要吃饭,忽然,狗惊叫起来,一阵急促的脚步声已经迫近。

田广机警地放下筷子,刚走出门,见士兵已经端刺刀进院,知道脱身不得,就镇静地退了回来。

小红、旦儿吓得哭起来。

田广说:"哭什么,什么人都是两只眼,一个鼻子,不怕!"

他把旦儿抱起,照旧吃饭。

军官走进来,田广看也不看。

"好大的架子! 他妈的,共产党的头子。"军官气得把饭碗夺过去,朝地上狠命地一摔,"什么东西!"

田广放下旦儿,瞪着他说:

"什么东西,给你什么价钱! 我吃自家的饭,这权利也没有啦? 再盛一碗!"

军官气得脸都黄了,上去一把拦住:"你是田广吗?"

"知道了还问,"田广说,"这不是脱裤子放屁么!"

军官全身发抖,给了田广一拳,高大的田广上去一个耳光,把军官打了一个趔趄:

"哼！上这儿动胳膊根,你还没出师呢！"

军官抚着打肿的脸,狂暴地叫:"快,快给我捆上！"

士兵冲上,被田广打倒了一个,其余的一起涌来,捆绑田广。

田广家的、旦儿大哭。小红扑到田广怀里,被军官一脚踢倒。

"没有人性的东西,"田广切齿地说,"老子等你变成灰,也忘不了你！"

戴马虎帽的人,从门外走进来低声地叫:

"官长,快走吧！"

田广听出是秦志高,气得浑身发抖,猛然挣出一只手来,一把揭去他的马虎帽,扔在地下。

"哦,我说是谁呢,是你！你当了段长啦,不拿锄头把啦,一月挣多少钱哪?"

秦志高满脸通红,连忙从地下拾起马虎帽要戴。

"当了官,还怕见人吗?"田广哈哈大笑。

士兵凶暴地将他推出门外。

田广家的、小红、旦儿跟在后边大哭。

田广回头,把工会牌子摘下,扔给老婆说:

"老婆子,给我好好存着。小旦儿,别哭啦,爸爸回来给你买糖,还买一个戴马虎帽的小狗给你玩！"

说过,冷笑一声,昂起头大步地走出去……

二十三

2月7日。

拂晓,阴沉的拂晓,黑云密布。

旷野,北风怒吼,大树摇曳。

铁路上,一辆小轧车,自南向北飞驰。

车上,一个戴皮帽的人,和另一个人拼命地轧着,他的皮帽上结了一层很厚的白霜。

* * *

工会门口,小红在几个纠察队员的面前哭泣。

大轱轳刘愤怒地说:"走,我带你找大老葛去。"

纠察队员拥着小红向葛家急急忙忙地奔去。

屋内,灯烛明亮。大老葛、吕银河、陈老蔫、二凤、葛母等正忙忙乱乱地收拾着印好的传单。

大轱辘刘闯进来,愤怒地叫:

"大老葛,你们还在这干什么,田广给军队抓去啦。"

大伙猛地一惊。

小红一下扑到大老葛的怀里,哭道:

"叔叔,你快把我爸爸救回来吧!"

说着,小红又扑到吕银河的怀里……

二凤拉过小红,扑簌簌地滚下了眼泪。

葛母伤心地说:"唉,这是什么世界呀!"

大老葛难受地抚着小红:"小红,别哭,回去告你妈说,我要不回你爹,我就不是姓葛的汉子!"

"大老葛,"吕银河愤愤地说,"趁着还没把老田弄走,咱们把他夺回来!"

"对,把田广夺回来!!!"大伙纷纷气愤地叫。

"唉,"葛母心酸地拭着泪,"钟夏刚叫抓走,田广又出了事,我的心都快碎了!"

突然有人喊:"陈老蔫出去啦!"

大老葛忙叫:"赶快追回来!"

陈老蔫跌跌撞撞地往外走着。

吕银河赶上去。

"老蔫,你要干什么?"

"我,我去换回老田。"陈老蔫眼里滚着泪,"死我十个也不能死他一个呵!"

"不行! 要去,大伙都去,快回去!"吕银河将陈老蔫强硬地拉回,陈老蔫还不断地哀求着:"兄弟,你放我,死我十个也不能死他一个呀!"

人们喊着:

"对,死我们十个,也不能死他一个!"

门口,人越聚越多。

"有人来信了!"一个人高声喊道。

戴皮帽子的人走进来,递上一封信。

大老葛拆开信,手在颤抖。

大伙纷纷挤过去:

"什么,那是什么?"

"呀,血,是血写的。"

大老葛哽不成声。

"谁写的?谁写的?"有人问。

吕银河从大老葛手里取过信:"是钟夏写的。"

他开始缓慢地念:

> 亲爱的同志们:
> 　　不管敌人怎样用刑,我决不屈服。望你们团结一心,坚持到底
> 　　　　　　　　钟　夏

大老葛顺手扯过褡缚把腰束紧,拿起血书,大步跨到外面。

外面,大雪越下越大。

"伙友们!"他在人群里高擎着血书喊道,"我们的人,抓走的抓走,打伤的打伤,我们这么活着还像个人吗?……今天一定要把他们要回来!"

"对,把田广要回来!!!"

"把钟夏要回来!!!"

群众震天动地地呼应着。

"大轱辘刘!"大老葛喊道,"去传咱们的人!"

"咱们的人全在这里啦!"

大老葛高声喊道:

"伙友们! 跟我走呵!"

"走哇!!!"

大老葛英勇无比地走在前面,吕银河和群众跟着他像浪头一般地向前卷去。

岗哨拦住去路。

"冲过去!"大老葛对大伙喊道,"今天刀搁在我们脖子上了,我们死也要站着去死,走,跟我去要人哪!"

"冲呵!!!"大伙激昂地吼着,冲了过去。

大雪狂飞……

二凤在人群里紧紧地跟着。

高海一边披衣服,一边从家里跑出来,生气地骂:"我带这点伤算什么,出了事,谁也不告诉我!"说着,向火神庙跑去。

* * *

火神庙前,3000多工人,将"十四混成旅"旅部包围。

一道南北大街,被工人拥挤得水泄不通。

口号声震天般吼道:

"我们要田广!!!"

"我们要自由!!!"

军队继续不断地从门里涌出来。辛大成也在里边。

人们紧张起来,二凤担心地挨近大老葛。

时全盛从门里出来,走到人群前,大声地问:

"你们干什么?"

大老葛说:"你们为什么抓我们的人?"

"把我们的人放了!!!"

"把田广放出来!!!"

时全盛怒道:"快回去!"

大老葛挥动胳膊,气昂昂地叫着:

"不放人,我们就不回去!"

"我们不回去呀!!!"群众吼起来,三角旗在头上疯狂地挥动。

高海拼命地从人堆里向前挤着:"让我过去!让我过去!"

辛大成忽然看见二凤,从队伍里走出来:

"二凤!"

二凤吃惊地睁大了眼。

军官将辛大成一把推回去。

时全盛掏出手枪威胁道:"你们这些土匪!再不散,我要开枪啦!"

"你才是土匪!"吕银河愤怒地叫,"你们吃老百姓,喝老百姓,来打老百姓,你不是土匪吗?"

大老葛拍着自己的胸脯叫："老子不怕死,你打！你打！"他又转头对群众喊道："他说开枪,我们就怕了么？"

"他开枪也不散！！！"群众向前涌着,吼得更响了。

时全盛倒退了一步："开枪！给我开枪！"

辛大成冲出来："弟兄们,不能……"

时全盛一枪将辛大成击倒。

"呵！"二凤昏过去。

"乓""乓",时全盛连鸣数枪,怒叫："开枪,开枪！"

军队开枪射击。

"哥儿们,冲呵！"大老葛叫,"夺他们的枪呵！"

"夺枪呵！！！"吕银河喊着,大伙喊着,涌上去。

大老葛首先夺了一支,在地下摔碎,又去夺第二支,大伙勇猛地涌上去争夺、厮打……

"往里头冲！"大老葛刚刚冲到门口,被时全盛瞄准一枪,中弹跌倒。

"哥哥……"二凤扑过来,扶大老葛。

群众惊慌地后退。

大老葛挣扎着立起,举起拳头,声嘶力竭地喊：

"伙友们,不要怕呀,冲到里头去救田广呵！……"

"跟着我冲！"高海勇猛地扑上去。

群众又涌上去。

时全盛躲在门边,惊惶失措地嚷：

"吹冲锋号,吹冲锋号,马队,马队……"

高海扑上去,一拳将他击倒。

冲锋号惊乱地响起来。

在号声与枪声里,马队冲来,铁蹄践踏着忠勇的人们……

大雪狂飞……

二十四

大老葛家。

高海头上用布条扎着伤口,和吕银河、葛母、二凤围着负了重伤的大老葛。大老葛躺在炕上,不断地梦呓般地喊着：

"冲呵,哥儿们,夺他们的枪呵……"

葛母、二凤在悄悄地哭泣。

"老葛,老葛兄弟……"高海轻轻地叫。

"你是谁?"大老葛睁大眼,茫然地问。

"我是老高。"

"哦,老高……吕大叔……"大老葛神志清醒了些,凝视着他们,痛苦地说,"我们吃亏啦……我们没有枪呵! ……"

"是呀,我们要有枪,还会这样吗?"高海说。

"不要紧,"大老葛挣扎着抬起身子说,"工人是打不倒的,总有一天……我们是会站起来的!"

门外,忽然传来一声震动人心的呼喊:

"哥儿们,谁也不要上工呵!"

这是田广的声音!

雪后的大街。田广被捆着双手,一个军官和五六个兵押着他,沿街走着。军官手里提着皮鞭,士兵的枪上着刺刀,商会会长拿着一面写着"快快上工"的白旗,跟在后面。

军官朝田广脸上抽了一鞭,恶狠狠地骂道:

"叫你喊大伙上工!"

田广威严地瞪了军官一眼,轻蔑地冷笑着:

"我愿喊什么喊什么。我的嘴你管得着吗?"

军官又抽了一鞭:"叫你喊,让大伙上工!"

就在这时,在街道两边黝黑的窗户后面,隐隐露出了老人、妇女、孩子们睁大的眼睛……

"喊,叫大伙上工!"士兵们又催。

田广挺起胸脯,满脸是血,在街心里无畏地走着。

"哥儿们,谁也不要上工呵! ……跌倒了爬起来呀!"

声音在长辛店的大街小巷震响着,在人们的心里震响着……

"是谁在喊? ……"屋里,大老葛抬起脸轻声地问。

"是你田广哥。"吕银河说。

"好老田,好同志呵!"大老葛难过地说,"我对不起钟夏、田广哥,我没有把他们要回来呀!"

葛母疼爱地理开搭在孩子额上的一绺头发。

"娘！……"

"孩子……"

"我没让你过一天好日子。"

葛母背过脸，悄悄流下了泪。

"二凤……"

"哥哥！"二凤走近来。

"我们，我们下一辈子再见吧……"

"不，不，你会活着的。"

"吕大叔，老……老高……"

"老葛兄弟！"高海、吕银河叫。

"记住钟夏的话，我们要团结呵。我，我已经跟田广哥通过你们入党了……"

战士大老葛闭上了眼。

墙上显出红纸上写的鲜明的"囍"字。

高海、吕银河的脸上，现出一种异常坚决、严肃的表情……

"援助工人！"

"打倒军阀！"

"推翻恶政府！"

"打倒帝国主义！"

"踏着烈士的鲜血前进！"

北京上空响着震天动地的口号。

悲愤壮阔的学生游行队伍。

旗帜一面接一面地过去。

北风怒吼中，一根高竿上挑着殷红的血衣，迎风前进。

整个北京城激动着"五四"以来的最大的怒潮。

1954 年 4 月至 1955 年 4 月于长辛店

邓中夏传

魏巍 钱小惠 著

第一章　在黑暗中

赤手缚龙蛇

1918年，古老的中国大地上，笼罩着沉沉的黑夜。辛亥革命在人们心中燃起的希望之火，像流星一般在黑暗的天空中亮了一下，就消逝了。接着而来的是袁世凯称帝、张勋复辟、军阀混战，把整个国家搞得支离破碎，广大人民在反动统治下，依然过着悲惨的生活……

一个初春的夜晚，在北京大学的宿舍里，一盏黯淡的油灯下，坐着一个衣着整洁的青年。他的眉目清秀，眼珠乌黑有神，左眉心边有一颗突出的黑痣。他正在全神贯注地读着一本蓝皮的线装书。床上，还堆了不少大大小小的线装书：

《史记》《汉书》《资治通鉴》……旁边还放着一些新书。

床头上，贴着一张横幅，写着漂亮的毛笔字：

清操厉冰雪，赤手搏龙蛇。

这一切，都说明他还是一个埋头书卷的青年。

他翻着一页一页的书，不时抬起头思索着什么。看到高兴处，就用毛笔蘸着鲜红的朱砂，在书上画了好几个红圈。

忽然，门口传来一阵刺耳的叫嚷声，一个学生走进来，手里拿着书，大声地念着雪莱的诗句。

读书的青年无奈地放下书，看着他走过去。

当他拿起书正要看时,帐子那边,又传来了激烈的争吵声:

"一个女人有什么出路!"

"没有路不是在找路吗?娜拉的出走,就说明了这点!"

青年懊恼地皱起眉,走过去一看,原来是两个同学为易卜生戏剧中主人公的命运争了起来,他请他们小点声。

屋里安静了下来。

他拿起书,刚读了几页,杂乱的脚步声又从外边冲进来。他推门一望,看见走廊里一个喝得醉醺醺的穿西装的学生,被两个同学搀进来。他认得这就是那帮经常坐包车跑戏园、逛八大胡同的少爷公子们,不觉厌恶地瞪了一眼。

那个少爷学生踉跄地从跟前走过,大嘴一张,"哗"地吐了一地,青年的裤子上也溅了不少脏东西。

等这伙人走过去,他强自忍住气,把地扫了,又用布把自己的裤脚擦干净,然后坐下来。刚要拿起书——一个粗嗓门,又大声唱开了京戏的黑头。

他实在忍不下去了,拿着书冲出大门,走进学校的图书室。

这个青年,就是后来成为我国著名无产阶级革命家的邓中夏。当时,他名叫邓仲澥。1894年生于湖南宜章。从8岁起进私塾,以后在县办小学、衡阳中学、郴县中学念书。20岁考进长沙湖南高等师范文史专修科,1917年,他23岁的时候,才随父亲来到北京,7月间考进了北京大学文学系。

他的家庭,是个破落地主,父亲是个清朝举人,当过省参议员、县长,旧学底子很深,因此,他也从小接受了古典文学的教养,并且写得一手好字。这次从遥远的穷乡僻壤来京城读书,怀着很大抱负,决心将来要做一个学者、文人。

走 出 书 斋

丁香花在枝头散发出诱人的香味,紫色的小花,点缀在绿色的树丛里,尽管北京风沙满天,也使人感到一点春意。

下午,哲学系的教室里,显得分外热闹,一向空着的位子上都坐满了人。有的人又从外边找来一些凳子,一直摆到门边。

人们交头接耳地窃窃私语着：

"你听过李先生的讲演么？"

"没有。"

"我听过,是好、深刻、动人,听了他的讲话,总感到有一种蓬蓬勃勃的青春之气!"

仲澥坐在一边,他虽没有听过李大钊先生讲课,可是从《晨钟报》《新青年》《甲寅日刊》上,已经读过他的很多文章。今天,听说李先生在哲学系讲演,别的系学生可以旁听,他早早地就跑来了。

忽然,门口有人招呼说:"来了,来了!"室内,顿时安静下来。

大家不约而同地瞪着大眼,向门外看去——

一个中等身材,约摸三十来岁的人,从外边走了进来。他穿着一件灰色的长衫,留着两撇浓浓的胡子,戴着近视眼镜,给人一种非常热诚、朴实的感觉。他用亲切的眼光望着大家,便走上了讲台。

人们起立行礼,他点头还礼后,便把一大堆讲义发下去。

接着,李大钊打开讲稿,开始讲课。他的声调不高,十分沉着,话音里夹带着河北乐亭浓重的乡音。他以亲切、关怀的语气,讲到了学习的目的,讲到了国家、民族的危亡,讲到了青年生活的方向。他的情绪越来越兴奋,表情越来越激昂,他大声疾呼:

"……一个新时代的青年,单是做到'独善其身''洁身自好'是不行的。现在的社会,是个黑暗的社会,是个遍体鳞伤的社会,到处充满了痛苦、悲惨、眼泪,我们,一个新时代的青年,能够找一块不沾泥土的地方,偷着去享安乐、享清福么？这种安乐,这种清福,能称得上是幸福么？"

仲澥身子微微一震。他感到李先生的话,对自己有很大启发。想到自己过多地钻在故书堆里,他有些不安了。

李大钊坚定、热情的声音,在耳边更有力地震响起来:

"……我们要打起精神来,寻着那苦痛悲惨的声音走。我们要晓得痛苦的人,是些什么人？痛苦的事,是些什么事？痛苦的产生,究竟是什么原因？有的人说,这个痛苦悲惨的地方,我们真是不忍去,不忍看。但是,我们作为一个新时代的青年,却是不忍不去,不忍不看,不忍不去解救啊！……"

最后,他又满怀信心地说:

"青年呵,只要我们敢于奋斗,敢于拿光明去照彻大千的黑暗,就是有时困于魔境,或是牺牲了,也必有良好的效果发生,只要我们有觉悟的精神,世间的黑暗终有灭绝的一天。努力呵,猛进呵,我们亲爱的青年!"

仲澥完全为台上的话吸引了,他的心里像有一团火在燃烧,直到这时,他才真正开始懂得一个人究竟应该怎样做人,一个青年的肩上,担负着怎样重大的责任。

一阵雷鸣般的掌声,把他从沉思里惊醒,他才发觉台上的讲话已经结束了。

李大钊拿起讲稿走出教室,仲澥急忙赶了上去。

"李先生,"他激动地说,"您讲得真好,我是中文系的学生,叫邓仲澥,很想能亲身得到您的教诲,不知先生有空么?"

李大钊打量了一下这个青年,亲切地说:"好吧,今天晚上,你到我家里来吧。"

不久,学校里发生了一件事。

一天,校内来了一批情绪激动的青年,是从日本回来的学生,他们说,在国外听到北洋政府与日本订了一个丧权辱国的《中日共同防敌军事协定》①,大家集会反对,竟遭到日本政府的镇压,为此,全体罢学回国,决定发动国内同胞组织更大的斗争。

人们听后,激起了极大的愤怒,纷纷表示一定要向反动政府提出强烈的抗议。

接连几天,仲澥与同学们到处积极奔走,联络校内外同学。

不久,终于爆发了中国学生的第一次罢课请愿斗争。

5月21日清晨,古老的北京街道上,出现了一支学生游行队伍。

仲澥作为北京大学的学生代表,走在队伍的最前列,他昂着头,挺着胸,身上感到有着无穷的力量。

北京大学、高等师范、工专、法政……一面面大旗,在空中呼呼啦啦地飘着。2000多人的学生队伍,浩浩荡荡地直向新华门涌去。

---

① 这是日本勾结北洋军阀政府共同出兵干涉俄国苏维埃政权的可耻条约。根据这个协定,日军可以"合法"开进中国东北一带,中国还应供给日军以地图、情报和军用原料等。日军借此加强对中国军队的控制,中国实际充当了日本的仆从军。

总统府门前布满了密密层层的守卫,军警们惊慌地架起了机枪,如临大敌。

在学生们强大的压力下,大总统冯国璋只得硬着头皮出来接见,但他运用花言巧语,欺骗了学生们。

仲澥和同学们由于缺乏政治斗争经验,第二天,就宣告了复课。不久,报上发布了中日签订军事协定的消息,大家才知道上当了。

下午,仲澥闷闷不乐地呆在屋里。

一个同乡,兴冲冲地走来,大声说:"你猜,我给你买来了什么好东西?"

仲澥茫然地问:"什么?"

那个同乡把几本线装的《庄子集解》放在仲澥面前。仲澥看了看,淡然一笑,就拿起来吃愣吃愣一撕,随随便便地丢在一边去了。

"怎么了?"那个同乡吃惊地瞪大了眼睛,"这是我托人在长沙花了三块现大洋给你买的!"

"请原谅!"仲澥又笑了一笑,解释说,"现在是什么时候?我已经不看这种书了。"

风 天

风沙漫天漫地地刮着,刮着……

它淹没了房屋,遮蔽了天空,把整个世界弄成混沌沌的一片。

在这眼都睁不开的天气里,北京东便门外的蟠桃宫,近几天却显得比平时还要热闹。

原来这正是阴历三月三,传说是王母娘娘的生日,人们都从四面八方来赶庙会。

一路上,人来人往,熙熙攘攘。到处是卖香火的小贩。地摊上摆满五颜六色的小泥人和杂货。卖糖葫芦的草棒上,插满一串串的山楂果;有的把山楂果穿在一根根二三尺长的细竹棍上,十分招人喜欢。卖玩艺的扛着呜呜直转的风车,吸引了一大帮奔跑嬉闹的孩子。老太太和媳妇们则川流不息地走进娘娘庙里烧香叩头,喃喃地祷告着,祈求着娘娘的保佑,祈求着生儿育女。

正在热闹的时候,大路上意外地出现了一群学生,其中仲澥扛着一面旗子,向这边走来。

他们停在一个空场的土台边。

一个学生看看周围,欣喜地说:"这么多人,真是个好机会。"

另一个抬起头看了看漫天的风沙说:"就是风沙大些,说话听不清。"

"不要紧。"仲澥回过头说,"我们把嗓门放大点。"

他和一个同学,把旗杆竖起,风沙过处,旗被吹开,显出"平民教育讲演团"几个字。

两个学生拿出笛子,吹起《苏武牧羊》的曲子,其余几个学生随着唱起来。

一些乡人见了,好奇地走过来。

仲澥见围过来不少人,便理了理吹乱的头发,站在小土台上讲起来。

"同胞们,"他亲切地看了看大家,热情地说,"我们平民教育讲演团今天来和大家作一次讲演,我讲演的题目就叫'现在的皇帝倒霉了'……"

原来,这是仲澥和同学们上个月刚发起组织的一个学生团体,它的宗旨是"增进平民知识,唤起平民之自觉心",参加的学生都是热心平民教育的。平时利用星期日或假日到北京城区的各个游艺场所、庙会、集市,向一般市民做宣传。仲澥前后作过多次讲演,题目有"家庭制度""我们为什么要来讲演——谋大学教育之普及""互助""青岛交涉失败史""国事真不可谈吗"等,内容都是反帝反封建的。这天正好赶上学校放春假,大家便决定利用这个机会,来庙会进行讲演。

仲澥大声讲着,风沙不时打断他的声音。

忽然,北头开来一队警察,走到台边,警长一声号令,立即围着讲台站了一圈。

一个同学上前询问,警长说是奉命来"保护"的。

接着,又来了几个人,掏出小本,在台上、台下沙沙地记着。

听众一看形势不妙,就悄悄地溜了。

警长看看四周听的没剩下几个,"保护"的倒围了一大圈,觉得有点没趣起来,呆了一会,只好把队伍拉走了。

五 三 之 夜

1919年5月3日夜晚,一个具有伟大历史意义的革命风暴,正在酝酿发动。

黑沉沉的夜,压得人喘不过气来。北京大学第三院的礼堂里,挤满了神色激动的青年。高师、工专、法政等学校都派来了代表。仲澥坐在台前,脸色红彤彤的,情绪显得特别激昂。

这是怎么回事?原来,欧战结束后,各交战国在法国巴黎召开和会。中国属于战胜国,可是日本帝国主义却毫无理由地提出要把德国在山东霸占的利益全部夺去,而英、美等帝国主义竟然公开表示同意。就在5月3日早晨,北京所有报纸登出了中国外交失败的消息。这一事件,深深地激怒了全中国的人民,在先进思想影响最深的北大,立即作出最强烈的反应,成为这一次革命风暴的中心。马列主义的传播者李大钊是这一运动的组织者和领导者。

大会开始,北京大学学生会主席易克嶷,沉痛地向大家报告了巴黎和会中国外交失败的经过。他感情激愤地说:"同学们,现在我们国家、民族的命运,已经到了千钧一发的时刻,如果我们再沉默、等待,我们的民族就只有灭亡,再也无法挽救了。北大是全国的最高学府,我们应该挺身而出,把各校同学发动起来,要不,我们就只有做亡国奴了……"

他的话还没说完,整个礼堂里响起了一片呜咽声,有的同学捶胸顿足,有的同学抱头大哭。

一个同学涨红着脸,跳上台去。大家一看,是邓仲澥。

"不要哭了!"他有力地挥着手说,"我们要外争国权,内惩国贼,我们要求政府,坚决拒绝在和约上签字,要废除二十一条。我们要抗议,我们要拿实际行动反对帝国主义,我们要立即组织游行示威!"

下边,同学们纷纷热烈响应:

"对!我们要游行示威!"

"坚决反对在和约上签字!"

"收回青岛和山东的主权!"

口号声震天价响起来,大厅都震动了。

"同学们,"一个穿西装的同学站起来,向大家摆摆手,有人认得他叫罗家伦①。他走上台,大声地说,"我有个意见,我们明天到东交民巷,向英、美公使馆递意见书去,要他们改变对中国的态度,主持公理,主持正义!"

下边响起一片掌声。

一个面容苍白的学生,由于过分激动,脚步踉跄地走上台,两腿发颤,人们认得他叫林德扬,是法律系三年级同学,他刚说了一句"同学们……"便泪流满面,再也说不下去了。有人想去扶他,只见他"刷"的一声撕下衣襟,咬破指头,在上面写下了鲜血斑斑的几个大字:

"还我青岛!"

整个会场像着了火一样,人们的情绪激动极了。

在紧张激昂的气氛里,全体一致决议:明天在天安门举行全北京的学生爱国示威大游行。

大会主席易克嶷又临时动议,为了准备游行和向世界发通电,号召大家踊跃捐献。

他的话音刚落,会场上便出现了激动人心的场面,人们争先恐后,把银元、铜板、钞票,纷纷扔到台上。没有钱的,把毛巾、帽子、衣服,也拿了出来。还有人甚至拿出了戒指和手表。不大一会,光现金就收到了一万多元。

大会一直开到深夜一点。

散会后,红楼和法科的教室里,人们紧张地忙碌起来,找红绿纸的,弄浆糊的,写标语的,起草宣言的,到处是沸腾的人声。许多同学把自己的床单拿出来,写上了激动人心的口号。

在李大钊同志的领导下,仲澥作为直接组织者,忙碌地在各处跑来跑去,帮助拟标语,起草通电,与各校联系,筹划游行的活动、路线。

在这夜色茫茫的古老的京城里,一个震撼几千年历史的伟大的

---

① 胡适的忠实信徒。后来,在上海资本家穆藕初的资助下,去美国留学,回国后,在蒋介石政府中任职。

划时代的斗争,很快就要爆发了!

火烧赵家楼

人们以战斗的姿态,迎接了5月4日的来临。

经过一夜紧张的奔波,仲澥和同学们虽然没有合一合眼,精神还是很充沛的。他们忙碌地跑来跑去,作着最后的准备。

9点多钟,同学们从四面八方涌向马神庙二院理科教室的门口,进行整队。仲澥发现昨晚写血书的林德扬也来了,他站在人群里,脸色似乎更苍白了。

仲澥走过去劝他回去。

"不,"林德扬坚决地摇摇头,说,"国家到了这个地步,我一个人的病,算得了什么。"

仲澥只好叫边上的同学帮助照料他。

队伍快出发时,一个身穿西装道貌岸然的人,突然跑来,大声地问:"谁是带队的?"

仲澥和易克嶷几个人迎上去。

"我是教育部的教育次长!"那人盛气凌人地叫,然后把手一挥,用命令的口气说,"你们不能这样上街去胡闹!"

"这怎么能叫胡闹?"易克嶷大声反驳说,"国家都要灭亡了,作为一个中国人,难道连这都不能过问么?"

"学生就该好好念书,国家大事可以交政府去办。"那个次长急得鼻子上冒了汗。

"政府办?政府会办什么,政府就会卖国!"仲澥挖苦地说。

人们大笑。

"唉,唉,"次长的脸上一阵白,一阵红,"这,这会把事闹大的,唉,唉,糟,糟透了!"

仲澥厉声地说:"你身为堂堂的教育次长,自己不爱国,还不许别人爱国,你还是中国人么!"

"可耻!""可耻!"大伙纷纷往他面前吐唾沫。

次长急得满脸通红,瞠目结舌,再也说不上话,只好灰溜溜地走了。

游行队伍像潮水般从四面八方汇合到天安门广场。

广场上,随着呼呼的大风,飞舞着五色缤纷的旗帜。口号声此伏彼起,像海浪一样在广场上滚来滚去。

队伍刚要开始游行,那位教育次长又满头大汗地跑来了。

他态度强硬地对学生们大声喝道:

"我是承教育部命令来的,请大家从速解散,有事可以派代表来办。"

仲澥领着同学们一起高喊:"我们今天的行动,教育部管不了!"

次长暴跳如雷,挥着胳膊大叫:"你们眼里还有王法,还有国家么!"

"国家?"仲澥讥笑地说,"国家对你们算什么?它不就能卖两个钱么!"

全场哄的一下笑开了。

次长气得脸色铁青,话也说不上来。

学生队伍开始出发,步兵统领李长泰带着一支军队赶到,他把拳头一挥,气势汹汹地叫:

"我是承大总统命令来的,你们的游行队伍必须解散!"

仲澥领着大家喊起了震天动地的口号:

"打倒卖国贼!"

"打倒帝国主义走狗!"

学生队伍像不可阻挡的怒涛一般向前涌去。

警察总监赶到,也只好干瞪着眼。

游行开始了。

北京大学的学生们走在队伍的最前面,仲澥的脸上充满一种庄严的表情,眼里布满了红丝。

人们手里拿着用竹竿挑系着的各种旗帜,上面写着:"中国是中国人的中国""取消二十一条""中国的土地可以征服而不可以断送,中国的人民可以杀戮而不可以低头""宁为玉碎,不作瓦全"。其中最引人注意的是一幅几米长的大挽联,上面写着两行墨迹新鲜的斗大的字:

"卖国求荣,早知曹瞒①遗种碑无字","倾心媚外,不期章惇②余孽死有头",横幅是:"卖国贼曹汝霖、章宗祥遗臭千古,北京学界同挽。"

游行队伍呼着口号,散着传单,浩浩荡荡地向东交民巷涌去。沿途,许多工人、店员、市民都自动参加到游行的行列中来。

在东交民巷西口,队伍被截住了。

前边出现了帝国主义的巡捕和反动政府的军警。

他们声言这里是各国使馆驻区,不能随便通过。

人们愤怒地叫道:"这是中国的地方,中国人为什么不能通过?""你们讲的是什么公理,什么国际公法?"

有人激愤地大叫:"不管他,咱们冲过去!"

这时,罗家伦领着几个学生走过来。

"同学们,亲爱的同学们,"他对愤怒的学生们说,"不要这样,这是会把事弄坏的。"

"那怎么办?"有人问。

罗家伦晃晃手里拿的意见书说:"我们可以请愿,向他们递意见书。"

有人赞同地说:"对。"

接着,罗家伦等四名学生,就前往英、美等国大使馆递意见书。结果英国、法国、意大利的使馆都以星期日是例假为借口,拒不接受。美国大使馆则玩弄两面手法,一面接受意见书,一面又指使军阀政府的军警阻挠学生通过。游行队伍仍然被阻于东交民巷西口,无法前进。

这时,仲澥大声喊道:"这里不让过,我们找卖国贼曹汝霖算账去!"

"对,上赵家楼去啊!"大家齐声响应。

罗家伦等人想要制止,然而,队伍早已骚动起来,潮水般向北涌去了。

队伍浩浩荡荡地沿着东长安街,经过东单等地,向亲日派大汉

---

① 曹瞒:曹操,小字阿瞒,被传统小说、戏曲描绘为奸臣。
② 章惇:北宋官僚,与蔡京(当时任右仆射,相当于宰相,是奸臣)等人结为党羽。

奸交通总长曹汝霖的住宅——赵家楼涌去。

赵家楼坐落在东单北面一条拐尺形的狭窄胡同里，一座黑漆大门坐北朝南，关得紧紧的。大门西侧有几间临街的房子，高高的窗口外面封着铁栅栏。

队伍一到曹宅门口，便与一大群守卫的军警遇上了。同学们三五成群地把军警分割包围起来，向他们宣讲爱国的道理，并几番交涉要曹汝霖他们出来讲理，但几个卖国贼死也不肯出来。

有的学生急了，就用石头砸临街的窗玻璃。有的用旗杆，把沿街一排房屋上面的瓦片"噼里啪啦"地掀下来，落了一地。

前边老没动静，后边的人急了，往前涌得更厉害了。

军警一看，连忙架上机枪，形势显得更危急了。

就在这时，仲澥领着一批同学绕到后边，发现有个小窗，灵机一动，将窗砸碎，架起人梯，钻了进去。后边同学趁势一个接一个跳了进去。

大家冲到院里，看到一些精致贵重的摆设，眼都红了。

易克嶷见大厅前放着四个有木架的大花瓶，上去一脚一个，踢了个稀巴烂。

有的冲进大厅，把里边的玻璃、用具，砸了个粉碎。

屋里屋外，叫声骂声，闹成一片。

曹汝霖的小老婆，吓得跪在地上乞求饶命。

忽然，大门乱响，大家这才想起门外还有大批的人没进来，便连忙找来家伙，砸断铁锁，开了大门。只见人群乱哄哄地涌了进来。

仲澥领了一帮同学，冲到后边找曹汝霖，哪也没有，后来发现他已翻墙头跑了。人们怒不可遏，把大厅正中挂的日本天皇像，拿下来撕得粉碎。

有人发现洗澡间，有个穿西装的家伙和两个留着小胡子的日本人，鬼鬼祟祟躲在那里。大家知道不是好人，拿起花盆摔去，穿西装的，被打得头破血流，连滚带爬地逃出去。两个日本人想保护他，也挨了顿狠揍。

有人从墙上一张照片里，认出方才逃的那个家伙，就是卖国贼——亲日派大汉奸中国驻日公使章宗祥，一声高喊，大家又追了出去。

仲澥领着一伙人,在一个杂货铺里,终于把章宗祥抓到,有的用鸡蛋砸,有的用拳打,揍得他像死狗一样趴在地上。

猛然,外边有人叫起来:"着火了,着火了!"

大家抬头一看,只见曹宅上空,升起了一团团浓烈的火舌。

街上的人纷纷拍手叫好。

火势越烧越大,转眼把半个天都映红了。

在觉悟的门前

仲澥和几个同学从赵家楼出来不久,步兵统领、警察总监就领着大批军警赶到了。

学生队伍早已解散,人们三三两两、稀稀拉拉地在大街上走着。

易克嶷和几个同学,刚走到岔路口,就遇到迎面冲来的大批军警。

步兵统领一声高喊,学生们"呼啦"一下全跑散了。

易克嶷鞋也跑丢了,没走多远,就被警察抓住,用绳子绑上。

有的被警察追上,打得满嘴流血。

有的和警察扭在一起,滚翻在地。

大部分都向四面八方跑散了。

仲澥在后边,一看不好,和同学们扭头就跑,只听警察在后面大喊:"抓住,抓住!"

他们一听,跑得更快了。

警察越来越近,眼看跑不掉了,面前有一个胡同,他们又扭身往胡同里跑。

仲澥接连拐了好几个胡同,才算把敌人摆脱。

当晚,他召开了一个紧急会议,决定第二天发动全体总罢课,来援助、营救被捕的同学,展开更大规模的斗争。

这天,他写下了这样的一首诗:

> 觉悟的门前,
> 便是刀山剑树,
> 兄弟姊妹们啊,

我们开门呢?
不开门呢?

* * *

刀山剑树的那头,
便是我们朝夕希冀的地带——
光明和愉悦的地带。
兄弟姊妹们啊!
我们去呢?
不去呢?

他渴望着投身到更大的斗争中去。

6月3日

局势迅速地发展着。"五四"游行的第二天,全北京市的学生举行了总罢课。革命的风暴立即席卷全国,各地学生纷纷响应。

消息一个接一个传来:一会听说日本驻华公使,跑到北洋政府那里,拍桌大骂,要政府严厉镇压学生;一会听说政府已开始审问被捕的同学,要追究游行的主使人;一会又听说政府要中国代表仍然在巴黎和约上签字……这些消息,更加激怒了人们。在这些紧张的日子里,仲澥一方面日夜奔走,营救被捕的同学,并且亲自到监中探望难友,给他们送去衣服、食物等用品;一方面,在李大钊同志的领导下,准备着更大规模的斗争。不久,由于全国人民的声援,被捕的同学被释放了。

斗争越来越高涨了。在北京大中学校的总罢课实现后,一队队情绪激昂的学生,喊着口号,涌上了街头。到处是飞舞的传单、慷慨激昂的演说。

繁华的王府井大街上,进行着激烈的搏斗。

学生大批地涌来,警察布满了各处要道口,到处是拥挤的人群,口号声震翻了天。

这天,仲澥手里拿着大把传单,正向群众散发时,易克嶷神色不安地匆匆跑来说:

"好险！我方才正在路口贴标语，警察从背后将我一把抓住，要不是我挣脱得快，差点又给抓去了。"

仲澥想了想，指着近处一个警察，笑着说："你只管去贴吧，我对付他！"

说着，他掏出一张破纸，在上边胡乱写了几个字，就面色从容地向警察走去。

"劳驾，打听个地方。"

警察看着他。

仲澥不慌不忙，从口袋里拿出小本，翻了半天，才找出那张破纸头。

"请问，这个地方在哪儿？"

警察皱起眉，看了半天，摇摇头问："写的什么？"

仲澥笑笑说："我这朋友，写的字，常常连自己也不认识。"

警察猜道："可能是无量大人胡同吧？"

仲澥斜斜眼见易克嶷已将标语贴好，就点点头说："可能，可能。"

事后，仲澥找到易克嶷，笑眯眯地问："怎么样？"

易克嶷兴奋地说："好极了，还可以这样做。"

用这办法，他们迅速地贴完了所有的标语。

6月3日，斗争达到高潮，担负宣传任务的学生有2000多人涌上了街头。

各处学校门口，布满了全副武装的军警，学生们无法集体行动，便把旗子藏在袖里，三五成群地走出校门，一到热闹街头，便把小旗抽出，讲起来。

高大的前门箭楼下，仲澥与同学们用桌子搭了好几个临时讲台。

他悄悄告诉大家一个对付警察的妙计，大家听了很高兴，便按他的办法，将桌子分搭在几个较远的地方。

不大一会，桌子周围挤满了看热闹的人，仲澥就站在台上讲起来。讲到激愤处，台下有人把日本制的台湾草帽扔在地上，愤怒地用脚踏得稀烂，以表示对日本帝国主义的抗议。

警察挥着棍子冲来，快到台前，一个同学拉了仲澥一把，便一起混到人群里去了。

远处,一个学生又站到另一个台上讲起来。

警察又连忙向那边涌去,等快到台前,那个学生没有了,这边,仲澥又跳到台上讲开了。

就这样,警察来回奔跑着,气喘吁吁,汗流满面,毫无办法。群众为学生的高度爱国热情,感动得纷纷鼓起掌来。

仲澥正在台上讲着,背后忽然有人把他拉下来,还没看清是谁,头上就挨了重重的一拳。

两个警察抓住他,死命打他,他也握紧拳头,向警察狠狠地揍去。警察给他一棍,他挥起胳膊,把那个警察打了个趔趄。

几个警察冲来,抓住他的胳膊,他大声地叫:"打倒卖国政府!""打倒日本帝国主义!"

在6月3日这天,先后有1000余名学生遭到了逮捕。

监狱关满了,敌人把北大法科礼堂辟为临时监狱;礼堂关不下,又占了理科教室;最后把午门前的大空场,也辟作了露天监狱。

傍晚,高大的午门里,涌满了被捕的学生,四周站着荷枪实弹的军警。

仲澥的衣服被撕破,脸上出现了几处伤痕,声音也变得有些嘶哑了。但是,他并不气馁,马上又向看守的警察,展开了热烈的宣传鼓动。

为了支援被捕同学,斗争声势更大地展开了。人们用大车拉了面包、行李往里边送,鼓励他们坚持到底,一面又大批大批走上街头。最后,全北京5000多名爱国学生,抱着坐牢、牺牲的决心,背着行李,提着衣服涌上街头,到处展开了演说,连警察厅门口,也成了演讲场。

敌人束手无策了。

由于段祺瑞政府的"六三"暴行,更加激起了全国各阶层人民的愤怒。特别是伟大的工人阶级,以令人目眩的雄姿登上了政治舞台。上海工人发动了大罢工,参加的有七八万人。接着,沪宁、沪杭两铁路的工人也举行了罢工,使交通一时中断。唐山、长辛店的工人也举行了示威游行。与此同时,上海及全国重要城市,也举行了商人罢市。在这种情势下,反动政府害怕了,终于被迫释放了学生,罢免了曹汝霖、章宗祥和陆宗舆这三个大卖国贼。

中国代表终于拒绝在巴黎和约上签字了。

不久,从北京开往上海的火车上,出现了一个年轻人,他的神色兴奋,心情有些激动,这人就是仲澥。5月18日,他曾被派往湖南,向毛泽东同志介绍了北京的情况,商讨了学生联合会的问题。在毛泽东同志领导下,湖南学生联合会于28日正式宣告成立。由于北京学生的推动,各地学联相继成立。现在,他又被推为北京学生联合会的总务干事,派往上海,和上海学生组织取得联系,准备筹备成立"全国学生联合会"。

他准备迎接未来的更大的斗争。

第二章 曦 园

诱 惑

8月的一个下午。

仲澥风尘仆仆地走进宿舍,他方从家乡回来,在家给乡亲们介绍了轰轰烈烈的"五四运动",心中充满了喜悦。

他洗了澡,收拾好东西,正想休息。门外,罗家伦穿着笔挺的西装,满面笑容地走进来,灰黑色的脸上像起了许多豆腐泡,手里提着一瓶酒,哈哈大笑地说:"真是天大的喜事!天大的喜事!"

仲澥问:"什么事这样高兴?"

罗家伦晃动着肥胖的手指,说:"这么大的事,你都不知道?咱们很快就要出国了,到欧罗巴,到巴黎!真是做梦也没想到。来,来,来,先痛痛快快地干一杯!"

他拿起杯子就要倒酒。

仲澥吃了一惊,问:"这是听谁说的?"

罗家伦兴高采烈地说:"谁说的?鼎鼎有名的穆藕初先生的建议。他要蔡校长、胡适教授选拔20多名优秀学生,由他出钱,保送出国。你,我,上面都有名字!"

"这太好了!""真是天大的喜事!"旁边,几个同学听了,也纷纷向他们表示祝贺。

"噢,原来是这么回事。"仲澥淡然一笑,"可惜,他们看错人了。"

"怎么?你不愿去?"罗家伦惊讶地问。

"我并不是他们想望的人!"

"你疯了吧!"罗家伦一愣,把酒瓶往桌上使劲一放,"这机会多难得!你说,中国有几个人出过国,有几个人留过洋?简直是凤毛麟角,凤毛麟角呀!"

"我没有这方面的兴趣。"仲澥说。

大家惊讶地、七嘴八舌地问:"仲澥,你怎么了?""这是怎么回事?……"

罗家伦气呼呼地拿起酒瓶,嘟嘟囔囔地说:"真是怪人!真是怪人!"边说边晃着脑袋走了。

夜晚,一个叫贾范友的同学,从外面匆匆赶来,进门就说:"仲澥,听说你不愿出国留学,是真的么?"

仲澥说:"是的。"

贾范友不禁失声说:"啊呀,这可是个千载难逢的大好机会呀,你这个穷学生,还不利用这机会去外国看看?"

仲澥说:"老弟,留学有什么意思,不就是搞个招牌回来做官么?要做学问,自己在国内也可以做,不一定非要出国。再说,去了,学生运动也不能搞了,难道干学生运动的目的,就是为了争取留学么?"

贾范友说:"这回待遇比公费还高,听说还可以带家眷呢!"

仲澥冷冷地一笑,说:"比公费还高,你知道穆藕初是个什么人,他为什么出这笔钱?"

贾范友摇摇头。

仲澥说:"他这是收买,是为了给资产阶级培养他们需要的工具!"

贾范友笑着说:"不管它!你回来还可以干自己的嘛!"

仲澥说:"不,我根本就不用他们的钱!"

贾范友非常惋惜地说:"我看你还是再考虑考虑的好。"

仲澥斩钉截铁地说:"不用考虑。不去就是不去!"

贾范友摇摇头,叹了口气,只好惋惜地走了。

夜深,树影在桌上轻轻晃动。

仲澥躺在床上,久久不能入睡。他想到:轰轰烈烈的"五四运动"过去了,今后的路究竟应该怎么走呢?已办起的教育讲演团的前途,一时还很难说。听说那个叫林德扬的同学,最近在东安市场办了一所"国货商店",准备走实业救国的道路。还有许多人在研究什么无政府主义、工团主义、基特尔社会主义等等。没有革命的理论,就不会有革命的行动。他自己已经接触了马克思主义,还需要作进一步的学习和研究。他感到眼前最迫切的问题,是要有一个比较安静的读书环境,这儿的宿舍,实在太吵、太乱,再也不能住下去了。

他决定先找几个比较接近的同学商量商量。

曦 园

第二天一早,他跑去找张一雄,张一雄一口答应了。

他又去找郝文才,郝文才正埋头在稿纸堆里写东西,听了大为高兴地说:"很好,很好,我正想找个清静地方,写一部50万字的中国货币史哩。"

他拿出拟好的二三十页提纲,征求仲澥的意见,仲澥说以后再细谈,便匆匆离开了。

他又去找易克嶷,发现易克嶷精神有些不愉快。

他问易克嶷出了什么事。

易克嶷没出声。最后,才勉强地说:"好,我参加。"

随后,他又去找了六七个人。

接着,就是找房子。找了几处,不是租钱太贵,就是路途太远,再不然就是房东孩子太多,不便读书。一天,他正在小铺吃饭,听掌柜的说东皇城根达教胡同四号有个空院,正要出租。他忙找去,一看有20多间房子,十几个人住非常理想,就连忙付了定钱。

第二天,大家就提着箱子,扛着铺盖卷,高高兴兴地搬了进去。郝文才仍然夹着他那一大堆稿子。

晚上,大家聚在仲澥的屋里。仲澥提议,凡是住在这里的人,都要过一种新的生活。所谓新的生活,就是提倡亲自下手劳动,不雇用勤杂工人和炊事人员,不论做饭,挑水,洗衣服,倒垃圾,打扫院子,都按名单轮流担任。大家都表示赞成。仲澥还起草了生活公约和学习公约,大家都签了名,约定共同遵守执行。经过大家研究,规定每两人住房一间,另设有阅报室、文娱室和会客室。大家凑钱,集体购置新出版的书籍,订阅报纸、杂志。为了研究问题,每省的报纸都订了一份。最后,仲澥还给这个公寓取了"曦园"的名字。意思是住在这里的人,一定要有蓬勃的朝气,就像清亮的晨曦一样。大家都拍手称好。

新的生活就这样开始了。

一开始,就遇到不少困难。过去,大家都是茶来伸手,饭来张口,从来没有干过活。现在,一下做二十来人的饭,不但要挑水,洗菜,生火,还要抬脏水,倒脏土,常常累得东倒西歪,肩疼膀酸。特别是抬脏水,最叫人发愁,胡同窄,脏水车进不来,每天要把大桶的洗菜、刷锅水抬出去,很累人,弄不好,还要洒一身一地。

做饭,大家也没有经验,常常弄得不是生了,就是糊了。炒菜不是淡了,就是咸了。后来,个别人投机取巧,炒菜拼命倒油,大家吃了都说这人菜做得好,哪知很快油就完了。

轮到值日,多数人都很发愁,希望这一天快过去。但轮到仲澥时,他总是拣重活、脏活干,把轻松的活让给别人。遇到别人不在,他就自告奋勇地担起来。他做的饭菜,也比较可口,各方面安排得都很周到。他自己的生活则很不讲究。他长年穿一件市布大褂,天冷了就加一件棉袍,热天戴一顶不过两三毛钱的白布帽子。房间里的东西也很简单,一张桌子,一张床,两把椅子,一个洗脸盆架,一个书架,行李只有一个老式皮箱、一只网篮和床上的被子。有时因为工作忙回来晚了,就胡乱吃些冷饭剩菜,也不在乎。

仲澥很注意锻炼身体。每天,他起得很早,用冷水洗脸,练八段锦。如果天好,便去北大理科打打网球。晚上,就伏在灯下写日记,十行字的本子,用毛笔写,记载每天的心得,很少间断。

他还订了庞大的读书计划,主要是学习和研究马克思主义的理论。除此以外,他的计划还包括基础理论和实用科学两大部分。基础理论方面,主要是阅读中国学术和西洋学术著作,尤其着重社会历史及思想史;应用科学方面,包括自然科学和外国语。有的同学见他的计划太大,劝他降低一点,他说:"我已经下了最大决心,没有完不成的道理。"为了充分利用时间,他在案头立了一个小牌,写着"五分钟谈话",爱聊天的同学来了,见到牌子,便不好意思多打扰了。

曦园生活搞得很活跃。有各种各样的自学研究小组,仲澥担任文学小组的指导。他们经常组织报告会和讨论会。每逢有人自外地回来,都要开座谈会,请回来的人报告观感和心得。

那时,马克思主义的著作,翻译过来的还很少,这是仲澥非常苦恼的事。听说欧战结束后,马克贬值,他们就凑钱托人到德国去买马克思的书。买来后,请懂德文的同学抓紧翻译。听说日本翻译马克思主义的著作很多,仲澥就发愤学习日文,每天一早起来就念日文字母,吃饭也念,走路也念。因为他的湖南口音很重,有些音咬不准,别人在一边笑,他也不管。

在仲澥和其他同学的主持下,既有思想内容又活泼多样的曦园,搞得越来越活跃了。

远 方 来 信

10月的一个下午,仲澥接到从长沙寄来的一封信。

信又厚又重,拿在手里沉甸甸的。

拆开信封,里面掉出了十多张印刷品。他打开信,看了看信末的署名——"毛泽东"。

原来,长沙那边于上月初新成立了一个"问题研究会"。毛泽东同志就是专为此事给他寄来了研究会的章程。

他看完信,开始仔细阅读章程的全文。整个章程分12条,共提出71个问题,有社会主义能否实施的问题,有民众如何联合的问题和民族自决的问题,有勤工俭学的问题,有国家制度的改良、废弃的问题,还有军事、财政、劳动、教育、法权以及世界各国的问题,真是从国内到国际,凡是人们关心的问题,甚至连女子、婚姻、家族、宗教等都涉及了。

仲澥越看越兴奋,深深地沉思着,他感到家乡和中国许多地方,有多少青年也和北京青年一样,在废寝忘食地探求着救国的道路呵!

他与毛泽东同志很早就建立了亲密友谊。还在长沙读书时,他们就相识了。那时,他在"湖南高等师范",毛泽东同志在"第一师范",虽然不在一个学校,可是却有一个共同的老师——杨昌济先生①。杨先生是个有高度爱国精神的人,在外国留过 9 年学,因为深感中国政府的腐败,回国后,拒绝做官,决心投身教育,想为救国事业培养一批有用的青年。他在学生中有很高的威信,星期天,仲澥和毛泽东、蔡和森同志等,经常上杨先生家去,探讨国家的大事,人生的目的,聆听杨先生的宝贵的教诲,并常常为此入迷,忘了回校。有时,杨先生留他们在家吃饭,吃饭时,屋里还不时传出一阵阵热烈的谈笑声。后来,仲澥来北京读书。次年 9 月,毛泽东同志也来北京,在北大图书馆担任助理员,他们又多次在一起热烈讨论中国的社会问题。仲澥还为毛泽东同志在北大日刊上,登过一个寻友的启事……

仲澥正沉浸在以往的回忆里,门外,一个同学走进来。

仲澥立刻把毛泽东同志寄来的章程递给他,兴奋地说:"你看,这是一个朋友给我寄来的,我们曦园也研究一下吧!"

那个同学看完,连连点头称赞说:"是好,问题的确很重要,对我们太有用了。"说过,随手要走了一份。

没有几天,章程就被大家要光了。

但是,来要的人,还是陆续不断。

不久,北京大学的校刊上,登出了仲澥的一个启事,写着:

"我的朋友毛君泽东,从长沙寄来问题研究会章程十余份,在北京的朋友看了,都说很好,有研究的必要,各向我要了一份去。现在我只剩下一份,要的人还不少,我就借本校日刊登出,以答关心现代问题解决的诸君的雅意。"

下边刊出了章程的全文。

道　路

转眼到了冬天。

一天,仲澥正在屋里读书,一个叫吴雨铭的同学,从外边匆匆跑来,神色慌张地说:"快,快,易克嶷在什刹海投水了!"

---

① 杨昌济先生:杨开慧同志的父亲。

仲澥吃惊地问:"还来得及救么?"

吴雨铭上气不接下气地说:"死不死,还不知道呢!"

仲澥连忙披了棉衣,随他向什刹海跑去。郝文才也紧紧跟在后边。

赶到什刹海,望见水边围了一大堆人。仲澥连忙挤了进去,见易克嶷已被人从水中捞起,静静地躺在地上,脸色煞白。他急忙解开易克嶷的衣裳,摸了摸,心还在跳,就忙脱去他湿淋淋的衣服,把自己的棉袄给他裹上。吴雨铭叫来了一辆人力车,大伙一起把他抬上车,拉回了宿舍。

大伙把他放在床上,盖上了好几层棉被,随后又给他喂了些热水。暖了好大一会,才见他慢慢地睁开了眼睛。

仲溜关心、亲切地问:"克嶷,你怎么啦?"

易克嶷看着他,流出了泪。

仲澥问:"是家里出事了么?"

易克嶷摇摇头。

"是手头有困难么?"

易克嶷又摇摇头。

"是谁欺侮你了?"

易克嶷还是摇摇头。

"唉,"郝文才急得抓耳挠腮,

"你到底是为了什么,快说呀!"

这时,易克嶷泪如雨下,长叹一声,痛心地说:"完了,完了,我没有前途了!"

说过,大哭起来。

仲澥看他有难言之隐,就叫大家先回去休息。

易克嶷哭了一阵,见周围没有什么人,才气愤地说:"罗家伦……他们算什么东西!……五四那天,我冒了多大危险……坐监狱,吃了多少苦!……他罗家伦干了些什么?……可是这回出国,倒有他,没有我,这不是明明让我丢脸么!……"说过又伤心地哭起来。

"咳,原来是为了这个!"仲澥诚恳地劝说道,"克嶷,这有什么!叫我看,他们这次出国留学,不过是为资本家培养工具。难道我们参加五四,打卖国贼,是为的这个么?"

易克嶷啜泣地说:"这,这我也懂,可,可全北京谁不知道我……"

仲澥拧起眉头,有力地说:"快不要这样了。他们走的路和我们走的路,不一样。应该相信,我们的路,比他们远大得多,我们的前途,比他们更光明!……"

幻 灭

星期天,仲澥在院里一面生火,一面愉快地哼着宋朝刘过的词:"斗酒彘肩,风雨渡江,岂不快哉……"

阅览室里,郝文才正在看报,忽然瞪圆了眼,失声叫道:"林德扬在三贝子花园①投水自杀了!"

人们都大吃一惊。

仲澥也愣住了。

这个脸色苍白的青年,在"五四"游行时是很积极的。大家还记得他在激动人心的"五三"之夜,咬破指头写了血书。"五四"之后,他走了"实业救国"的道路,在东安市场开了一间商店。他的突然自杀,不能不引起人们的惊异。仲澥为了了解事情的原委,饭后即刻赶到了东安市场。

在林德扬开办的"北京第一国货商店"的门前,他停了下来,看见门上贴着停业的"启事"。几个人正从店里往车上搬着一捆一捆的东西。店内,到处堆着乱糟糟的日用品,墙上,"抵制仇货""提倡国货"的标语,有的垂下一半,有的撕落在地,一个工人正在那里重新粉刷。

几个伙计在桌边清点存货,一个胖子正倚在太师椅上抽着水烟。

仲澥走近胖子,打听说:"林德扬怎么啦?"

胖子打量了他一眼,问:"你是他什么人?"

仲澥说:"我和他是同学。"

胖子冷冷地说:"同学?你问这干什么!他欠我的钱还没还清

---

① 三贝子花园:现在的动物园。

呢!"

仲澥见他不愿理人,便走出来,拦住一个搬东西的伙计问:"你们林掌柜怎么了?"

等装东西的车开走,伙计才把仲澥拉到一边,心酸地说:

"唉,提起他,真是一言难尽。他实在是个爱国的人,只要谈到国事,他总是很痛心,说中国所以穷,受外国人欺负,就是因为实业太不发达,钱都让外国人赚走了。为这,他哭着,求着,从父亲那儿搞来了700块钱,办起了这间国货商店。他发誓说:'就是刀山,也要爬过去!就是火海,也要游过去!'开办头几个月,生意不错,来买东西的人很多,他兴高采烈,亲自参加售货,算账,跑外,写广告。可是不到半年,生意就越来越淡,最后连本也赔了个干净。父亲骂他,亲戚、朋友笑他。他完全变了样,不想喝,不想吃,一天到晚呆在屋里叹气,流泪,夜里常常一个人跑到外边,昨天,不知怎么就……"说到这里,伙计禁不住流下了泪。

仲澥感慨地叹了口气。

中国的新村

仲澥回到曦园,大家关心地围上来,七嘴八舌地问:"怎么样?""弄清了么?"

仲澥心情沉重地摇摇头,说:"商店倒了……全完了……"

郝文才叹了口气。

吴雨铭惋惜地说:"唉,又牺牲了个热情的灵魂。"

仲澥看看大家,感触很深地说:"也好,这可以让更多的人认识到,实业救国不过是一种幻想,是根本不可能实现的!"

贾范友忽然想起什么,关切地问:"不知道工读互助团办得怎么样了?"

张一雄说:"还好,前几天我去看了看,看来还很有前途。"

仲澥惊喜地说:"是么?"

张一雄说:"吃过中饭,我领你去看看。"

工读互助团,是一个新成立的团体。原来,日本有个空想社会主义者,叫武者小路实笃,他在九州办了个"第一新村"。消息传到中国,在一些小资产阶级知识分子中,引起了莫大的兴趣。在这种思想影响下,不少人认为当前社会不平等的来源,主要就是一部分人劳心,一部分人劳力;要想消灭不平等,就得人人读书,人人劳动。这样,在一些热心人士的赞助下,北京大学一部分学生,就发起成立了这个"工读互助团"。报名参加的人,每天做4小时工,读4小时书。他们认为,将来用"小团体大联合"的方式,逐步扩大,推行到全国,就可以改造整个中国;推行到全世界,就可以实行"世界大同"。

下午,仲澥怀着好奇的心情,与张一雄走进了工读互助团办的食堂。

这是几间普通的瓦屋,里边放着几张方桌,一些凳子,有人在扫地和抹桌。

他们走进厨房,见好几个人在忙着切菜、做饭,一个戴眼镜的青年,系着围裙,满头大汗地在水管边洗着一堆白菜。

张一雄对那个青年大声说:"何为群,干得不坏啊!"

那个叫何为群的青年,不好意思地笑了笑:"不行啊,昨天切菜,差点把二拇哥切了。"说着,伸出左手,二拇指上果然有个刀痕。

仲澥也笑着说:"我们想来看看你们的工读互助团,办得怎么样了!"

何为群谦虚地说:"其实也没什么看的,现在还在试验阶段。"

仲澥问:"现在举办了哪些事了?"

何为群用围裙擦了擦手,说:"有素菜食堂,有洗衣坊,有小型印刷厂,还有电影放映队、英算专修馆……"说着,他解下围裙,"走,我领你们去看看。"

他们在厨房里转了转,看到那些青年有的在和面,有的在挑水,有的在生火,一个个都很尽力。仲澥问何为群他们收入怎样,学习怎样。何为群说,生活没问题,只是每天的工作,4小时干不完,保证不了4小时的学习。

他们又看了看仓库等处,走到办公室门外,忽然听到里面有人在哭。

仲澥感到很奇怪,朝里望了望,只见一个小伙子趴在桌上抽噎着,边上坐着一个年纪稍大的人,正用半是教训的口吻劝说道:

"……老弟,你的感情太脆弱了!你想想,一个革命青年,如果连自己的家都不能下决心脱离,还谈得上什么生活独立,什么社会革命?……"

小伙子边哭边抹着泪说:"可是,我妈,我妈就,就我一个儿子,我……我……"

"唉,"年纪大的打断他的话,不耐烦地说,"我们既然参加了工读互助团,你没有钱给家,家里给钱你也不能要,这种关系还有什么保留的必要呢?要知道,家庭制度是万恶之源!社会上一切罪恶,都是由私有制度产生的,我们一定要坚决地打破它!……"

小伙子呜咽地说:"可是,可是,街坊邻居也,也说我……"

年纪大的大声训斥说:"唉,我们既要改造社会,就要以社会全体为目标,不能专顾区区一个家庭。为了达到这个理想,我们就是犯天下之大不韪,也在所不惜……"

何为群对仲澥说:"我们去看看洗衣坊吧。"

他们走了出来。

路上,仲澥问起方才的事,何为群皱了皱眉说:"是啊,伤脑筋得很呢,工读互助团成立以后,大家决定凡是理想社会所应做的事,我们都应该试验起来。第一步就是和私有观念产生的根源——家庭脱离,为这,好几个人和那个小伙子一样,哭鼻子抹泪,弄得我们心里也很难受,最后,狠狠心,多数人总算解决了。"

仲澥问:"是表面解决,还是真解决了?"

何为群不好意思地笑笑:"这倒不好说了。"

他们来到洗衣坊,见几个人在盆里洗着衣裳。门外铁丝上晒了一大片。

仲澥正想问问工作情况,一个妇女哭闹着从外边冲进来,抓住一个学生,一把眼泪一把鼻涕地说:"你这没良心的啊,你甩了我,以后叫我怎么活啊!……"

何为群慌忙叫人,把她带到一边去。

仲澥惶惑地问:"这又是怎么回事?"

何为群叹了口气说:"唉,跟方才一样,家不要了,婚姻也没有存在的理由了,大家决定凡是以前结了婚、订了婚的,都要和对方脱离……"

张一雄关心地插嘴问:"你的家眷呢?"

何为群有点尴尬地说:"也,也准备断哩!"

仲澥说:"这样办,精神上都很愉快么?"

何为群苦笑着说:"当然,很痛苦,不过为了伟大的理想,大家都还能忍受得住。"

仲澥怀疑地摇摇头。

他没看完就回来了。

长 辛 店

一架破旧的留声机,在长辛店街头,咿咿呀呀地唱着。

几个孩子在一边好奇地看着,嬉闹着。

天气虽才进入四月,已经有点干热,一阵风沙吹过,远处墙头露出几个大字:"一去二三里,烟村四五家。"格外显出这一带的冷落。

仲澥和张一雄、贾范友几个,在焦急地向四外探望,边上那杆"平民教育讲演团"的旗子,被风吹起飘了几下,又无力地垂下了。

这是讲演团第一次下乡演讲。上月,仲澥被选为总务干事,负责全团工作后,感到老在市内活动,圈子太小,便决心打开局面,举行乡村演讲。今天他们分 3 组同时去丰台、长辛店、通州讲演,仲澥便带了第 2 组,到这儿来了。

留声机咿咿呀呀地唱着,越来越没了力气。

仲澥使劲地摇着手把,额上渗出了汗珠。

总算来了几个妇人和老者。

他大着嗓子讲起来:

"乡亲们,今天我们来这里讲演,头一个题目,就是:'国事真不可谈吗?'……"

人们注意地听着。

张一雄和边上一个老者搭讪着:"这里工人不是很多吗?都上哪儿了?"

"今儿星期天,厂子休息,有的进城啦!"

远处,一些妇女向一个巷里走去。

张一雄问:"她们都干什么去?"

老者指指后边那两个尖尖的房顶,说:

"上福音堂做礼拜的。"

一会,听讲的妇人叽叽咕咕地走了。

张一雄讲第2个题目时,附近大路上有几个农民走过。

仲澥忙跑过去大声叫着:"上这边来听听吧,这儿有京戏,还有洋人大笑哪!"

一个农民不耐烦地说:"地里活正忙着呢,哪有这闲工夫!"

仲澥走回来,见原有的老者也走光了。只有方才那几个孩子在混闹。

他们只得停止了演讲。

一个叫余血冷的学生说:"真叫人泄气。"

仲澥说:"换个地方试试吧。"

他们收拾了旗子和留声机,问孩子们附近有没有大村子。

"赵辛店,赵辛店!"孩子们高兴地用手指着叫,

"就在那边。""不远,不远。"

他们往西走了两三里,到了赵辛店,又扯起旗子,放开了留声机。

土墙后,露出一个妇人,脸上涂着胭脂、白粉,穿着大红大绿的衣裳,惊讶地向这边看着,后边一个老者骂了两句,她又缩了回去。

留声机咿咿呀呀地唱着,结果仍旧只来了几个孩子。

"算了,别再做时间的耗费者了,"贾范友没趣地说,他看了看表,着急起来,"啊呀,火车快到了,快走吧!"

大家连忙向车站跑去。

路上,余血冷埋怨说:"真没想到一出来就碰钉子!"

仲澥解释说:"主要是时间选得不好,赶上放假,又是春耕……"

余血冷说:"反正我是不再做这样的傻瓜了!"

赶到车站,火车正好来到,大家急忙买票上车。

车开以后,仲澥和贾范友说:"咱们今天的讲演也没讲成,我看把带来的《新生活》报卖了吧,总算没有白来。"

大家都是穿长衫的读书人,哪里干过这个,都面面相觑,有点不好意思。

仲澥见此情景,就自告奋勇,首先拿了几份《新生活》报,在车厢里走了几步……

旅客们奇怪地看着他。

他鼓鼓勇气,刚叫了一句:《新生活报》!脸就红了。

同学们忍不住笑起来。

居然有人掏出铜子儿来买了。

"谁买《新生活》!两个铜子儿!很有趣味的东西,谁买?"仲澥越叫越老练,渐渐地也就不觉得害羞了。

争 论

夜晚,郝文才躺在仲澥的床上翻着书,仲澥在灯边写关于"平民教育讲演团"的工作报告。

"还没写好么?"郝文才抬起头问。

"快了。"仲澥说。

郝文才同情地说:"唤起平民真不容易,你们碰的钉子也不少了。"

仲澥笑了笑说:"光是这些困难还好说,复杂的是团内思想分歧太大,各有各的看法,各有各的一套主见。"

郝文才轻轻地叹口气。他翻了一会书,见仲澥已将报告写好,又说:

"这些马克思主义的文章,你都看了么?"

仲澥说:"大部分看了。"

郝文才称赞说:"读得真快。"

仲澥知道他一直在埋头著书,正在写一部《中国货币史》,就问:"你的《中国货币史》写多少了?"

郝文才坐起来说:"不多,20多万字,资料太少,我已经给蔡校长写了信,要求图书馆能多帮助我。"

仲澥笑了笑:"当个经济学家,也不容易呵!"

郝文才忽然想起什么,放下书本,对仲澥说:"我们对马克思主义,多少也懂些了,你说,社会主义革命,到底什么时候可以成功?"

仲澥想了想,伸出3个指头说:"恐怕得30年。"

郝文才摇摇头,笑了笑:"我看100年也不行。"

仲澥问:"你有什么根据?"

郝文才说:"你呢?"

仲澥说:"辛亥革命20年就成功了,辛亥革命有什么力量?只不过一部分群众。而我们如果把大多数群众——也就是工农群众都发动起来,这力量就大得多了。我估计30年,恐怕是差不许多的。"

"把工农群众发动起来?"郝文才一笑,"你们平民教育讲演团碰的钉子还少么?"

仲澥说:"这是一时的困难,革命初期总是难免的。俄国革命开始,不也遭到了失败?可是,他们不过搞了20年左右,就成功了。"

郝文才不以为然地说:"中国革命和俄国不同,俄国革命初期,帝国主义勾结白匪打了一阵,败了,也就完了。中国就不同,中国的敌人多而且强大,即使民众起来了,帝国主义列强还可以调兵舰来镇压。"

仲澥哈哈大笑,说:"算了,以前梁启超也讲什么瓜分论,说帝国主义瓜分,不能革命。可是,孙中山还不是搞起来了?"

郝文才毫不示弱地说:"那是什么时候?那是清朝!帝国主义在中国势力还不很大。现在,情况大不一样了,中国想要闹革命,它们会不闻不问?"

仲澥信心十足地说:"当然,帝国主义会干涉,可是,只要中国人不怕,都动员起来,人多势众,它们也是阻挡不了的!"

郝文才把头摇得像拨浪鼓似的:"我不相信!那些帝国主义在中国有那么多的利益,它们会甘心情愿,让你顺顺当当闹革命?别做梦了!中国要想革命成功,我看,至少要等帝国主义垮了台才行。"

"那得什么时候?"仲澥问。

"帝国主义政治、经济,现在还处于走上坡路的时期,看来百年之内……"

"你的意思……"

"我的意思:革命可能会成功,不过起码也得要100年。"

仲澥猛地站起来,脸色通红地说:"你这实际是不要革命,放弃革命!"他冷笑了一声,"照你这么说,现在什么都别干了!"

郝文才大声地说:"我不是这个意思,我说的是事实,是根据中国落后的经济情况分析的……行了,行了,你说服不了我,我也说服不了你,我们以后看事实好了。"

仲澥把头一扬，果断地说："很好！将来历史一定会证明，正确的绝不是你，而是亿万的民众！"

太阳出来了

这年夏天，由于各人志向不同，有的人也要回老家，曦园无形中就解体了。

几天来，有的同学自己扛着行李，有的把铺盖放在雇的洋车上，三三两两地走了。郝文才走时，腋下仍然夹着他那堆没写完的几十万字的《中国货币史》。

屋里，空落落的，仲澥和张一雄正在最后清点杂物，准备卖给收破烂的。他们一听见外面有敲小鼓的，就跑出去，好几次为价钱不公道没有卖掉。

下午，外边又响起"卜卜卜"敲小鼓的声音。

仲澥忙跑出去，把敲小鼓的带进来。

打鼓的看了看地面的东西，问："多少钱？"

仲澥说："你说个数吧！"

打鼓的看了看锅，竖起4个指头。

"你说的是4块？"仲澥问。

"不，我说的是4毛。"

"那太少了。"

打鼓的显出不屑一顾的神气："都有两三个补丁了。"

张一雄埋怨说："都是他们不会做饭，瞎鼓捣的。"

仲澥又问炉子能值几个钱。打鼓的说了个数。

仲澥扫兴地说："差得太多了！"

打鼓的说："没看腿都缺了么？"

仲澥和张一雄说："我看卖掉算了。不然时间我们也赔不起呀！"

这时，易克嶷背个小包袱走来，向他们告别。仲澥叫张一雄和打鼓的议价，自己送易克嶷走出了大门。仲澥一直把他送到胡同口，望望这位在"五四运动"时英勇斗争的伙伴，不禁感慨万端。他紧紧握住易克嶷的手，感情深厚地说："这次回到家乡，希望你能本着革命的初衷继续干下去。你不同意社会主义革命,至少也应参加民主主义革命事业。——好,祝你一路平安,前程远大,再见!"

回到屋里,仲澥见打鼓的已挑起东西走了,便问张一雄卖了多少钱。

张一雄把手一摊,说:"只够付欠下的房费,面粉、煤球钱,都还没还呢!"

仲澥决定把铺板也卖了。

他们正在归拢铺板,何为群面色不安地从外边走进来。

仲澥问:"为群,你怎么了?"

何为群沮丧地说:"工读互助团失败了!"

仲澥微微一震。

"唉,"何为群伤心地把手一甩,"钱也亏了,人也散了,工作也……"

仲澥安慰说:"再想想办法嘛。"

何为群说:"想什么办法?"

仲澥问:"你们那些人呢?"

何为群说:"咳,为了实行共产问题,不一致,退了5个。为了脱离家庭问题,经不起考验,又退了3个。为了解除婚姻关系……"

仲澥没等他说完,关心地问:"你的老婆也离了吗?"

何为群点了点头。

仲澥感慨地叹了口气。

何为群心酸地说:"食堂管理不好,账目弄得乱七八糟,赔得连饭也吃不上。洗衣组更惨,收不到衣服,只好洗自己的。后来花钱托斋夫去收,结果,洗衣局给的钱比我们多,斋夫就把衣服偷偷给那边送去了。那天,我们去拿衣服,见洗衣局的人坐在斋夫那里,心里真是难过极了。平民是我们很亲爱的朋友,我们何苦夺平民的生计呢。这种行为和我们的主义简直太违背了。"说着,他竟难过地落下泪来。

仲澥安慰说:"大家正在试探各种道路,失败是难免的,不要难过了。"

何为群发现屋里东西空了,奇怪地问:"你们怎么也散了?"

仲澥点点头说:"是啊,志向不合,没法再住下去了。"

何为群深深叹口气,说:"唉,一年来,工读互助团、国货商店、平民教育讲演团,一条条路都走不通,今后到底再走哪一条呢?"

门外,李大钊忽然走进来,把仲澥拉到一边,低声、有力地说:

"一个重要消息,最近,党就要成立了!"

第三章 日 出

试 探

1920年10月,在共产国际代表的帮助下,由李大钊、邓仲澥等同志发起,北方党的最初组织——北京共产主义小组成立了。小组成员都是"马克思学说研究会"的骨干分子。仲澥参加共产主义小组,表明他已从一个爱国的先进知识分子,转变成为一个共产主义者。从这时起,他开始踏上了共产主义的康庄大道,成为中国共产党最早的党员,成为北方党组织的创始人之一。当时他虽然还是北京大学的学生,实际上已经开始了职业革命家的生活。

在李大钊同志的影响下,仲澥参加了我国第一个研究马克思学说的团体——"马克思学说研究会",积极从事马克思主义的研究工作。他如饥似渴地学习马克思主义和社会主义运动的知识,并注意同中国革命的实际结合起来。他常以"大壑"的笔名,在《国民》杂志上发表评论时事的文章。他还参加了李大钊同志发起成立的团结进步青年的政治性社团"少年中国学会",在里面担任执行部庶务股主任,并与天津"觉悟社"周恩来等同志在陶然亭举行过茶话会,交谈了宣传马列主义等问题。平时,他经常去北大图书馆参加李大钊同志召开的讨论会。到会的不仅有校内外的进步学生,也有不少外来的革命志士。他们常常坐满外屋的会议室,热烈讨论国际、国内大事和马克思主义的问题,这些都给仲澥以很大的帮助和启示。

共产主义小组成立后,他和李大钊同志的来往更加密切。他们不仅经常在一起研究马列主义的理论,而且开始研究工人运动的问题。共产主义小组还专门创办了一个指导工人运动的周刊,名叫《劳动者》,仲澥就积极参加了周刊的编辑出版工作。

为了同工人运动结合,经过研究,大家决定到工人中去进行活动。可是到哪里找工人呢?应该找什么样的工人呢?这在当时都是很茫然的。由于当时中国社会经济很落后,没有什么工业,北京更少得可怜,便决定先去找洋车工人试试。

一天,仲澥上街,见马路边停了一辆洋车,认为是个机会,便走过去问:

"朋友,生意怎么样?"

洋车工人以为他要车,忙迎过来说:"先生,要坐车么?"

"不,不,"仲澥连忙说,"我是想找你拉拉家常。你家里生活苦吧?"

"唉,拉洋车的,还有什么好日子过?"

"一天能挣多少子儿?……"仲澥又问。

远处,有人在叫车。

"对不起,先生,我要做生意去了。"洋车工人把车拉走了。

仲澥孤零零地站在路边,感到非常没趣。

一会,他走进一个小茶馆,见桌边坐着两个洋车工人在谈话,便凑在一边,要了一杯水。

收茶费时,仲澥代他们付了钱。

"先生,为什么这么客气?"两个洋车工人感到奇怪。

"没有什么,朋友。"仲澥话音里流露出热诚。

洋车工人感激地给他倒了水。

仲澥喝了一口,问:"一天能挣多少子儿?"

其中一个叹口气说:"唉,能糊个口就不错了……"

"车是自己的么?"

"不,车行的。"另一个说。

"租钱多少?"

"两毛一天。"

"太多了。"仲澥摇摇头,"不能要车行减点?"

"这哪行?"

仲澥低声、有力地说:"大伙可以要求,人多势众。……"

洋车工人脸上充满疑虑。

两天后,他们又在茶馆里碰了头,就成熟人了。

洋车工人对仲湔说:"我们找了几个拉车的,都说这办法可以试试……"

在仲湔他们宣传的影响下,洋车工人很快地串连了一批人。

他们约定开一个会。地点选在天安门前一个停车的空场边。

可是,到开会时,只稀稀拉拉来了几个人。

"怎么了?"仲湔问。

那个洋车工人也很奇怪。

大家只好耐心地等着。

好容易,又来了几个。

那个洋车工人自告奋勇说:"我找他们去。"

跑不远,见一个洋车工人正拉着客人猛跑,便叫:"你怎么还不来开会呀?"

那个洋车工人边跑边说:"客人要车,一会就来,一会就来。"

费了九牛二虎之力,最后总算又找来了几个人,勉强凑够了半数。

为了防备警察干涉捣乱,大家事先把洋车摆成了个方阵,将路堵死。接着,人们就在方阵里开起了大会。这办法果然有效,一会,过来了两个警察,围着洋车转了一圈,干吆喝了几声,也没有人搭理他们,只好无可奈何地走了。

可是,没有想到,过了不久,远处忽然响起了马蹄声,又见尘土起处,一群警察骑着大马奔驰过来。正在开会的人们还没来得及躲避,马已冲到眼前,一阵"噼里啪啦",车被踩得稀烂,人也被冲散了。

洋车工人看着被踩烂的车子,都急了。有人哭着说:

"这,这回去怎么跟车行交代?……"

也有人埋怨说:

"都是他们出的主意……"

"对,要他们赔!"一个洋车工人指着仲湔怒冲冲地叫。

仲湔急得满头大汗,他们把袋里所有的钱都掏出来,才仅仅凑够了几块钱,把钱赔给车子损坏得最重的人。

傍晚,仲湔穿着短衣,狼狈地走进宿舍大门。

余血冷迎面走来,看了一眼,嘲讽地说:"几天不见,工人运动搞得不坏吧!"

仲澥没有搭理,径直走进门去。

余血冷在背后,发出一阵尖刻的嘲笑。

再 试 探

印刷机日夜轰隆轰隆地响着。

一张张白纸,从机器一边放进去,又从另一边翻出来,上面印满了密密麻麻的黑字。

仲澥在一边入神地看着。组织洋车工人的事失败后,他没有灰心,决心再来学校的印刷厂试试。

看了一会,见工人很紧张,没法插嘴,便走进旁边另一间大屋里,那里摆满了一排排字架。

一个瘦弱的排字工人,站在铅字架边,用手往小盒里拣着一个个铅字。

"你们很辛苦呵!"仲澥搭讪着说。

那个工人,看了他一眼。

仲澥又问:"来几年了?"

"一年多了,先生……"

他们谈了一些这里的工作和生活。

出来时,仲澥感到十分满意,头一天,就了解到不少事情。他深深感到印刷工人文化高,到底比洋车工人好搞得多。

第二天,他又去找那个工人谈了好久,最后叫他去活动几个人。

几天后,他兴致勃勃地到了那里。

"进行得还好么?"他高兴地问。

那个工人似乎没有听见。他又问了一句,那个工人看看周围,才转过脸,显出很为难的样子。

"先生,"那个工人声音有点发抖,"请,请你不要再找我了……"

原来,昨天这个工人正在和别的工人联系,被工头发现,威胁说要开革他,不许他再跟外人接触。

仲澥心情沉重地离开,想再找别的工人谈谈,于是就走到拼版工人那里。

他不知道能干上这门技术较高的活的,都是工头的亲戚。当天,那些人就把仲澥的活动,报告了工头。

次日早上,仲澥刚走进门,只听屋里一声大喝,冲出十几个怒气冲冲的打手,幸亏他跑得快,没有挨揍。

接触印刷工人的活动,也失败了。

灯下,大家坐在桌边,听仲澥报告失败经过,心里都很沉重。

"看来,中国工人阶级,究竟历史太短,太软弱了!"张一雄感慨地说。

"从这些事情看,革命要想以工人为主力,恐怕是不行了。"一个学生抱有同感说。

贾范友说:"我看革命还得依靠学生,以学生为主力。学生有知识,政治敏感……赵家楼的事,不就是一个有力的证明?"

仲澥不以为然地说:"这个问题,'五四'以前就争论过不止一次了,我是坚决不同意这种说法的!马克思说得很清楚,工人阶级是最受压迫、最革命的阶级……"

"那是什么时代?"余血冷不满地打断他,"那是19世纪!而现在是20世纪,那些话早已过时了。再说,马克思谈的是欧洲,而我们是亚洲,是中国,是一个落后的中国!"

他激烈地挥舞着胳膊。

"这些都没有改变马克思主义的根本原理。"仲澥也毫不示弱地说,"我认为学生总是领导不了革命的!"

"为什么?"余血冷站起来。

"工人,固然文化程度低些,可是学生呢?学生不是一个阶级,它是一个阶层,它包括着许多阶级的人,其中大多数是小资产阶级。他们固然有文化高、政治敏感的优点,甚至能起先锋作用,但是也有自私、动摇、软弱、涣散的弱点……这却是致命的缺陷!"

"你别忘了你也是学生,"余血冷恼怒地说,"你也污辱了你自己!"

"这叫什么污辱?"仲澥站起来,激动地说,"这是事实,实际就是如此!——是的,我是一个学生,正因为我是一个学生,我对学生的这种弱点,才体会得更深、更清楚!"

"好啊,你的工人阶级既然那么可爱,可亲,为什么连着两次,都叫你们下不来台呢?"余血冷脸上闪过一丝讥讽的笑纹。

"这也许是我们的方法不对……"

"算了,少为你的工人阶级抹胭脂吧,"余血冷扶住椅背,弓着身子,大声地说,"我是再也不在这上面浪费我的精力了!"

"不要吵了,不要吵了!"有人劝着。

"谈谈我的看法吧,"张一雄缓和地说,他放下了手里的茶杯,"关于这个问题,我很同意仲澥的意见,方法的确很值得研究。中国工人阶级为数很少,力量很弱,现有的工人,大都又被行会所掌握。我看我们通过行会来发展,倒是个较好的办法。"

"你说什么?"仲澥站起来反驳道,"行会是什么? 行会是一种封建性的组织,那里是业主把持一切,是业主站在工人的头上发号施令,他们怎么会给工人权利? 印刷厂的教训,难道还不够么?"

张一雄的脸红了:"可是,我认为现在就想直接组织工人,还未免太早。"他停了停,"也许将来还可以。"

"还是啃你的基尔特社会主义去吧!"仲澥笑着说,"我们马克思主义者,是要去组织工人的。不是将来,而是现在!"

破　裂

仲澥躺在床上,想起这些天接连遭到的失败,心里不免有些烦闷。

忽然,门被打开,父亲走了进来。

"爸爸。"他连忙站起来。

父亲看了看周围的一切,不满地说:"你的生活也太不像话了,床单破了,衣服也不买件新的,连头发也不去剃剃! ……我给你的钱,你都花哪儿去了?"

"买书了。"仲澥迟疑了一下又说,"有的帮助困难同学了。"

"又是帮助困难同学! 自己都顾不上,还顾别人!"父亲翻动着桌上堆的书,"买书,也不能全花了啊! ……"忽然,他像触电般抖了一下,指着一本书,吃惊地说,"这不是过激主义的东西么? 你,你……这是要杀头的！"

仲澥没有吭气。

"你,你真是太胡闹了！"父亲有点动火,但他怕把关系弄僵,就压制着自己,缓和了语气说,"好吧,不说这些,先谈正经事:最近,我在农商部给你弄了个差事,那里的总长,是我的熟人,待遇是很优厚的。我看……"

"我已经回掉了。"仲澥平平淡淡地说。

"什么？"父亲吃惊地站起来。

"他派人把委任状送来,我给他退回去了。"

"你,你……"父亲气得目瞪口呆,"你简直疯了！"

"我不做官！"仲澥倔强地说。

"孩子,"父亲伤心到极点,充满感情地说,"这些年,我花了多大本钱培养你,让你读小学,上大学,带你进京,指望你混上个好前程,光宗耀祖。现在,你也不小了,为什么这样,为什么这样呢？……这样下去,你到底想干什么呢？"

仲澥见父亲急得快要哭出来,连忙劝慰道:

"爸爸,现在政治这样腐败,当官的对老百姓敲骨吸髓,你叫我去当这种官有什么意思？……我现在还有更重要的事。"

"什么更重要的事？"

"这个……"仲澥为难地说,"你将来就知道了。"

"孩子,你怎么变得这样了？"父亲近乎哀求地说,"唉,做父亲的也活不了多少年了,你就不能听父亲这一次么？再说,你读书用了几百块钱,就算白花了么？"

"怎么算白花呢,我已经搞了一张毕业证书给你。……"

父亲再也忍不住了,狂怒地叫:"好吧,既然这样,以后你就别再想从你老子这儿拿一个钱！"

父亲气得满脸通红,把门"砰"地一甩,冲了出去。

起　点

失败接着失败,钉子接着钉子,家庭又发生了决裂,所有这一切并没有使仲澥灰心。他逐渐明白了,马克思主义和工人运动相结合并不是一件简单的事。

他和共产主义小组的同志们,认真分析了这些革命活动失败的原因,认识到,洋车工人等一类行业,都是个体或手工业的劳动者,比较散漫,受行会思想的影响很深,真正代表无产阶级特性的,应该是在近代企业里工作的产业工人。他们听说北京城西南40里的长辛店铁路工厂,有3000多工人,是北京最大的工厂,就决定到那里去试试。

这是1920年年底的事。中国现代职工运动的起点,也就从这里开始了。

经过一段艰苦的摸索,通过别人介绍,仲澥终于结识了铁路工厂的钳工史文彬。

这是一个外貌并不奇特的普通工人,小个,圆乎脸,戴着一顶北方的毡帽,素常话不多,内心却很热诚。

一个寒冷的冬日,西北风飕飕的,仲澥穿着一件灰色棉袍,围着一条深色围脖,走进长辛店大街路西的一个大院。他穿过院子,在一间平房门口,看见史文彬正在屋里劈柴、做饭,满屋子都是烟,媳妇却傻乎乎地站在一边。

仲澥上前打了个招呼,史文彬连忙轰散屋里的烟,请仲澥进屋去坐。

聊了一会家常,仲澥便提出想在这里办一所劳动补习学校。办学校当然只是仲澥他们工作的入手方法,借此接近群众,目的在于组织工会。但一开始是不能明说的,就说:"现在社会上都在提倡普及平民教育,工人能认点字,是大有好处的。"

史文彬想了想,说:"认字是好,可眼下什么也没有,厂里再不赞成,可怎么办?"

仲澥见他面有难色,就请他找几个热心的伙友,先合计合计,然后再来听他的回话。

在大街上,仲澥心情不安地走向车站,见时间还早,天气又冷,便在一辆装货的空车皮里坐下来。

这时,他肚里咕噜咕噜地叫着,便从口袋里掏出一块又冷又硬的饽饽,一边吃,一边苦苦地思索着筹办学校的具体办法。由于连日来的奔波劳碌,想着想着,竟不知不觉睡熟了。

不知什么时候,又飘起了雪花,竟落了他满满一身……

傍晚,他匆匆回到学校的宿舍。

贾范友热心地问:"你上哪儿去了?"

仲澥坐下来告诉他去长辛店的经过。说完,他站起身来前去洗脸,贾范友见他刚才在床上坐过的地方留下一大块黑印,吃惊地说:"你钻到哪儿去了?"

仲澥说起自己在空车皮上睡觉的事,也忍不住笑了。

两天后,仲澥又来到长辛店,找到了史文彬。史文彬说,大伙认为这么大事,光凭几个热心的工人,怕弄不成。仲澥和几个工友反复磋商,最后决定,亲自去拜访一个最有势力的工头:翻砂场的邓长荣。据说,这人嘴大舌长,爱溜上边,下边人也得溜着他,给他送个礼,是个贪图名利的家伙。

一天傍晚,仲澥特意换了一身比较考究的衣服,走进了一座砖砌的大院:"请问邓长荣先生在家吗?"

北屋,出来一个约摸40来岁的粗壮汉子,秃头,尖嘴猴腮,站在高高的石阶上,操着天津口音问:"嘛事儿?"

仲澥将一封信递上,自我介绍说:"我是北京大学的,有点事,想求先生的帮助。"

邓长荣看了看信皮,见是铁路上一个上层人物写来的,忙笑嘻嘻地说:"哦,请里边坐。"

仲澥走进堂屋,见室内摆设较一般人家阔气,条几上放着一只洋式大座钟,两边是一对老式花瓶。

邓长荣请仲澥坐下,细细地看了信,说:"哦,为的办平民教育。"

仲澥欠起身说:"是的,我们听说先生热心社会事业,因此特来登门拜访,请助一臂之力。"

邓长荣轻蔑地说:"一帮穷工人,学这有什么用?"

仲澥解释说:"读书,不单可以使工人增长见识,也可以改造社会风气。目前一些社会热心人士,纷纷赞助此举。如果先生对于此次办学,能够慷慨相助,我们想请先生也当一个发起人。"

"我也当一个发起人?"邓长荣感到非常意外。

"是的,"仲澥说,"还准备登报、发启事。"

邓长荣笑起来:"发起人的名字也登报?"

仲澥说:"是的,也登报。"

邓长荣大喜:"可以,可以,这是个好事。"

事后,仲澥又和几个工人,在大街南头当铺口,租了一个四合院。史文彬还从工人们家里搜罗来一些破桌凳,钉钉打打,总算支起了学校的架子。

最后,就是缺一个长驻教员。

仲澥想到北京大学有个旁听生,叫吴容沧,很是刻苦,虽然有无政府主义思想,让他担任这个教员还较合适。和党内同志一商量,起先有人反对,仲澥说吸收进来也可以改造他,大家也就同意了。

准备课本时,仲澥说:"不要用现成的课本,应该把工人的工作、生活编在课本里,着重讲世界是劳动创造的……"

这一时期,仲澥和共产主义小组的张太雷,日夜在各处奔波,常常连吃饭和睡觉都顾不上。饿了,拿起窝窝头就啃;困了,往炕上一躺,立刻就打起鼾来。有时,拼凑两张凳,就可以过一夜。

经过一番辛勤的努力,终于在1921年元旦,劳动补习学校成立了。

开始,来的人并不多。

有的工人说:"要手艺的人,学这有什么用?"

有的说:"我也不想往上巴结,费那个事干什么?"

有的甚至说:"要给窝窝头,就去。"

一次,仲澥给工人们讲了这样一个故事。

"从前,有一个地主,家里雇了一个长工,这个长工苦了大半辈子,四十几了,才娶了媳妇,生了儿子。儿子长到12岁,长工回想自己吃了一辈子苦,一个大字不识,就要儿子去念书。这事让地主知道了,把长工找来,稀罕地问:'你想让儿子念书?'长工说:'是的,穷人认几个字也好,不念书没记性哩。'地主冷笑起来,说:'穷人有气力不就行了?牛不是不念书吗?牛不认字,不也一样耕田?'"

工人们听后,激动起来了,回到厂里和别人一说,大家都气得要命,不少人都跑来念书了。

自此,每当夜色降临,灯火初明的时候,当铺口,便出现了三三两两的人影,他们走进院里,坐在屋里,聚精会神地听着台上教员的讲课。

这个学校免费招收学生，分日夜两班，日班是工人子弟，夜班是工人。学校的经费由募捐得来，教员是用北京大学学生会的名义派的。开始只有一个常驻教员，后来因为教务发达，又增加了几位教员，仲澥就是经常去讲课的一人。

在这个学校里，工人听到了许多从来没听到过的事情。仲澥和其他教员用通俗的例子，讲了许多革命的道理。比如号召工人组织起来，就说："一堆沙子是散的，用石灰和水一搀和，就粘在一起了。""5个人团结是只虎，10个人团结像条龙，100人团结起来，就好比一座泰山，推也推不倒，摇也摇不动。"

在仲澥和别的教员的启蒙教育下，工人们的眼光越来越亮了，多少年来蒙在眼前的重重迷雾，像被一阵春风轻轻吹散了。

就在这时，为了便于接近群众，仲澥把自己的名字改为"中夏"。

不久，保定"直隶省立高等师范学校"在进步学生的压力下，聘请中夏为新文学教授。经过共产主义小组的讨论，也认为应该在保定开展工作，扩大党的影响。这样，他每周都要往来于北京、保定之间，教4个小时的课。

当时，保定是个守旧派的大本营，封建势力控制极严，虽然离北京不很远，可是"五四运动"的浪潮，似乎并没有波及，学生们在老师严厉的管教下，还是照常念着离现实很远的老古文。

中夏从小就对文学有浓厚的兴趣，从湖南高师到北大，又专攻文科，再加上他投身于新文学运动，又接受了马克思主义，就使得他对文学的认识有相当高的水平。足以代表他对文学的见解和主张的，是他的一次讲演《文学与社会的改造》。在这篇讲演中，他阐述了文学的性质和功用的问题。他反对"文学与人生社会毫无关系"的论调，反对把文学作为"阐道翼教"①的工具，反对把文学当作贵族的消遣品和娼优的献媚术。他认为文学与社会改造有着密切的关系。他提出"研究文学，莫忘了社会，更莫忘了社会改造"；劝大家莫再做"阐道翼教"的奴隶文学，莫再做"风花雪月"的堕落文学，莫再做发牢骚赞幸运的个人文学；而主张"要做社会的文学"，要做"社会改造的文学"。他的革命精神，对于古老守旧的保定文化界，是一个

---

① "阐道翼教"：阐述和维护封建道德礼教。

很大的冲击,对于宣传新思想,促进新文学,起了很大作用。

他从北京来上课的时候,有时来不及吃饭,便从车站上买几个烧饼夹油条吃,再加上一碗白开水,就是一顿饭。他常常从北京带很多新出版的杂志,如《新青年》《少年中国》《少年世界》《新潮》等,给学生们看。那时候,他经常穿一件整齐清洁的浅蓝色布衫,生气勃勃。他一上讲台,便旁征博引,议论风生,令人信服。他挽起袖口,右手持粉笔,左手拿擦板,边讲边写,边写边擦,讲完一段课,头发、衣襟上便落了很多粉笔末。嗓子有点发哑了,才喝一口白开水,水里早已落下一层粉笔末,他看也不看就咽了下去。他的面貌白皙红润,眼睛特别光亮有神,讲到一个极可恨的人或是极不平的事件,他的白洁的牙齿咬住下嘴唇,握拳怒视,光芒四射,那种勇敢坚强、不屈不挠的战斗精神,给人留下了深刻的印象。

为了向守旧派作斗争,中夏到校不久,就发动同学组织了"新文化研究社""新教育协进会"等,进行研究马克思主义的基本著作。这些学术团体,团结了许多进步的青年学生,成为向守旧派斗争的生力军。使得根深蒂固的旧文化不得不让位于朝气蓬勃的新文化。中夏在保定任教期间,散布了革命的种子,后来保定党组织的建立,应该说他是一个播种人。

在繁忙的日子里,他一面教书,一面还要搞工运,经常在火车上奔波,来去……

一天,他和几个朋友又来到了长辛店,见到短短日子里,劳动学校办得有声有色,感到非常高兴。晚上,又和几个捉虱的工友谈到夜深。第二天回来,兴奋不已,他写了这样一首诗,记载当时的心情:

> 北京城里同时发生两件奇事!
> 就是太阳出来了,
> 我也起来了。
> 太阳出来,
> 做他大公无私的普照熙育的工作。
> 我呢?

偕友游工人之窟。
* * *

刚发正阳门,
忽过卢沟桥,
和我同时努力的朝曦,
装点成许多异样的奇景,
仿佛给游人安排着。
荒城,
野渡,
远山,
近村,
袅娜的炊烟,
深蔚的朝岚,
包容在太阳的怀中,
收罗在我的眼底。
* * *

....
* * *

好呀!
曾几何时,
劳动学校有这样可喜的成绩。
"作始也简,
　　将毕也巨。"
我终信惟人力为伟大。
* * *

看啊!
世界不是劳动的艺术品吗?
没有劳动,
就没有世界。
海之外已奔腾澎湃起来了!
海之内呢?
诚实的辛苦的工人们!

　　　　　　　＊　＊　＊

………

　　　　　　　　　＊　＊　＊

　　太阳落了！
　　安息了！
　　他何曾安息呢？
　　他在那半球起来哟！
　　那半球或亦同时发生两件奇事。

………

俱乐部成立了

　　5月1日，长辛店举行了北方工人的第一次示威游行。
　　接着，工人们成立了自己的工会。
　　一天，中夏正在北京大学的宿舍里写东西，史文彬从外边闯进来。
　　中夏见他神色不安，忙问："怎么了？"
　　史文彬气愤地说："有人想破坏我们的工会。"
　　原来，想破坏工会的不是别人，就是那个自夸"在长辛店当中一站，大街两头乱颤"的工头邓长荣。这人原先赞助办学是为了图个名声，学校办起来，他也闹不清学校里干些什么。"五一"这天，他也高高兴兴地来了，会上说的虽不全懂，可慢慢也听出是要反对上司压迫的意思，这可真是他想不到的，当时气得脸红脖粗，再也听不下去，扭头就走了。事后，他到处放风说："办工会的这帮穷学生，都是赤化党、过激派。工人将来都得给他们当枪使。"甚至威胁说："谁要参加工会，将来就把谁的饭碗砸了！"而且，最近就要开革几个工人！
　　最后，史文彬怒冲冲地说："大伙都气坏了，也有些人害怕了，我看得给这小子点厉害瞧瞧，给大家壮壮胆，不然就没有人敢参加咱们的工会了。"
　　中夏想了想，说："别忙，办什么事，最重要的先要占住理，才能得到群众和社会舆论的同情。"

史文彬说:"那怎么办?"

中夏思忖着说:"你们可以先在报上揭发他一下。"

史文彬欣喜地说:"行!"

不久,北京《工人周刊》果然登出了一篇揭露邓长荣的文章。

没有两天,史文彬又匆匆跑来说:

"邓长荣看到文章气坏了,咬定是厂里工人写的,今早在大街上,把一个工人揍了,还马上要开革人!现在,满街人都嚷嚷动了。"

中夏站起来,斩钉截铁地说:"好,他既然打了人,就亏了理,咱们就可以让他认识认识工会的力量。老史!这次斗争是头一次,不单关系到咱们工会的存亡,也影响到今后整个京汉铁路工运的发展,可要取得胜利才行!"

史文彬两眼发光,显得十分勇敢地说:"对,决不能让这小子占了便宜!"

接着,中夏和史文彬研究了一些具体办法,叫他回去告诉吴容沧。

第二天,太阳刚刚落下西山。

吴容沧和史文彬带了几个工人,等在工厂南门外的小桥边。

远处,小土坡上,有人在望风。

一个老工人声音颤抖地说:"吴先生,我敢打工头吗?"

"敢打,老师傅,"吴容沧激动地说,"这是给咱们工人们出气啊!"

"要真敢打,"老工人把拳头高高地举起,"你看我这拳头,我是个锻工,连铁我也砸得碎它!"

大伙豪迈地笑着。

忽然,望风的紧张地跑来,叫:"来了,来了!"

大伙连忙隐蔽起来。

远处,邓长荣穿着短褂,歪戴礼帽,提个酒瓶,嘴里哼着下流小调,跌跌撞撞地往这边走来。

快到桥头,史文彬一下窜出来,挡住了去路。

邓长荣发觉来势不对,正要叫,史文彬一拳抡过去,酒瓶摔了个粉碎,帽子也飞了。

邓长荣一看不好,扭头就跑。

大伙拿着柴、石头,从各处冲出来,喊着:"打马屁党呀!""打马屁党呀!"

史文彬冲在前面,把他一下掀翻在地。

大家涌上来,把邓长荣打得鼻青脸肿。

史文彬气急地问吴容沧:"打死么?"

吴容沧狠狠地说:"多少留下口气!"

邓长荣被打得狼哭鬼嚎地叫:"大爷,饶命,饶……"

史文彬冲上前说:"好,饶了你。"

他把邓长荣提到桥边。"噗通"一声,邓长荣被扔进了臭河沟,在泥汤里翻了几个滚儿,狼狈不堪地被水冲到远处,在一处爬上岸跑了。

大伙全乐坏了。

这一来,长辛店整个都轰动了。多少年来,工人都是挨打受骂,没处出气,而今天有了工会,把工头打了都没事。全厂3000多人,"呼啦"一下,全入会了。

在激愤的情绪下,大伙为了表示和过去有几个当头的参加的工会不同,一致决议,将工会的名称改为"工人俱乐部"'了。

在北京共产主义小组的领导下,中夏等人在长辛店进行的工作,是马克思列宁主义和中国工人运动相结合的开端,是中国共产党最初做职工运动的一个起点。从此,长辛店成了中国现代职工运动的策源地之一,在中国现代革命史上占着光荣的一页。

8月罢工

7月,各地共产主义小组选派出毛泽东、董必武、陈潭秋等13名代表,代表全国70名党员,在上海举行党的第一次全国代表大会,通过了党章,选举了党的领导机构,正式成立了伟大的中国共产党。

这时中夏和李大钊同志前往南京参加"少年中国学会"的第二次年会。

"少年中国学会"自1918年6月成立以来,会员遍布国内各大城市。其中有共产主义小组的成员,如毛泽东、蔡和森、恽代英、赵世炎等,也有反动的国家主义者,如曾琦、左舜生、李璜等。由于思想复杂,斗争十分激烈。这次年会从1日开始,开了三天半,主要讨论学会的宗旨要不要主义。中夏在会上前后7次发言,竭力主张共产主义为学会的奋斗目标,驳斥了某些人认为学会可以不谈主义,以及各种主义在学会内可以并行不悖的种种论调。他的发言,获得了多数人的支持和赞成。

10月,"少年中国学会"推举中夏负责组织社会主义研究会。

11月,"马克思学说研究会"由秘密转为公开,中夏与范鸿劼、何孟雄、吴容沧、吴雨铭等19人发表了成立启事。这个研究会是党成立后公开宣传马克思主义的团体,是党的外围组织。当时存在的主要思想派别有无政府主义派、基尔特社会主义派,以及其他小派。中夏在团结各思想派别中做了不少的工作,通过辩论有力地批判了空想社会主义的思想。

同年,北京社会主义青年团成立,中夏是第一任书记,并兼任团北方组织的负责人。

1922年5月,中夏被选为长辛店工人俱乐部的代表,出席了在广州召开的第一次全国劳动大会。

7月,他在上海参加了党的第二次全国代表大会,到会12人,代表党员195人。会上讨论了中国革命的基本问题,通过了政治决议案、组织决议案和妇女决议案,发表了宣言。宣言中分析了世界的形势和中国社会的性质,并据此制定了党的最高纲领和最低纲领。最后,又通过了参加共产国际的决议,改选了党的中央机关,并决定出版党的中央机关报——《向导》周报。

中夏在会上被选为党的中央委员。

会后,他担任了中国劳动组合书记部的主任。

不久,他怀着激动的心情,来到酝酿着斗争风暴的长辛店。

夜晚,俱乐部的屋里,挤满了衣衫褴褛的工人。

史文彬站在人群里沉痛地说:

"伙友们!咱们工人是太痛苦了,每天累死累活,得了些什么呢?没得吃,没得穿,连说话的权利都没有……唉,不能再忍气吞声地下去了,咱们得要求过过好的生活。"

一个罗锅腰的老工人,激动地站起来,胡须抖动着说:

"我也不要什么好生活,我也不要吃香的、喝辣的,你看,我一个老翻砂工,一天只挣2毛小洋,一家七八口,够吃不够穿,够穿不够吃,每天能加1毛,我也松口气……"

"要不,真活不下去了!"有人叫。

"光加钱也不行!"又一个工人站起来说,"一天价顶星星来,顶星星去,孩子长大了,连爹都不认的,要不减少钟点儿,累也得把人累死!"

中夏在一边听了,激动地对史文彬说:"还有什么,叫大伙都说说。"

史文彬冲着大伙,大声地说:"你们还有什么要求,都站起来说说。"

一个傻大黑粗的小伙子,从人群里站起来。

"加钱不加钱,先不说,"他用拳头捶着胸口叫,"我给总管干了半年活,才让我上了工,这会儿两三年了,还是个短牌①,好歹得给我换个长牌②!"

"对,对,要求短牌换长牌!"大伙一致赞成。

……噪声平息后,中夏拿着一张纸,对史文彬说:

"你给大伙念念。"

"伙友们,"史文彬看着说,"现在我把大伙提的条件,念给大伙听听:第一,要求每人每天加1毛钱;第二,要求短牌换长牌;第三,要求开革5强,把总管郭长泰等5个当头的刷了;第四,要求改8小时工作,1月歇4个礼拜天;第五,工人退休、死亡,子弟可以上工;第六,要求厂方给工人盖官房。……还有么?"

人们热烈地鼓掌,欢呼。

门外,一个工人闯进来,大声说:"我让上边刷了,怎么办,我就不活了?"

"对,对!"大伙七嘴八舌地叫,"再添1条,再添1条,俱乐部可以荐人。"

"还有,"中夏举起胳膊说,"伙友们,我提议第1条还该加2个

---

① 短牌:临时工。
② 长牌:正式工。

字——将'要求每人每天加1毛钱',改成'要求全路每人每天加1毛钱'。天下工人是一家,我们不能光为自个儿,要吃,大家都有的吃。"

下面纷纷嚷着:"这话对呀!加上!加上!"

大伙热烈鼓掌通过。掌声里,有人悄悄地说:"看,人家邓先生,心眼儿就是细!"

中夏说:"好,现在已经有了7条,大伙要没说的,我再添1条:承认俱乐部有代表工人的权利。有了这条,那7条就不会落空了。"

"好,好!8条,8条!"大伙乱糟糟地叫着。

一个老工人,有点不安地站起来问:

"邓先生,咱们工人就凭一个锄头、一把钻子,又没洋枪,又没大炮,上边要是不答应,怎么办?"

"我们就罢工!"中夏把拳头有力地一挥,"香港的海员,不是也没有洋枪,没有大炮么?可是他们一罢工,资本家就傻眼啦!上边要是不答应,咱们就罢给他看看!"

"对呀!对呀!要给就给他个厉害的!"人们七嘴八舌地嚷着。

会后,大家就把条件递了上去。

8月22日深夜,中夏又来到了长辛店。

条件递出后,上边一直没动静。白天,俱乐部给局长赵继贤发出最后通牒,限他24小时之内答复。

屋里,人声嘈杂。

中夏穿着一身褪色的布衫,站在人堆里喊着:

"伙友们,上边到现在还不答复我们的条件,为了达到我们的要求,明天,我们就要开始大罢工了!"他把长发用力甩到后边,扬着拳头喊,"这次罢工,不单为了我们长辛店3000多工人,更重要的,是为了全京汉路两万多工人的利益。因此,我们一定要团结,一定要争取最后的胜利!"

他的有力的湖南口音,在静静的夜空里,传得很远很远。

第二天,在中国北方的第一次罢工终于爆发了。

汽笛发出洪亮的叫声,人们晃动小旗,丢下工具,像潮水般涌出了厂门。

纠察队把受惊的厂警们撵走,将所有的电话、电门卡死,重要的地方全都站上了岗,不让一个工头、总管出入。

车站上,进行着更为激烈的斗争。

人们撵走了站长,将开来的一列火车截住,拆得东零西散。

不久,从远处又开来一列火车。

人们摇着旗子,站在道心高喊:"停车了,停车了!"

但是,火车还是飞快地奔来。

"军车!看,车头上还有拿枪的!"有人惊慌地叫。

"不要怕!"史文彬大声嚷着,"什么车也不能让他开过长辛店!"

人们拼命地挥动小旗,可是火车照样跑着,而且越来越近。

纠察队队长葛树贵一看不好,扬着胳膊大叫:"冲啊,就是把咱轧成几截,也不能放过啊!"

他英勇地扑到铁道上。

人们随着躺下一大片。

在工人阶级大无畏的自我牺牲精神面前,火车终于停下了。

两天后,在长辛店工人英勇的斗争下,铁路当局只得接受了条件。

为了庆祝罢工胜利,几千工人在娘娘宫开了大会,真是人山人海,鼓乐鞭炮齐鸣,中夏和许多人都在会上讲了话。

会后,声势浩大的游行开始了,队伍前边高高挑着一面大旗,上边写着4个金字:"劳工神圣。"中夏和史文彬神采焕发地走在人们前边。

口号声震动了古老的长辛店镇。

一个工人指着一面三角旗,上面写着"第一步已先行,第二步尚未走",问吴容沧:"方才,邓先生在台上也说了这,这第二步指的什么?"

吴容沧笑了笑,指了指另外一面三角旗,上面写着:

"赞成苏维埃的国家。"

那个工人看了看,笑了。

胜利,像闪电样传遍了各地,特别是全京汉路两万多工人,没出一点力,就增加了工资,受到的感动最深。大家听说长辛店有个工人俱乐部,专门给工人办事,简直看作是工人的"天国"。

这时,长辛店工人的地位,和过去大大不一样了,他们一个个精神抖擞,喜气洋洋。以往商人见了工人,都爱理不理的。现在,是一个劲地点头哈腰。厂里的先生对工人也另眼相看,有的还试探想参加工人的俱乐部。俱乐部的名声很大,工人们出去坐火车,甚至不用买票,把胸口挂的俱乐部徽章一晃,查票员看见,笑呵呵的就让过去了。

一天,吴容沧跑去找中夏,说:"老邓,我不想干了。"

中夏问:"怎么了?"

吴容沧丧气地说:"闹了半天,每人才增加1毛钱,这得什么时候才能到共产主义!"

中夏大笑地说:"慢慢来么,哪能一步就上天?"

"我可没有这份耐心!"吴容沧说,"革命,就得拿出激烈的手段,像这样,不死不活的,我可受不了,请你还是另请高明吧!"

说过,头也不回地走了。

第四章 初 战

雪 梨 会

吴容沧走了以后,不多天,中夏与同志们研究,又派吴雨铭来长辛店任教员。

接着,中夏通过中国劳动组合书记部办的《工人周刊》,把长辛店工人俱乐部的经验,作了广泛的介绍,各地工人看了,都羡慕得不得了,纷纷派人前来参观。

那一阵,长辛店工人俱乐部里,真是客人一批接着一批,来来往往,非常热闹。

参观中,工人讲演团的活动,引起了代表们极大的兴趣。

这是一个训练工人进行讲演的团体,平时培养人们讲演的能力,到罢工、游行时,便外出讲演。开始,工人对上台讲话很不习惯,往往讲不了几句就红着脸、捂着嘴跑下台,引起一阵哄笑,后来越练胆气越壮,有时能讲得很精彩。

这天,代表们走进屋,见里边摆着几十张桌椅,前边是一个讲台,十几个工人正在那里练习讲演。

有一个工人不慌不忙地走上台,笑了笑说:"我今天讲的题目,叫'赞美工会',咱们工会好像一台火车头,现在还在长辛店,往后就要跑遍全中国。咱们工会好像一座大宝塔,只要塔基砸得硬,垒多高也倒不了。咱们工会又好像一把伞,只要大柱小梁全抱齐,风雨再大也不怕!"

代表们一听真棒,都拍开了巴掌。

在长辛店影响下,没有几个月,铁路沿线纷纷成立了工会,为了便于领导,中夏与同志们又积极筹备成立京汉铁路总工会。

这时,参加工人运动的同志越来越多,原来参加工读互助团的何为群也常常到长辛店去教课。

一天傍晚,他回到宿舍,看见桌上放着一张请柬,写着:

敬启者:
　　兹订于本月6日(星期日)下午2时,于敝舍举行雪梨会,敬请
届时光临!

邓中夏　9月4日

他感到很奇怪,雪梨会是一个什么会呢?

第二天,他带着好奇的心情到了那里。

屋里坐着七八个人,中间一张小圆桌,上边放着一盆紫色的菊花,4个洁白的碟子,每个碟里盛着六七个皮色浅淡、个儿不大的黄梨,大家都感到很新奇。

中夏把梨一个个分给大家,说:"这次我去唐山,临走,那里的朋友送了一些'雪梨',今天特请大家来尝尝。"

每人咬了一口,觉得味儿很鲜,又甜又脆。

中夏说:"大家都尝了梨了,送梨的是些什么人呢,就是唐山的工人。这次,我在唐山住了一个星期,听到、看到不少有意义的事,很想借此机会和热心工运的朋友们谈谈,大家恐怕也是愿意听的吧。"

何为群才知道原来是这么回事。

中夏怀着很深的感情,看了看大家说:"唐山开滦煤矿,有5万多工人,他们到底过的是什么生活呢？如果不去看一看,简直是很难想象的。他们每天的劳动,名义上是8小时,实际是16个小时,因为工资太低,必须连做两班,才能维持最低生活,有的甚至要一连在井下干一个多星期。"

大家注意地听着。

中夏悲怆地说:"他们的生活真是太悲惨了,整年呆在不见天日

的炭坑里,和在地狱里一样,满身满脸乌黑,只有牙是白的……严重的是炭坑里经常发生塌顶、起火,工人一死就是几十、几百,抬出来,连尸首都认不得……"

"真是太惨了!"人们叹了口气。

"工人不单被资本家踩在脚底,"中夏越说越痛心,"包工头还吸他们的血,矿局给工人每天二角银洋,工人从包工头手里,连一角都拿不到,甚至连工资的零星尾数,都扣掉不给。"

何为群咬牙切齿地听着。

中夏愤怒地说:"就这样还不算完,包工头还公开放赌,把工人手里最后剩下的一点血汗钱也夺去,为这,逼得工人有的全家都自杀了。"

一个学生问:"那不会不去赌么?"

中夏摇摇头说:"不赌?不赌,包工头就借故开除你!"

"唉,这还有什么天日!"何为群忿忿地说。

中夏继续说:"矿上死一匹骡马,是60元,可死一个工人,才给20元抚恤费,一条人命连一匹骡马都不如……"

中夏眼里噙满了泪,悲痛地说:"这就是唐山工人的生活,这就是中国劳动者的生活,也就是送我们雪梨的亲爱的工人朋友的生活呵!……"

何为群泪如泉涌,抽泣着说:"这种生活决不能让它再继续下去了!我们应该为他们做更多的工作才对。"

"是的,"中夏说,"那里的工人也已经开始觉醒了,他们听到长辛店胜利的消息,也准备组织起来了。最近,我们劳动组合书记部就准备从长辛店派两个同志去……为群同志,你愿意去吗?"

何为群愉快地答应了。

血 书

长辛店8月罢工的胜利,像闪电传遍了各地。接着,山海关机器厂罢工了,粤汉路武长段罢工了,消息一个接一个传来。劳动组合书记部里,中夏成天忙于开会、写信、谈话、派人出去……

一个秋日的下午,中夏正伏在桌上起草一个东西,忽然开滦煤矿工会的一个工人来找。

"是书记部邓主任么?"那人声音很急。

中夏握住他的手,热情地说:"你们准备得怎么样了?"

"已经全部罢工了!"

中夏猛地一愣,说:"怎么这样快?"

"我们等不得了,"工人说,"大家见各处罢工都得了胜利,矿局还不答应条件,今天一呼嗵全罢下来了。"

"一切都安排好了么?"

"已经组织了纠察队,在各处活动。"

"工人的生活安排呢?"

"这还没有考虑。"

"这可是重要的事啊!"中夏着急地说,"工人一罢工,马上就没了收入,生活能不能维持,对罢工有极大的影响。"他想了想,果断地说,"我看你赶紧回去发动当地各工会、学校、团体募捐。这边,书记部再给你们些接济。"

他又谈了些别的应注意的事,最后派两个特派员,随着那个工人连夜赶往唐山,参加指挥。

接着,又通知天津、山海关、长辛店等地铁路工会,明日来京开紧急会议。

第二天,各处铁路工会代表都按时赶到了,屋里空气十分紧张。

中夏首先介绍了唐山的情况,然后说:"方才得到消息,说英国已经调了印度兵去镇压;直隶警察厅头子杨以德,也从天津派了大批保安队赶往唐山;目前唐山全市到处戒严,罢工受到很大威胁。……我们都是阶级弟兄,不能坐视不救。书记部意见,各地铁路工人应该立刻举行同情罢工,给予支援。"

长辛店代表史文彬站起来说:"这有什么说的,马上回去向全体会员进行紧急动员。"

"对,说干就干!"人们纷纷表示拥护。

散会以后,中夏料理完事,正想出去,门外,忽然送来了一封急信。

他连忙拆开看,是派往唐山的特派员写来的,信上说:"目前形势十分危急,矿上有些工会领袖已经表现出动摇……"

中夏的心里像大火在烧,想到几万阶级弟兄处在斗争的严重关头,眼里滚着热泪,立刻找到一块白布,咬破手指,挥挥洒洒地写道:

亲爱的同志们:
　　你们一定要坚决同英帝国主义及其走狗斗争到底,争取罢工的胜利。

中夏

他叫来人把信赶快带回唐山。

但是,没有等到各地铁路工人动起来,唐山五矿的罢工就失败了。

中夏得知消息后,心里非常难过,他详细、冷静地分析了这次失败的教训,认为主要是行动太仓促,没有好好准备……

血的代价,使他变得比以前更成熟了。

初　战

为了更好地把全京汉路的工人力量统一起来,经过多次筹备,中夏和书记部的同志们,决定在郑州正式成立京汉铁路总工会。

1923年1月底,各地代表纷纷坐车来到郑州。

28日那天,史文彬和吴雨铭正在旅馆里谈话,只听外面有人大声地问:

"哪一位是长辛店工会的?"

史文彬刚想回答,只见进来两个人,吴雨铭忙介绍说:"这就是长辛店工会的委员长——史文彬。"

他们连忙上来握手,一人说:"我是徐家棚车站的,早就听说你们那儿的工会办得好,《工人周刊》上介绍的文章,我都看了,你们真是生活在工人的天国里啊!"

史文彬谦虚地说:"差得远,还得请你们多多帮助!"

另一个自我介绍说:"我是保定工会的,去年我们什么力也没出,就涨了工钱,这都是长辛店伙友们奋斗争来的,大伙真是太感激了!"

他们亲热地谈了一阵。

客人走后,吴雨铭笑着说:"这次铁路局给每个代表都发了免票,真想不到……"

忽然,外边有人大声地问:

"老史在这儿么?……"

史文彬连忙走出去。

来人神色慌张地说:"老史,方才郑州警察局长黄殿辰到会里来,说吴大帅有令,郑州是军事区,禁止开会。要开,必须换别的地方。"

人们一怔。

史文彬气愤地说:"简直是捣乱!他要的是什么花招?"

吴雨铭说:"通知发了,报也登了,代表也到了,怎么改?再说,民国约法有规定,平民有开会的自由。我们不理他!"

30日,正式得到吴佩孚同样意思的来电。大家决定立即派代表史文彬等五人去洛阳,向吴佩孚交涉。

次日夜晚,史文彬等从洛阳回来,说交涉毫无结果。

与会代表群情激奋,决定一切仍然照计划进行。

2月1日清晨,天气凉飕飕的。代表们从各处汇集到一起,列好队浩浩荡荡地向普乐剧院前进。市面到处是荷枪实弹的军警,气氛十分紧张。快到会场附近,忽然遇到大批军警拦阻,不准通行,代表们据理力争,相持两个多小时。最后人们忍无可忍,高呼口号,奋勇冲进会场,主席史文彬宣布了京汉铁路总工会的成立。

会后,反动军警无理封锁了旅馆、饭铺,拒绝向代表们提供食宿,甚至将总工会的会所也全部捣毁。

为了抗议军警的暴行,当晚,总工会召开紧急会议,一致决议举行全京汉路的大罢工,向敌人展开决死的斗争!各地代表立即返回进行发动。

惨 杀

2月4日,震天动地的京汉铁路工人大罢工,完全按计划实现了。几个小时之内,3000里长的京汉路,整个陷入了瘫痪,到处是灭了火的机车,摘了钩的货车。车站上,大门紧闭,货物堆积如山。

中夏与同志们在北京不分日夜地忙碌着。他们联络各界成立了"铁路工人罢工后援会";联络学生团体举行了声势浩大的游行示威;整日整夜地在书记部,听取各地情况的汇报,研究问题和指示工作。

长辛店工会的消息,不断地传来。

他们听说4号那天,史文彬在娘娘宫,向几千工人报告了郑州开会的经过,说着说着就哭起来了。全场工人义愤填膺,一致表示坚决响应总工会的号召,立即举行罢工。工人们表现了出色的组织才能,当天,所有开到长辛店的火车都被截住了,工人们发动洋车、小驴把旅客送进了城,受到群众热烈的赞扬。下午,形势转紧,敌人开来了兵车,史文彬又组织工人讲演团,冒着生命危险向士兵散了传单,作了讲演。5号来了更多的兵,十四旅旅长也到了,形势更为严重,但是,工会委员和工人们依然坚守在工会,毫不动摇。6号,敌人从塘沽骗来了100多卖鱼、卖虾米的小贩,在厂里伪装开工,也被工人识破。接着,宛平县长又亲自到工会,劝说工人复工,史文彬让他碰了一鼻子灰……

夜晚,天冷得厉害,四野漆黑,西北风在空中嗖嗖地吼叫。中夏坐在一盏灯前,眼睛发红,他已好几夜没怎么睡了,无数的事,在他心里像浪涛般翻腾着。他挂念着郑州、汉口那边的情况,目前不知究竟怎样了?他也挂念着长辛店,白天听说铁路局长赵继贤已到了那里,过去被赶跑的工头、总管也都纷纷回到了厂里,形势究竟会发生什么样的变化呢?……

第二天,长辛店工会意外地没有派人来,中夏不放心,决定派一个人去探听探听。

忽然,门外传来一阵急促的脚步声,一个化装成农民打扮的工人,从门外冲进来,说:"邓主任,不好了,敌人在长辛店开了枪,把委员们都抓去了!"

中夏一惊。

"史文彬也……也给抓走了!"那个工人说着,哭起来。

中夏的眼里冒着火焰。

那个工人悲愤地说:"昨儿半夜,敌人叫工贼领着,把工会委员全都抓走了。今儿一早,大伙涌到火神庙——长辛店警察局要人,军队就开枪了,大老葛冲在前边,当场牺牲,其余伤的、抓走的……"

那个工人说着,又哭开了。

中夏愤怒地说:"这笔血债,早晚要他们归还!"

他和同志们连忙开会,决定用书记部名义,向全国发出紧急电报,号召各地工人举行示威,组织更大的抗议。

两天后,中夏在北京大学第三院,组织了一个群众性的控诉大会。

礼堂里涌满了各校来的学生。

主席宣布开会后,一个穿短衣的工人走上台,沉痛地说:

"同学们,我是长辛店的一个工人。这次京汉铁路大罢工被军阀血腥地镇压了。施洋律师,林祥谦委员长和江岸、郑州、长辛店的许多工人都遭到了惨杀。同学们,商人可以成立商会,学生可以成立学生会,为什么工人就不能成立自己的总工会呢?我们抗议,军阀就向我们开火……"他从怀里取出一件血迹斑斑的上衣,声泪俱下地说,"看,这就是我们工人的血衣呵!……"

学生们流下了泪。

"向反动政府抗议!""打倒恶军阀!"台下响起了震天动地的吼声。

游行示威开始了,在队伍的最前面,飘着一面大旗,上边写着"长辛店工人之血",竹竿上,高高挑着那件工人的血衣……

队伍像潮水般向前涌去。

南　下

"二七"罢工失败后,敌人在各处进行了血腥的镇压,劳动组合书记部被查封了,工作人员遭到了通缉,罢工工人被大批地开除,流落在街头……

到处笼罩着严重的白色恐怖。

一天,贾范友走在街头,发现远处过来一个人,帽子压得很低,近前一看,原来是中夏。

"啊呀,"他紧张地看看四周,"你还在这儿啊!"

中夏勉强笑了笑。

贾范友小声地说：

"现在到处都在抓你,书记部也给查封了。"

中夏愤恨地说："他只不过把那个大门封了。"

贾范友说："你的胆真不小,还敢在大街上走……"

他把中夏硬拉到家里去,郑重地嘱咐说：

"别再出去了！太危险了！暂时就住在我这里吧。"

中夏摇摇头,说："不行,我还有好多事哩！"

经贾范友再三劝阻,中夏只得同意每天只在晚上出去活动。

次日,中夏与几个同志研究救济死难工人家属的事。

一个同志痛心地说："我们这回的损失实在太大了！"

中夏说："是的,我们苦心办起两年的工会,多不容易！但是,也要看到,这次罢工具有重大的历史意义,说明中国的职工运动开辟了一个新的阶段——从改良生活的经济斗争转变到争取自由的政治斗争。共产国际致中国铁路工人书里说得很对：'确实说,你们的行动,是已经走到世界无产阶级的队伍里。'是的,我们中国的无产阶级,从今以后就要在世界革命中做一员能征惯战的战将了。"

中夏看看大家,感触很深地说："当然,我们一定要好好接受这次血的教训。我们领导这么大的罢工,还不到50个党员,看来,党员发展得太慢了。工会组织也不完善。士兵运动没有好好着手。特别是我们有的领导人①,对吴佩孚还存在着不切实际的幻想……"

此后不久,随着中国劳动组合书记部迁往上海,中夏也就自京南下了。由于环境险恶,敌人追捕很紧,中夏不得不绕到丰台车站换装登车,蜷伏在一个角落里。在列车上,他想起被惨杀的长辛店工友,想起被抓到保定监狱里的史文彬等工会委员,不禁热泪夺眶而出,心里像怒涛般地翻滚起伏,他写下一首充满英雄气概的战斗的歌：

军阀手中铁,

工人颈上血,

---

① 我们有的领导人：指陈独秀。

头可断，
肢可裂，
此志不可灭！

他反复地吟诵着这首歌，伴着隆隆前进的车轮声。……

第五章 新阵地

红色大学

春,悄悄地降临到大地,处处潜伏着跃跃欲动的生机。1923年3月的一天,上海大学的公布栏里,出现了这样一则引人注目的消息:

布　告

兹聘邓安石先生为本校校务长,自即日起到职,特此周知。

校长于右任

邓安石是谁呢? 原来就是29岁的中夏。当时,党为适应未来形势的发展,急需培养大批革命干部,就由李大钊出面,以朋友关系,商得于右任的同意,请中夏来这里工作。随后,李大钊亲自带他来到"上大",和于右任见了面。

自此以后,中夏就每天穿着那身破了的哔叽西装,夹着一个大皮包去上班。在短短的日子里,他见到了形形色色的人,听到了各种各样的事……

上海大学以前叫"东南高等专科师范学校",是个私人办的野鸡学校,校内教的都是一些古文诗词、山水国画,有着浓厚的复古主义倾向。由于这类学校主要为的赚钱,在教学、管理、生活上,搞得非常糟。最后,学生忍无可忍,终于和校方决裂,把校长撵跑了。这时,正值国民党元老于右任在上海闲居,就请他来做校长,并把校名改为"上海大学"。

经过整顿,学校虽比以往有了进步,但因于右任担任校长只是为了挂名拿钱,因此,校务一直改进很慢。

中夏来后,看到这些情况,为了使学校真正成为培养革命人才的最高学府,就大刀阔斧开始了巨大的改革工作。

他首先改组了学科,增加了社会学系,请瞿秋白、恽代英、张太雷、蔡和森、萧楚女、蒋光赤、任弼时等担任了社会学系教授,聘请了沈雁冰、郑振铎等人为中国文学系教授,大大加强了学校的革命政治力量。接着又清洗了一批不称职的教职员。

不久,他又积极筹划资金,准备扩充校舍、招收新生……

工作中,最大的困难就是经费。

一天,他为学校的经费正在发愁,在纸上乱涂乱写着,一个学生走了进来。

"邓先生,"那个学生乞求地说,"我是新来的学生,家里穷,实在缴不起学费……"

中夏问清了名字,对坐在一边的会计说:"把他的名字记下,从我薪金里扣吧。"

会计看了看账,为难地说:"你的薪金已经扣得差不多了,不够了。"

中夏才想起早已经替几个学生付过学费了,便说:"那就先从党员教授那里扣吧。"

会计点点头,照办了。

有几次,学校因为实在付不出薪金,中夏就叫会计把仅有的一点钱,先发给一般教授。等有钱时,再补发给党员教授。

经过一系列的改革,就使得"上大"的校务蒸蒸日上。它和其他学校不同的显著特色,就在于它不是学院式的去叫学生读死书,而真正是革命战士的养成所。中夏一方面让学生们学习书本知识,一方面让他们积极地从事实际的革命活动,研究学术与参加斗争相辅而行。

工作中,他非常重视学生们的思想锻炼。

那时候,有些青年人爱写一些脱离社会实际的为艺术而艺术的新诗,中夏便在《新诗人的棒喝》一文中批评道:

"坐在草地上作新诗"（吴稚晖先生语）的，便是混沌地欣赏自然；厮混男女交际场中作新诗的，便是肉麻的讴歌恋爱；饱食终日坐在暖阁安乐椅上作新诗的，便是想入非非的赞颂虚无。他们什么学问都不研究，惟其如此，所以他们几乎都是薄学寡识；惟其如此，所以他们几乎没有一个人把人生观和社会观弄个明白；惟其如此，所以他们的作品，即使行子写得如何整齐，辞藻选得如何华美，句调造得如何铿锵，结果是以之遗毒社会则有余，造福社会则不足。然而他们却挂上什么"新浪漫主义"和什么"为艺术而艺术"的招牌，以为掩饰的护身符，这是多么可怜可恼的一桩事呵！

一次，一个学生写了一首脱离实际、内容空虚的诗，拿来请他提意见。

他看后，皱起了眉。

"为什么写这些呢？"他不满地说，"在今天，一个革命的诗人，首先应该多写表现民族伟大精神的作品。唤醒已死的人心，抬高民族的地位，鼓励人民奋斗，使人民有为国效死的精神。第二，就要多描写社会实际生活的作品。要彻底露骨地将黑暗的地狱尽情揭露，暴露它的腐败、丑恶，引起人们的不安，暗示人们以希望，那就会发生改造社会的力量。"

那个学生的脸有点红。

中夏情绪激昂地说："当然，要做到这点，新诗人就要从事革命的实际活动。如果一个诗人不亲历其境，那他的作品就总是揣测或幻想，不能深刻、动人。此其一，如果你是坐在深阁安乐椅上做革命的诗歌，无论你的作品，辞藻是如何华美，意思是如何正确，句调是如何铿锵，人家知道你是一个空嚷革命而不去实行的人，那就对于你的作品也不受什么深刻地感动了。此其二，所以新诗人尤应从事于革命的实际活动。"说到这里，他笑了一笑，走向书桌说，"我是不会写诗的，3年前有便经过洞庭湖，凑了两首，虽然不好，还是可以给你看看。"

他从抽屉里取出一个本子，打开轻轻念起来：

莽莽洞庭湖，五日两飞渡。雪浪拍长空，阴森疑鬼怒。问今为何世？豺虎满道路。禽猕歼除之，我行适我素。

莽莽洞庭湖，五日两飞渡。秋水含落晖，彩霞如赤炷。问将为何世？共产均贫富。惨淡经营之，我行适我素。

那个学生听罢，沉思良久，抬起头，感动地说：

"从今天起，我才真正懂得，应该怎样作诗，怎样做个诗人了！"

当时，学生们大都出身于小资产阶级家庭，没有经过什么锻炼。他经常尖锐地指出他们的缺点，告诉他们："小资产阶级出身的知识分子，往往有很大缺陷，喜欢拐弯抹角，不能大胆展开批评与自我批评，遇到重大考验，容易动摇、妥协，这些对革命、对个人都有很大的危害性！这种软弱性，只有在实际斗争中，经过刻苦的锻炼，才能得到彻底的克服、解决。"

他曾经对一个斗争性软弱的学生说："你这种态度，实际是想做一个多面公。可是，你要知道革命事业是这一面革那一面的命，要想面面俱到，不得罪任何人，是行不通的。要想做那种人，只有当不倒翁才行！"

一回，几个学生在争论关于中国革命的问题。中夏听了，笑了笑说："争得好，你们问：现在中国人都热望革命，可是为什么却感到束手无策、一筹莫展呢？"他分析道，"没有别的原因，就是因为我们革命主力的三个群众——工人、农民和士兵，还没有组织起来。也可以说，我们广大的知识青年，现在只知空喊空叫，还没有到他们中间去唤醒他们，组织他们！"

接着，他叙述了俄国二月革命、十月革命和法国大革命的经验，感触很深地说：

"俄国的这三个群众所以能起来，一个重要的原因，就是在俄国布尔什维克党的领导下，俄国青年能一批批到群众中去，把革命的思想，传播到广大工农兵群众中去。今天，我们处在内外交攻的反动政局之下，我们所受的压迫和痛苦已经是无以复加了……我们应该迅速从事这三个革命主力的群众运动，让我们成群结队地到民间去，完成我们重要的光荣的使命！……"

他不单从思想上启发、诱导，还亲自领他们到实际斗争中去锻炼，派他们去工人区帮助工人成立劳动补习学校，建立工人俱乐部，像过去在长辛店所做的那样。

他曾经怀着很深的感情,对一批深入工人区的女同学们风趣地说:"你们能到工人家去是好的,能决心这样做,说明你们已有很大的进步。只是——去了要注意,不要怕脏,不要怕工人身上有油泥,应该像对待亲人那样亲切地看待他们。"

在中夏热情的关怀、启发下,学生们一面学习书本知识,一面积极从事革命活动,个个生龙活虎,朝气蓬勃。当时,上海各种社会活动、群众运动,没有一次不是以上海大学的学生为主力军。经过实际斗争的考验,许许多多进步学生都入了党,成长为坚强的革命战士。

信 念

6月,中夏出席了在广州举行的中国共产党第三次全国代表大会。在这次大会上,中夏又被选为党的中央委员。

8月,中夏去南京出席了社会主义青年团的第二次全国代表大会,在会上被选为团中央的执行委员和组织部长。

10月20日,中国社会主义青年团中央委员会的机关刊物《中国青年》在上海创刊。中夏是这个刊物的创办者和初期的主要编辑人之一。封面上"中国青年"4个字,也出自他的手笔。《中国青年》的宗旨是"要引导一般青年到活动的路上,要介绍一些活动的方法,亦要陈述一些由活动所得的教训"。还要引导一般青年"到强健的路上","到切实的路上"。中夏不仅积极参与了《中国青年》的编辑工作,而且在上面发表过很多重要文章,有的是论述青年运动的,有的是向反动思想学说进行斗争的,有的是以马列主义观点阐明文艺理论的,有的是指导青年的思想生活的。

这期间,中夏还担任着中共上海地方兼区执行委员会委员长。既要做党和团的领导工作,又要管上海大学的校务;既要搞工人运动,又要编辑刊物、写大量文章,工作的繁忙程度是可想而知的。

12月间,他被派往北方检查团组织的改选工作。

一个寒冷、阴沉的冬日,他终于又回到了离别10个月的北京。

他怀着激动的心情,走出了车站,一切是多么熟悉、亲切呵!可是走着走着，他越来越感到一切是那么寂寞、清冷，没有一点活气，好似到了什么深山古寺一样。他想起以往那满街走着的示威队伍，那震天动地的怒吼，那漫天飞舞的传单，是多么地激动人心呵！而现在呢？直系军阀曹布贩子当上了贿选的总统，丧权辱国的事，一件接着一件，可是市面上竟是这样的宁静，难道广大民众真的死了么？难道"五四运动"发难处的爱国青年真的都消沉了么？

终于，他又见到许多熟识的同志们。他打听了别后的情况，知道同志们在艰苦危险的环境下，仍然继续在坚持斗争。他帮助同志们整顿了团组织。

第三天，他匆匆登上了去保定的火车。

行前，有人劝他："那是军阀曹锟的老窝，防范很严，还是不去的好。"

他笑着说："这些恶狗都一心一意抢骨头去了，还怕什么！"

火车经过长辛店，他看到熟悉的灰色的厂房，不禁心情激动，感慨万千。事后他在日记中写道："过长辛店，往事兜在心头，光景看在眼底，不禁怆然雪涕。"是的，长辛店和他的生命相连，血肉相连。几乎在他接受马列主义的同时，他就作为一个启蒙者和实践家来到这里。他想起第一次来长辛店，破旧的留声机，寥寥的听众……经过多少挫折、失败，才找到了马列主义和工人运动相结合的道路，也是他自己——一个青年知识分子和工人群众相结合的道路。可是正当革命的工人运动向前胜利开展的时候，万恶的军阀，向工人们开刀了。2月7日，那悲壮激昂的情景，又仿佛在眼前浮现。多少英勇的阶级弟兄倒下了，多少不屈的弟兄被敌人抓去了，望着眼前荒凉、凄清的景象，他怎能抑制住悲痛的热泪呢……

火车在暮色苍茫中开到了保定。

很多熟人得到消息，都跑来了。他们亲热地谈着工作，谈着别后的一切。

中夏问到"二七"被捕的工友们。

一个同志叹口气说："还在狱中呢，虽然受了很多苦，但表现都很坚定，没有一个动摇、叛变的！"

"真不愧是工人阶级！"中夏感动地说。

"他们被关在军法处，"那个同志继续说，"每人戴了七八斤重的脚镣、手铐。敌人给他们灌凉水、上夹棍,什么都用上了。特别是上跪链,把一条全是尖角的铁链,盘成一堆,人一跪上去,链尖扎进肉,连筋都扎断了……"

中夏眼里涌满了泪。

"史文彬因为是委员长受刑最重,但他连哼也没哼一声。敌人后来想收买吴雨铭,也没得逞……最近,史文彬在狱中还建立了党小组,进一步展开了斗争。……"

夜深,中夏躺在床上,久久没能入睡。他想到那些曾在一起奋斗的工人弟兄,现在就被关在离他不远的地方,心里异常难过。

回到上海以后的一段时日里,中夏听到陈独秀的一些言论,很不以为然。黄昏,回到住地,想起这次北上见到的一切,情绪很不平静。几年来,从当初争论革命动力,到最后找到现代工人,把马列主义和工人运动结合在一起,这中间花了多少心血!而现在,陈独秀身为党的总书记,竟然说什么中国工人阶级"不是独立的革命势力",大多数工人"还没有自己阶级的政治斗争之需要与可能",把工人阶级看得一无是处,甚至认为民主革命必须由资产阶级来领导。中夏想到这里,心里像烧着一团大火,共产党人对革命事业强烈的责任感驱使着他,立即毅然拿起笔来。

他分析了中国无产阶级形成、发展的过程,说明我们的组织虽然幼稚,但在短短不到3年的时间内,竟然能组织起27万多工人,这在从来是一盘散沙的中国,不能不是"一件可惊的事"。接着,他又指出自京汉路罢工失败后,不仅是一般的同情者,就是"笃信共产主义的社会革命家",对于工人阶级的力量,也开始抱"过分的怀疑"……

他放下笔,在屋里来回走着,思索着,一支接一支地抽烟……

他回到桌边,引用了过去在《论工人运动》一文中的话:敬佩的中国革命的社会运动家呵!望你们鼓起以往的精神与热心,持续的努力吧!如果因为稍稍受了一点挫折,便认为"此路不通",另辟他道,恐怕你们"再革命一万年,也不能成功呢!"

毛笔在纸上急速地挥动,烟灰盒里的烟头越堆越满……

他接着具体分析了中国资产阶级、小资产阶级以及农民和知识分子在革命中的作用和地位,最后强调指出:"中国将来的社会革命的领袖固是无产阶级,就是目前的国民革命的领袖亦是无产阶级。"

"只有无产阶级有伟大集中的群众,有革命到底的精神,只有他配做国民革命的领袖。只有无产阶级一方面更增进强大他们自己的力量,一方面又督促团结各阶级微弱的散漫的力量——联合成一个革命的力量,方能成就目前国民革命以及将来社会革命的两种伟大事业!"

他用力掷掉手里最后的一个烟头。

这一晚,他一共抽了9包烟,用了1根火柴。从此,这出名的"9包烟1根火柴"的笑闻,就这么传出去了。

中夏的这篇文章,题名"我们的力量",发表在1924年11月《中国工人》的第2期上。这篇战斗性很强的论文,对于反对陈独秀右倾机会主义的错误和继续开展中国的职工运动,都有巨大的意义。

新的火种

每天上午,中夏照旧穿着那身破西装和没打油的皮鞋,夹着一个大皮包到学校办公。到下午,就无影无踪了。

一回,有个学生见他穿着油污的工人服,向苏州河走去。大家很诧异,以为他是个"神出鬼没"的人物。

这个"神出鬼没"的人物,究竟干什么去了呢?如果顺着他的脚印找,就可以发现他穿过一条条街道,走向一个偏僻的地方。这里有一条污浊得发黑的河流,里边发出一股冲鼻的臭味。从一座石桥上跨过去,就能看到许多低矮、阴暗的木板房子,这就是挣扎在生活最底层的上海的贫民窟。每当天色将明未明,汽笛像狼一样在空中吼叫的时候,住在这些矮屋里的被生活压榨得直不起腰来的工人们,就像潮水般地涌进了工厂的大门。这时,赶大车的吆喝声,汽车的喇叭声,孩子的哭叫声和大人的怒骂声交织在一起,组成了一支嘈杂混乱的交响曲。

这就是上海工厂最集中、工人最多的地方——小沙渡工业区。

中夏经过顽强的努力,终于在一条名叫槟榔路的转角处,找到了3间破旧的民房,在里边放了几张桌凳,不知从哪儿还弄来了一架缺了腿的小风琴。

不久以前,中央召开的扩大会议,使中夏的工作发生了很大的变化,这次会议,批判了陈独秀在职工运动上的取消主义倾向,中夏就像鱼儿游入大海一样,又投身于工运了。

那时,与中夏在一起搞工运的,还有恽代英、李立三、项英等同志以及上海大学的一些同学。在学生中去得最勤的是一个四川来的学生,后来成为上海工人领袖的刘华。他原来是中华书局印刷厂的一个学徒,因为不满老板对工人的压榨,终于愤然辞职来到"上大"读书。

中夏经过一段刻苦的工作,终于结识了几个有觉悟的工人,办起了一个"沪西工人俱乐部"。

他和同志们经常去那里给工人们讲课。由于中夏在长辛店积累了丰富的经验,又经常和工人们接触,常常能把马克思主义的真理浅显通俗地讲给工人们听,所以很受工人们的欢迎。

一天,一个叫朱晓华的女工,在课堂上问:"邓先生,什么叫帝国主义?"

中夏看看她,笑笑说:"你们厂的外国大老板,就叫帝国主义。"

中夏看大家都不太懂,就问:"你们老板那么多的钱,都是怎么赚来的?"

一个工人说:"老板说是买香槟票,得彩得的。"

朱晓华说:"是老板开工厂做生意赚的。"

中夏笑了笑,问:"你们说,是工人养活老板,还是老板养活工人?"

一个工人说:"当然是老板养活工人,我们一家老小,不就是靠老板的工钱过活么?"

另一个工人说:"老板讲要是他不开工厂,我们工人都得饿死。"

"是这样的。"大伙说。

中夏望了望大伙,笑着说:"我再问你们:外国人来上海办工厂,来的时候,都带了什么?"

一个工人说:"他们并没有带什么,一下船,不是提着一个皮箱,就是带着一个皮包。"

"是呀!"中夏说,"他们空着两只手,怎么就能办起一座工厂呢?他们每年赚走了那么多的钱,这些钱又是哪儿来的呢?"

大伙答不上了。

"秘密就在这里。"中夏说,"你们都知道,他们首先是利用外国人的特权,先贷一部分款子,盖起工厂,随后就来招收工人。我们工人每天做的工,比方说值一块钱,而他们给你的工资却只有两毛钱,其余的血汗钱就进了他们的腰包了。所以,不是老板养活了工人,而是工人养活了老板。那些老板们,他们吃的是工人的肉,喝的是工人的血啊!"

"原来是这么回事!"人们恍然大悟。

"工友们,"中夏进一步用通俗的语言阐明道,"世界文明是谁创造的?一部文明的历史,不是我们劳动人民的血汗积累而成的吗?人们所吃的谷米,所穿的衣服,所住的房屋,所走的马路,所坐的轮船、火车,所读的书籍、报章,和绅士、军阀、资本家们享用的奢侈品,哪一样不是我们劳动人民做出来的呢?假如世界一天没有工人,世界文明就会毁灭。哪晓得世界文明虽是我们创造的,却反而受到'享现成福'的绅士、军阀和资本家的统治和支配,弄得饥寒交迫,想活一命而不可得,你们想一想是不是岂有此理呢?"

工人们都激动起来了,像一阵清风吹散了满眼迷雾,觉醒了。

中夏还专门用通俗的语言为工人们写了《劳动常识》等工人课本,来教育更多的工人。他像一个不倦的播种人,从北方播种到南方。

那时社会很封建,女孩子上学常常受到家庭阻挠。一天,下课后,中夏见晓华一人不安地呆在一边。

"怎么了?"中夏见她脸色很忧郁。

晓华说:"邓先生,我不能来念书了。"

"为什么?"

"妈妈不让。"

中夏见她很难过,安慰说:"不要紧,我帮你和她说说。"

不久,中夏就到了晓华的家里,说通了她的爸爸、妈妈,晓华才又继续上学。

但是过了一段时间,中夏发现晓华又没有来。

第二天,晓华才告诉他说:"上次,我念完书回家,从坟地边过,听到有个女人叫:'救命啊,救命啊!'把我吓坏了,拼命跑到家,第二天去一看,真有一个女的,给害死在河里了……"

中夏想了想说:"这样吧,我给你找个人,每天下课后送你回家。"

自此以后,每晚下课,中夏就找人送她回家。中夏对工人兄弟姐妹无微不至的关怀,使工人非常感动。他们之间的关系也越来越密切了。为了进一步了解工厂情况,组织发动工人,他还想通过熟悉的工人,深入到工厂的内部。

一天,他见到晓华,试探地说:"我想去你们厂看看,行么?"

晓华有点犹疑,说:"门口,日本鬼把得严着呢。"

中夏坦然一笑说:"不要紧,你给我借个入厂证,我有办法。"

第二天清晨,晓华提个饭篮,早早来到了厂门附近。

厂门口亮着灯,日本鬼在铁门边站着,衣服褴褛、面色憔悴的人们正向厂里涌去。

中夏换了一身工人衣服,帽子压得很低,手里提了个日本式饭盒。晓华看到他那副样子,觉得很好笑,轻轻地说:"邓先生,你真像……"

中夏连忙截住说:"我不是邓先生,我叫老邓。"

晓华点点头,不由得笑了。

快到厂门口,晓华有些紧张,步子也放慢了,中夏低声地说:"沉着些。"晓华与工人们一起走进了大门。一个日本鬼拦住了中夏。中夏不慌不忙地拿出证件。日本鬼看了一眼,手一挥,把他放了进去。

晓华心里才像一块石头落了地,低声对中夏说:"我们走边门进车间,省得有人注意。"

他们走过一条潮湿的地下道,在车间大门边,有几个工人,眼红红的,正坐在地上吃饭,见来了人,吓得拔腿就逃,饭菜打翻撒了一地。

中夏不知是怎么回事。

晓华心酸地说:"工人在厂里是不让吃饭的,工头见了,不单要打,时常连饭也给踢飞了。"

中夏见撒在地上的饭是水泡的,里边有些什么白花花的东西,问:"这是什么?"

晓华有些悲怆地说:"都是四处乱飞的棉花絮,饭篮挂在纱车下,尽落这些东西,放在水里淘也淘不净,工人吃下去,好多都得了病。"

中夏和晓华走进简陋的厂房,看见阴森森的灯光下,工人们一个个脸孔黄蜡蜡的像鬼一样,眼皮都肿得老高。特别是有些童工年龄很小,还没有机器高,只好站在垫的大木墩上干活。

中夏发现一个女孩子浑身在打颤。

"你怎么啦?是病了吗?"中夏走上去问她。

那个女孩子两眼直流泪,说不出话。

晓华解释说:"这孩子是急着要小便,厂里规定童工上厕所要有小便牌,不然,就要受罚,可是全车间100多人,只有3个木牌,轮不过来,她们就常常急得把尿撒在裤子里……"

"简直是人间地狱!"中夏忿忿地说。

远处有人走来,晓华连忙拉中夏躲到一边。

等人走后,晓华才接着说:"有的工厂比这还厉害,他们在便池里还装了一种打屁股的机器,工人如果在那里蹲上5分钟,板子就打上来……"

晓华话音还未落,前边传来一声刺心的尖叫,人们纷纷向一个地方跑去。中夏赶过去一看,只见人堆里,一个女工躺在地上,脸色煞白,满头是汗……

"小产了。"不知谁叹息了一声。

晓华痛心地对中夏说:"这样的事,不止一次了,女工怀了孕,怕厂里不要,就用布把肚子紧紧勒着,有的就把孩子活活勒死了。有的生下来,不是畸形,就是残废……"

中夏不忍再看下去,和晓华匆匆离开了车间。

第二天,他在课堂上,把这次看到的事,痛心地讲给工人们听,用来启发工人的觉悟。他悲愤地说:

"工友们,我们一生受苦受累,给世上创造了那么多财富,可是我们自己过的是什么生活呢?人家的孩子,从小上学念书,我们的孩子,还没机器高,就要进厂一天干十几个小时的活。人家添了孩子是大喜,可我们的孩子,没出世就用布捆着,像犯了大罪……"

人们流下了泪。

一个工人抽噎地说:"我们工人就是命苦,哪还有别的路呵……"

"别的路是有的,"中夏提高声音说,"而且,已经有不少人在走了。像长辛店的工人,唐山的工人,还有北方许多工人已经组织起来了!"

他借此机会详细地介绍了长辛店工人斗争的情况。

晓华兴奋地叫起来:"那我们也可以跟他们学!"

中夏说:"是的,我们可以先去团结大伙,拜小姊妹,组织10人团,一步步扩大,一步步发展……"

从此,上海的工人们也一步步地组织起来了。

每当夜色降临,灯火亮起的时候,在那3间破旧的民房里,常常传出一阵阵悦耳的歌声,许多女工伴着风琴唱着:

我们工人创造世界人类住食衣;
不做工的资产阶级反把我们欺;
起来起来同心协力坚固我团体;
努力奋斗最后胜利定是我们的!

在尘埃飞扬的小沙渡,新的革命火种已经播下大地,很快就要发芽了。

潭 子 湾

中午,一辆洋车在大街上奔跑着。

车上,坐着一个面容疲乏的中年人,他的头发很长,胡子也没有刮,一眼就可认出他是中夏。他穿着一件不合身的长衫,脚上的破皮鞋,由于老不擦油,已经由黄变白了。几个月来,日夜不停地奔波,忙得他连吃饭、睡觉的时间都没有,两颊也显然瘦了。

大概因为过于疲劳,很快就在车上睡熟了。

车在潭子湾工会门口停下,他才猛然惊醒,付了钱,精神抖擞地走进工会。

屋里,来来往往尽是人,非常热闹。几个"上大"学生,正在忙着刻蜡版,印着一大堆表格。

中夏走进里屋,见刘华坐在桌边和一个工人谈着话,手里还拿着烧饼在吃。

"怎么,"中夏亲切地责备他,"你又拿烧饼当饭?"

刘华笑笑说:"这还不是跟你学的!"

那个工人插嘴说:"他还总结了烧饼的三大优点呢!"

"什么优点?"中夏问。

刘华得意地竖起指头:"第一,省钱,几个铜板就能吃饱;第二,省事,不用碗筷,吃完,嘴一抹,就了事;第三,"他俏皮地一笑,"省时间,一边吃一边还可以谈话,不影响工作。"

人们大笑。

中夏看着这个充满乐观精神的刘华,内心感到说不出的喜悦。

的确,中夏自从认识刘华,很快就爱上了这个热诚朴实的青年人。他勇敢,有正义感,有强烈的革命事业心。他来"上大"附设中学后,生活很苦,一面念书,一面还给学校刻蜡版,来维持生活。留用的教务主任见他能干,想用钱收买他,被他断然拒绝。学习上,他也非常用功,经常用湿毛巾包在头上,坚持钻研。工会组织起来以后,他被派到潭子湾,工作中,表现了高度忘我的精神。每天,他天不亮就起床,接待上下班的工人,和他们谈话,了解情况,为他们解决各种各样具体、复杂的问题。随后,又和上边来的领导同志开会,整理材料,一直忙到天黑。紧接着,又要接待夜晚上下班的工人。……就这样,每天总要忙到夜里十来点钟。上床后,再看看《向导》《新青年》,睡时往往已经后半夜了。

工人走后,中夏开始与刘华谈工作。

刘华忽然想起什么,凑近中夏说:"有件事想问问你。今天早上,有人在这儿大闹了一顿。"

"怎么回事?"中夏问。

刘华说:"有几个参加青洪帮的工人,跑来要报名入会,我们没答应,他们火了,拍桌大骂,说:'你们工会是不是工人的?你们到底给谁办事?'我们再三解释,他们不但不听,反而挽起胳膊想打人,幸而屋里人多给拉开了,才没出事。——你说,这事该怎么办?"

中夏想了想,问:"这些人平时怎么样?"

"平常。"

"像这样参加帮会的工人多么?"

"不少。"

中夏用手支着下巴,沉吟了一会,说:"我看,可以让他们入会。"

刘华皱起眉。

中夏把手放下,解释说:"这些人都是我们的阶级兄弟,他们参加帮会,多半是一时认识不清,只要好好教育,我想他们是会跟我们走的。"

刘华默默地听着。

中夏接着说:"再说,这种人很多,要想团结全体工人,把这么多人放在一边不收,对我们也很不利。"

刘华点了点头。

接着,中夏要刘华把填好的工会会员登记表拿来,刘华捧来一大堆,中夏一张张翻阅着。

刘华在边上一边看一边说:"昨天,有个小拿摩温①想来参加工会,委员们争了半天,也没定下来。"

中夏没有抬头,随口问:"为什么?"

刘华说:"有人讲,她们是帮老板管工人的,是资本家的狗腿子,不能让她们入会;有人说,她们和我们工人一样做工,也很苦,可以让她们入会。……谁也没能说服谁。"

中夏抬起头,凝视着刘华:"你看谁的意见对呢?"

刘华为难地笑笑:"我也不好定。"

中夏点点头,说:"是的,这问题比较复杂些。我看,这些人虽然当了拿摩温,可是位子很低,常常受上边的气,和一般拿摩温还是不同的。再说,她们整天和工人一样劳动,和工人也更接近些。我想,可以让她们入会。从另一方面说,这些人能当上小拿摩温,一般都比较能说,有点办法,在工人中关系也比较多,说什么,工人容易听。吸收进我们工会来,利用她们做些事,对工作是会有好处的。"

刘华见天色已晚,走去开亮了灯。

中夏在灯光下低声问:"最近,发展党的工作做得怎么样?"

刘华说:"有些进展,但是还不很理想。几个大厂,虽然建立了组织,但发展很慢。不少厂子,还没有找到妥当的对象……"

"刘华,"中夏抓住他的胳膊,严肃地说,"这可是最最重要的事

---

① 拿摩温:对工头的称呼。

啊！我们一定要抓紧，把大批积极分子吸收到党内来。要知道，在这上面，我们是有沉痛教训的。"

刘华点点头。

中夏松开自己的手，流露出敬仰的神情，说："安源的工作做得多好呵，'二七'失败后，各地工会都被摧残了，惟独那一个地方，安然无恙，这真是奇迹。"他看看表，换了话头说，"睡吧，已经12点了，明天一早4点，你不是还要去厂门口，给工人讲话么？"

他们把东西收拾起来。

中夏嘴里轻轻哼着自己最爱唱的一支歌子："一切事体我知道，为的京汉罢工潮，资本家又把兵调，哎哟哟，资本家又把兵调。"忽然想起有人睡觉，又停下了。

屋子中间，睡着几个"上大"的学生，合盖着一条被子，边上一个学生露出半个身子。

中夏给他盖好，对刘华说："我们另搞个铺吧。"

刘华走到墙边，抱来些草铺在地上。脱衣服时，他看见中夏的破皮鞋已出现裂口，就关切地说："你也该买双皮鞋换换了。"

中夏笑着说："是啊，老是忘，是该买一双了。"

他们躺在稻草上，用棉衣代替被子盖在身上。

中夏看着刘华，得意地笑着说："倒也不错，还没睡过这么软的稻草床，比'席梦思'也不差吧！"

刘华也笑了。

动乱的二月

1925年2月1日，上海内外棉①第八厂突然爆发了罢工。

这次罢工，是因为该厂粗纱部男工整批被厂方开除而引起的。

中夏听到消息，立即察觉时机选择有问题，因为工人本月的工资还没领，这对坚持罢工非常不利，连忙跑去制止，已经来不及了。

中央得到消息后，认为上海工运一直没能打开局面，这次是个

---

① 日本纱厂大都是国家资本，如内外棉株式会社在国内外都有工厂，所谓"内外"即指国内、国外而言。

重要关头,连忙组织了专门指挥罢工的委员会,派李立三、中夏等同志亲自进行指挥。

中夏和李立三是1922年开滦五矿罢工时认识的。李立三在安源和武汉做工运工作及党的工作,1924年3月来到上海,和中夏一起搞工运。他们在斗争中结下了友谊。说起李立三的名字,还是中夏给起的哩。原来,李立三过去叫李能郅,一天,吴淞口成立工人俱乐部,党派李立三去兼主任。那时,去吴淞口要坐火车,在车上,中夏忽然想起什么,说:"今天晚上进行选举,你这个名字太文了,像这个'郅'字工人别说写,认也认不得。"李立三说:"那么改一个什么名字呢?"中夏思索了一阵,忽然见远处路边站着三个人,就说:"叫李三立吧。"李立三说:"三立不大好听,我看,叫李立三得了。"李立三的名字就是这么来的。

这次,为了支援八厂,中夏和同志们又组织内外棉其他几个厂,发动了罢工。

根据过去经验,为了便于发动群众和赢得社会同情,他们经过反复考虑,提出了一个鼓动人心的口号:"反对东洋人打人!"

夜晚,空旷的潭子湾广场上,拥挤着成千上万的罢工工人,到处是通明的火把,沸腾的人声。主席台上,挂着一幅用斗大的字写的触目惊心的标语:"反对东洋人打人!"它像一把烈火燃烧着每个人的心。中夏和刘华站在台上,发表了慷慨激昂的演说,人们迸发出积压在内心深处的仇恨,激动地脱下头上戴的东洋帽,扔在地上,践踏着,骂着。多少年来,上海第一次显示出工人阶级有这么大的声势,这么大的力量,有的激奋得满眼是泪。

罢工以雷霆万钧之势,于短短几天内,迅速卷遍了整个上海,小沙渡、曹家渡、杨树浦的各日本纱厂都被卷入了。先后参加的厂达到22个,人数增加到4万多人。

有些参加青洪帮的工人,在强烈的民族情绪驱使下,不顾老头子的反对,也踊跃地投入了罢工。

这样大规模的罢工,自然使得日本帝国主义者胆战心惊,一面从日本调来几艘军舰进行武装示威,一面由日本公使向北京政府提出国际交涉。

由于罢工来得太快,人数又多,就像决了堤的海水一样,群众处于一种无组织的状态。中夏和同志们敏锐地看出当前最重要的任务，就是要赶快稳住自己的阵脚，立即健全罢工组织，建立起各级的指挥处。此外，还接受"二七"罢工的教训，组织了保护工人领袖的"保护团"。为了巩固罢工，激发士气，决定每天召开群众大会，散发大批传单，来进一步鼓舞群众的斗争情绪。

但是，10天过后，由于日本资本家的态度非常强硬，罢工形成了僵持局面。

工人们的生活越来越困难，一天，实在忍不住了，一批人涌进委员会，七嘴八舌地叫：

"罢工这么久了，我们到底怎么搞？"

"老是谈判，谈判，我看，不给他们点厉害看看不行！"

"对，咱们打厂去！"有人叫。

"对，对！""打厂去！""打厂去！"人们都嚷开了。

原来，罢工开始时，人们曾用这方法，取得过几次胜利。那时，有的厂因为厂方控制很严，罢不下来，其他厂的工人便成群结队地跑去支援。这种方法，在当时就叫"打厂"。打厂过程中，斗争也很激烈。一次，日方见大批工人涌来，连忙把厂门紧闭，工人们进不去了。一个工人情急智生，假装上前搭讪，递过去一支烟，日本人见只有一个人，便从小窗洞里伸出头来取。说时迟，那时快，那个工人一下勒住他的脖子，说要卡死他。日本人吓得直叫，终于被迫打开了门，人们蜂拥而入，这个厂便被打下了。

中夏见群众吵得厉害，站起来大声说："工友们，请听我说几句，打厂的事，不能再做了。"

"为什么？"大伙乱纷纷地问。

中夏说："开头，敌人没准备，可以取得胜利。现在，敌人知道了，再去会碰钉子的。"

"我们人多，不怕！"一个工人叫。

"对，家里都没什么吃的了！"好几个人也表示同意。

中夏耐心地说："我们可以想想别的办法。"

"有什么别的办法！"一个工人不满地说。

"你要不放心，我们自己去！"几个工人发怒地叫。

人们又吵吵起来了。

当时李立三同志在场,见群众激动得厉害,便对中夏说:"既然大家非要去,我看就让他们去好了。"

"不行!"中夏斩钉截铁地说,"如果出了事,谁负责任!"

李立三冲动地大声说:"我负责!"

"对,我们自己负责!"群众像火山爆发一样,乱开了。

"走啊!""打厂去啊!"人们喊着,潮水般地涌出大门。

李立三也向门外冲去。

中夏一把拉住他说:"你不能去!"

"为什么?"

中夏说:"群众都认识你,万一出了事怎么办?"

李立三把手一甩,叫:"不用你管!"

"不行!"中夏大声地说,"这里工作要你负责,如果你被捕了怎么办?"

李立三急得出了汗,说:"大家都去了,我是一个领导人,能把大家撇下么?"

中夏脸色一下变得非常严峻,坚毅地说:"那么,还是我去!"

"你——?"

"对!我去。"中夏说过,大踏步地冲出去。

果然,人们没有走出多远,就被一群马队拦住了。中夏和大伙上前交涉半天,也不让过,人们正急得要命,马群后边忽然乱开了,中夏趁势大声鼓动,人们全冲过去了。

这是怎么回事?原来,方才有几个童工,见敌人老不让过,就想了个妙计,拿了尖头竹竿,摸到马队背后,对准马屁股使劲一戳,马儿疼得一跳老高,别的马也惊得乱跑,结果,整个马队就乱了套了。

中夏和大家趁势涌到苏州河边,谁知所有摆渡船,都被警察用铁链锁上,根本过不去。大家只好又从铁路上绕,还没走到舢板桥边,又被一批警察拦住了。

中夏和大伙上前再作交涉。

警察假惺惺地说:"我们是奉上级命令来的,没有办法,为了不出事,还是请你们回去的好。"

工人见警察很狡猾,怎么说也不行,火了,大家拼命往前涌。警察见事不好,把自来水龙头打开,大水柱便劈头盖脑地朝工人喷射过来,人们身上全浇湿了。大家见警察这样不讲理,更恼了,呼喊着随中夏往前冲。警察一看拦挡不住,便抡起枪把打人。刘华的眼红了,扬着胳膊叫:"冲啊!"一面上去夺警察的枪。这时,人们拿着棍子、石头,和警察厮打起来。有的工人夺过路边菜贩的扁担当武器,有的和警察扭打、翻滚在一起。四周都是喊声打声,乱成一片。不少工人被打伤,流了血,被警察绑起来。有的警察也被打伤、撕烂了衣服。后来,又有大队警察涌来,才把人们冲散了。

混战中,中夏也被警察抓了去。

敌人把他和几十个工人绑在一起,用麻绳串着,排成一长行,押着走在南京路大街上。

中夏虽被绑着,仍然昂着头,挺着胸,脸上流露出自豪的表情。他那乌黑发亮的头发,搭在威武的眉毛上,越发显得充满一股英气。

他一边走,一边大声地对伙伴们说:

"他们能捉到我们,但是他们永远打不败我们!"

在广大工人英勇的斗争下,罢工声势越来越大,日本资本家只得通过上海总商会出来调停,接受了部分条件,中夏他们也被放出来了。

中夏,不愧是工人阶级的知心人和领导者,当自己的正确意见暂时不被群众接受的时候,他还是和工人群众在一起,英勇地进行战斗。几十年后,李立三回忆起这段往事的时候,对中夏仍充满了敬佩和感激的心情。

不久,刘华因为工作劳累过度,得了伤寒。中夏得知消息后,连忙赶去看他。

他站在一间破旧的小屋前,敲了敲门。

里边没有声音。

他悄悄推开门,屋里黑乎乎的。刘华躺在床上,脸色苍白,嘴里迷迷糊糊地喊着:"不……不……决不退让……"

中夏走到他身边,轻轻地叫:"刘华!刘华!"

刘华猛然惊醒,睁大眼问:"谁?谁……"认出是中夏,挣扎着坐起来。

中夏忙让他睡下,问:"好点么?"

刘华说:"好点了。"

中夏见屋里地上扔着一条死狗,奇怪地问:"哪儿弄来的?"

刘华笑了笑,说:"一个工人打的,他听说狗肉能治伤寒,特地为我打了送来的。"

中夏很为工人的热情所感动,同时也很庆幸工人中成长起来自己的领袖。

停了一会,他有点依依不舍地说:"刘华,我要走了。"

刘华问:"上哪儿?……"

中夏说:"上广州,要开第二次全国劳动代表大会了。今天我是特地来向你告别的。"

刘华沉默了一会,留恋地说:"可惜,不能送你了。"

中夏爱抚地说:"好好保重吧,刘华,以后,我们会见面的。"

他从口袋里掏出仅有的几块钱,放在刘华的枕边。

刘华见他脚上仍然穿着那双发白的破皮鞋,眼里止不住涌出了泪水。

从1923年3月到1925年4月这两年多的时间,作为职业革命家的中夏,一方面担任着中国共产党和社会主义青年团的重要职务,一方面主持着创建中的上海大学。这个大学在许多共产党人的努力下,团结了大批进步青年,培养了许多优秀的无产阶级革命战士,为党输送了新鲜的血液,使上海大学真正成为造就革命人才的大本营,在中国革命运动史上占着光荣的一页。

从中夏这个时期的著作来看,不仅表明他对马克思列宁主义已经有了较前更成熟、更深刻的认识,而且开始以马克思列宁主义的立场、观点与方法,来解决中国革命中的各种实际问题。他除发表了关于工人运动的论文,批评了陈独秀的若干右倾机会主义观点以外,还发表了论农民运动、青年运动和兵士运动的重要文章。在《中国农民状况及我们运动的方针》中,已经指出武装斗争的重要性,指出组织农民武装是农民运动中特别应注意的问题。他说:

"组织民团尤应特别注意。因为农会威权终不敌民团威权之大,假如农民户户有人组织(进)民团,以代替现在地主、绅士所招募的民团,一方固然可以防御兵匪,而他一方一俟时机成熟亦可立呼成军,为革命之用。如此层不努力在全国中办到,农民运动始终是软弱无力。"

从这里也可看到,中夏对中国革命的特点——武装的革命反对武装的反革命,已经有了相当认识。在论兵士运动的文章中,他也谈到,军阀所恃有者唯兵,打倒军阀的最有效的方法就是兵士运动。"军阀虽横,兵士变动了,不倒自倒。"因此,用功夫向敌方做兵士运动,是打倒军阀的"妙诀"。

在中夏的革命活动中,他不仅是一个出色的革命活动家,而且是我党早期的革命理论家。理论与实践的统一——这是体现在他身上的鲜明的特点。

第六章 怒 浪(一)

点 火

黄昏。

在蔚蓝色的中国南海上,行驶着一条白色的商船。船上,站着一个穿着黑绸衫的三十来岁的成年人。他的头发很长,眉头拧起,正在沉思。在他的表情中,既有兴奋,也有一些沉重,他不时地向南边看看,好像有什么心事。

这个人,就是我们熟悉的中夏。第二次"全国劳动代表大会"结束后,他被留在广州,担任全国总工会秘书长和宣传部长的工作。不久,上海"五卅"运动爆发,由于日本纱厂资方开枪打死工人领袖顾正红(共产党员),并打伤十几个工人,5月30日这天,上海的工人和学生,在租界举行了援助日本纱厂工人的示威游行。群众万余人集合在南京路英捕房门口,高呼"打倒帝国主义!""全中国人民团结起来!"口号声震天撼地。英帝国主义巡捕开枪射击,又打死打伤许多示威群众,酿成"五卅"惨案。惨案发生后,激起全国人民的公愤。上海的工人、学生和市民,在中国共产党的领导下,英勇地举行了罢工、罢课、罢市斗争。这个斗争很快就发展到全国,北京、汉口、长沙、九江、杭州等地都发生了示威游行和罢工、罢课、罢市,形成极大规模的反帝斗争的怒潮。为了给予"五卅"惨案的制造者英帝国主义以有力的打击,全国总工会决定发动省港大罢工,先派中夏去香港做发动罢工的准备。

当时,和他一起从九龙上船的还有两个人,都是共产党员。一个叫杨匏安,跨党后,担任国民党中央组织部的秘书长,是专门做国民党工作的。一个叫梁桂华,是个理发工人,会武术,主要是保护他们的安全。

下船以后,他们经过好多街道,天色完全漆黑时,才到达一座阔气的洋房前。

这里,是地下党员杨殷同志的住宅。杨殷是地主家庭出身,与孙中山先生同乡同村,早年参加过同盟会,社会关系很多,像政府、海关、警察局,甚至黑社会里都有熟人。为此,人们开玩笑地说他"有一袋子招牌",哪个大门都进得去。后来他参加了共产党,投入了工运,与中夏见过几次面,中夏很看重他,听到过他不少故事。最有趣的,是说他没入党时,有一回,两个地下党员,因为躲雨,来到他工作的机关"西汇关盐务稽核处",一进门,看到一个肥胖的师爷正在屋里打瞌睡,脚边落下一本没看完的书,他们以为是旧小说,捡起一看,却是一本《共产党宣言》。两人正感到惊奇,师爷醒了,连忙起身招呼他俩坐下。这个师爷,当时不知他俩是党员,还指着书,津津有味地说:"这书写得挺好!写书的人,一个姓马,一个姓恩,说将来的社会,不能有压迫、剥削,我劝二位好好读读,中国将来也得走这条路!"第二天,怕他们忘了,还特地叫人把书送给他们。这个奇怪的热心共产主义事业的"师爷",就是后来参加党的杨殷同志。那时,党员都很穷,没有几个有钱的。因为他家里很富,入党时,有人开玩笑说:"把卢俊义拉来了。"虽然,他出生在富有的家庭,但他对党非常忠诚,为了解决党的经费困难,把家里几幢洋房和田产都拿出来卖了,甚至连老婆的珠宝、首饰都捐了出来。

中夏走进大门,听到里边有人放声大笑地迎出来,说:

"哈哈,一说贵客,贵客就到!"

中夏抬头看去,只见一个矮胖的人,穿着长袍马褂,胸前垂着一根金表链,圆圆的脸上,留着两撇浓浓的胡子。这人正是杨殷。

中夏上前握住他的手说:"怎么这么高兴?"

杨殷仍然咯咯地笑着说:"你要再不来,可就把我和兆征急坏了!"

说过,又放声地笑开了。

这一晚,他们邀集党内几个同志,整整研究了大半夜。

第二天,全体党团员举行了秘密集会。

中夏介绍了上海"五卅"惨案的情况,沉痛地说:"几十年来,我们受着帝国主义的压迫,实在到了忍无可忍的地步。这次为了向英帝国主义表示最强烈的抗议,为了推动这个革命高潮,全国总工会和广东区委(省委)决定:要在香港发动一次全面的大罢工!……"

接着,中夏讲了上面的意图、安排和要求。

讨论时,一个成年人站起来,脸色有点惶惑地说:"党和上级的决定,我完全拥护,可是……就凭咱们这十来个人,发动这么大的罢工……行么?"

没有人吭气。

确实,香港这么大,共产党员还不到十人,而且大都是码头工人,共青团员虽然比党员多几个,多半都是学生,这样能把几十万工人发动起来么?

一个留着胡髭的青年,也深怀疑虑地说:"问题确实很多!现在香港工会不少,可是不统一,分了三大派:一是工团总会派,有70多个工会,都是手工业,只有海员工会是大产业组织;二是华工总会派,有30个工会,也是手工业,大的只有电车工会;三是无所属派,多数是大的工会。上面这些工会,多数还是旧的行会工会和黄色工会。拿最大的海员工会说,会长谭华泽就是一个买办阶级,这些人,能跟我们走么?"

中夏知道大家说的都是实情,这么大一个香港,好几十万工人,又多是行会工会和黄色工会,党团员只有十几个人,要想实现罢工,确实不是一件容易的事。他沉思了片刻,解释说:"困难的确很大,可是,'五卅'惨案爆发前,谁能想到会爆发这么大一个运动呢?目前,尽管我们有很多困难,但有利条件也还是有的。比如,像苏兆征,他在工人中就有很高威望,在他影响下,海员工会会跟我们走的。另外电车、印务一些工会,也有我们的群众。只要我们充分利用这些条件,做好工作,罢工还是可以实现的。"

他见大家仍然低着头,不作声,便反问说:"你们说,'五卅'惨案发生后,香港工人都有些什么动静?"

那个留胡髭的青年立即回答说:"当然都很气愤。"

中夏说:"那么,现在在香港的中国人对英帝国主义,又是什么看法呢?"

另一个说:"那还用说,谁不恨死了这班番鬼佬!不久以前,香港一些工人和居民,追悼孙中山先生逝世,英帝国主义竟然把开会的人也抓起来了!这还有一点公理么?"

中夏说:"对呀,广大群众对帝国主义怀着很深的仇恨,这就是埋在人们心里的炸药。现在,是炸药没点着,一旦点着,就可以看出它有多大的力量了!我看,要想把这炸药点起来,必须从两方面来下手:一方面是散发大量的传单,把下边群众的情绪鼓动起来;一方面是从上边来争取黄色工会的领袖……"

"不行,不行,黄色工会领袖不行!"一个工人挥着胳膊反对说,"这些家伙都是一帮封建把头和买办阶级,成天只知道敲诈勒索,喝工人的血,他们能赞成我们的罢工?"

人们都异口同声地说:"是这样的。"

中夏笑了笑,又解释说:"我们可以给他们做些工作嘛!"

杨殷站起来说:"这些人名利心很重,离开名利,他们是不会干的。"

大家一齐说:"对对!是这样!"

中夏说:"这一点我已经估计到了,他们既然要名要利,我们就可以抓住这点去做工作。这些黄色工会领袖实际上是些百业不居的分子,专靠抽收会费为生。他们不见得完全反对罢工;因为罢工之后,领导权握在手中,一方面可以取得爱国虚荣,一方面又可以取得罢工经费的实利。另外,我们还可以对他们说:大家都回广州了,他们如果不跟大家走,名利不就也完了?"

大家也觉得中夏的分析有理,但仍然觉得没有把握。

"如果英帝国主义宣布戒严怎么办?"有人又提出问题。

中夏说:"关键是能否实现罢工,如果能罢下来,我们有好几十万工人,他们能拦得住么?"

会后,工作从上下两方面,迅速地动起来了。

人们立即赶印了大批传单,由摩托工会的同志,驾着英国殖民当局官员的华丽汽车,运往各处。党团员随即动员了大批群众,分布在各个地点。中午12点,规定时间一到,工厂、街道、学校、机关……到处出现了号召罢工的传单,连电车、渡海轮船上都飞舞着宣传品。群众看了传单,激动起来了,茶馆里、厂房里、马路上,到处议论开了。有的工人在茶楼里喝茶,说着说着,竟吵了起来:一个说"五卅"惨案的凶手是日本帝国主义,一个说"五卅"惨案的凶手是英帝国主义,最后几乎动手打起来。这一闹,喝茶的人全都卷了进来,争到最后,一致认为日本帝国主义和英帝国主义,都不是好东西,要坚决和他们斗争。结尾,甚至有人带头喊开了口号。

在这同时,中夏由杨殷陪着,开始去各工会领袖处,展开了活动。

第一个找的是海员工会,因为这是香港最大的工会。

他们经过高低起伏的街道,向种了槟榔树的海边走。中夏发现杨殷领着他朝一个阔气的酒楼走去,奇怪地问:

"上这儿干什么?"

杨殷神秘地笑了笑,说:"每天下午3点,到这儿来找海员工会的会长谭华泽,准没错!"

他对黑社会人物的生活熟悉得很。

走进酒楼,在一间华丽的客厅里,他们看到有几个衣着阔绰的人在打麻将。

杨殷领着中夏朝一个穿西装的50来岁的人走去,这人戴着一副金丝眼镜,嘴上叼着一支雪茄烟,正在兴致勃勃地看着摸来的牌。

杨殷叫了一声,正要介绍,那人抬头一看,连忙站起来笑着说:

"呵,认识认识,是邓中夏先生,第二次劳动大会上,我们见过。请,请坐!"

他们在沙发上坐下,茶役送来了几杯浓茶。

谭华泽满面笑容地说:

"邓先生什么时候到香港的?兄弟没有远迎,太失礼了!是不是今晚就在这儿吃顿便饭,表表兄弟的心意,好么?"

中夏表示谢意,说:"不了,我们一会还有事呢。"

谭华泽递过一盒烟,竭力奉承地说:"那次会,开得实在太好了,特别是邓先生,给我留下了很深的印象。这次邓先生能亲自光临敝会,兄弟是太高兴了,太高兴了!"

中夏点起烟,笑着说:"不要客气!我们这次来,实在是有一件重要的事,想找谭会长商量商量呢!"

"呵,"谭华泽十分得意地笑了笑,"请说,请说,只要能办到,兄弟一定效劳。"

中夏弹了一下烟灰,说:"谭会长这么热心,真是太好了。我们想找你谈的,就是关于上海'五卅'惨案……"

"哦——"谭华泽心明眼快,立即显出一副痛恨的模样说,"列强简直是太不讲公理了!"

中夏说:"是的,现在全国各地,都展开了游行、示威,表示抗议,为了支援上海的工人,最近,全国总工会决定在香港,发动一次大规模的罢工!……"

谭华泽吓了一跳,他没想到是这么大的事,为了掩饰内心的恐慌,他强作笑容说:"呵,好,很好……只是,只是不知道总工会……"

中夏简短有力地说:"准备把工人组织起来,全部撤到广州去!给英帝国主义一个沉重的打击!让他们知道中国人民也不是好惹的!"

谭华泽再也坐不住了。他站起来,走了几步,神色严肃地说:"这事,这事可是太大了,香港有好几十万工人,大家,大家都会同意这样干么?"

中夏点点头说:"是的,困难是很多的,但是,现在群众的反帝情绪这么高,到处都在议论这件事,这对我们是非常重要的。"

谭华泽想了想,坐下说:"是的,群众对帝国主义是很气愤的,可是大家在香港住了这么多年,一下把家和工作都扔了,很不容易呢!"

中夏看了看谭华泽,笑着说:"当然,工作是很艰苦的;但是,只要我们好好组织,加上你们工会领袖带头,我想,是可以实现的!"

谭华泽尴尬地笑了笑,摘下金丝眼镜,一边擦一边说:"当然,当然,兄弟对总工会的号召,是拥护的,一定拥护的,只是……罢工爆发后,万一,英帝国主义进行干涉,像在上海一样,怎么办呢?"

中夏有力地说:"我们有几十万罢工工人,只要大家团结、齐心,英帝国主义就不敢怎么样!"

杨殷也趁势说:"谭会长一向热心爱国,这次一定会全力支持。只要有谭会长和大家的支持,罢工是一定能顺利实现的!"

谭华泽满脸通红地说:"太,太过奖了,兄弟,兄弟只是爱国不敢后人。既是这样,我再和会里同人商议商议……"

离开酒楼后,杨殷轻轻问中夏:"你看,有希望么?"

中夏说:"再让苏兆征他们在下面活动活动,两下一挤,他就不能不跟着走了。"

杨殷悄悄地说:"他放了很多高利贷,担心罢工,收不回来呢!"

中夏笑了笑:"可是群众起来了,他若不跟着走,不但收不回债,还落个臭名!"

杨殷禁不住也笑开了。

他们向一家猪肉铺走去。

柜台后边坐着一个胖子,穿着一件宽大的背心,手里不停地摇着一把大蒲扇。

杨殷给中夏介绍说:"这就是工团总会的主席、肉行商贩工会的会长黄金源先生。"又指着中夏对黄金源说,"这是全国总工会的邓中夏先生。"

黄金源一听是全国总工会来的,慌忙站起,把他们领到里边去坐。

中夏谈了准备罢工的事情,黄金源吃惊地说:"那……那我的三爿猪肉铺怎么办?"

杨殷看看中夏,对黄金源笑着说:"老黄哥,为了民族前途,考虑得不能太多了!"

黄金源头上的汗,大颗地冒出来,结结巴巴地说:"我这可,可是离不开呀!"

杨殷见黄金源还在支吾,紧逼一步说:"老黄哥,现在工人们的情绪可是激愤得很,如果大伙哗啦一走,把你丢在这儿,大家就会骂你老哥不爱国,那个名声是够难听的。"

黄金源一时沉默无语,过了一会儿,掉过头问中夏:"罢工以后,各工会归谁领导?"

中夏说:"准备由各工会发动,将工人分几路撤到广州,到那儿后,一切仍然由各工会自己管理。"

黄金源又问:"上面整个由谁领导?我们还参加吗?"

中夏说:"打算组织一个总的领导机关,吸收各工会的领袖参加。"

黄金源最后点点头说:"对,这样很好。"

他终于同意了。

经过一连串耐心的工作,中夏总算把所有的黄色工会领袖说服了。

为了使各派工会统一行动,中夏决定用全国总工会的名义,召开一个各工会代表的联席会。开会时,中夏首先讲了话,说明这次罢工的意义。接着,苏兆征站起来,充满热诚地说:"我们工人阶级是最热爱祖国、热爱自己民族的,我们应该号召全港工友,一致行动起来,响应全国总工会的召唤,向帝国主义番鬼佬展开决死的斗争!"他的话博得了全场热烈的掌声。大家见他这样一个老海员,工资很高都能放弃,就纷纷起立发言,表示拥护。最后,顺利地通过了罢工,并成立了罢工的总指挥部:"香港工团联合会。"

经过多方面的努力,一切总算准备就绪。

谁知事到临头,黄色工会领袖们却畏缩起来。

在一次会上,一个个子高高,眼睛很大,满脸胡子,声如破锣的人,忽然提出:"刘杨战争①没有平息,几十万罢工工人回到广州,吃住怎么解决?"

大伙一看,是车衣工会主席梁子光。

中夏当即回答说:"广州早就准备好了,刘杨战争三天之内可以平定,工人回到广州,吃住不成问题!"

果然,削平刘、杨的消息,第二天便传来了。

黄色工会领袖们还不信,纷纷派代表到广州去看,一切果然准备得好好的。

但是,他们并未死心,接着,黄金源又提出一个问题,说:"如果香港政府下戒严令,把广九路火车停了,工人怎么去广州呢?"

中夏说:"如果真把火车停了,还有好几条水路和旱路,可以回

---

① 刘杨战争:指军阀刘震寰、杨希闵的叛乱。当时,广东政府主要有三支军队,一支是广东军阀许崇智的军队,有三万多人;一支是广西军阀刘震寰的军队,有两万多人;一支是四川军阀杨希闵的军队,有三万多人。他们虽然依附了革命,并没有放弃各自的野心。因此,当年2月,广东政府举行东征,准备肃清对政府威胁最大的军阀陈炯明时,刘、杨便与陈炯明勾结起来,企图利用孙中山逝世不久的机会,乘机推翻广东政府。

广州。万一真把水陆交通封锁了,我们就可以举行暴动,有全世界工人的同情和援助,什么也吓不倒我们!"

黄色工会领袖们见几个问题都没难住,最后,谭华泽又别有用心地提出了第三个问题,他说:"最近,英帝国主义对我们的行动很注意,为了稳妥起见,最好还是分批罢工,这样,也好指挥。"

中夏与同志们看穿了他的诡计,立即反对说:"分批罢工,敌人容易破坏,震动也不大,一齐罢工,才能给敌人一个措手不及。"

会上,黄色工会领袖们只好勉强通过了这个决定。

当晚,中夏召开了党团的紧急会议,预料黄色工会领袖必然怠工,决定首先由受我们指挥的海员、电车、印务等工会先发动罢工,再来逼迫黄色工会。

与此同时,香港各工会联名送给香港英国当局一件公文,说明罢工理由,并提出罢工要求条件。条件分两部分,第一部分是拥护上海工商业联合会提出的十七项条件;第二个是对香港英国当局的六项要求:一、政治自由,二、法律平等,三、普遍选举,四、劳动立法,五、减少房租,六、居住自由。

宣布罢工时,又发表了罢工宣言。宣言中说:

> 中国自从鸦片战争之后,帝国主义除了经济的、政治的、文化的侵略以外,还要加以武力的屠杀,是可忍,孰不可忍!故我全港工团代表联席会议,一致决议与上海、汉口各地取同一之行动,与帝国主义决一死战。我们为民族的生存与尊严计,明知帝国主义的快枪、巨炮可以制我们的死命,然而我们亦知中华民族奋斗亦死,不奋斗亦死,与其不奋斗而死,何如奋斗而死,可以鲜血铸成民族历史之光荣。所以我们毫不畏惧,愿与强权决一死战。

这气壮山河的声音,充分表达了中国人民反抗帝国主义的坚强意志,表现了中国工人阶级的英雄气概!

6月19日,震动世界的香港大罢工,终于像火山一样爆发了!

海员工会里,空气紧张到极点。

门外涌满等待罢工的海员。

屋内,谭华泽坐在桌边,满头是汗,苏兆征在一边催着下罢工令。

电车、印务工人罢工的消息,一个接一个传来,大伙再也忍不住了,冲进大门,举起拳头,对着谭华泽叫:

"电车、印务工会都罢工了,我们为什么还不罢,我们是衰仔①么!"

"你到底下不下罢工令?……"

谭华泽见人们一个个怒气冲天,喊声把房子都震动了,吓得哆哆嗦嗦地说:

"罢,罢,罢……"

一个海员叫:"罢就下罢工令,几个小时都过去了,你到底下不下?"

谭华泽脸色煞白,颤抖地说:"马,马上下,马上下……"

罢工的命令终于下了,码头边,海面上,所有的船像得了麻痹症,一下都停下了,横一条,直一条,像死鱼一样浮在水面上……

接着,洋务、起落货、煤炭等工会都罢下了。码头上堆满了大量的货物。

到处是一片混乱。

人们激动得厉害,一个叫陈剑夫的愣头愣脑的工人,拿着手枪,在码头上对着空中连打几枪,大叫:"谁不罢工,我打死他!"

人们的心里像火烧一样。

英帝国主义走狗韩文惠把持下的机器工会的工人,在这火山爆发似的大震动中,再也忍不住了,他们不顾韩文惠的威胁,自动地罢了工。没有工会章,就用番薯刻了,盖在卷烟纸上,作为船票,登上了船。

前后15天中,罢工工人达到了25万,人们像潮水般从四面八方涌向码头,涌向车站。

香港政府慌了,连忙宣布欧战时的戒严令,海军陆战队全体登陆,军舰也在海面上日夜升火,大炮脱去炮衣,紧紧对准港九。洋人妇孺全部集中各大酒店,准备随时撤退。到处充满了紧张的战争气

---

① 衰仔:孬种的意思。

氛。

有人惊慌地跑来报告中夏,中夏笑了笑说:"不要紧,这样可以使罢工更严重,更扩大。"

果然,街头巷尾谣言顿时传开了,一会说这儿扔了手榴弹,一会说那儿死了人,回广州的人越来越多,排队买票的一眼望不到边。

香港英帝国主义一看不好,又宣布每人只许带两块银圆,粮食一律禁止出口。这一来,不少人以为香港没有多少钱粮,怕在香港饿死,越发恐慌,走的人更多了。市面上,到处是抢购的人群。

英帝国主义更恐慌了,在街头、屋顶上架上机枪,连铁甲车也开了出来。到处传说英帝国主义要进行大屠杀。回来的人,一天达到了好几万。车站边,码头旁,到处睡满了等着走的人们。

人们背着包袱,抱着孩子,挑着东西,不顾英帝国主义的水龙头,不断地向船上、火车上涌去。

人们涌上甲板,涌进船舱,船给压得舱面离水只有七八寸高。后上的人,只得从人的肩上踩过去。

九龙到深圳的铁路线上,也是一片火热的景象,英帝国主义把票价提高了五倍,也阻挡不了涌来的人群。车站上人山人海,每列火车连车顶上都坐了人,有的等不及,就徒步走起来。人们不顾全副武装的印度兵的阻拦,奋勇地冲过边界。深圳站上飘着"欢迎罢工工人回国"的大旗,火车加了班次,日夜不停地,把大批罢工工人向广州运去。

组　织

罢工爆发前,对罢工工人的生活安排问题,中夏曾亲自从香港回来,找到广东区委书记①陈延年同志共同研究,采取了一系列的措施。为了解决最迫切的住房困难,他们通过政府,封了大批的赌馆、烟馆、祠堂和会馆,连饮花酒的酒楼也占了一些。将广州市分为八个区,每区设立一个登记处,各自负责接待一部分工会,这样使所有回广州的工人,很快都有了住的地方。

---

① 区委书记,即省委书记。

可是,这么多人一下涌到广州来,问题终究是不少的。吃的,穿的,睡的,用的,都很困难,特别是住的问题大,没有板,没有床,许多人只能睡在地上,有的连席子也没有。屋子大,一间住几十、几百人,实在太乱。加上晚上蚊子咬,简直没法休息。

中夏对这些问题非常重视,一次,他把苏兆征、李森①找来,郑重地谈起了这件事。

他说:"列宁开始组织工人,就很重视工人生活。孙中山的民权初步,也是通过群众的日常生活,从开会讲起的。这次罢工,回来了这么多工人,生活问题非常重要,这不仅是个繁重的事务工作,也是一件复杂的政治工作,关系到我们罢工能不能巩固和持久的大问题。我们一定要把这个工作安排好。如果真把这件事办好了,也就等于对帝国主义,打了一个很大的胜仗呢!"他看了看李森,说,"我想派你专门负责这个工作,你看好么?"

李森点了点头。

李森是个20来岁的青年,很早就在上海搞工运,后来被捕,关了两年多,在狱中吃了不少苦,表现得很坚定。以后军阀混战,他才获得释放。出狱时,中夏和刘少奇、李立三同志一起去迎接他,看见李森受到那么大的折磨,他们都禁不住掉了泪,为了纪念这个日子,他们在一起合了影。在激动的心情下,中夏还为他写了一首热情洋溢的诗,题目就叫"启汉出狱,喜极而泣,诗以志之",全文是:

(一)

阴森黑暗的囚狱,
冰冷沉重的镣铐,
粗沙细石的牢饭,
哦哦!我们的战士!
苦了你了!
屈指算来,

---

① 李森:原名李启汉,共产党员,中国早期工人运动的领导人之一。1921年春在上海小沙渡办过"劳动半日学校"。次年6月,因领导浦东纱厂和上海邮局工人罢工,被捕入狱,1924年10月才被释放。

已是两年四个月了,
你的神采似乎比从前还光辉了些,
但是,你乱蓬蓬的发呢?
你短鬵鬵的须呢?
呵!出狱时剃去了。
但是,解开你的衣襟,
笞疤减去了没有?
脱下你的鞋袜,
镣痕消去了没有?
呵!斑斑犹存。
我涔涔的泪流了。

(二)

你莫往下细问罢!
浦东之破灭,
开滦之败北,
京汉之流血,
都不过是几页的伤心史。
保定狱里的伙伴,
洛阳狱里的伙伴,
北京狱里的伙伴,
天津狱里的伙伴,
都不减于你今日以前的痛苦呀!
哦哦!我们的战士!
你莫再往下细问罢。
我涔涔的泪流了。

(三)

你出来了,
你我的责任更重大了。
你看——猛虎一样的军阀呀!
巨蟒一样的帝国主义呀!

蛇蝎一样的资本家呀!
他们联合着,而且紧密的联合着,
长蛇般地向我们进攻了,
铁桶般地向我们重围了,
磐石般地向我们压榨了。
哦哦!我们的战士!
准备着迎战!
准备着厮杀!

这次,李森来广州,两人又遇到一起。经过几年锻炼,李森变得比过去老练多了,最近,被选为中华全国总工会的执行委员和组织部长。他活动能力很强,善于接近群众,还学会了几句广东话哩!

中夏在这件事上,花了很大精力。每天,同李森他们到各个工人住宿区去,帮助解决各种各样的生活问题。其中,忙得最厉害的就数李森,分配房子,把单身的和有家眷的分开,又按各个工会组织起来,没席的给找席,没蚊帐的发蚊香,还按着宿舍,给每人发了茶水费和杂费……

不久,各住宿区又办起了食堂。食堂门口挂着木牌,上面写着几个鲜红的大字——"省港罢工工人食堂",非常引人注意。开门头一天,大家拿着事先由李森他们发的竹筹,一个个领着老婆、孩子,喜气洋洋地走进来。满屋是红绿纸结的彩,墙上贴了新写的标语,简直像过节似的。每桌凑满十人后,服务员就过来收竹筹和端饭菜。人们见菜有三荤一素,还有一大碗汤,都乐坏了。一个孩子指着鸭肉,高兴得大叫:"阿妈,鸭鸭,鸭鸭!"伸手就去抓。满屋只听人声嘈嘈,热闹极了。

中夏和李森走来,看到这番欢乐景象,高兴得笑了。

为了让所有工人都能很好地过冬,天冷前,罢工委员会给缺衣缺被的工人们发了 4 万件棉衣,两万条棉被和 1.5 万条土布松花褥子。

由于中夏、李森和同志们的大力组织、安排,最繁重的生活问题,总算得到了基本的解决。

但是,随着而来的,却是一个更为尖锐、复杂的问题。

这时,黄色工会领袖们正在暗地悄悄准备着一个大的阴谋,他们三个一群,五个一伙,在茶馆、酒楼和人们不注意的地方,鬼鬼祟祟地窃窃私议着。

全总第一次召集各工会代表,讨论罢工委员会的组织法时,他们忽然提出一个方案,主张香港、沙面(广州市西南角的各国租界地,有河将它与市内隔开)分开成立两个罢委会,阴谋夺取香港罢委会的领导权。经过一场激烈的争论,在大多数代表反对下,这个方案终于遭到了否决。接着,在讨论委员名额分配比例时,他们又企图排挤全总的领导,控制整个罢委会,不提全总派人参加,主张香港应占绝对多数,结果,也没有得逞。

他们不甘心失败,紧接着,又发动了第二次突然袭击。当大会还没有讨论罢委会的具体人选时,他们竟先发制人,私自召开了香港罢工工团的代表会,硬行选出了黄金源为纠察队的总队长,还抢占了好几个职位。

情况变得非常严重。

中夏得到消息后,立即召开了党团的紧急会议。

会上,大家非常气愤,争论十分激烈。不少人认为,应该立刻揭露他们的野心,否认他们的决议,并且采取最坚决的手段,给以严厉、无情的回击。而另一些同志则反对这样做,认为会造成更大的分裂,使罢工陷于瓦解的境地。可是,这种意见刚一提出,就遭到前边那些同志的坚决反对。他们认为,如果承认黄色工会领袖的作为,就等于放弃了党和全总的领导权,是一种无原则的迁就行为,整个罢工前途,就是不堪设想的。

大家争得面红耳赤,谁也说服不了谁。

中夏扔掉手里的烟头:"说说我的意见吧。"

屋里静下来,大家注意地听着。

中夏分析了当前的情况,冷静地说:"你们说,这些黄色工会领袖原来所以赞成罢工,是为的什么?是为了反帝?为了爱国?不,如果这样看,就完全错了,他们赞成罢工,主要是为了保持他们的权力,他们的地位,想从里边捞一笔油水。这次行动就充分表现了这点!是的,当前情况是严重的,怎么办?怎么来解决呢?我想,为了团结,为了利用他们,为了使罢工能更好地坚持下去,可以给他们一些位子。"

有人吃惊地瞪大了眼睛。

中夏笑了笑,点起一根烟说:"但是,我们是不是放弃了领导呢?不,绝不,全总的领导必须坚持,罢工的总的领导权,是绝对不能放弃的!"

有人不解地问:"那怎么才能做到这点呢?"

中夏做了一个有力的手势,说:"是呀,又要满足他们,又不能把领导权给他们,这的确是很复杂的。最近几天,我思考了很久,想出一个办法,不知是不是合适,我想,为了更好地保证党和工人阶级的领导,是不是可以在罢委会上边,组织一个罢工工人代表大会……"

"罢工工人代表大会?"大家都很惊奇。

"是的,罢工工人代表大会。"中夏大声地重复说,"就是采用民主的办法,由各工会选出代表,组成一个工人自己的代表大会,作为罢工的最高权力机关,来领导整个的罢工。"

一个同志问:"它有什么好处呢?"

中夏说:"好处就在于真正让工人群众来监督,大家出主意,大家想办法。这比单靠罢委会几个人要有力得多,你们说是不是?"

有人轻轻笑起来。

中夏进一步阐明说:"在罢委会的上边,成立一个罢工工人代表大会,这样,在具体人的安排上,我们作了让步,但是总的领导权,还是紧紧地掌握在我们的手中,这岂不是一个绝妙的办法么?"

"对,对!""真好!"大家都赞同地叫起来。

会后,中夏又取得区委陈延年同志的同意,便向黄色工会领袖们展开了一系列的工作。他先把他们找来,一面肯定他们罢工的成绩,一面批评了他们这种做法不对,特别指出在这次罢工中,一切应该以国家、民族利益为重,不能光顾个人、团体的私利。在他严正的说服、教育下,黄色工会领袖们见占位子的愿望已经得到满足,又保全了面子,也就答应了。

中夏又与党团同志研究,决定提出一个建议:就是罢委会的13名委员,除全总的2名,其余香港的7名,沙面的4名,由带头罢工的工会担任,具体人名由工会自己选,这样可以避免黄色工会领袖们选不上时,捣乱和埋怨。

结果，被提名担任委员的都是较大的工会，又是带头发动罢工的，别人想争也没有话说。选委员时，因为是群众投票，落选的人，也就不好说什么了。

在委员会上，苏兆征被选为委员长，中夏担任了顾问。

然而，问题并未因此了结。

一天，车衣工会主席梁子光，心怀不满地来找中夏。这是一个黑社会的人物，平时抽大烟，饮花酒，打麻将，玩妓女，什么都干。他一脸青不青灰不灰的横肉，两眼放出一股凶光，脾气暴躁，动不动就骂人，说翻脸就翻脸。

他气呼呼地，用沙哑的破锣般的嗓子吼着说："现在外边议论可多啦！大伙都说李森怎么能当干事局的局长呢？应该由发动罢工的人担任嘛！大伙还说，这次罢工，功劳最大的是香港的工会，人也多，可是回到广州，根本瞧不起我们，这叫什么事？"

原来，这次选举，梁子光没当上委员和干事局长，心里憋了一肚子气。他曾找过黄金源，想活动黄金源一起闹事，而黄金源因为已当上了纠察队总队长，不愿再多事。梁子光只得拉拢一些别的人，在背后煽风点火，进行挑拨，散布流言。现在就是企图以此为借口，来争夺位子。

中夏早看透了他的来意，便笑着说："这次，很多工会领袖，连你在内，都还没有很好安排工作，罢工委员会正准备好好研究一下。"

事后，中夏对李森说：

"这只是梁子光少数人在那里兴风作浪，群众是不会投他们的票的。为了更好地解决这个问题，我看还是采取以退为进的办法，明天由你主动向罢委会提出辞职，推荐梁子光来代替……"

李森笑了笑，同意了。

果然，李森向罢委会两次提出辞职，结果，都被大家挽留了。

这一来，把垂涎干事局长位子的梁子光气坏了。他们捏造的谎言，被彻底揭穿了。

后来，为了团结、照顾这些人，罢委会安排梁子光当了招待部主任。这个部较大，人又多，又是管理工人食宿等事的，梁子光见有油水可捞，也就心满意足了。

与此同时，罢委会将其他工会领袖，也都一一作了安排，有的当了会审处主任,有的当了法律局委员,那些曾经参加发动罢工的工团上层分子,也都给了一个发难委员的名义。这一来,那一班想借罢工求名求利的人,也就没有什么话可说了。

原先为了发动罢工成立的"香港工团联合会",仍然被保留在罢委会下边,每月发给一定的津贴,各人的位子原封不动。

谁知,这些黄色工会领袖的安排,却引起了党内一些同志的反对。

一天,几个同志愤愤不平地跑来找到中夏。

一个说:"黄金源怎么能当纠察队的总队长?他是黑社会的人物,对共产党很不满呢!"

另一个说:"干事局是个重要的单位,现在各部主任,大都是黄色工会领袖,将来工作怎么开展呢?再说,这些人担任了这么重要的工作,肯定会利用职权营私舞弊,这会使罢工受到很大的损失,也会给外界造成很坏的影响呢!"

中夏见他们心情很激动,笑了笑,让他们坐下,说:"好,提得好。可是,我也要问你们一句:我们共产党人,是群众的领导者,我们对帝国主义、军阀和一切反革命,都不害怕,为什么单单要怕那几个黄色工会领袖呢?只要我们踏踏实实,为群众谋福利,领导群众去斗争,什么恶势力,什么坏东西,我们都能打倒它!如果连这些人都害怕,我们怎么去打倒帝国主义、军阀和一切反革命呢?"他微微提高了声音,"刘、杨军阀不是有很多的兵和枪炮吗?结果怎样了?还不是被我们领导群众把他们打垮了,这不是很好的证明吗?"他的声音变得响亮、有力起来,"所以,只要我们真正把群众发动起来,无论黄色工会领袖怎么使坏,是决逃不出群众的眼睛的!"

大家在静静地寻思着。

中夏又稍稍放低声音,说:"至于黄金源,我们应该耐心地教育他,争取他。他虽然有不少缺点,不明了党的政策,但他反对英帝国主义、拥护罢工是坚决的。此外,他也还能联系一部分比较落后的群众。这回,大家既然选他当了总队长,当然,他会有他的作用。"中夏把头发轻轻甩到脑后,态度恳切地说,"这次罢工,队伍这么大,这么复杂,怎么把这样一个庞大的队伍领导起来,是个重大的问题,我们应该好好团结各方面的人,一起作斗争。"

大家点点头,不像刚才那么激动了。

可是,一波未平,一波又起。

不久,黄色工会领袖们在成立罢工工人代表会的问题上,又掀起了一场新的风波。

起初,中夏和他们商议成立罢工工人代表会,他们一口同意,谁知临到成立时,忽然又变了卦。

原来,他们起先以为中夏提的代表大会,是旧式的代表大会,这些"代表",可以由工会把持人任意指派,完全按他们的意旨办事。有的"代表",甚至是临时得到通知,连开什么会,讨论什么事都不知道,只知按时签到,实际是个傀儡。因此,当黄色工会领袖们弄清中夏提的工人代表会,不是他们那套鬼把戏时,就怕起来了。

他们竭力维持原来指派的"代表"。在出代表的办法上,他们反对每50人选1名,主张每个工会出1名,因为他们大都是行会性质的小工会,人少,招牌多,按工会出代表,就可以控制整个的代表会。

由于黄色工会领袖们的坚持,问题僵持得很厉害。

中夏又与党团同志们研究,决定一方面继续说服黄色工会领袖,一方面直接展开对下层群众的宣传。与此同时,不顾少数人阻挠,坚决用罢委会名义公布选举法,派人到下边帮助改选,造成势在必行的局面。

工作迅速地铺开了。中夏和苏兆征、李森等,向黄色工会领袖们进行了再三的说服教育,说明按人数选代表的好处,可以集中全体工人的智慧,全面发挥群众的作用,如果十几个人的工会和几千人的工会都出一个代表,就太不合理了。可是,不管怎样解释,有的黄色工会领袖仍然坚持己见。就在这难解难分、相持不下的时候,中夏他们忽然发现了一个重要的突破点。

这个突破点,就是一向不大被人注意的海陆理货员工会。这个工会虽然人数不多,只有200人,可是这个小小的工会,却能影响2万多人的工作。因为他们是在货仓里做点货工作的,如果他们的活动一停,搬运、煤炭、起落货、驳船等行业,就都没工作可做。日常来货,开仓时间的早晚,工作速度的快慢,受他们的影响也很大。因此,连一般包工头,对他们都很恭敬。

中夏就派杨殷去做这个工会会长陈庆培的工作。

经过杨殷的说服,陈庆培竟一口答应了,并且立即按人数选出了代表。后来,在党的教育下,经过一段时间,陈庆培还参加了共产党。

在海陆理货员工会的影响推动下,别的工会也都纷纷按这个办法进行了选举。

与此同时,大批党团员和活动分子,被派到各个工会、工人宿舍,进行了广泛的宣传。他们说明为什么要民主选举和按人数选举的好处。经过大家努力,果然收到了很大的效果,群众被鼓动起来,到处展开了轰轰烈烈的讨论和改选活动。

黄色工会领袖们孤立了。

为了造成更大的声势,争取一部分还在动摇的工会,经过中夏和同志们积极筹划,罢工委员会召开了第一次罢工工人代表会。罢工委员会的机关报《工人之路》上,也登出了中夏写的文章和社论,号召其余的工人们行动起来,迅速进行选举。

马路上,宿舍里,食堂内,人们到处议论开了这件事。参加代表会的代表,回来报告开会经过时,没有选代表的工人,也都纷纷跑来听。他们见代表会这么好,都回去逼迫自己的工会领袖进行改选,有的等不及,甚至自己动手干起来。

最后,罢委会发出通告,要求各工会,在两天内一律改选完毕,然后派代表领代表证,参加第二次的工人代表会。

这一来,原来指派的"代表",完全没用了。

党的意图,得到了彻底的实现。

黄色工会领袖们见控制工人的伎俩已全失灵,就死死抓住"香港工团联合会"这块招牌,想利用它来作最后的挣扎。

接着,又爆发了一个更为严重的阴谋事件。

一次,罢工委员会的一个委员,正在代表会上报告工作,梁子光突然站起来,污蔑罢委会有受贿行为。苏兆征立即在会上作了解释。可是,梁子光不但不听,反而在台下起哄。大会顾问为了维持秩序,出来讲了几句话。梁子光竟趁势鼓动打手,说顾问骂人,冲上去要打,搅散了大会。第二天,他不甘心,又纠合一班人,召开全港工团委员会,想把事闹得更大。机器工人彭明,在会上说了几句公正话,当场遭到痛打,幸亏跑得快,才没被打死。

中夏得到消息,当晚,召开了党团会。大家分析梁子光他们有更大的野心,是要阴谋推翻整个的罢委会,遂决定给以有力的回击。在又一次代表会上,让彭明带着伤,揭露梁子光的阴谋活动,群众听后,非常气愤,一致通过决议,宣布梁子光等人为工贼,并把几个打手抓了起来。这一来,梁子光害怕了。最后,终于在会上公开承认了错误。

从此,黄色工会领袖们的气焰,就再也嚣张不起来了。

黄金源,自担任了总队长后,见中夏当了纠察队的训育长,与自己平起平坐,心里更觉飘飘然。他觉得中夏对自己真是"英雄重英雄",内心充满了感激。为此,每当有些黄色工会领袖,来与罢工委员会为难时,他往往会代表"邓训育长""邓顾问"去向这些人游说,而且,居然还解决了不少难题。因为他经常接近中夏,受教育机会多,因此在许多重大问题上,表现一般都比较好。也正因为如此,罢工中,很多黄色工会领袖垮了,而他却一直没出什么事。这也是中夏善于团结人、改造人的结果。

省港罢工工人代表大会,是省港罢工的最高议事机关,也是最高的领导机关。每50个罢工工人选举1个代表,共有代表800余人。代表大会隔日开会一次。在整个罢工期间,代表大会起到了巨大作用,是党和群众的一项伟大创造。中夏是这样评价的:

> ……这个800余人的代表大会,的确起了不可思议的伟大作用。罢工策略经过集体的讨论,因而取得一致的团结。罢工内部许多纠纷,都依靠代表大会的威权予以解决。黄色领袖以及一切反动分子之阴谋企图,都受到代表大会的严厉制裁。工人群众的一切意志,都经过代表带到代表大会,罢工消息又经过代表带入工人群众。罢工委员会的会务及财政,皆经常在代表大会报告,以致外面一切谣言都失其效用。罢工各机关重要职员,都经过代表大会选举,不称职时又经过代表大会随时撤职,因此罢工各机关不致腐化。真的,代表大会奠定了此次罢工。这个经验我们是在这次罢工中第一次取得的。

省港罢工中的工人代表大会,确实是一项伟大的创造。它集中了工人群众的智慧,统一了罢工工人的意志和行动,充分体现了既民主又集中的精神,真正成为工人群众自己当家做主的民主机构,成为教育群众、培养干部的共产主义学校。就是对几十年后的今天,也仍然具有新鲜的现实意义。

封　锁

　　一天,中夏忽然接到沙面英国领事的一封信。信上说:"你们抵制英货好了,何必一定要罢工呢!"心里感到很诧异,他暗暗想:"这是怎么一回事?"

　　他想了好久,对秘书说:"请你把中国海关贸易册找来。"

　　秘书拿来了。他埋头翻阅了好半天,才抬起头来,恍然大悟地说:"噢,是这么回事。"

　　原来,香港每年出入口货价值1.5亿元,罢工后,平均每月损失1亿多元,每日损失400万元,但英国货每年输入广州不过二三千万元。罢工10天,英帝国主义的损失比抵制英货1年的损失还大,难怪他们要恐慌了。

　　他会心地笑起来,决定进一步加强对香港的封锁,进一步扩大罢工,扩大纠察队。

　　不久,罢委会发出了扩充纠察队的号召。消息像闪电样迅速传开了,报名处涌满了争着报名的青年人,他们一个个精神饱满,喜气洋洋。各个工会也都把思想好、身体好的棒小伙子,一批接一批地送来……

　　在群众热情的鼓舞下,中夏到处奔走,积极募集纠察队的枪支。他一面花钱派人上外边买,一面亲自去向国民政府交涉。经过千方百计的努力,总算弄到了三四百支枪。

　　接着,他又仿照军队编制,将整个队伍编为5个大队,颁布了统一的纪律,进行了严格的军事训练。

　　每天清早,天刚蒙蒙亮,队员们就匆匆起床,进行紧张的操练。他们穿着灰色的军衣,黄色的短裤,在野地里精神抖擞地跑着。他们的步伐,踩平了半人高的荒草,他们的吼声,响彻了四方。

　　为了加强队员的政治领导,中夏亲自担任了纠察队的训育长。

他在罢委会的旁边,盖了一个训育亭,经常和一些领导同志,在那里给队员们作报告。他穿着和纠察队员们一样的军衣,臂上有一个红色的"纠"字。他的热情有力的讲话,经常为雷动的掌声淹没。

他不单抓训练,对队员的生活也很注意。时常到队里去走走,和普通的队员谈谈。一个星期六晚上,他遇到一件很有趣的事。在队员宿舍里,他见一个队员蒙头大睡,便走去为他理被,谁知掀开一看,里边是一个草人。原来队员偷偷溜回家睡觉去了。事后,他就告诉队部的人,纠察队不能像正规军那样,生活不能管得过严。应该明确规定,以后凡是结了婚的,星期六晚上,都可以回家和爱人团聚。

后来,他又了解到,有的队员刚来,不习惯紧张的集体生活,每天三操两讲,实在太累,便又把训练时间适当减少,以后一步步增添。

经过短期有效的军事、政治训练,队员们果然都有了明显的进步。

接着,他们就一批批开向各地的港口。东起汕头,西至北海,蜿蜒1000多里的海岸线上,到处飘扬着纠察队的鲜艳的红旗,号角声声相连,气象十分雄伟。

在漫长的罢工斗争中,纠察队员们克服了种种困难,英勇地执行了封锁香港的任务。他们远离亲人,长年生活在外地,非常艰苦,经常睡在潮湿的地上,吃不好,穿不好,但是毫无怨言。夏天,他们在炎热的烈日下,严密地监视着海面。冬天,他们在刺骨的寒风中,警惕地在海上巡逻。他们手里拿着简陋的武器,不仅要和全副武装的帝国主义军队进行艰苦的战斗,还要和土匪、奸商、反动军队进行着顽强、复杂的斗争。在白鹅潭,在珠江,在各个要冲口,几乎每天都要发生你死我活的搏斗。他们经常以凛然的正气严词拒绝奸商的无耻收买。他们不顾个人安危,英勇追击走私的货船,常常因为寡不敌众,被敌人活活害死或投入水中。更有不少人,在执行日常巡逻中,遭到敌人的伏击,牺牲了生命。也有的在敌人的围困下,坚贞不屈,一直战斗到最后一人。他们以自己的血,写下了无数动人的诗篇。其中感人最深的,是1926年5月发生的一件事。那一回,15支队纠察队员梁钦、何暖和杨贵兴三人,被派去押运缉获的两大船煤油渣回广州。当他们经过横涧时,遭到反动派100多人的伏击,在敌人猛烈的火力下,罢委会派来拖运货船的奋斗舰,因为负担太重,无法冲出重围。在这危急时刻,货船上的梁钦等3位罢工工人,为了挽救舰上两班同志的生命,便主动请舰长、党代表斩断绳缆先行突围。为了保护大多数同志,舰长等只好忍痛答应了。奋斗舰脱险后,他们3人又英勇地杀了不少敌人,最后终于受伤被俘,惨遭杀害。在中国的革命史上,这支最早的工人武装充分显示了中国无产阶级的本色。

为了纪念一年多来在罢工中牺牲的100多位烈士,在中夏建议下,罢委会举办了一个几万人参加的隆重的追悼会。

中夏在会上,作了一篇非常感人的沉痛的演说。

他的臂上缠着黑纱,站在挂满挽联、白花的讲台上,心情沉痛地说:"亲爱的工友们,农友们!我们今天在这儿开会,感到有说不出的悲痛,因为我们亲爱的兄弟,给帝国主义和他们的走狗打死了……他们为什么会好端端被打死呢?因为他们要爱国,要反帝,帝国主义不甘心,就想尽办法来对付我们:沙鱼涌一仗,他们用兵舰、飞机、大炮帮助土匪,打死了我们几十名队员。在太平一地,他们指使奸商、土匪,又害死了我们不少兄弟。在中山县,他们更将我们纠察队全部包围起来进行屠杀。除此,我们在白鹅潭,在淡水,在前山,都牺牲了不少很好很好的兄弟……"说到这儿,中夏已经是热泪满面了。

会场上,不少人也掉下了泪。

中夏用手拭去脸上的泪,振作了一下自己,说:"亲爱的工友们、农友们!我们千万莫伤心,莫短气呵。我们虽然失去了这么多的好兄弟,但是他们在牺牲时,表现都是非常英勇的,他们的牺牲都是非常光荣的。我们不要看见他们死了,就灰心了,不,决不能这样的!最后胜利一定是我们的。我们要高举革命的旗帜,战斗的旗帜,勇敢地、大胆地前进。我们要继承烈士的伟大的英勇不屈的精神,坚决地打倒反革命!打倒帝国主义!……"

"坚决打倒反革命!打倒帝国主义!""为死难烈士报仇!"广场上响起了惊天动地的口号声。

浩浩荡荡的游行开始了。烈士的牺牲,激起了人们更大的反帝的仇恨……

为了进一步加强对英帝的封锁,中夏还曾亲自坐了纠察队的快艇,去虎门、太平一带巡视。他英姿勃勃地站在船板上,穿着齐膝的大衣,他的长发在海风中不断地飘舞着……

这支英勇的工人阶级的武装,在1927年广州"四·一五"反革命事件后,虽然遭到敌人的解散,但并没有完全被消灭,后来,终于成为伟大的广州起义中的一支重要的军事力量。

黄金源自当上纠察队总队长后,非常得意,常常摸着圆圆的大肚皮,嬉笑地说:"哈哈,一个猪肉佬,也当上了总队长。"别人叫他一声"黄老总",他高兴得要命。有人奉承他,说他"带了几千人,像军长一样",他美得眼都眯成了缝。每逢上班,他总是全副武装,在大街心一步步迈着。他不会开枪,硬要挂着短枪。他不会骑马,偏要租一匹大洋马。他最爱装作大军官的派头,骑在马上,让护兵在四边围着,从大街这头晃到那头,又从大街那头晃到这头,显得威风凛凛。

一回,他一手拿着马鞭,一手拿着东西,走进罢委会,几个队员和他开玩笑,一齐举起枪,向他行个大礼,他慌忙把东西放在地上,笨磕磕地还了个礼,惹得人们大笑。

有的工人对他这些看不顺眼,跑来向中夏告状。中夏也只能一面向工人解释,一面劝黄金源以后注意些。

后来,为了加强纠察队总的领导,又成立了纠察队委员会。黄金源虽然还是总队长,也是委员,但是,实际上是由委员会集体领导了。

纠察队建立后,广州的市容也大大不一样了。不仅打骂、偷窃的事大为减少,帝国主义的威风也一扫而尽了。过去广州一有风吹草动,一些有钱的人,便都争着挂外国旗,表明自己是外国的产业,可以不受干扰。现在,不单没人这样做,连一向挂外国旗的省河小轮,也都换上了国旗,甚至连法国的天主堂,也挂上中国的国旗了。洋人上街,都老老实实佩着写有"德""意""美""法"等字样的臂章,不敢再露出丝毫放肆的神气。

在纠察队严密的封锁下,香港受到了沉重的打击。

市面一片混乱,猪肉涨到一块多一斤,鸡蛋五毛多一个,蔬菜和牛肉根本买不到。中国工人走了,英国老爷、太太,只得自己洗衣、做饭、抱孩子、倒尿盆……连街上卖肉的都是外国佬,狼狈得要命。过海的交通停了以后,英帝国主义只得调海军来代替。可是这些笨手笨脚的英国佬,连个小轮也开不好,东碰西撞,也靠不上岸,最后只得用铁缆来绞,把围在一边看热闹的中国人笑坏了。最可笑的,是爬山的电缆车停了以后,外国人每天上下班,只好自己走。有的身子太胖,上山走不动,只好叫听差扛个藤椅跟在后边,走一段,歇一段。还有更狼狈可笑的,就是据说香港新近出现了一种非常厉害的新式武器,叫做"飞天屎",原来,夜香工人①罢工后,马桶没人倒了,住在高楼上的人家只得把屎拉在纸里,从窗户里扔下去,谁要走在街上不当心,就会挨一脑瓜屎,简直叫人胆战心惊。就这样,在短短的时间里,香港弄得遍地是屎,臭气冲天,简直成了"臭港"。

中夏听到这些消息,心里非常地高兴。罢工才一个月,就有了这样的成绩,特别是香港经济受到这样大的损失,实在叫人兴奋。他决定写一篇短评,题目就叫"香港帝国主义损失1亿余元了!"

第二天,他把写好的稿子交给《工人之路》编辑,嘱咐说:

"以后,每天把英帝国主义损失的钱数,用大号字登在报上,让每个罢工工人都知道,我们多坚持一天,帝国主义就多损失400万元!"

东 园 政 府

罢工工人组织起来以后,显示了很大的威力。每逢开什么大会,有什么群众活动,他们总是扛着大旗,敲着锣鼓,成千上万地涌上街去。平时,各个码头、要道口,经常站着扛枪实弹的工人。大街上,一队队威武的纠察队,整日里走来走去,到处充满了热烈的革命气氛。

国民政府逐渐感到害怕起来。

不久以前,当国民党重建新政府时,中夏就预见到了这点。

---

① 夜香工人:清洁工人。

国民政府成立那天,中夏看到《工人之路》头版写的短评,感到非常生气。

他把写短评的宣传部干事找来,说:"这是怎么搞的?"

干事说:"不是根据前两天党团会议的精神写的么?"

中夏指着报纸,很不满意地说:"是的,那天会上提到,国民政府虽然不是工农政府,但是它是革命的政府,工人阶级应该拥护。但是你在评论里,用了'绝对'这两个字,却是非常错误的。什么叫绝对?绝对就是无条件,就是完完全全,没有一点儿余地。国民政府是资产阶级的政府,我们工人阶级怎么能绝对拥护他们,无条件地拥护资产阶级的政府呢!"

第二天,他亲自在《工人之路》上写了一篇短评,题目是"勖国民政府",用的是上面勉励下面的口气,指出新政府是在工农帮助之下产生的,应该为人口最多的工农谋利益,至于今后是否能做到这点,他说:"自然有事实可以告诉我们。"

果然,不久,香港英帝国主义派了大批走狗暗探来破坏、刺探消息,工人们每天四处追打,抓住交给政府,但政府却都给放了。

人们气得要命,纷纷跑到罢委会来找中夏和苏兆征。

中夏和同志们听到后,进行了仔细的研究。

"我看,"中夏果断地说,"要解决这个问题,惟一的办法,只有成立我们自己的会审处!"

"会审处是怎么回事?"有的同志问。

中夏解释说:"凡是抓住的工贼、走狗,一律先交工人组织的会审处进行审问,等把事实、证据弄清后,再连审问记录一并送交政府,这样政府就不能随随便便释放了。"

大家都觉得很好。

谁知,会审处一成立,更引起了国民党的恐慌,他们想尽一切办法进行阻挠和为难。

几天前,工人们在街上抓住一个英国奸细,名叫麦保太,当场扭送公安局。会审处成立后,人们决定把他提回来审问,可是,当纠察队员到了那里,公安局的人却把队员们大骂一顿,说麦保太是公安局的侦缉,不让提审。

队员们回来,气得要命。

中夏立即把这事告诉了苏兆征、李森。

苏兆征生气地说:"简直不像话! 看来,不能再对他们让步了!"

中夏点点头,说:"对,不单不能让步,还应该给以有力的回击。不然,他们会更无法无天。"

李森想了想,问:"用什么方法呢?"

苏兆征直截了当地说:"可以给公安局长吴铁城,直接写一封抗议信。"

中夏赞同地说:"对,不单要写信,还应是一封公开的抗议信,要登在报上,这样,压力就更大些。"

李森同意地点点头,问:"这信怎么写呢?"

中夏沉思了一会,说:"是不是这样,首先说明纠察队捉到麦保太的时候,确实搜出一个香港政府的华探执照,还有一本小册子,上面记满了罢工的情况,证据确凿,没有一点疑问。"

苏兆征说:"对,先把事情说清了。"

李森说:"下边呢?"

中夏接着说:"下边再提到:如果你们说的麦保太是你们的侦缉,这话也确实是真的,那就对'贵局'的名誉实在太不妙了。"

苏兆征和李森笑起来。

中夏非常严肃地说:"最后,可以提出,今后再发生这类的事,应该秉公办理。如果要释放某个犯人,应事先得到我们的同意,要不然——"

"怎么样?"李森问。

苏兆征大声说:"如果引起群众公愤,出了问题,他们要负全部的责任!"

中夏大喜,忙说:"对,对! 就这样写!"

李森高兴地说:"太好了!"

这信用罢委会名义登出后,果然在群众中引起了不小的震动。

当时,国民党的公安局,在广州的势力很大,谁都不敢惹。可是这回,中夏和罢工工人,却敢在"太岁头上"动土,来了狠狠一闷棍,让它在群众面前大大丢了脸。

虽然这样,反动派并没有就此甘心。不久,终于发生了有名的林和记事件。

7月中旬,一天,中夏正在看报,忽见报上登出广东检察厅厅长给国民政府的一件呈文,责难罢工委员会抓住人犯林和记,没有向政府呈报,私自判了刑,并以"尊重法律,保障人权"为名,向罢委会进行了恶毒的攻击。

中夏立刻把会审处主任找来,细问了详情。

原来,林和记是英帝国主义收买的一个走狗,破坏罢工,作恶多端。这次受英帝国主义支使,又来广州活动海员复工,被工人抓住。会审处因为案情重大,准备召集各工会代表,共同会审,然后提交政府判决。谁知这事给反动分子知道了,竟然歪曲事实,向罢工工人进行了恶毒的诬蔑。

报纸公布后,在全市引起了很大震动。

人们到处议论着罢工工人的"违法行为"。

罢工委员会立即进行了讨论。

会上,中夏激愤地说:"这完全是反动分子的捏造。这些家伙总觉得罢委会碍他们的事,不顺他们的心,总想采取一切办法来跟罢工工人为难,作对。对于这种无耻的挑衅行为,我们一定要坚决打回去!"

夜晚,人们散了,中夏激动地在屋里走来走去。他皱着眉,抽着烟,陷在深深的沉思里。

他坐在桌边,准备好笔和纸。

他开始写:"国民政府……"

笔在纸上发出沙沙的声音……

接着,愤怒的句子,从中夏的笔下,像流水般倾泻出来,战斗的语言,像密集的子弹,飞向了谎言制造者。它,表达了工人们内心强烈的愤慨,又掌握了同资产阶级同盟者既团结又斗争的艺术。

《工人之路》很快登出了这封致国民政府的公开信。

信中指出:法律是前清时候定的,早已陈旧、过时,假如检察厅厅长还按旧的法律办事,那么,恐怕国民政府诸公,也都要一个个受审。再说,国民党第一次代表大会,曾经明确宣布过:卖国、效忠帝国主义的人,不得享有法律的权力。林和记对自己的卖国行为,已经完全承认,检察厅厅长身为国民党政府下的官员,如果不知道这样做了,那就是"颠顸";如果知道了还这样做,那就是"背党"。该厅长就是有100张嘴,也是没法狡辩的。特别令人气愤的,是该厅长平日对社会上一些犯法的人,从来没有听说行使过什么职权,更不曾亲自出来进行检举,而今天独独对于我们罢委会审问工贼林和记的事,反而有这么大的愤慨,这不是有意包庇帝国主义走狗,是什么呢?为此,我们要求国民政府,应该严厉谴责检察厅厅长的谬妄,要求政府与罢委会立即组织特别法庭,来共同审判这些卖国的人犯!

在中夏及罢工工人正义凛然的反击下,国民党政治委员会,不得不答应成立了特别法庭。

经过不断的努力斗争,策略指导的正确,罢委会的权力和影响越来越大,工人阶级成为当时革命政府的有力支柱。平时,在政府的布告边,常常有罢委会的布告贴在一起。政府革命政令的贯彻,很多要依靠罢工工人来执行。广大后方的治安,也主要靠罢工工人来维持。当时,这么多有组织的罢工工人,在广州确实是一个很大的政治势力,几乎什么活动都离不开他们。也因为这样,罢工委员会成了帝国主义的眼中钉、肉中刺,他们千方百计地想拔掉它,对它不断进行着造谣和诬蔑。

那时,罢工委员会的办公地址在东园,这是过去资产阶级吃喝玩乐的一个游乐场所,罢工后,成了罢工工人的总指挥部。罢工委员会下设干事局,分置招待、庶务、交际、交通、游艺、宣传、文书等七部。另设财政委员会、纠察队委员会、筑路委员会、工商审查仇货委员会、工商检验货物处、会审处、审计局、法制局、保管拍卖处、骑船队、调查处等部门。罢工委员会完全采取民主集中制,体系相当严密而灵活,俨然像一个小小的政府——由工人阶级掌握的红色政权。因此,人们就称之为"东园政府"。帝国主义为了挑拨政府和工人的关系,也就趁机散布说广东有两个政府,一个是国民政府,一个是工人的东园政府。这一来,果然引起了一部分资产阶级的慌乱。

中夏听到敌人的挑拨,立即进行批驳。

在一次群众集会上,为了揭穿敌人的诡计,他说:"大家知道,东园是省港罢工委员会的所在地,罢委会管的一切,都是与罢工有关的,从来没有代替政府,也没有行使过政府的职权,帝国主义这种说法,不过是想挑起政府和工人的分裂。我们要彻底粉碎它们的企图!"

后来,在工人代表会上,他又充满自信地说:"当然,敌人既然说我们是第二政府,这又有什么了不得呢?应该知道,我们工人阶级,是要有自己的政府的。今天的大罢工,就好比是一所试验工人专政的大学堂,它训练我们怎样管理国家,怎样掌握政权。你们看,现在我们有'群众''团结''奋斗''胜利'四只军舰,它好比是我们的海军。有几千工人的纠察队,它好比是我们的陆军。还有罢委会,作我们的最高的领导机关。有工人代表大会作为我们的最高权力机关。还有《工人之路》报、医院、学校、食堂等等的一切……现在,我们在广州一地,好像是只小鸡,慢慢培养、发展,就会成为一只大鸡,大鸡慢慢又会生出许多小鸡,小鸡慢慢又会变成许多大鸡,就这样越变越大,越变越多,就可以一步步发展到全国各地!"

全体工人代表听了,都感到非常的自豪和兴奋。

到农民中去

中夏除了领导省港罢工,和帝国主义、国民党右派作斗争,也很注意发动组织农民的工作。早在1923年,他就写过文章,指出农民运动的重要。他说:农民至少占全国人口的2/3以上,我们要积极拿出精力,投身到里边去,做有计划的宣传与组织运动。只有这样,革命才能得到最后的胜利。

"五卅"运动爆发后,陈独秀认为工人阶级的力量不行,把争取农民的事,也丢在一边,这引起了中夏极大的愤怒。

省港罢工以后,他在报上写了文章,号召工友们大力组织"农村宣讲队",下乡去向农民进行宣传,以进一步加强工农团结,展开对帝国主义的斗争。

他的号召得到了工人们的热烈响应。

一天,几个工人跑到罢工委员会来找中夏。

中夏正在给《工人之路》写评论,抬头见他们一个个笑容满面地走来,便问:"什么事这么高兴?"

一个叫老方的工人,兴奋地说:"邓顾问,我们快要走了,是特地来向你辞行的。"

"上哪儿?"中夏奇怪地问。

"到农民运动讲习所。"老方得意地瞧瞧伙伴,"学半个月,我们就要下乡了。"

中夏欣喜地说:"呵,太好了,去搞农民运动,这个任务很光荣,也很艰苦呢。"

大家笑着说:"不要紧,都准备好了,不完成任务坚决不回来!"

中夏兴奋地看着大家,感情很深地说:"是的,农民是我们的同盟军,他们受的痛苦与我们工人是一样的。这次下去,要很好地团结、组织他们。"他想起了最近上海的事,感慨很深地说,"'五卅'运动,所以没能得到理想的胜利,主要原因,就是工人阶级比较孤立,没有得到广大农民和城市贫民的响应。我们一定要好好接受这个教训,好好学习,把农民认真地组织起来,争取省港罢工的更大胜利。"

为了确实做好这个方面的工作,中夏和陈延年同志他们,还亲自去讲习所给下乡的工人们讲了课。

广东农民运动所以能够蓬蓬勃勃地展开,与省港罢工工人的努力是分不开的。他们先后带了大批农民协会的组织章程和宣传品,深入到中山、顺德、南海、番禺等十多个县,协助当地的农民组织农民协会和自卫军,发动他们进一步加强对香港的封锁。许多罢工工人还组织了剧团,分头到农村作巡回演出,激发人民反帝、反封建的斗志。在罢工工人广泛的宣传、组织下,各地农民纷纷建立了自己的农会,展开了反对苛捐杂税的斗争。有的夺回了被克扣的粮食,有的没收了土豪的公堂,有的甚至缴掉了反动民团的枪支。在艰难困苦的岁月里,罢工工人不辞劳苦,不怕困难,刻苦工作,受到了农民热烈的欢迎。回来的时候,不少地方的农民都放着鞭炮、抬着轿来欢送他们。在艰苦的斗争中,罢工工人表现了英勇无畏的高贵品德,有的甚至为此献出了自己宝贵的生命。

第七章 怒　浪（二）

转　变　策　略

　　两个月下来，英帝国主义受到了很大的损失。可是由于我们的封锁政策，外边货物进不来，广州本身也遭到了困难。粮食不足，燃料缺乏，物价纷纷上涨，到处可以看到市民在抢购东西。市场上，不少货架空了，商人的营业受到严重影响。人们的情绪开始波动。罢工初期，各处茶楼、酒馆墙上贴着"欢迎反帝罢工回国工友""优待罢工工友到本楼饮茶"的标语、招贴，现在也渐渐不见了。而且，到处传播着商人对罢工的怨言。说什么"商人赔本了，万岁友发财了！"（"万岁友"是一些商人、市民对罢工工友的轻蔑称呼，因为他们开会、游行时，经常喊"万岁"）"这一下可把我们生意人害苦了！"有人甚至恶毒地攻击说："什么封锁？简直是借故勒索！"

　　英、美、法、日等帝国主义对广州的联合封锁，更增加了工人们的困难。

　　罢工遇到了严重的威胁。

　　中夏的心情沉重起来，事情发展到这样严重的地步，是他没有想到的。几十万罢工工人的命运，沉重地压在他的肩上，他焦虑地和同志们商讨了很久，也没有找到解决的办法。

　　他决定和苏兆征去找找陈延年。

　　陈延年穿着一身工人服装，正伏在桌上写东西。

　　"是啊，"他听中夏谈完情况，想了一会说，"我和区委一些同志最近也在考虑这件事。如果不很好解决，商人和农民就会离开我们。今天你们来得巧,我们找找鲍罗庭同志一起商量商量吧!"

他们经过东较场,向东山一座小洋楼走去。

鲍罗庭同志穿着一身灰色西装,留着黑黑的大胡子,在屋里愉快地迎接了他们。他是国民政府的高等顾问,是孙中山先生实行联俄、联共、扶助农工的新政策时,从苏联请来帮助中国革命的。

陈延年向鲍罗庭同志谈明了来意。

鲍罗庭抽着烟斗,在屋里来回走了几圈。近来,他也在考虑这个问题呢!

鲍罗庭走到窗边,考虑了好大一会,转回身,从嘴里取出烟斗,脸上浮现出一丝微笑。

"封锁,是个厉害的武器,"他见桌上放着一把裁纸的尖刀,轻轻拿起,眼里闪着智慧的光芒,说,"它好比一把锋利的剑,两边开了口,一边伤害了敌人,一边也伤害了自己。"

大家为他比喻的恰当,不禁会心地笑起来。

"现在,情况就是这样的。"鲍罗庭严肃、认真地说,"敌人的物资被封锁了,我们自己也被困住了。怎么办?只有把这把刀转一下,把柄转过来,让刀尖只对准香港,对准英帝国主义……"

他把手里的刀转个方向,使刀尖对外,刀柄对着自己的胸部。

大家被吸引住了。

鲍罗庭把手轻轻一挥,充满信心地说:"现在,惟一的办法,就是首先对准英帝国主义!对准主要的敌人!具体地说,就是实行这样一种新策略:各国的船和货都可以进来,就是英国的船和英国的货不让进!"他的脸上漾起了笑意,"这样一来,既拆散了帝国主义的联合,又保证了广东物资的供应,商人有了生意,农产品也有了出路,省港罢工就可以更巩固了!"

大家高兴地笑起来。

苏兆征欣喜地说:"这个办法,真是太妙了!"

中夏恍然大悟,暗暗想道:"看来,原先'反对一切帝国主义'的做法,从策略上来说,是错误的了。"

罢工初期,有人提出"单独对英"的口号时,他还曾激烈地反对过哩。

通过中夏、苏兆征在党、团员和群众中做了大量艰苦细致的工作,大家的思想统一了。

新策略实行后,冷落的珠江繁荣起来了,上海、暹罗(泰国)、安南(越南)各地的商船闻风而来,江面停满了各国的大商船。他们为广州送来了大量的粮食、煤炭、石油……商人的生意也好了。连在香港、沙面的其他国家的商人,也纷纷把商店搬到广州来开业了。

罢工得到了有力的巩固。

英帝国主义更加头疼了。

给他们壮壮胆子

由于新策略的推行,经济危机是缓和了。但是另外一个矛盾,却越来越尖锐化。

那时,广州政治情况十分复杂,刘、杨叛乱虽被削平,但东江(在广东东部,是珠江上游的三大河流之一。在这里,主要是指惠州一带)不久又为反动军阀陈炯明占领,南路军阀邓本殷仍然盘踞在琼崖等地,他们拥有十几万人的反动军队,时时窥机准备推翻广东的革命政权。此外,广东内部的派系斗争也非常激烈。新政府重建后,内部主要分成三派:一派是以许崇智为首的广东系军官;一派是以国民党元老、右派头子胡汉民为首的官僚政客;一派就是以财政部长廖仲恺等为首的左派国民党党员及支持他们的工农势力。三派之间的斗争一天比一天尖锐。英帝国主义趁此机会又给江门反动军队运来了新兵器,以200万元暗地资助胡、许发动政变。在这种形势下,反动分子更形猖獗,在各处大肆攻击国民党左派和共产党,散布谣言,说广州要"没收财产""共产共妻",弄得人心惶惶,鸡犬不宁。军队中的争权夺利也达到了不可收拾的地步。整个广东,面临着严重的分裂危险,形势十分危急。

在这种情况下,罢工工人时常受到内部反革命的挑衅。罢工委员会不断接到各地送来的报告,一会江门纠察队被军警包围,一会容奇纠察队截留的货物,被军队强行劫去,一会又传来某某地方的工人,被不法之徒打伤、打死。政客、军人勾结英帝国主义,武装走私和抗拒检查的事,更是一件接着一件……

一天深夜,中夏匆匆地走进了罢委会。

屋里还亮着灯,苏兆征和几个会计正在结算白天的账目。桌上放满了各式各样的发票、账单、收据,算盘不断发出噼噼啪啪的清脆的响声。

罢工以来,经过群众热烈的推举,苏兆征又兼任了财政委员会的委员长。由于他努力工作,理财有方,一丝不苟,把几十万人庞杂的财务,弄得有条有理,受到人们很大的好评。

中夏见他们埋头工作,丝毫没觉察到有人进门,内心不禁浮起一种深深的敬爱之情。一转脸,他发现屋子另一边,何耀全像往常那样又没回去,还伏在桌上写着什么,便轻轻走过去,关切地说:"耀全呀,你怎么又不回去?"

何耀全也是个办事极其热心的人,心地忠厚,为人诚恳,不论给什么工作,总是老老实实,尽量完成。过去,他在香港电车公司当售票员,担任过电车工会的主席。有一回,领导人们罢工,胜利了,大家欢喜地涨了钱,可是,事后他却被厂方借故开除。尽管受到这个打击,他丝毫没有泄气,又在一家柴店找了点事糊口,晚上仍然去工会给大家办事。为此,在群众中享有很高的威信。这次省港罢工,他被选为罢委会副委员长,工作更加积极,整天吃在这里,睡在这里,即使有事回家,也常常是后半夜,第二天一早又匆匆赶回来。老婆问他忙什么,他说忙罢工,老婆说罢了工,还有什么忙的,他支支吾吾不肯说。为这,竟引起老婆的误会,以为他有外心,特为这事来罢委会找中夏哭了一场。

何耀全见中夏问他,就笑了笑,说:"还有不少事没干完呢!"

中夏凑近一步,低声地问:"听说,你动员老婆打胎,有这事么?"

何耀全有点脸红。

中夏说:"为什么这么做?"

何耀全不好意思地说:"想让她也出来做事……"

中夏亲切地责备说:"傻瓜,为什么不讲清楚?惹得她哭哭啼啼。好了,以后别再提打胎了,快回去和她好好谈谈。"

何耀全还想再干一会,中夏一把将笔夺过,坚决地说:"快回,革命也不能把家革了!"

他边说边把何耀全推出了门。

何耀全无可奈何地回头笑笑,说:"好,好,我回去看看就来。"

何耀全走后,中夏把苏兆征叫到一边。

他有点焦虑地说:"兆征,最近的形势很严重呢!"

苏兆征问:"是陈炯明要打广州么?"

"不,"中夏摇摇头,十分愤慨地说,"国民政府内部的反革命,最近越来越嚣张了,到处找工人闹事,和我们作对。今天又发生了好几起,听说竟然向纠察队开起枪了!"

苏兆征说:"这一定是一些军政要人在背后策动的。"他压低声问,"听杨殷说,胡汉民、许崇智最近要搞政变,是真的么?"

中夏点点头说:"我正为这事来找你。方才区委开了个会,大家认为,目前国民党左派摇摆得很厉害,时局已经非常危险,我们一定要想办法支持他们!"

苏兆征说:"这是他们内部的事,我们怎么插手呢?"

中夏果断有力地说:"可以壮壮他们的胆子!我想,是不是你给《工人之路》写一篇文章,彻底揭露右派的阴谋。我呢,争取在群众大会上作一次公开讲演,这样从两方面同时夹击,你看好么?"

苏兆征果断地说:"行!"

第二天,苏兆征就把写好的稿子送来了。

中夏说:"这么快!"

苏兆征笑笑,说:"这是大事,耽误不得,我肚里没多少墨水,还是请你改改吧。"

中夏接过稿子看了看,说:"好,说动就动!"

他坐到桌边,拿起毛笔,一面读,一面改。

他把每一处改动的原因,都一一讲给苏兆征听。

改完,他放下笔,兴奋地说:"写得很好。干脆,有力!"

苏兆征不好意思地笑笑:"别拿我开心哪,一个大老粗有什么!"

中夏拿起稿子,站起来说:"好,我马上交编辑部发排去!"

不久,党发动了一次10万人的肃清内奸大示威。

下午,辽阔的东较场上,涌满了成千上万的人。男的、女的、老的、少的,黑压压的,像大海似的一眼望不到边。数不清的旗子,在空中呼啦啦地飘着。高大的椰子树下,每隔十步,站着一个威风凛凛的纠察队员,他们个个全副武装,戴着宽边的圆斗笠,显得十分威严。广场正中,是一人高的用席子和竹子搭起的大讲棚,周围挤满了人。在这讲棚的四角,几百步外的地方,又有同样的四个小讲棚,附近也挤满了人。因为那时没有扩音器,讲演的声音传不远,因此,每逢召开群众大会,都是搭几个台同时来讲。

人们用大车把成堆的宣传品,一车车拉进会场,向争着涌来的群众散发。会场里,到处飞舞着白色的小册子和红绿传单……

会议在进行着……

中夏站在大讲台上,一针见血地提出了问题。

他说:"……香港英帝国主义为什么到现在还不向我们叩头、屈服呢?是以为我们经济困难吗?不,帝国主义知道我们的经济是不成问题的。那么,是我们的组织不好吗?也不是,我们罢工的组织,可说是再好也没有了。是我们人心不齐吗?更不是,自从罢工回来以后,我们全体工友个个同心同德,没有一个动摇的。是我们工人孤立无援吗?也不是,我们有革命政府的帮助,农、商、学界各方面的支援,连外洋华侨也给了我们很大的援助。——那么,帝国主义为什么还是不屈服、不退让呢?没有别的原因,惟一的原因,就是中国有汉奸,有走狗,有反革命!"

人群里起了微微的骚动。

中夏大声疾呼说:"最近香港政府,花80万银洋,收买邓本殷,要他给香港运粮,并且出兵打我们。在东江,收买陈炯明,要他们向广州进攻。我们封锁海口以后,还有不少形形色色的小军阀,替帝国主义包运粮食。他们在江门,攻打我们的纠察队。在容奇,强夺我们截获的仇货!"他那双乌亮的眼睛燃烧着愤怒的光芒,激烈地挥了一下拳头,"我们为了制敌人的死命,想尽办法截留粮食,他们却为敌人包运粮食!我们付出了极大的牺牲,打倒帝国主义;他们却或明或暗地帮助帝国主义!我们罢工罢了这么久,帝国主义所以不屈膝,就是因为有这些汉奸,这些走狗,这些卖国贼!"

人们激动起来。

中夏的脸涨得通红,有力地结束了他的话:

"我们要打倒帝国主义,就必须先肃清内奸!我们要求政府肃清南路,收复东江,我们要求政府铲除一切的反革命!"

鼓掌声雷鸣一样响起来。

示威游行开始了。中夏和广大群众一批一批涌出广场。罢工工人走在队伍的最前面,后边是学生、市民、农民……人们敲着锣鼓,举着大旗,扛着肃清内奸的漫画,走在南方炎热的街道上。口号声响彻晴空,锣鼓震动人心。化装演出队表演的英帝国主义和陈炯明狼狈为奸,被打得落花流水的节目,激起了人们热烈的掌声。各处马路旁的骑楼下,挤满了黑压压的人群,他们穿着木屐,踮起脚板望着游行队伍,显示了极大的兴趣。

队伍浩浩荡荡地经过宽坦的惠爱路转入越秀路,涌往国民党中央党部的大门前。

"打倒帝国主义!"中夏大着嗓门喊。

"打倒帝国主义!"群众也吼起来。

"铲除一切反革命!"

"解散不法军队!"

口号声一个高过一个。

何耀全和彭明激动得脸色都涨红了。

一会,从国民党中央党部里走出几个穿西装、长袍的人,几个工人代表上去,递交了大会的请愿书。这时,四周群众围得水泄不通,口号声淹没了一切。

队伍离开国民党中央党部后,遍地都是人们扔的小旗子,上边写着"消灭国贼!""打倒汉奸!""打倒帝国主义的走狗!"……

示威给予国民党人很大的震动。

但是,由于国民党左派过于软弱,始终不敢动手,形势发展得越来越严重。8月20日,财政部长廖仲恺被刺身死,激起了群众更大的愤怒,又爆发了一次大规模的示威。中夏为此在报上写了不少文章,谴责反革命的血腥罪行。在各方面强烈的抗议下,国民党左派才终于下了最后的决心,解散了不法军队,驱逐了反动的政客,胡汉民、许崇智等也先后远走,这样才使政权得到初步的稳定。

然而此时,广州的形势仍然处于十分危急的关头,东江的陈炯明攻陷了惠州,南路的邓本殷也正猛攻江门,中山县又被土匪占领,北洋军阀的军舰又和英帝国主义勾结南下,进窥虎门……

为了彻底消灭陈炯明的反革命军队,统一广东革命根据地,在我党倡议和推动下,广东革命军于10月1日开始第二次东征。11

月初东征军完全收复了东江,陈炯明部1.2万名官兵全部被歼。这次东征得到了省港罢工工人的极大支持。

中夏在报上发表了一篇热情洋溢的论文,号召全体罢工工人热烈支援革命的东征军,提出"东征的胜利,便是罢工的胜利!"

在工人宿舍里和食堂里,到处是临时组织起来的宣传队、讲演队。他们摇着铜铃,站在凳上,大声疾呼地向人们讲着东征的意义,号召人们给予最大的支持。

罢工工人以极高的革命热情,纷纷报名参加了支援东征军的运输队,并且自动组织了担架队和救护队。那时军队打仗,没有后勤队,全靠沿途拉夫来解决。罢工工人组织起来后,给前方很大的方便,他们把大批的弹药、给养,及时地运上前线,保证了部队的迅速前进。

当队伍从广州出发时,罢工工人挑着担子,推着小车,扛着担架,脸上充满了说不出的欢喜。他们一个个戴着圆圆的铜鼓帽,穿着新发的草鞋,昂着头,挺着胸,在火热的鞭炮声中,精神抖擞地踏上了征程。每个宣传队员手里,还拿着一面小锣,队前打着一面三角红旗,上边写着几个白字:"省港罢工工人宣传队"……

许多工人家属也都赶来送行。

一个工人发现中夏在人群里,高兴地叫:"邓顾问,我们也上前方了!"

中夏和大伙一个个热烈地握手。

一个工人说:"我们一定把这伙坏蛋消灭了,再回来和你们见面!"

中夏兴奋地说:"好!等着听你们胜利的消息!"

人们的头扬得更高,歌声更加嘹亮了。

巩固我们的炮台

罢工工人在统一广东的革命战争中,发挥了巨大的作用。他们不分白天黑夜,不论下雨刮风,挑着沉重的粮食、弹药,随着东征部队爬山,涉水,度过了重重困难,许多人的肩头都磨破了。他们过去生活在大城市,从来没吃过这种苦,这一次确实表现了工人阶级顽强的战斗精神。在火线上他们也表现得非常勇敢,经常在枪林弹雨下抢救伤员。沿途还向农民进行广泛的宣传工作。在罢工工人有力的支援下,国民革命军各路进军非常迅速。东征军一战打下惠州,再战又攻克汕头,东江各地很快就肃清了敌人。南征军进展也非常顺利,一鼓平定高雷,横渡南海,接着攻入琼崖,前后不到3个月,就统一了整个广东。

接连而来的捷报,大大振奋了人心。

一天下午,中夏喜气洋洋地买了一瓶酒,向苏兆征家走去。

门口,有几个年轻媳妇,笑眯眯地把耳贴在窗边,偷听着什么。

中夏也凑了过去。

屋里,一个老妈妈不满地唠叨着:

"补啊,补啊,都补腻了。有点好衣服就让人穿了去,自己尽穿破的,不能去买两套么?"

接着,是一个男的声音,嬉笑地说:"莫气,莫气,补补有什么,我们现在还有得补,有人连补的还没呢!"

中夏向屋内看去,见苏妈妈坐在一边噘嘴生气,苏兆征走到桌边倒杯水,端到她面前嘻嘻一笑:"白爷婆①!别生气了。等革命成了功,我们老两口再过过幸福的生活。"

苏妈妈啐了一口说:"一杯水就行了?"

苏兆征拿起另一个杯子,和她碰碰杯说:"喝点吧,嘴巴都说干了。"

中夏和媳妇们都忍不住"噗哧"笑起来。

苏兆征一看,是中夏来了,忙迎出来,说:"啊呀,中夏,是你啊!来来,快里边坐。"他见中夏手里拿着一瓶酒,忙问,"这是怎么回事?"

"阿叔,"中夏因兆征比自己大9岁,一向都这么称呼,他笑嘻嘻地说,"听说你这汽车没油了,今天特意给你来上油了。"

苏兆征哈哈大笑。

"白爷婆,快去做点菘②,我和中夏好干两杯。"

---

① 白爷婆:广东话"老太婆"。
② 菘:广东话"菜"。

苏妈妈高兴地放下补的衣服,下厨房去了。

中夏有意逗她说:"妈妈,有什么广东菜,多做两个好菘,招待招待中夏啊!"

苏妈妈回过头,笑着说:"有啊,有好菘啊!"

大家又笑开了。

一会,苏妈妈将做好的菜端上来。

中夏打开瓶盖,将酒倒了满满一杯,递给苏兆征说:"来来,让我们为罢工工人,在这次东征、南征中立下的功劳,痛痛快快地干一杯!这回,不必管他四两不四两了。"

苏兆征大笑着说:"好,好,好!"

中夏又倒了一杯,递给苏妈妈说:"妈妈,你也干一杯!"

苏妈妈也笑了。

苏兆征举起酒杯,和中夏碰了一下,便咕嘟咕嘟一口喝尽了。

原来,苏兆征小时候,他父亲就喜欢喝酒,常买了给他喝。大了,在船上当海员,各国的酒都能喝到,酒量越来越大。后来,白酒一次竟能喝到两三斤,无怪人们开玩笑地说他:"每天不能没酒,就像汽车要上油一样。"罢工以后,他担任了委员长,怕耽误事,总是克制着自己,每天最多只喝四两。有时还把茶倒在酒里,慢慢地过瘾。别人说:"你的酒颜色怎么不一样?"他就说:"是药酒。"掩盖了过去。一次,中夏和他去外边吃饭,见他要了二两酒,一点点地喝,一会,完了,又要了二两。中夏说:"为什么二两、二两地要?"苏兆征说:"这样可以少喝点。"中夏说:"能喝就喝么!"苏兆征笑笑说:"喝多了,就干不了事了。"为此,中夏一直把这事记在心里,总想找个机会,让他好好喝一喝。

这回,总算找到机会了。

他们一边愉快地喝着,一边兴奋地谈着近来的情况。

苏兆征忽然想起什么,说:"今天早上,听说谭华泽把一个往香港运两大船咸鱼的商人,私自放了,不知怎么回事。"

中夏点点头说:"会审处,是该进行整顿了。我们派去帮助清查的同志,发现那里案件混乱得厉害,再不着手,是会出问题的。"

说到谭华泽,自从那回从香港回来,中夏曾经专门找他谈过。因为他承认了错误,又是海员工会主席,后来就让他当了罢委会的会审处主任。谁知他竟以为自己了不起，工作非常不负责任，经常去酒楼吃喝，引起各方面很大的意见。

苏兆征呷了一口酒，说："从各方面看，这个人很不可靠。听说来广州以后，他经常在背后对人发牢骚，说自己生活比罢工以前降低了，对罢工很不满。"

中夏语气很重地说："是啊，出身是个买办资产阶级，不容易改哩。我找他谈过几次话，效果并不大。前些天发现他那里工作很乱，派人去帮助他，他气呼呼地把卷宗一交，不干了。原先，我们让他负责这项工作，是为了争取他。现在，看来已经不可能，如果再不想法，拖延下去，对工作是会有很大妨碍的。"

"我看可以撤他的职！"苏兆征用拳向桌上一击。

"对！"中夏立刻同意了。

不久，在一次代表会上，有人给主席团递了一个条子，何耀全接到后，征询了主席团的意见，大步走向台前。

"代表们，"他说，"方才，主席团接到一位代表的请求，说今天会上要研究一项重大的案件，要求主席团宣布会场戒严。主席团经过研究，接受了这个意见。现在要我来向大会宣布，大家有没有什么意见？"

"戒严？""为什么要戒严？""出了什么事？"人们纷纷地猜测。

一些黄色工会领袖，心怀鬼胎，不安地嚷起来："我们不同意！""戒严干什么！""什么意思？"

何耀全见会场有些乱，摆摆手说："别吵，别吵，我们大家可以表决，少数服从多数。"

结果，大多数代表举手通过。

何耀全一看，说："好，多数通过！现在，请纠察队入场，执行会场戒严任务。"

话音刚落，全副武装的纠察队员立即从门外涌来，控制了所有的出入口，大门关紧，连电话也全卡死。

空气顿时紧张起来。

一个个子高大、衣装整洁的代表，大步走到台前，大家一看，是有名的五虎将之一——陈权。当时，工人中有5个人很能干，有很高的威信，中夏称他们为"5虎将"，以后这称号就传开了。陈权是个海员,很会演戏,常扮演武生,方才的条子,就是他递的。

他看了看全场,拉拉衣角,庄重地说:"各位代表,今天,在这个大会上,有一件重要的事,要向大家报告。最近,捷胜舰在三门关河面,查到两船从香港运到内地的咸鱼,大约有10万多斤。后来交给会审处,谭华泽竟让商人以1000元具结释放了。这里面显然有舞弊。现在,我把有关证据,全部提交大会,要求大会进行严肃处理!"

他拿出了罪证。

会场引起很大骚动。

"谭华泽,怎么干出这种事!"

"太严重了!"

"这,这……真是!"

人们乱成一片。

有的黄色工会代表,提出了强烈反对。

"谭华泽不是这样的人,我看,不至于做出这种事!"一个代表说。

"不至于?"另一个代表叫,"证据都在眼前,还有什么不至于!"

"事情还没查对,不能过早地下结论!"方才那个代表并不示弱。

"你还包庇?!"

"你诬赖人!"

双方争得脸都红了。

陈权在台上大声说:

"代表们,这样争有什么结果?我建议现在就把谭华泽抓来,当场对证。"

大家纷纷鼓掌表示拥护。

黄色工会的代表一看不妙,拼命大吵大闹:"不行!不行!""不能这么办!""不能乱冤枉人!"

会场又乱了起来。

主席台上,何耀全急得一个劲摇铃。后来,他征求了中夏和主席团的意见,决定提出来让全场表决。

结果,大多数代表举手通过。

黄色工会的领袖们没法子了。

主席团当即下令,要纠察队立刻将谭华泽押解来会,并派陈权、彭明带队前往。

他们全副武装,坐上汽车,向会审处驰去。

这时,中夏离开座位,慢慢走到台前。以往讲话,他的脸上总是带着笑容,今天却变得异常严肃。

"各位代表,"他的声音很沉重,"今天的事,对我们每个代表都很重要。大家知道,工会是我们向敌人作战的炮台,罢工委员会是我们的总炮台。我们在虎门立了炮台,北洋军阀派来的军舰,就不敢来了。我们有了罢委会这个总炮台,就可以和帝国主义作决死的斗争。所以,炮台是我们和敌人作战的重要的阵地!现在,居然有人要从内部瓦解这个总炮台,破坏罢工委员会的威信,他们想使我们的炮台失去作用,使我们的罢工遭到失败。亲爱的代表们,你们说我们能答应么?"

台下响起轰然的吼声:"不能!""不能答应!"

有的人激动地站起来。

"对!"中夏握紧拳头,有力地说,"我们决不能答应!我们要坚决和他们斗争到底!"

台下响起暴风雨般的掌声。

猛然,像触电一样,会场一下静下来了。

大门"砰"地被推开,谭华泽在陈权、彭明的押解下走进来。他的脸色铁青,金丝眼镜夹在鼻上,手被上了铁铐。

黄色工会的人,一下都站起来了,有的发出了吃惊的声音。

谭华泽一边走一边挣扎着大叫:"你们凭什么抓我?我犯了什么罪?我犯了什么罪?……"

彭明把他押到台上,让他站在一边。

中夏朝陈权点点头。

陈权把谭华泽的案情又说了一遍。

台下不断响起嘘声和喊声。

黄色工会领袖们七嘴八舌地还想为谭华泽进行辩护。

在党团员、积极分子的带头下,许多代表争先恐后地发言,有的还揭发了新的问题。

一个代表气愤地说:"不光渔船,听说会审处内部,也弄得乱七八糟,有的犯人押了好多天也不审,有的把原告的控告文也丢了,有的甚至监禁过了期限,还把人关着……"

"听说还把 5 个犯人丢了!"

一个代表大声地说:"他们在江面上锁了 100 来条船,老不处理,商人们对罢委会的意见大了!"

人们感到了极大的愤怒。

谭华泽脸色煞白,头上渗出了一颗颗大汗珠。

在铁的证据及广大代表严正的指责下,黄色工会的代表也起了分化,反对的人孤立了。

会议由中午 12 点一直开到天黑,整整开了 6 个多小时。

贪污失职的谭华泽终于受到了应有的惩罚。

代表们选出了新的会审处主任。

在中夏及同志们的斗争下,经过不断的清洗、整顿,罢委会变得越来越纯洁,罢工也越来越巩固了。

不怕外国人

由于罢委会越来越巩固,各处海口的封锁,也越来越严密了。工人阶级像一个顶天立地的巨人,用自己的巨手卡住了敌人的脖子。英帝国主义为了进行挣扎,想尽各种办法,组织走私和偷运,几乎每天与工人纠察队发生着冲突。

其中,以白鹅潭的斗争最为激烈。

白鹅潭,是珠江流经广州的一个宽阔的水面。由于处在市区内,交通方便,经常停泊着许多外国的大商船和英国的军舰。它的北边挨着沙面,这是各帝国主义列强的租界地,岸边栽着许多百年以上几人合抱的大榕树,景色非常优美。罢工爆发后,沙面被封锁了,粮食、蔬菜进不去,英帝国主义就活动一些土匪从乡下走私偷运。纠察队发现拦截时,英帝国主义就出动军舰救援。因此,这里经常有枪击、夺船的事发生。

一天,中夏和苏兆征等同志正在罢委会研究问题,一个队员急匆匆地跑来。

"报告!"他气喘吁吁地。

"出了什么事?"中夏问。

那个队员竭力镇静地说:"今天早晨,我们正在白鹅潭执行任务,江面上开来一艘英国轮船,我们的支队长陈剑夫——"

中夏说:"就是罢工时,在香港码头上冲天开枪的那个工人?"

"就是他!"那个队员点点头,继续说,"他马上派了几条电船,在附近巡逻,不让任何船只靠近那艘英国轮船。一个上午过去了,没有动静。中午,忽然从沙面冲出一条快艇——"

"呵!"大伙瞪大了眼睛。

"那只快艇,尾巴上挂着英国国旗,像箭一样直向轮船驶去。陈剑夫发现艇内有中国人,一声号令,所有的电船,一齐开足马力,围了上去。"

"好!"中夏赞扬道。

"这时,"队员说,"那条快艇慌了,忙向附近一艘英国兵舰求援。兵舰上就开了枪。大伙气坏了,也集中火力射击快艇,不让它靠近兵舰。这时,芳村、西濠口的纠察队也赶来了,打得很激烈。"

"结果呢?"苏兆征关心地问。

"最后,快艇害怕我们用火力围攻,只好老老实实开到江边。陈剑夫和大伙上去搜查,有3个私逃香港的中国人,还抓到1个肥胖的洋鬼子。"

大伙高兴地笑起来。

队员向中夏请示:"那个洋鬼子咋办,能押起来么?"

旁边,一个职员迟疑地说:"这事会不会引起国民党的干涉和外交纠纷?"

中夏严肃地反问:"他是不是偷运?"

队员说:"是。"

中夏果断地说:"既然是偷运,是破坏罢工,就可以抓!中国人破坏罢工,我们可以抓。外国人破坏,我们也可以抓。外国人有什么好怕,不也是一个鼻子两个眼?过去中国人一直受欺侮,有人养成一种奴隶心理,老是觉着外国人可怕,今后不能再怕外国人!明天,叫彭明好好审审他!"

队员点点头,大声地说:"是!"

陈剑夫听到队员的传达,就和几个队员,把那鬼子五花大绑,押上了路。

那时,抓住一个洋鬼子,可是件了不得的大事!人们不要说见,连听也没听说过。许多人得到消息,都跑来看热闹。

大街上挤满了人。

陈剑夫得意地扬起脸,大声说:"看吧,看洋鬼子吧。"

一个人问陈剑夫:"他是什么人?"

陈剑夫答不上。

鬼子叽里呱啦地说着话。

陈剑夫不耐烦地说:"什么乱七八糟!"

人群里,一个学生说:"他说他是白俄将军,入了英国籍,实际不是英国人。"

陈剑夫说:"嘿,看不出这家伙还是个将军,我还当是个草包哩!"

人们哄地笑开了。

鬼子狼狈地在大街上走着,后面跟着许多孩子嬉闹着,叫骂着。

一路上,人们不住地鼓掌欢呼,有的还兴奋地喊着:"打倒帝国主义!"

事后,中夏和苏兆征听彭明谈到审判的情况。

"开头碰到一件事,把大伙吓了一跳。"彭明笑嘻嘻地说,"那天,几个队员去监狱提洋鬼子,忽然,发现鬼子没了!"

"呵!"中夏微微一惊。

"后来,才知道被陈剑夫押走了。大家连忙分头去找,哪儿也找不到。闹了半天,才发现他端着枪靠在树阴下,鬼子带着铐,一动不动地站在太阳下,正晒得满头大汗呢!"

"这是干什么?"苏兆征问。

彭明说:"他对别人讲:'过去他们不把中国人当人,这回,让他也知道知道中国人的厉害!'"

说过,大家都笑了。

彭明说:"审判时,我和一个审判员坐在桌边,后面,坐着各工会派来的十几个会审委员,四周是纠察队员,看审问的人都挤在木栅外边。鬼子带上来,他见我们都是普通工人,有点瞧不起,把头一抬说:'要审,可以让政府审。'我把桌子一拍,厉声说:'你要到哪里去?你犯的是破坏罢工罪,就得在这里审问!'鬼子没想到'工人法官'这么厉害,吓了一跳,连忙服服帖帖地低下脑袋。"

中夏发出了笑声。

彭明说:"后来,我问鬼子姓名,问他是干什么的。他胆怯地说:'开,开电船的。'我问:'开电船干什么?'他说:'把中国人送上去香港的船,一个人给,给 100 多块……'陈剑夫在一旁火了,大声地说:'你简直该死!'把鬼子吓得直哆嗦。"

大伙笑坏了。

彭明说:"我又问他:'还干些什么?'他说:'有时也给沙面运,运些白菜。'结尾,我严厉地说:'你知道你犯的什么罪?'鬼子吓得要哭,忙说:'下回,下回决,决不敢了!……'"

中夏笑了一阵,感受很深地说:

"100 多年来,中国人民一直受着帝国主义的气,到今天,才算看到帝国主义在中国人民面前把头低下了。"

苏兆征笑着说:"还有更稀罕的呢,今天早上我走在街上,看到前边有一个人,穿着长衫,越看越不是那回事,上前仔细一瞧,你猜是谁?原来是个外国神父,他们吓得连西装都不敢穿,都穿起长衫来了……"

大伙嘎嘎地笑得泪也流出来了。

立　场

为了严密封锁敌人,那时,罢委会不仅与英帝国主义作着激烈的斗争,还要拿出很大精力,来阻止和打击不法商人的走私、偷税活动。

中夏在这方面也付出了很大精力。

一天,几个商人为了一件没收私货的事,在罢委会里大闹,大家弄得没有办法,打电话把中夏从广东区委找来了。

中夏要大家说说当时的经过。

陈剑夫心直口快地说:"这批货是我没收的。方才,天快黑的时候,我在黄沙一带巡逻,有人说,英国佬又从船上卸东西了。我连忙把船开往白鹅潭,一看,可不,英国兵舰正往一个木船上卸东西。我们紧紧盯着。一会,船往这边来了,我们截住,上去一查,果然都是仇货,就扣留了。可是,这帮商人偏不承认,还骂我横行霸道。我就连他们一起押来了。"

那个商人辩白地叫:"我的东西根本不是仇货!"

"还嘴硬!"陈剑夫气得脑门上筋都蹦起来了,"明明是从英国船上卸下的,还狡辩!"

商人大叫:"你们不信,可以检查,这批货要是英国商标,可以全部没收!"

中夏看着商人,冷笑了一声:"看商标没用,商标是可以改的。"

旁边,站着几个商界代表,七嘴八舌地说:

"货物的确不是从英国船上下来的,纠察队同志恐怕看错了。"

"这样没收,我们今后还怎样做生意呢?"

"邓顾问,还是把东西发还,把人给放了吧!"

中夏不慌不忙地点起一支烟,站起来说:"你们好好想想,今天我们罢工究竟为的什么?不就是为了反对帝国主义,争取我们民族的生存、繁荣和独立么!这个斗争胜利了,不但对工人,对你们商界同胞也是有利的!而你们偷运仇货,就会使我们的经济垮台,工商业关门,这是勾结帝国主义的丧尽良心的行为!"他看看那个商人,果断地说,"这次扣的货物,罢委会已经查明,确实是仇货,纠察队干得是对的!"

中夏的态度非常严肃。

偷运仇货的商人脸红了。

那几个商人代表没话说了,停了一会,只得打圆场说:"我们也是同情罢工、支持罢工的。既然这样,我们建议货主把扣下的货物价款全部捐赠,作为支援罢工工人的费用。另外,也请邓顾问把人放了,让他以后注意也就是了。"

中夏笑了笑,说:"仇货和捐赠是两回事。仇货一定要没收,商界同胞的捐赠,我们十分欢迎。既然大家拥护封锁香港和省港罢工,被扣的人可以释放。所扣的仇货,就烦商会公开拍卖,得到的钱,就作为办社会公益事业的费用。今后,我们非常欢迎工商界的合作,繁荣我们的广州。"

商人们只好垂头丧气地走了。

一天,广东农工商学联合会老谭同志,给中夏拿来了不少烟、酒。

中夏问:"这是谁的?"

老谭说:"南洋烟草兄弟公司经理送你的,他说这次封锁香港,英国烟不能进口,公司的生意得到很大发展,他们心里非常感激,送点烟酒,表示谢意,另外,还想请你吃顿饭。"

中夏严正地说:"这怎么行?你就说我不在家,这些东西也给他拿回去。"

老谭觉得有点尴尬。

中夏果断地说:"不要紧,老谭,就这么办吧。"

老谭空手回来时,中夏关怀地对他说:"老谭,你整天和资本家打交道,更要注意这点,和他们往来,可不能随随便便接受他们的礼物啊!"

老谭感动地点了点头,从中夏的鲜明的无产阶级立场受到很深的教育。

第八章 怒 浪(三)

叫嚣

经过同内部、外部敌人一系列尖锐复杂的斗争,罢工队伍变得越来越巩固了,工人阶级的力量和政治影响越来越大了。资产阶级害怕起来,加上国民党右派不断地挑拨、进攻,1926年1月,在国民党第二次代表大会上,国民党左派表现得很软弱,作了许多让步。会后,右派从上海、北京等地纷纷归来,形势变得越来越严重。到处充满了流言蜚语。政府要员伍朝枢,经常在国民政府委员会上叫嚣、攻击罢工工人,公安局长吴铁城也到处张扬:"罢工工人比刘、杨兵士还凶!"

一次,国民党的一位要人,从上海来到广州。经过香港时,他买了一些英国香烟和白兰地酒。纠察队发现后,自然十分厌恶,便对他的行李检查得特别仔细,还不客气地把他训了一顿。谁知这位带洋烟、洋酒的"高等华人",竟是国民党赫赫有名的"理论家"和右派的主要人物——戴季陶。

戴季陶跑上广州码头,许多国民党要员都来迎接他,蒋介石还用汽车把他接到自己的公馆住。戴季陶在广州期间,大发脾气,逢人就骂罢委会的纠察队,说共产党要篡夺国民党的领导权,要组织工人政府夺取国民党的政权。

不久,戴季陶回到上海,找到陈独秀,又大骂广东的共产党犯了"左"倾幼稚病,省港罢工委员会和工人纠察队无法无天。陈独秀听了,不问青红皂白,就用党中央的名义批评广东党犯了"左"倾错误,并派了特派员代表中央来广东"纠左"。

特派员来到广州的第二天,就到党区委①来找中夏。

党区委设在文明路路南的一幢普通房子的楼上,楼下是商家的门面,二楼是团区委,三楼是党区委的办公室。因为部门多,房间少,用木板隔成了许多小单间,中夏在一间稍大的单间里。每天晚上,他料理完罢委会的工作,总来这里阅读材料,起草文件和参加党团的会议。

这天,他正在屋里写着什么,楼梯口传来一阵沉重的脚步声,接着,上来一个40来岁,穿着长衫,留着西式分头的人。中夏感到有点面熟,但一时又想不起是谁,等到灯光直射到他的脸上时,才猛然想起,忙站起说:"呵,是你……"

他连忙请特派员坐下,寒暄了几句,随后谈了谈近来的情况。

"最近,中央有什么新的决定、指示么?"他问特派员。

特派员摘下他深度的近视眼镜,擦了擦,冷冰冰地说:

"没有什么。我这次来,主要是想找你谈谈。"

"呵!"中夏沉着地凝视着他。

特派员站起来,走到窗边,看了看,然后转过身,望着中夏,一字一板地说:"老头子对你们很不满意呢。"

他把"老头子"三个字说得特别地重。

中夏知道他指的是陈独秀,便镇静地问:"什么事不满意?"

特派员的脸色变得更严肃,高高昂起头说:"你们搞得太不像话了!"

沉了沉,特派员又接着说:"有些事,办得太过火了!罢委会和工人,同英帝国主义作斗争是对的,可是为什么把国民党的人也得罪了?为什么这样蛮干呢?你们没听到戴季陶在上海、广州大叫大嚷么?"

中夏这才明白是怎么回事。他鄙视地笑了笑,说:"他叫嚷几句,怕什么!罢工工人为了打倒帝国主义,严格执行自己的职务,有什么不好?难道这就叫无法无天?这就叫篡夺国民党的领导权?"

---

① 党区委:指中共广东区委员会。当时广东区委领导广东、广西两省党的工作,故名区委。

特派员不满地把手一挥说："见鬼！你要知道,现在是国民革命时期,一切要靠国民党来领导,共产党人应该安守本分,尽量和他们合作,促进这个革命的完成。决不应该在里边野心勃勃,惹是生非！"

中夏不满地问："什么叫野心勃勃？什么叫惹是生非？"

特派员冷笑了一声,说："国民政府既然支持罢工,又有军队,我们还搞什么武装,这不是野心勃勃是什么！"他用手将桌子敲得嘭嘭直响,"这些罢工工人懂得什么,你发给他们枪,这不是有意让他们惹是生非么？"

中夏忍不住了,但仍旧克制地说："你怎么能这么说！"

特派员脖子上的筋鼓起来,他大声地说："老头子早就发脾气了,说你们为什么老惹国民党的人不高兴,说现在正是搞统一战线的时候,应该执行让步政策,绝不该把国民党吓跑了。你们这种做法,简直是严重的'左'倾机会主义！这次,我就是特地来纠偏的！"

中夏冷冷地说："这里没有什么偏,不需要纠！"

特派员把桌子一拍,满脸涨得通红,大叫："这是中央的意见！"

中夏实在忍无可忍,立刻站起来,大声地说："你别拿中央吓人！中央就能对革命不负责任么！这里明明有几十万工人,罢工明明还在进行,身为总书记的人,却瞪着眼对外边说罢工已经停止,这究竟起的是什么作用！"他也把桌子拍得山响,"你来解释解释！"

特派员为这意外的一问,突然愣住了。他没想到中夏也敢发这么大的火,反倒不知怎么收场了。一会,他变得软下来,放缓语气说："好了,好了,别冲动,来来来,我们坐下慢慢说,慢慢说。"

中夏仍然不妥协地充满愤慨地说："不是我冲动,是我恨透了这种对资产阶级的卑躬屈膝,恨透了这种没有止境的毫无原则、立场的让步！"

不久,中夏在党团员会上,联系到这件事,作了一个非常生动的报告。

他说："同志们,自从国民党召开第二次代表大会以来,国民政府的情况是越来越严重了,右派分子大批地从外边各地涌来,政府内部,一些过去以'左派'自我标榜的所谓革命人士,也逐渐露出他们的真面目来了。以前,他们和香港英帝国主义者互相间虽都有些意思,但还是'盈盈一水间,脉脉不得语',大会以后就不同了,每逢从上海回来或去上海,经过香港时,照例总是'酒阑灯灺,情语缠绵',临别也是'送君南浦,伤如之何'。尤其是有名的中国公使伍廷芳的公子伍朝枢,自从香港英帝国主义派人来'惊艳'之后,接二连三就是秘密'递简',简直是忙碌之至。特别是戴季陶,一向是国民党中出名的左派,这次来广东,'拂墙花影动,疑是玉人来',没料走近一瞧,却是一个花和尚,是来这儿挖墙脚的。……"

人们为中夏借用《西厢记》词句说的这些俏皮、挖苦的话,惹得全笑起来了。

中夏把胳膊扬起,大声地说:"同志们,谈恋爱要注意别上了对方的当,我们和国民党在一起,千万别把右派当了'玉人'啊!"

人们笑得泪也流出来了。

阴 谋

不久,热闹的西关一带,忽然出现了土匪。夜晚,人们拿着东西,带着钱财,从那里过,一不小心就给抢去。有的甚至连身上穿的值钱衣服都给扒了。最后竟发展到白天行劫。到处传来风言风语,说土匪穿的衣服和罢工工人一模一样,甚至说这就是罢工工人干的。国民党右派分子乘机鼓噪,逢人就骂:"什么罢工工人,活活是一群土匪!""这班罢工油①,简直无法无天!"

中夏听到这些情况,去找杨殷商议,杨殷连忙把罢工工人中一个有名的能干人物名叫郑勇的找来。

中夏警觉地说:"看来,右派的活动很厉害。他们到处找纠察队闹事,攻击罢工工人。国民政府里的一些要人,同香港之间的秘密来往,也一天天增多了。最近这些抢劫,恐怕是他们的一个新阴谋,不会是罢工工人干的。很可能是有人企图破坏罢工工人的声誉,来达到他们不可告人的政治目的。"

杨殷点点头说:"事情的确很复杂,我看,只有打入敌人内部,才能查清是搞什么鬼!"

---

① 罢工油:广东话"罢工的家伙"。

中夏点头表示同意，瞧了瞧郑勇说："老郑，我们想把这个任务交给你，你看行吗？"

郑勇立刻爽快地说："行！"

郑勇是个共产党员，过去一直做木工。他有着高高的个子，一对明亮犀利的眼睛，不管做什么事，胆大、手快，是个精明强干的人物。过去，他在香港和帝国主义斗争时，曾按杨殷指示，不顾生命危险，在电车上放过定时炸弹。这件事他和杨殷虽然都受到了批评，但也可以看出他是异常勇敢、机智的。

杨殷的社会关系很多，不久，郑勇就打进了广州卫戍司令部的谍查队。

刚过了两三天，郑勇就兴冲冲地跑来，对中夏、杨殷说：

"已经查出来了！作案的就是公安局侦缉科长吴国英的侄子，还有一伙爪牙。据说吴国英的这个侄子身高7尺，相当厉害。会打一手好拳，还能两手放枪。他在西关简直是一个土皇帝。什么烟、酒、嫖、赌，各行开业，都要通过他，不然他就派人把你打死。他被捕过一次，据说临上刑场时，假装要烟抽，突然夺过枪去把执法官打死，跑掉了。从此以后，警察一听到他的名字，就吓得要死。最近他们在西关抢东西，事先都穿了工人衣服，化了装，故意嫁祸给工人。他们在东头抢，警察便往西头跑。他们在西头抢，警察便往东头跑。这些人身上都有侦缉证，贼是他，警也是他，根本没法抓。"

中夏与杨殷交换了意见，然后向郑勇作了详细布置。

接连几天，郑勇先在外边调查吴国英侄子的行动和住地。在调查中，发现吴的侄子有个爪牙，名叫马雄，和他有矛盾。郑勇就设法和马雄接近，喝鸡血酒，拜把兄弟，把他拉了过来。

一天，郑勇从马雄那儿得知，吴国英的侄子和一个小丑在"乐善戏院"对面的茶居里喝茶，就连忙去报告了中夏和杨殷。

中夏分析了情况，对郑勇说："这人，看来活捉不容易，为了取得他身上的罪证，只有坚决打死他！"

郑勇点了点头。

中夏沉思了一会，嘱咐说："四周的地形一定要看好，大门外边多埋伏几个人，防他突然冲出来。特别是后路，一定要堵死，不能留一点活路，可以派几个枪法好的人守在那儿。"

郑勇立即站起身,说:"我马上去布置!"

"别忙!"中夏一把拽住他的胳膊,递过一批传单,叮咛他,"打死他以后,马上把这批传单撒出去,动作要快,要干脆!"

郑勇点点头去了。

一切安排妥当,郑勇把子弹顶上了膛,接着就走近了茶居。他在门口停住,用眼一扫,见马雄和那个家伙正在一张桌边喝茶。他小心地走近了几步,刚掏出枪,那家伙发觉了,"刷"的一下抽出两把左轮,郑勇心里一慌,子弹从那家伙的头边擦过去。那家伙举枪要打,背后,马雄的枪响了。那家伙身负重伤,一下窜进后屋,夺门想逃。这时,事先埋伏在门外的同志们也开了枪,郑勇冲到门口,见他已倒在血泊里,两手还紧紧地握着两把左轮。

从他身上,搜出了公安局的侦缉证,另外还有一根金腰带。

郑勇连忙把揭露阴谋的传单撒在街上。

与此同时,有人在别处把他的爪牙也解决了。

报上登出这个惊人的消息,并公布了这帮家伙的罪证,罢工工人的冤情,才真相大白。敌人的阴谋,又被粉碎了。

大 青 年

那时,中夏除了忙于领导罢工工人,对青年运动也很关心。

晚上,在文明路党区委办公时,每当工作疲倦或有一点空闲,他常常从三楼下来,找二楼共青团区委的干部谈这谈那,了解青年的情况。团区委的同志每逢遇到疑难问题,也总跑上三楼,看看中夏在不在,只要他在,一定要强拉他下来说几句。中夏除了工作实在放不下以外,也总是高高兴兴下来和大家谈一谈。因为他说话幽默,经常逗得大家喜笑颜开。

有时,中夏不在,陈延年知道了,就带笑地问:"我来代表他好不好?"大家天真地喊着:"不好,不好。"就跑了。

为这,陈延年曾经热情地称中夏为"大青年"。

那时,青年运动中,和反动学生的斗争,也是很紧张的。每逢有什么大的纪念日,进步学生在广东大学操场上开大会,反动学生就在东较场开大会。尽管反动学生头子,骑着高头大马,在大街上来回吆喝,欺骗同学们到东较场去,可是人数却少得可怜。两者对比,真是十分鲜明:广东大学操场上的会,群众总是十分拥挤,革命气氛非常热烈;而东较场上的会,却总是冷冷清清,往往喊几句口号就鸡飞狗散了。这帮人大都是广东大学法科的学生,在黄埔右派的影响、唆使下,专门和进步学生作对。由于他们经常拿着"士的克"(手杖)打人,所以大伙都讽刺地称他们为"士的党"。这些"士的党"在蒋介石的暗中支持下,一天比一天嚣张,后来竟然采取野蛮手段,经常殴打共青团员和"新学生社"(当时进步学生组织)的社员。因此,青年学生的集会,常常变成打架的大会。

一天,中夏从罢委会开完会出来,发现迎面过来一个人,衣服撕得稀烂,样子非常狼狈。走近一看,原来是团区委的干部小王。

"小王,你怎么了?"他见小王的脸上还有血迹。

"和'士的党'又打起来了。"小王显得十分懊恼、泄气。

"不要紧,"中夏鼓励地拍拍小王的肩,"'士的党'要打,就跟他们打。不单和他们打,还要准备和反动的军队、警察打!"他的乌亮的眼睛闪着豪迈的光芒,充满自信地说,"小家伙,我在北京的时候,也同警察打过哩!"

小王看看中夏的豪迈劲,心里受到很大鼓舞。他想起几天前,有人曾经责备团区委,说学生运动做得像成年人一样,太过火了,给党增加了好多麻烦。可是,眼前中夏却不单不反对,反而支持这么做,这简直叫人太高兴了。

中夏从口袋里掏出几个钱,看了看,还够一次花的,便对小王说:"走,小家伙,吃冰淇淋去!"

路上,小王谈到这次打架的经过:

原来,广东大学学生会今天进行改选,学生会主席怕选举时"士的党"分子捣乱,便把纠察队的一个朋友,找来帮助维持秩序。会议一开始,"士的党"分子果然闹了进来,那个纠察队员刚说了几句公道话,"士的党"分子便乘机起哄,把那个队员绑了起来。有人忙去队里报告,别的队员听到,连忙跑来抢救,就这样,整个会就打散了。

中夏失声地说:"啊呀,学生打不要紧,纠察队也卷进来,就太不策略了!"

他给小王详细地分析了这样做的后果。

吃冰淇淋时,中夏问了小王最近团的发展情形。

他想了想,指出说:"女团员占的比例太小了。女学生运动,搞得也太不理想了!"他眯起一只眼,风趣地说,"很可能是你们的态度太革命了,革得叫她们害怕了。也可能是因为你们不肯看《红楼梦》《西厢记》,不懂得女青年的心理。"

小王禁不住也笑了。

后来,广东大学的纠纷果然闹得很大,右派分子和反动学生借机在社会上大肆造谣,说罢工工人无法无天,竟敢冲进学校殴打学生。他们还在报上,大肆进行歪曲宣传,引起社会上许多人对工人不满。为了解决这个严重问题,中夏一面在报上,公布事情的真相,申明已经对有关人员进行处置;一面又亲自去广东大学,给全体学生作了一次专门报告。在报告中,他谈到香港罢工的意义,革命青年的使命,说明读书是为了建设新中国,要想建设一个新中国,就必须打倒帝国主义,而要打倒帝国主义,就一定要有工农兵学妇的大团结!他演说时,不仅礼堂里坐满了人,连礼堂外面的走廊和窗口上,也挤满了人。他的话常常为雷鸣般的掌声打断,连"士的党"的学生也不得不鼓掌表示拥护。

中夏的演讲,不单澄清了这次的纠纷,而且给团的发展铺平了道路,有些原来抱定"两耳不闻窗外事"的学生,听了他的讲演,也逐渐活动起来,向团靠拢。当时校内有一个"民权社"的团体,对政治采取自由主义的态度,听了中夏的讲演后,很多人要求加入团。其中有一个主要成员,叫毕磊,是学校的优秀学生,也入了团,不久还入了党,担任了支部书记,在广州"四·一五"反革命事件中壮烈牺牲了。

欢迎十万大军

由于右派的活动越来越厉害,香港英帝国主义以为广东要发生政变,态度变强硬了。为了给英帝国主义以更大的压力,1926年2月,在香港又发动了第二次罢工,一万多工人纷纷回到广州。

一天中午,中夏检查完罢工工人的宿舍,往回走时,在街上看到一幅不寻常的情景:许多商号的买卖人神情惊慌,好像发生了什么事。路上行人也三三两两地议论着什么：

"这事真闹大了！""赶快回家收拾东西……"

中夏不知道发生了什么事，就加快了步子。当他快到东园门口时，忽然被一个人截住，抬头一看，原来是农工商学联合会的梁培基先生。

梁培基是一个比较进步的民族资本家。香港罢工爆发后，由于抵制英货、英币，他经营的"发冷丸"，和中国其他工商业一样，也得到很大发展。为此，他对革命和罢工有一种感激的心情，各方面都表现得很积极。当时出版的革命书刊，如《向导》《新青年》等，他也订了一份。他在商业宣传上颇有一套。比如，开始推销他的"发冷丸"时，他印了大批广告，上边写着"梁培基发冷"，贴出以后，人们感到非常奇怪，不知道怎么回事，过了几天，他才在"冷"字下，添上一个大大的"丸"字。"梁培基发冷丸"就这样问世了。他这种独出心裁的宣传方式，使他经营的商品一下便被人记住了。由于他对罢工热心，后来被选为农工商学联合会的常务委员及宣传部副主任，经常同中夏在一起开会。

这天，他到处找中夏没有找到，来到东园门口恰巧碰到，便一把抓住中夏的胳膊，惊慌地说："啊呀，邓顾问，你上哪儿去了？"

中夏说："出了什么事？"

梁培基说："今天早上好多商界同胞跑来找我，说英帝国主义要出动10万大兵进攻中国，一路攻天津，一路打上海，还有一路攻广州，这，这怎么好？"

中夏哈哈大笑，说："你相信这话吗？"

梁培基睁大眼睛："怎么不相信！英国已经正式向北京政府提出最后通牒了！上海《字林西报》也登出了消息，这可是千真万确，千真万确。政府里也有人埋怨是罢工惹了大祸，把事情搞坏了！"

中夏看着梁培基，严肃地说："你也认为是这样么？要不是罢工，你的发冷丸能得到这么大的发展么？"

"是，是，是，"梁培基忙着点点头说，"对大罢工，我是百分之百拥护的。"

中夏笑着说："这就好嘛！告诉你，英帝国主义不过是吓唬人，他们是不会来的。"

他详细地分析了英国的情况,梁培基听着听着也笑起来了。

中夏回到办公室,见苏兆征、何跃全正在屋里,就问:"关于说英国出兵的事,你们听到工人中有什么议论?"

苏兆征说:"少数人有些慌乱,来这里问过。"

中夏说:"你们对这件事怎么看?"

苏兆征摸摸左眉边的瘊子说:"很难说。"

中夏笑了笑:"我看是个难得的好消息。"

苏兆征惶惑地望着中夏。

中夏说:"我准备作个报告,题目就叫'欢迎英国的十万大军'。"

不久,中夏果真作了一次这样的讲演。

这天,正好是欢迎中华全国总工会副委员长刘少奇同志从湖南出狱来广州的大会。会上,中夏致了热烈的欢迎词,刘少奇同志也作了热情洋溢的发言。最后,中夏就10万大兵问题,专门作了报告。

他站在台上,大声讲道:

"……最近,英帝国主义大肆宣传,说要派10万大兵进攻中国,我们对他们这种热心的行动,表示热烈的欢迎!"

群众中很多人瞪大了眼。

中夏微笑地说:"英国真正不愧是世界上天字第一号的帝国主义!因为宣战的三个必须条件,他们一条条全都准备好了。"

人群中微微起了惊慌。

"第一条,它必须自己国内的人完全赞成,或者完全不理——"中夏大声地说,"英国现在失业工人越来越多,工资下降,罢工一个接着一个。英国向中国宣战后,战费大大增加,工人必然更要减薪,对于这点,工人们一定会赞成、一定会拥护的。上次欧战,广大群众受了很多的苦,这次也一定愿意再尝尝的。看来,英国宣战的第一个条件是具备了。"

台下,扬起了笑声。

"第二,"中夏继续说,"必须敌国的人民很软弱,没有组织,或者完全没有爱国心。——今天,中国不是10年前的中国了。单说广东,就有20万有组织的工人,80万有组织的农民,另外,还有许多革命的学生、士兵,如果英国采取铁血政策,这些人一定会像80年前鸦片战争一样,一听到外国人来了,早就逃得精光光的,或者统统随他杀光斩尽。看来,英国宣战的第二个条件,也是完全具备了。"

台下笑声更大了。

中夏脸上堆满笑意,声音更加响亮地说:"第三,必须国际之间没有冲突,交战国没有别国的仇视。——目前,各个帝国主义都在拼命争夺中国利益,英国单独出兵中国,别的帝国主义一定会一声不吭。英国打败中国后,把中国的市场和权利都抢去,别的帝国主义也一定不会争夺,甚至会把自己占的权利都让给他的。看来,英国宣战的第三个条件也是完全具备了。"

群众哄堂大笑。

中夏激动地挥着胳膊,大声地说:"总而言之,统而言之,我们对英国这次出兵中国,首先表示最热烈、最盛大的欢迎!因为多少年来,我们打的只是他们的工具——军阀,现在能直接和帝国主义——而且是天字第一号的英帝国主义较量较量,确实是一件很痛快的事!"他的声音越发激昂起来,"可惜,亲爱的红毛鬼呀,你们是错用了心机了!你们的肝肺心肠,我们早已用X光线一眼看穿了。10万大兵是吓不倒人的。省港罢工是一定要坚持到底的,是一定要赢得最后的胜利的,你哭吧,你叫吧,这些都挽救不了你,你还是快快求饶吧!……"

第二天,广州所有的街头、路口,出现了大幅反对英帝国主义恫吓政策的宣传画,遍地是游行示威的队伍。在万人瞩目的长堤上,高高地竖起一幅横挂的标语,上边写着斗大的一行字:

欢迎英国十万大军!

敌人的恫吓战术,终于被中夏有力的鼓动粉碎了。

人们怀着钦佩的心情,称赞中夏,说他"有一副X光的眼睛"!

黄 埔 公 路

香港英帝国主义见用恫吓政策没有成功,又勾结国民政府内部的右派分子进行新的阴谋活动。

几个月前,罢委会和广东各界为了广东经济能够独立,发起组织了"中华各界开辟黄埔商埠促进会",准备在广州东边的黄埔开辟一个新的商港,来代替香港,使香港成为一个废岛。但是,由于政府内部右派的阻挠、拖延,这个计划始终迟迟没能实现。

一天,中夏和苏兆征在罢委会又谈起这件事。

"真怪,"中夏说,"这两天,不知怎么,他们忽然变得积极起来,不知道葫芦里究竟卖的是什么药。"

苏兆征说:"连孙科、伍朝枢也亲自来参加'计划委员会',筹划开港的事,这里边恐怕不会没有原因的。"

不久,中夏得到消息,说香港英帝国主义最近忽然扩充九龙码头,盖了很多货仓,连附近的马路,也都作了加宽和整修。

中夏恍然大悟,对苏兆征和何跃全说:"孙科他们这是'明修栈道,暗度陈仓'啾!"

何跃全不懂地问:"什么叫'明修栈道,暗度陈仓'?"

苏兆征笑着说:"这是刘邦打项羽的故事。汉王刘邦自拜韩信为帅,不久就出兵讨伐楚国。当时,韩信为了欺骗敌人,故意派先锋樊哙,领了一万民夫去修被烧毁的栈道,伪装准备进兵的架势,实际将大批人马偷偷地从小路陈仓绕过去。等到大兵开到楚国城下,楚兵发觉,已经来不及了。"

中夏点点头,说:"对,就是这样。现在国民党右派明处同意我们开辟黄埔港,暗地里却同英帝国主义勾结,打算偷偷地将粤汉、广九两路接轨,使香港的货不必经过广州,就可以直接运入内地。这样一来,香港经济得到恢复,广州却陷入了绝境。——这是一条很毒的诡计呢!"

何跃全把腿一拍,说:"原来是这么回事!"

中夏笑着说:"也好,既然他们来这一手,我们也可以将计就计,到时候给他一个迎头痛击!"

不久,又得到一个消息,说英帝国主义答应事办成后,给右派贷款3000万元。这样一来,中夏的判断就证实了。

一连多天,中夏不动声色地参加着开辟黄埔港的筹备工作,积极提出建议,促进这一计划的实现。

民族工商业人士,在这上面,尤其表现了热心。因为他们过去一向受英帝国主义的排挤,省港罢工后,外国货进不来了,中国工商业得到了很大发展,棉布的销路广了,香烟的生意好了,各方面都出现了欣欣向荣的气象。如果黄埔商港再一建成,今后就可以摆脱香港英帝国主义的控制,使经济得到更大的繁荣。

在各方大力支援、配合下,开辟黄埔港的事进行得非常顺利。右派分子也暗暗得意,以为我们中了他们的诡计。

这天,右派分子们兴高采烈,以为那3000万元就要到手了。在一次会议上,正当他们高谈阔论的时候,中夏站了起来,不慌不忙地说:

"诸位,开辟黄埔商港是广东经济发展中的一件大事。它可以永远摆脱香港的束缚,使广州经济得到繁荣。省港二十几万罢工工人是完全拥护的。可是,最近突然发生了一件事,不能不提请各位委员严重的注意。"

全场的人向他投出了惊异的眼光。

然后中夏提高声音,严肃有力地说:"据说,现在竟然有人在暗中进行活动,准备恢复省港交通,使粤汉、广九两路接轨,让香港的货物直接流入内地!"

孙科连忙站起来装糊涂说:"怎么会有这种事?怪事!邓先生,千万不要听信那些谎言。政府如果不热心,为什么还成立计划委员会呢?"

伍朝枢也连忙帮着搪塞说:"就是,就是,要不,我们还亲自参加干什么!绝不,绝不会有这种事!"

中夏严正地驳斥说:"怎么没有?眼前,就有充分的迹象可以说明!"

会场上,人们更惊讶了。

人们纷纷吃惊地问:"什么迹象?""什么根据?""快说!"

中夏冷冷地一笑,说:"据可靠的人报告,最近,香港英帝国主义忽然大兴土木,积极扩充九龙码头,兴盖货仓,并且大大加宽了马路路面。所有这些迹象,不是为了准备省港通车是什么?这难道还不能说明问题么?"

"哦!真有这事!"人们吃惊了。

孙科、伍朝枢脸色通红。

中夏挥着胳膊,激动地说:"如果英帝国主义这一阴谋,真的得到实现,那么两路接轨和省港通车的日子,也就是香港繁荣、广州衰落的开始。黄埔港就永远建不成,中国的工商业就将永远不能得到振兴!"

"那怎么办?"一些商界代表纷纷着急起来。

中夏接着说:"当前,最要紧的,是首先修通广州到黄埔的公路。这样,可以使黄埔港更快地建成,使各国大轮船更早地进来,我国的货物可以出口,广州经济得到繁荣,南中国的工商业,也就可以得到更大的发展。"

人们七嘴八舌地叫:"太好了,这样太好了!"

孙科在形势逼迫下,结结巴巴地说:"这个,这个,政府也是这样主张的。"

中夏趁势逼紧一步:"如果政府真心建港,就不应停在口头上,而应拿出实际行动和款子来!"

孙科不安地解释说:"现在主要问题,还不是钱,而是人力不够。就是有钱,一下也是没法修成的。"

中夏说:"如果政府和诸位赞成,省港罢工委员会可以在两天之内,组成一支修路大军,三天之内开赴工地,修建黄埔公路!"

一个商会代表兴奋地说:"我们商会可以筹集一万块钱,作为开工的预备费!"

大家纷纷鼓掌欢迎。

孙科在这种气氛的压力下,极为狼狈,慌忙表示说:"我们也可以拨出一笔经费。"

最后,大家一致通过,决定商会筹备两万元,政府拨出两万元,马上修建黄埔公路。

散会时,孙科和伍朝枢看着中夏背影,冷笑了一声,悄悄地说:"哼!看你们怎么建成这条路!"

会后,中夏兴致勃勃地回到罢委会。

"告诉你们一个好消息,"他走进门,大声地对苏兆征、何耀全说,"黄埔公路的钱解决了!"

中夏接着把方才的事讲了一遍,兴奋地说:"不管有多大的困难,我们一定要把这条公路建成!"

苏兆征高兴地说:"对,我和耀全马上去组织工人。"

当天夜里,中夏拟出了详细的筑路计划。

没有几天,筑路工作就很快地展开了。

一开始,遇到很多困难。因为公路要经过一部分农田,遭到了农民们强烈的反对。白天,测量队好容易设好标志,夜晚就被农民平了。这样反复几次,工作简直没法进行。罢委会只好组织大批工人宣传队下乡,与农民协会联系,召开工农联欢会,向农民宣传筑路的意义。后来,这个问题总算得到解决。可是,不久地主又派民团向筑路工人打冷枪,使工作受到很大威胁,罢委会只得又派出几支工人纠察队,在公路两旁巡逻,压下了他们的气焰。筑路工作终于热火朝天地展开了!

浩浩荡荡的工人队伍,一批一批涌上了工地。二三十里长的大路边,到处住满了筑路的罢工工人,民房里、祠堂里、草棚里,全是一排排的铺盖。每天早上,天刚明,人们就争先恐后地涌上了工地。在几十里长的路面上,到处是银光闪闪的锄影和劳动的歌声……

在人们忘我的劳动中,黄埔公路终于胜利地建成了。

中夏在一个会上,提到这次筑路时,笑着说:"国民党右派想用'暗度陈仓'的办法出卖罢工,结果是'赔了夫人又折兵',贷款没有拿到手,还白白地赔了一笔钱!"

火烧东园

一天,苏兆征正在召开罢工工人代表会,忽然听到街上响起"当当当"的飞驰的救火车声。

有人匆匆跑来说:东园着火了。

苏兆征大吃一惊,连忙宣布暂时休会,人们涌出会场,向东园方向跑去。只见远处浓烟滚滚,火焰冲天,半个天都照红了。

等大家赶到东园,见到处是忙碌、奔跑的人们,救火的,抢物资的,一片乱糟糟。看来起火已经多时,整个东园已经烧得差不多了。会审处、监狱、饭堂毁了一大半,只有纠察委员会的洋房还往外喷着一团团大火,别的总办公室、法制局、审计局只剩下一堆堆黑灰和残烟了。

空中飞舞着灰烬,顷刻间落了人们一身。

人们望着眼前这悲惨的情景，心痛得说不出话。

东园——这几十万罢工工人的总指挥部，过去是一片庄严、火热的景象！回想罢工之始，这里本来是一片荒地，到处是丛生的野草，堆积的瓦砾，狼藉的垃圾，长年淤塞的河水，散发出刺鼻的霉味。偶尔飞过一只乌鸦，发出几声干哑的嘶叫，越发显出这儿荒凉。罢工工人来到后，这多年被人遗忘的地方，经过工人辛勤开辟，野草被清除了，河道流进了碧绿的清水，河面出现了一座焕然一新的小桥。人们在各处盖起了整齐、高大的葵棚，用细碎的砖瓦，铺了好看的石子路，两旁还栽起一行行小树。园子中心，立着一对又高又直的椰子树，还有一面高高飘扬的红旗。附近，不知是谁，用砖头垒了一个漂亮的养鱼池，里边游着一群悠然自得的可爱的大金鱼……每天，人们从四面八方涌来，处理着成千上万件关于罢工的事，处处充满了欢乐和生气。……可是，现在呢，这块被称为"工人政府"的革命圣地，转眼间竟化成了灰烬，怎能不让人悲痛和激愤呢！

会计部的同志们，急于在瓦砾堆上寻觅着，想找到他们装款项和单据的保险柜，可是，奇怪得很，连影子也找不到。他们痴呆呆地望着几根烧焦的柱子，难过得快要哭出来了。

保险柜究竟到哪里去了呢？

就在这时，传来了恶毒的谣言，说这把大火与苏兆征有关，因为他是财政委员会的负责人，为了营私舞弊，就串通了会计部主任。这场大火，就是为了消灭罪证……

不明真相的人被弄糊涂了，有的也跟着瞎嚷起来，事情越闹越大。最后，甚至有人指名骂起苏兆征来：

"姓苏的，看起来也不怎么样！"

"这小子，是想发财、讨小老婆哩！……"

就在这时，苏兆征和陈剑夫赶到了。

陈剑夫气得浑身打颤，冲上去就要揍说闲话的人。

苏兆征一把把他拉住，冷静地看看大伙。

人们紧张、关切地望着他。

苏兆征以最大的毅力，压制住内心的冲动，声色俱厉地说：

"苏兆征有小老婆，谁要送给谁！可是有一条，苏兆征的大老婆，谁也不许动！"

骂人的那个人把头低下了。

苏兆征接着大声说:"先别说这个。大家赶快救火!东西能抢出多少就抢出多少。"

大家分头动手忙起来。

这时,一个工人暗暗想道:"保险柜又不是木头的,不会烧得连影子都没有呀!"这才想起会计部的房子是用竹子、席棚搭在河面上的,地板烧了,保险柜准是掉到河里去了。

经这个工人提醒,人们连忙跳到河里,四下一摸,果然保险柜在那儿,便高高兴兴地扛上来。大家正要把款项、单据拿出来,只听后边一声大叫:"别动!"人们全愣住了。

大家回头一看,是苏兆征。

苏兆征走过来,温和地解释道:"我们是对全体罢工工人负责。有人骂我们,不要紧。我们只求全体罢工工人信得过我们。"他对站在周围的人们说,"我建议,立即组织一个查账委员会,来审核账目!"

大家一致表示同意。

就在这时,中夏也匆匆赶来了。

他和苏兆征在现场转了一圈,到处是一片黑糊糊的灰烬,什么都烧光了。

中夏问苏兆征:"火是怎么起的?"

苏兆征说:"我们都在开代表会,弄不清楚。"

彭明从人堆里挤出来,说:

"今天下午,大家全去参加代表会了。一部分人到江边,运苏联送来的军火。东园已经没什么人了。这时候,我正在会审处办一件案子,忽然听到外边有人叫:'失火了,失火了!'我忙跑出去一看,见罢委会总办公室那边,冲出一团黑烟,接着,蹿出火苗,我正吃惊,只见后面跑出一个生人,神情慌张,手里拿着什么。我急忙追过去,他拔腿就跑,转了几个弯就不见了……"

中夏果断地说:"马上组织一个调查委员会,立即查清着火的原因。"

苏兆征说:"对!"

他们回到门口,好多人在乱糟糟地嚷着:"怎么办?""纠察队也没处住了。""犯人关在哪儿呢？"……

纠察队总教练徐成章，急得在一旁抹泪："损失实在太大了，太大了。"

中夏走过去，安慰说："哭什么！不要紧！"

他通知李森："马上把各部负责人，叫到这里来开会。"

人们陆续聚集过来。

周围的余烬，尚未完全熄灭，仍然缓缓地冒着一股股黑烟。中夏叉开双腿，站在瓦砾堆上，镇定地说："同志们，今天这场大火，看来不是一件孤立的事，也不是偶然的事。不久前，广州发生了中山舰事件，现在，又有人把我们的罢委会烧了，这难道是毫无联系的么？不，绝不会的！我看，这恐怕是有人企图发动政变的信号！不过，大家也不要怕，不要泄气，更不要急，我们要是乱了步子，几十万罢工工人就更乱了。现在，重要的，是马上采取紧急措施，进行抢修！"

他问招待部主任："我们哪儿还有空房子？"

招待部主任说了几个地方。

中夏对李森说："明天立即照常办公！"

李森点了点头。

中夏又问："棚子工会的人来了没有？"

有人说："来了。"

中夏吩咐说："你们回去马上发动全体会员，明天就动手，尽快把房子盖起来，不单要快，还要盖得比以前更整齐，更好！叫那些反革命看看，我们工人阶级是有能力的！"

人们的悲观情绪一扫而光，精神振奋起来了。

这时，中夏忽然听到近处似乎有猫叫的声音，他巡视了一下，没有看到什么，抬头一看，见东墙边烧焦的大树上，有一只可怜的猫。

"呵，这也是咱们东园的小伙伴，"他对大伙说，"谁上去，把它救下来。"

有人爬上树，把猫抱下来。

第二天，中夏到各处看了看，见人们已经纷纷干起来。有扛木板的，钉钉子的，安电线的，正在各处忙着，有的把床铺、灯线都已经快弄完了……

不久，烧成灰烬的东园废墟上，又立起了一排排高大、整洁的葵棚和许多崭新的建筑，虽然形式和以前有些不一样，但却显得更加整齐，更加美观大方了。

1926年10月初，由于北伐军出师连战皆捷，改变了全国反对帝国主义斗争的总形势，罢工工人代表大会认为英帝国主义在政治上和经济上，已经受到沉重的打击，时机已经成熟，决定自动收束罢工，取消对香港的封锁，以便全力以赴地进行北伐，使省港罢工的斗争，变为全国一致的联合奋斗。至此，在中国共产党领导下，二十几万工人坚持了整整16个月的轰轰烈烈的省港大罢工，便宣告胜利结束了。

这次罢工，规模的宏大，组织的严密，策略的灵活，时间的长久，以及罢工工人坚毅不屈的斗争精神，不仅在中国工人运动史上，写下了极为光辉灿烂的一页，就是在世界工人运动史上，也是空前未有的伟大的创举。

中夏在这个复杂的斗争中，表现了他那高瞻远瞩的革命气概，灵活机敏的策略眼光，极为卓越的组织才干，日理万机的巨大工作能力，以及密切联系群众的工作作风，真正成长为中国工人运动的一位杰出的领导人。

省港罢工，是中夏革命斗争生涯最重要、最光辉的时期之一。在他31岁和32岁的这两年间，他担负着中共广东区委（即省委）的委员，中华全国总工会的秘书长兼宣传部长，省港罢工委员会的总顾问和党团书记，《工人之路》的主编，党报《人民周刊》的编委等重要职务。他不但全力以赴地领导了省港大罢工的斗争，而且像以往一样，把马列主义的理论同革命的实践活动密切地结合起来，是他的著作最为丰富的一个时期。他除了在《工人之路》《人民周刊》上经常发表指导革命斗争的论文外，还写了篇幅较长的理论著作，如《工会论》（上编）、《省港罢工概观》、《1926年之广州工潮》以及论文集《省港罢工中之中英谈判》等。值得注意的是，他在这个时期提出了几个关于中国革命极为重要的理论问题，如无产阶级争取革命领导权的问题、建立革命的民主政权的问题和中国革命的前途问题。

当时党内的右倾机会主义者，对于无产阶级领导民主革命，一直抱着消极软弱的态度。实际上是放弃了无产阶级的领导责任。

中夏则提出：

"假使资产阶级取得领导权，必然领导革命走到反革命的道路。……所以领导权如果被资产阶级抓去，则革命便是宣布死刑。我们须用极大的努力与资产阶级争取领导权。"

中夏还进一步阐明：工人阶级争取革命领导权的实质，"就是争取中间阶级群众的问题"。所谓中间阶级的群众，他指的是农村的广大农民和城市的小资产阶级。他要求工人阶级应该与农民及城市小资产阶级结成坚固不拔的联合战线。他说：对于农民解放斗争，应该予以最高之同情与援助，对城市小资产阶级要注意团结争取。

政权问题是革命的根本问题。中夏对此是非常重视的。在反帝反封建的资产阶级民主革命阶段，究竟建立一个什么样的政权呢？中夏当时指出：

"中国革命的政权问题，并不是土耳其的资产阶级政权，也不是俄罗斯的无产阶级政权，而是有中国自己的第三种形式。"

在中国为什么不能建立资产阶级政权呢？中夏分析道：

"就世界观点说，世界资本主义已到了衰落的时期，资本主义的经济已经破坏了，无论哪个国家，都没有可能在革命之后发展资本主义。就中国观点说，中国无产阶级力量大过资产阶级力量，绝对不容许中国有一个纯粹的资产阶级的政权存在，即一时实现不旋踵亦必崩溃。况且中国革命的特点即在根本铲除帝国主义在华之势力与特权。如中国建立资产阶级政权，使资本主义发展，这不是革命的前途，而是反革命的前途。因为这个前途实现，就是使世界资本主义能够稳定，使世界资本主义能够延缓下去，即是使帝国主义能够继续其压迫与剥削，施行其反动，巩固暂时稳定期中危机四伏的资本主义。所以资产阶级政权如果实现，则中国民族只不过从帝国主义武力干涉政策转变到道威斯计划①之下讨生活罢了，中国何能独立自由，中国民族何能完全解放。所以这是反革命的前途，而

---

① 道威斯计划：第一次世界大战中，德国失败，协约国组织了一个国际赔款专家委员会，以美国摩尔根财阀代表、副大总统道威斯为主席。这个专家委员会，起草了一个让德国赔款的计划，即所谓道威斯计划。

非革命的前途。"

在当时的情况下,中夏就能提出这样的见解,是难能可贵的。这是他始终注意结合中国革命的实际,创造性地运用马列主义的可贵尝试。

第九章 剧 变

在白色恐怖下

1926年7月,在中国共产党参与领导和推动下,国民革命军正式出师北伐。曾经英勇地参加东征和南征的罢工工人,这时又冒着炎热的天气,挑负重担,攀山越岭,协助军队,一举攻下了长沙,8月收复了湖南全省,9月和10月,一直打到武汉,革命势力迅速扩展到长江流域。

中夏随着革命的发展,于第二年4月离开广州,来到当时革命的中心——武汉,参加了党中央的工作。

在工农革命势力蓬勃发展的大革命潮流冲击下,帝国主义和国民党右派害怕了。1927年4月12日,蒋介石反动集团在上海发动了反革命政变,接着在全国各地,向革命群众进行了血腥的大屠杀。一霎时风云变色,全国笼罩在恐怖之中。由于陈独秀右倾机会主义的领导,党遭到了惨重的损失。李森、何耀全等工人运动的领袖先后在广州牺牲了,李大钊也在北方遭到了军阀的惨害,革命受到了严重的威胁。在这危急的生死关头,中国共产党中央于8月7日,在湖北汉口召开了紧急的"八七会议",坚决纠正和结束了陈独秀的投降主义,号召人民向国民党反动派展开英勇的武装斗争。中夏在这次重要的会议上,起到了积极的作用。

正在会议紧张进行的时候,江苏省委机关被敌人破获,省委书记陈延年同志被捕牺牲。中央经过研究,决定调中夏担任江苏省委书记。

一个阴雨绵绵的早晨,一艘长江航轮在上海码头靠了岸。在粗犷、刺耳的汽笛声中,人们争先恐后地涌上码头。这时,从人群里,走出一个穿着长袍马褂的中年人,他的礼帽压得很低,戴着一副墨镜,手里拿着"士的克",很像一个颇有派头的大商人。他不慌不忙地下了船,在码头上警觉地看了看四周,正想向对面走去,不远处,过来了大刀队,前后16人,排成两行,最前面的人,背着一支大令箭,上面写着8个大字——"赤色分子,格杀勿论",字边勾着碗大的红圈圈。他们走到路边,抓住一个学生模样的青年,从身上搜出一本红色封面的书来,没有多问,就一刀把那人的脑袋砍了下来。

鲜血登时流满了一地。

中年人连忙叫了一辆洋车,匆匆地离开那里。

街上像死了一样,什么人也没有,偶尔碰到几个,也都是神色惊慌,脚步匆匆。一路上,这个中年人见到好多墙上贴着"活捉×××"的纸条,名字都是倒写的,一看就知道是捉共产党。

在一个拐弯的路口,他从一个报童手里,买到了一份当天的报纸。

他打开报纸,摘下墨镜,原来这个"大商人"就是中夏。

他一张张翻阅着,映入眼帘的尽是杀共产党的消息,不是这里杀了一批,就是那里逮了多少,还有自首的、叛变的、登报申明脱党的……

他厌恶地戴上眼镜,折起报纸,一股怒火在胸中熊熊燃烧。想不到这个上海工人自己解放的、充满轰轰烈烈革命气氛的城市,转眼间竟变得这样阴森恐怖和凄凉。而他,就要在这个血洗的世界里,重新整顿自己的队伍,集合自己的同志,向敌人展开无情的回击。

他终于找到了省委的农委书记王若飞同志,初步地了解了上海当前的形势。

接着,他就全力投入极其困难的恢复工作:整顿被破坏的组织,撤换不称职的领导,疏散暴露了的党员,把一些得力的干部派到外地,充实各市、县的领导……

许多天里,他一直没有找到固定的住处,过着紧张、不安定的生活。

一天,他料理完手边的事,想起该去朱晓华家看看。

两年多没来上海了,但他依然记得这个工人家庭,那个单纯、热诚、朴素的女工,她的贫穷可怜的妈妈和她那孤僻、不爱讲话的父亲。

他走进熟悉的弄堂,一切还是原来的样子,那扇黑色大门紧紧地关着。

他走上去,轻轻地敲门。

传来有人走路的声音,接着,门"呀"的一声开了。

门里,站着面色严峻的老人。

中夏高兴地说:"老伯伯,还认识我么!"

老人看了他一眼,没有言语。

中夏问:"干妈在家吗?"

老人摇摇头。

中夏见老人很冷淡,转身要走,门里传出一个熟悉的声音:

"是老邓吗?"

中夏扭头一看是朱晓华的妈妈,忙高兴地迎上去。

这时,晓华的父亲脸色非常难看,一声不响地走开了。

"老邓,我们有好几年没见了!"大妈一把拉住中夏。

他们走进屋子,大妈给中夏倒了茶。两人谈起了别后的生活。

中夏说:"干妈,听说你现在变了,常给同志们送信、望风,是么?"

大妈笑笑说:"这算什么。"

"这就很好嘛!"中夏赞许地说。一转眼,见晓华的小妹妹晓英走进来,他高兴地抱起她坐在自己膝盖上,说:"又长高了,她姐姐晓华呢?"

大妈身上抖了一下,声音变得喑哑起来:"晓华……"

"她在家么?"

大妈眼圈儿湿了。

"她怎么了?"中夏立刻有一种不祥的预感。

"她……她牺牲了!"

"呵!……"中夏一惊。

大妈沉痛地一边抹泪,一边呜咽着说:"'四·一二'以后,晓华就被捕了,敌人审她,打她,她破口大骂,什么也不说,最后……"

中夏想起这个女工的一切,眼里涌满了泪。

"老邓,"大妈望着中夏,"我有件事,你能答应么?"

中夏见她的神情非常认真,忙说:

"干妈,你有什么就说吧。"

大妈看着中夏,再三追问说:"你说,你能答应么?"

中夏恳切地说:"干妈,只要能办到,我一定为你尽力。"

"老邓,"大妈眼泪汪汪地说,"晓华为革命牺牲了,你看我这么大年纪,能不能也给党做些工作?……"

中夏这才恍然大悟,感动地抓住大妈的手说:"干妈,你已经在做革命工作了。你给同志们望风,送信,不就是革命工作么?同志们都很感谢您呢!"

大妈奇怪地问:"这就叫革命工作?"

中夏点点头说:"干妈,你把这些做好,就是给革命出了很大的力,就是继承了晓华的事业了。"

里屋,传出了轻微的咳嗽声。

中夏关切地问:"干妈,大伯现在好些么?"

大妈叹了一口气说:"那天,他听到晓华的事,当时就吐了血,晕倒了……在这以前,他还当是女儿上外地念书了。街上有卖山芋的,他知道女儿爱吃,还特地买了一篮子放着,可是日子一天天过去,山芋一个个烂了,他伤心极了,就叹气说:'养了女儿有什么用,大了,家也不要了。……'谁知……"

大妈又掉下了泪。

中夏安慰了一阵,为了使老人宽心,他决定进里屋去看看大伯。

老人大约听见了他俩的谈话,靠在床头,眼里噙满了泪水。

中夏走到床边,劝慰地说:"老伯伯,晓华是为咱们工人牺牲的,大家会永远记得她,你不要太难过了……"

老人呆呆地看着地面。

中夏出来,看看表,对大妈说:"干妈,时间不早,我要走了。"

大妈说:"你还上哪儿,就住这儿吧!"

中夏迟疑地说:"方便么?……"

大妈说:"怎么不方便,你上回住这儿,这回还住这儿!"

"大伯他……"

大妈果断地说:"不管他!让你在这儿,你就听干妈的话!"

"好,好,"中夏接受了。白色恐怖笼罩着整个上海滩。每天,都有大批大批的人被捕,被杀。一根线刚接上头,就被切断了。一个机关刚恢复,就又被破坏了。几小时前还在一起谈话的同志,几小时后就被押上了敌人的警备车、断头台。在反革命势力严重的摧残下,有的人消极了,有的人害怕了,有的人动摇了,连召集个会,都非常困难。

中夏和同志们在严重的困难下,顽强地开拓着局面。

一天,中夏去找在广东时认识的工人老方同志。

他按照约定的时间、地点,到了那里。正要推门,忽然听见里面有人在吵架。

"你不跟我过,你走!"是个男人的声音。

"我马上回娘家去!"另一个女的叫,"看离了你,能不能活!"

中夏推开门一看,愣住了。屋里站着老方,旁边是一个不认识的妇女,手里还抱着一个孩子。而老方是并没有结婚的。

中夏正要问,老方向中夏做了个眼色。

中夏领会了。

原来,当时一般房东都不肯租给单身汉房子,老方为了能租到房子,和一个女同志扮为假夫妻。眼前"吵嘴"是为了让女同志能离开,不致引起房东的怀疑。

"快走,快走!"老方又气汹汹地叫,"赶快收拾东西给我滚!"

接着,"嘭"的一声关上门。三人会心地笑起来。

老方指着那个妇女,问中夏:"认识她是谁么?"

中夏摇摇头。

"陈权同志的爱人。"老方笑着说。

中夏连忙亲切地说:"知道,知道,我和老陈在广州,天天在一起,就是没跟你见过面。"

他知道陈权最近已经被捕,关在狱里,便问:"老陈最近有消息么?"

陈权的妻子流下了泪。

中夏安慰说:"不要伤心,他已经改了名,敌人并不知道他是陈权,迟早会出来的。组织上会想法营救他。"他摸摸孩子的头,问:"几岁了?"

"3岁了。"陈权的妻子说。

中夏抱过来,亲了一下,说:

"小革命,我们认识认识好么?"

陈权的妻子笑了。

陈权的妻子走后,中夏问起这两天恢复组织的情形。

"唉,困难很多呀!"老方叹了口气,"我去找他们,有的很冷淡,有的想尽办法躲开我,有的甚至说:'你要和我谈,先把我门口的包打听①撵了!'昨天黑夜,下着雪,天气那么冷,我蹲在一个工厂门口,等了整整5个小时,才等到一个过去认识的同志,上去和他说话,他连理都不理,就好像陌生人一样……"

中夏拧起眉,心情沉重地说:"没有关系!我们总会找到真正的同志的。火,总有一天还是会烧起来的!"

老方看了看窗外天色,说:"天很晚了,你出去怕有危险,就在这儿住吧。"

中夏同意了。

午夜,四周静悄悄的。

老方睡在床上,中夏还在灯下写着什么。

忽然,一个微弱的叫声惊动了中夏:"哦……放手……放开手!……"

中夏吃惊地回过头来,见老方脸上充满恐怖的表情,两手使劲抓着胸口,挣扎着,在说梦话……

中夏连忙把他推醒,问:"老方,你怎么了?"

老方慢慢睁开两眼,惊惶地看着周围,清醒过来说:"做梦了,好几个特务撵我,我正往前跑,忽然横道里又出来几个,一下把我逮住了,我正拼命挣扎呢!……"

中夏脸色严肃,他点上烟,坐在桌旁沉思着。

老方也坐了起来。

中夏声调沉重地说:"我们周围的环境,确实是很险恶的。一个

---

① 包打听:上海人称密探为"包打听"。

微小的疏忽,就会招来很大损失。我们要严格约束自己,地下工作的纪律,一丝一毫也违反不得。还要特别注意,在路上见到熟人,不要随便打招呼。万一不幸被捕,一定要避免暴露自己和同志们。"他微微提高了一点声音,有力地说,"但是,当前更要有坚强的信心,相信党,相信革命,相信我们一定能胜利!这在今天,对我们是最最重要的!"

老方抬起头,异常激动地说:"老邓,你放心,和你在一起,我一定要和敌人斗争到底!"

反　击

恢复党组织的工作,在逮捕、监禁和枪杀的威胁下,顽强地进行着。打散了的党员,又逐渐地集中起来,垮了的组织,又一个个地建立了。有的组织一连被敌人破坏几次,又一连恢复了几次。一个同志被捕了,另一个同志又站到那个岗位上,继续坚持着斗争。

一天,中夏召集了一个紧急会。

开会前,他发现朱晓英的妈妈心情有些不好,原来晓英的父亲病很重,医生已经来打过针,便问大妈要不要换个地方开会。

大妈摇摇头说:"不要紧,就在这儿开吧,一时找别的地方也来不及了。在这儿,我和晓英还能给望望风。"

不一会,王若飞、吴雨铭等先后来到,坐了满满一屋。

门窗关得严严的。

王若飞见人已来齐,站起来宣布说:"同志们,现在开会了。首先,让我们向在敌人大屠杀中英勇牺牲的烈士们致哀,静默三分钟。"

人们纷纷站起,脱下了帽。

小屋充满一种悲愤、庄严、肃穆的气氛。

接着,由中夏作报告。

他先谈了近来的形势,分析了当前的情况。接着,心情沉痛地说:"同志们,蒋介石的反革命政变,到现在已经半年了。半年来,他们杀了我们多少革命同志,破坏了我们多少革命组织,我们党花了多年心血,辛辛苦苦建立起来的队伍,被他们摧残得太惨了!……

同志们,难道我们就任他们砍,任他们杀么?不,"他激动地说,"为了回答敌人疯狂的屠杀,根据中央决定我们要以枪杀回答枪杀,以恐怖回击恐怖,来一个全面暴动,坚决打下敌人的气焰!"

隔屋,传来了轻微的呻吟。

中夏的话停了。

他把望风的大妈找来,悄悄地说:"大伯哼得很厉害,你去看看他吧。"

大妈应了一声,走进里屋,看着老人说:"晓英阿爸,同志们在开会,你忍一忍,好么,一会就完啦!"

老人不哼了,咬紧了牙,头上冒出了汗珠……

会议继续进行着。

中夏说:"这次暴动的地点很广,有南通,有淮安,有扬州、徐州宜兴和江阴……为了组织好这次暴动,省委决定派何孟雄同志任淮安特委书记,吴雨铭同志任徐州特委书记……同志们,我们一定要在农村组织好这个大规模的暴动,把广大农民群众发动起来,武装起来,十几个县同时动手,坚决摧毁、推翻他们的反动统治!"

会散以后,中夏发现大妈在里屋轻轻地哭泣。

"怎么了?"他的脑里掠过一个不祥的预兆。

大妈见中夏走近,一面哭一面说:"方才……他痛得头上直冒汗珠,我求他别喊,千万不能喊,他疼得实在忍不住,就用手捏自己身上的肉,筋都鼓出来了。……没大一会,就,就……"

大妈又哭起来了。

中夏走近床边,见老人衣服皱得很厉害,有的地方露出皮肤,上面布满一块块的青紫。老人严峻的脸上,充满一种刚强、坚毅的表情。

这个孤僻、胆小的老人,这个不了解革命,对革命有畏惧心的老人,在现实的教育下,最后,终于为了掩护革命,献出了自己的生命。

中夏怀着悲痛、敬仰的心情,感动地想:"没有料到这位老人会这么坚定,对革命有这样的献身精神。"他抑制不住内心强烈的激动,感情深厚地说:"老伯伯,你好好地安息吧,我们将会永远地记住你,记住你掩护革命的一片忠心。"

在"左"倾盲动主义路线的指导下,由于对革命形势作了错误的估计,这一次大规模的暴动,最后遭到了失败。

教 训

12月中旬,广东爆发了震动全国的广州暴动。不久,暴动失败了。中夏接到中央一个紧急通知,叫他立即准备接待向上海撤退的同志。

他连忙紧张地行动起来,组织有关人员筹款,找房,募衣,寻被……

不久,大批人从香港、汕头撤退过来了,有的穿着长袍、马褂,有的穿着西装革履,有的穿着粗布短衣,大冷的天,有的身上连棉衣也没有。特别是汕头来的人,由于走得匆忙,蓬头散发、破衣烂衫,简直混乱极了。

中夏指示济难会等团体的同志,分头将他们安置在各处找好的房子里,给他们解决吃饭、看病、洗澡等种种杂事。

那时,党的经费很困难。这么多人一下涌来,衣、食、住、行都是问题。大家想尽一切办法,把自己吃的、穿的省下来,帮助撤退过来的同志。

经过一段整顿,中夏又忙着把一部分人疏散,派到外地去。

工作还没结束,他就接到中央一个通知,派他去广东担任广东省委书记,收拾广州暴动失败后的局面。

1928年年初,中夏在香港接手了广东省委书记的工作。

那时,党内的思想非常混乱,由于广州暴动失败,广东省委书记张太雷等都牺牲了,损失很大,同志们意见纷纷,情绪激动,争论十分激烈。

如果不把这个问题解决,把大家的认识统一起来,工作就很难进行。

中夏最先遇到的,就是这个难题。

这天夜晚,在一间灯光昏暗的屋子里,中夏和几个同志在谈着什么,话题一接触到这次暴动,一个头上扎着白绷带的同志,就激动起来了。他说:"我对这次暴动,是有意见的。为了革命,牺牲一切,我们没有怨言。可是这次损失这么大,牺牲了那么多的好同志,这对革命是必要的么?特别是暴动开始了,许多人竟什么也不知道,这怎么能暴动,这怎么能不失败,不被敌人消灭呢?"

他把手往桌上猛烈一捶,桌上杯里的水差点给泼出来。

一个青年坐在桌边,颇表同感:"我认为这次失败,最重要的原因是时间上的失策。本来决定等两广军阀之间打起来,再动手的,没想到时间突然提前了,结果,把一切全打乱,全搞糟了!……"

中夏正想说什么,外边一个人,粗声粗气地打断说:"我认为这次根本就不应该搞暴动!"

大家顺着话音看去——走进来一个个儿不高,留着黑须的老同志。

他说:"我看这是一种小资产阶级的盲动情绪,'四·一二'以后,敌人在全国杀了我们那么多人,党遭到了那么大的损失,敌人气焰正在头上,我们本来应该好好恢复、整顿组织……"

"什么话!"屋角里,一个工人忿忿地说,"国民党杀了我们那么多同志,血都流成了河,我们能忍得下去么?广州暴动就是向国民党的反击,是完全革命的行动!"

"对!""对!"好几个人表示拥护。

门外,放风的人走进来,示意要大家小点声。

人们放低了声音,讨论在继续热烈地进行。

一个有力的声音,猛然从门口冲进来:"我认为这次失败,主要是犯了'军事投机'的错误!"

大家扭头看去,门槛上站着又一个新来的同志。

这个新同志走进屋,在一张凳上坐下,不平地说:"我认为这是这次暴动中的一个原则性的问题。你们想想,暴动一开始,从领导机关到普通工人,所有的人都去搞军事了,没有好好地组织群众,连郊区的农民也没有很好地发动,结果,敌人援兵一到,当然一下就打进来了。要不,这次暴动是不会这么快就失败的!"

"对!""对!"人们又吵吵起来。

中夏见大伙意见始终不统一,站了起来。

人们看着他。

他冷静地看看四周,沉着地说:"说说我的看法吧。这次暴动,失败的原因的确很复杂,有主观上的,也有客观上的,需要很好地研究和吸取教训。首先,这次暴动究竟对不对?方才有的同志谈得很好,说我们应该积蓄力量,保存实力;可是,也应该看到形势要求我们给敌人一个狠狠的反击,让全国人民看到,我们的党并没有被消灭,她还在战斗,还在高高地举起革命的大旗,这样,就会更好地鼓舞起人民的革命斗争情绪。所以,这次暴动是正确的,是必须肯定的!"他把头发往上一扬,接着说,"至于这次暴动的时间,提前固然是不利的,可是,在当时那种情况下,也不能不那样办,因为敌人已经发现了我们的企图。12月9号那天,汪精卫在上海已经给张发奎拍了电报,并且派他老婆前来,要张发奎立即下手,解散准备暴动的教导团,捕杀共产党员和工人领袖,封闭所有的工会!"

"呵,有这种事?"人们吃惊地睁大了眼睛。

"因此,"中夏接着说,"在这种紧急情况下,是让反动派先来消灭我们呢?还是我们先下手给他一个致命的打击呢?事实上,我们提前暴动,是得到胜利的,如果不这样,我们连3天苏维埃的政权都不会存在!"

他在屋里走了几步,在门边停住:"当然,由于暴动日期提前,很多工作没有跟上去,总同盟罢工没能提前实现,很多群众没有思想准备。加上组织工作有很大缺陷,群众好多是手工业工人,没有以街道为单位,党支部和工会的成员分布在全市,因此,有了事,不要说行动,连通知也很费劲。暴动开始以后,一些积极分子又都参加了赤卫队,投入了巷战,没有很好地去发动群众,这的确是暴动不能持久的一个重大的原因。此外,没有好好争取黄色工会的群众,没有发动郊区农民和做国民党士兵的工作,也都是暴动的社会基础不广的原因。说到军事——"他高高地扬起了手,"当然也有不少的错误,比如河南、黄埔、石龙这些地方,没有同时进行暴动。市内暴动开始后,没有立即捕杀反动军事领袖,使张发奎、黄琪翔他们得以逃往河南,调兵来攻我们。另外,没有很快占领兵工厂和在街道上堆集障碍物,也是失利的一个原因。平时缺乏军事训练,夺来的机关枪只能用上一部分,25门大炮,只用了四五门。以上这些,都是这次暴动失利的教训。"他停了一停,接着说,"至于有的同志说这次暴动是犯了'军事投机'的错误,这是不对的。什么叫军事投机?军事投机就是一切依赖军队,不发动群众。这次暴动,虽然群众发动不够,还是发动了群众的,因此不能说是军事投机。最后,还要承认这次失败的客观原因,主要是敌人的力量还很强大,又有帝国主义的帮助,光在数量上就超过了我们好几倍。"说到这里,他提高了声音,用乌亮的眼睛望着大家,"虽然这次暴动是失败了,我们有不少缺点、错误,但是要看到,我们的党还很年轻,错误是难免的,也是不可怕的!今后,只要我们不怕困难,百倍努力,百倍英勇,百倍加强我们的组织,我们是一定可以最后战胜一切反革命,完成我们伟大的革命事业的!"

后来,他又召开了党员骨干分子会,使全党逐渐统一了思想。多年后,周恩来同志在总结历史经验时,一方面肯定了这次起义是广州工人和革命军人联合起来的英勇尝试,一方面也指出,在革命处于低潮应当退却的时候,还不善于退却,当然,这种认识就更加深刻、全面了。

沉　　着

不久,中夏遇到了一次非常惊险的事。

一个天气晴朗的下午,在香港竖道一座小洋房的二楼上,中夏正在主持省委的常委会。

窗户边,坐着一个望风的人。街上非常清静,只有偶尔过路的行人。

中夏穿着一件老棉袍,留着浓黑的大胡子,正在低声念着给琼崖特委的指示信:

"……中央认为广州暴动,是我们党的退兵一战,是我们向凶恶的反革命势力展开的有力的反击。这次暴动,使全国人民看到了我们党的伟大力量,进一步提高了革命的信心。因此,这次行动,是完全必要的和正确的。……目前,革命已开始转入低潮,我们应该很好地保存实力,等待时机,不应再继续组织盲目的暴动……"

信刚通过,中夏看了看表,把信交给望风的秘书说:"小张,琼崖交通几小时后就要上船,你赶快把这信送到秘书处,要她们用米汤写好,立刻发出。"

小张点点头,去了。

一小时后,小张办妥一切迅速赶回来,忽然发现门口停了一辆黑色的警备车,附近围了好多警察,知道省委出事了。

这是怎么回事呢?

原来,参加会的省委委员中,有一个同志在广州郊区发动农民斗争时,处死了一个恶霸地主,那个地主的儿子怀恨在心,到处追踪他,企图复仇。这天恰巧被他在街上碰到,便悄悄跟到开会的小楼前,报告了警察局。就这样,省委机关被包围了。

当敌人突然冲进来时,同志们发觉,已躲不及了。那时,香港一座楼常常住着好几户,大家便连忙散开,装作互不认识。不幸,一封给东江特委的指示信,给敌人抄了出来。这样,所有的同志就全被捕了。

路上,大家都急得要命,因为省委同志全部被捕,损失实在太大了。只有中夏紧紧地皱着眉,好像在思索什么。

法庭上,敌人开始了审问。

敌人看着站在下边的中夏,问:"你叫什么名字?"

"杨富贵。"中夏说了个假名。

"干什么的?"

"在上海做生意。"

"到香港干什么?"

"办货。"

"装蒜!"敌人把桌子一拍,瞪着眼叫,"什么时候参加的共产党?"

"共产党?"中夏故作惊讶地说,"我们是生意人,不知道什么党不党。"

"胡说!"敌人大怒,"证据都在我们手里,还想抵赖!"

"什么证据?"

"看!"敌人拿出那封给东江特委的指示信。

中夏断然地摇摇头说:"我们根本不知道这是什么!"

"不知道?"敌人狡猾地眯起眼,"不知道,怎么会被搜出来了?快招认吧!白纸黑字,抵赖是不行的。"

中夏灵机一动,满脸笑容地说:"实在冤枉,我们确实不知道这事。你们不信,可以马上进行核对。"

"核对什么?"

"核对我们每人的笔迹,如果是我们中间哪一个写的,一对笔迹,马上就可以查出来。"

"好,铁证如山,谅你们也逃不出我的手掌心!"

敌人把每人的笔迹,拿了去。

谁知,回来的人报告核对结果,说没有一个人的笔迹和信上是一样的。

原来,那封给琼崖特委的指示信是中夏亲笔写的,而这封给东江特委的指示信,却是中夏叫秘书小张按照他的信写的。现在小张既然不在,笔迹自然就对不上了。

敌人傻眼了。

中夏乘机向敌人展开了有力的反击,他大声地说:"你们堂堂一个大英帝国的政府,竟敢这样不分青红皂白,胡乱抓人,把我们这些普通的买卖人,也随随便便就抓起来,这样下去,谁还敢做生意?谁还敢到香港来?"

大家也七嘴八舌地嚷起来。

由于中夏机智、勇敢,加上大家强烈的抗议,敌人只得把处死地主的那位同志留下,把中夏和其他的人驱逐出境了。

中夏回到上海不久,就被选为代表,派去莫斯科出席中国共产党的第六次全国代表大会和赤色职工国际的第四次大会。

一个浓雾茫茫的深夜,中夏和几个同志偷偷地乘着小舢板,登上了一艘苏联的商船。他们躲在船舱底下,悄悄地驶出了吴淞口,向着海参崴,向着多少年来向往的列宁创建的伟大的社会主义国家——苏联驶去。

第十章 戎马湖山

越 境

1930年7月的一个深夜。

在中苏边境的茫茫无际的大森林里,奔驰着一辆黑色的马车。赶车的戴着一顶礼帽,脸部罩在一片阴暗的黑影里。车上坐着四个中国人,其中一个是妇女,他们面对面地坐着,没有说话,只有马蹄声踢踢踏踏地划破了夜晚的宁静。

一会,有个头发长长的中年人,看了看四周,说:

"到什么地方了?"

"不知道。"另一个答。

问话的人把头仰起,看了看天空,天是灰蒙蒙的。从微弱的星光里,可以看出这个人就是中夏。他根据时间判断说:"好像快到国境线了。"

"快了。"第三个男的说。

中夏向遥远的前方,久久地凝望着。从他那黑黑的眸子里,流露出一种深厚的热情,他是多么渴望立刻回到祖国,回到几万万同胞受苦受难的祖国呵,他是多么渴望重新投身到伟大的火热的斗争中去呵!1928年出国以后,他参加了在莫斯科召开的中国共产党的第六次代表大会,和周恩来、苏兆征等同志常在一起,后来又出席了共产国际第六次代表大会,并担任中华全国总工会驻赤色职工国际的代表及赤色职工国际的执行委员,这一期间,筹备并参加了在海参崴召开的第二次太平洋劳动会议和参加了蒙古人民共和国党的代表大会,在大会上作了发言。在这难忘的两年里,他亲眼见到世界上第一个社会主义国家的人民,怎样以惊人的毅力,战胜了难以想象的困难,奋不顾身地开辟着前人不曾走过的道路。他怀着敬仰的心情,听了许多苏联党和国家领导人的讲话,受到极大的启发和鼓舞。在繁忙的工作中,他总结了近10年来从事工运的经验,写出了《中国职工运动简史》。这部书真实地记录了中国工人阶级在党的领导下进行英勇斗争的史迹,是反映我国工人运动的第一部历史著作,不仅是早期职工运动的重要文献,也是研究中国革命史的重要文献之一。原来,他准备写30章,对中国职工运动的概貌作比较全面系统的论述,但由于国内革命新高潮日益高涨,党组织电令他立即回国,当时他才写出13章,便毅然地动身回国。他说:"列宁曾讲过,与其作文章来论革命的经验,不如实际地做革命的经验更为有益。我虽然对于这本书未能及时完成引为憾事,然而却因为回国参加革命实际工作又引为莫大的快事。"临走前,在周恩来同志家里开了重要会议,研究了中国国内的形势……难忘的两年终于匆匆地过去了。为了革命事业的需要,现在,他又要回到祖国了。虽然,他很热爱列宁缔造的这个伟大的国家,可是他更渴望快点回到自己的祖国去,因为等待着他的是为中国人民求解放的伟大的斗争。

在这两年中,他也遇到了非常痛心的事情,就是他的亲密的老战友苏兆征同志,于1929年初回国后,因风尘劳累,在上海不幸病故了,死时才43岁,他怀着无限的悲痛写了一篇《苏兆征传》,向苏联和欧美各国印发了3000份……

马车在山林里飞速地奔驰着,附近,一会从这里,一会从那里,传出几声受惊的鸟叫并且扑打着翅膀飞开了,使人更感到四周格外的恐怖和阴森。

不久,马车进入了一座深山。

中夏打开手里的包裹,拿出一把理发推子看了看。

坐在对面的妇女笑笑,说:"如果敌人抓住你,你这个'理发匠'会露出马脚么?"

中夏抬起右臂,作了个理发的姿势,笑着问那个妇女:"你说像不像?"

别人也轻轻地笑了。

在严酷的白色恐怖中，从事地下工作的人们，为了掩护自己，一般都学会一些手艺，好混过敌人的耳目，中夏就临时学了理发。

这次越过国境线，他和同志们还作了最坏的打算，准备了万一被捕时的假口供。多年来的残酷斗争，使他们对将要遇到的一切，有着高度的警惕。

一块乌云漫过来，遮没了大半个夜空，地面变得更昏暗了。四周是死一样的寂静。只有马蹄声依旧踢踢踏踏地响彻在山谷里。

中夏包好包裹，想起留在莫斯科的爱人李瑛。李瑛是中夏最亲密的战友李森的妹妹，是李森把自己的妹妹介绍给中夏的。四年前，他们在广州结了婚。几年来，他们在一起经历了无数的艰难困苦。中夏出国不久，她也来到了莫斯科。这次回国，李瑛因为有了孩子，不便一起行动，就暂时留在苏联了。

中夏对李瑛的感情很深，总是亲切地称呼她"妹妹"，对她非常关心。现在，把她远远地丢在莫斯科，对她是多么地怀念啊！

天空一声霹雳，打断了他的沉思。不一会，就哗哗地下起大雨来。为了避雨，赶车人急忙把车赶到一棵古树下。好容易雨停了，人们不顾道路泥泞，继续登程前进。天快拂晓时，他们下了马车，徒步进入了中国国境。在哈尔滨一个秘密联络站，他们换了衣服装束，便分手告别。

在红二军团

7月19日中夏来到上海，组织上分配他担任全国总工会党团成员兼宣传部长。

不久，由于工作需要，又被派往洪湖，任湘鄂西苏区特委书记和红二军团（后改编为红三军）的政治委员。

湘鄂西地处中原咽喉，凭长江天险，扼九省水路交道枢纽，在军事上，可以控制长江中游，直接威胁武汉三镇，是一块重要的根据地。

9月初，天气还有些炎热，中夏顾不得休息，匆匆作了准备，便很快跨上了新的征途。他化装成一个中年商人，留着浓黑的胡子，穿身灰色长衫，戴了一顶草帽，随着人们上了一条载货搭客的篷船。

沿途走了五六天，都很顺利。只是在簰洲时，船被拉差，和白军同船走了一程，由于中夏随机应变，没有发生意外。10日下午，船停泊在苏区的白螺矶镇岸边，这儿离苏区后方办事处约90里，中夏上岸后，于第二天到了军事政治学校，第三天就到了后方办事处。

同志们纷纷前来欢迎他，他穿上了自己的军队——中国工农红军的军装，佩戴上手枪，感到特别的兴奋。

红二军团是湘鄂边的红四军（后改为红二军）和湘鄂西的红六军，在7月4日于公安会师后组成的，有一万多人，5000多支枪。湘鄂西的党和红军在贺龙、周逸群、段德昌等同志领导下，作了大量工作，实行了土地革命，壮大了红军，在湘鄂西和湘鄂边建立了工农政权。除红二军团外，还有不少游击队，赤卫队、少年先锋队等人民武装更为普遍。

这年6月，李立三推行"左"倾机会主义路线，提出组织全国武装起义和进攻中心城市，要求"争取一省或数省的首先胜利"。7月，在三军团占领长沙退出后，8月再度攻打长沙。这时，立三路线占统治地位的党中央命令二军团开往江陵，于9月5日攻打沙市、荆州，为实现一省或数省胜利创造条件。二军团在沙市受挫后，湖北省总行动委员会又命他们进逼武汉，配合鄂豫皖、湘鄂赣等地红军实行夺取全省政权。红二军团根据上述指示，分两路回师，一路由荆州、潜江、天门等县奔襄河北，一路由监利、沔阳、汉川奔襄河南。

中夏来红二军团后，也就立即执行了立三路线统治的中央的上述命令。但是他分析了敌我形势后，认为二军团打沙市受挫，回师进逼武汉，无疑坐待失败，于是，连发四封信，命令部队先集中洪湖附近，待召开军事会议后，再执行中央指示。他给长江局转中央的信中明确指出：令红二军团"渡江截断武长路及占领岳州，据我观察，第二军团是否能担此重任，尚是问题，因其战斗能力实属有限，从上次进攻监利失败，此次进攻沙市无功可证"。但在当时"左"倾路线统治下，中夏只能在执行中央路线中尽量避免大的损失。其中三克监利县城，两次整顿二军团就是突出的例子。

二军团一回来，中夏即于9月20日赶到周老咀，召开前委军事会议。在会上传达了中央令红二军团渡江与一方面军配合行动的指示，然后根据红二军团的实际情况进行研究。中夏和与会同志一致认为,在未渡江前,首先要办两件事:第一,二军团曾两次攻打监利无功而退和攻打沙市受挫,士气不振,因此,在渡江前,应再次打下监利(此时监利较空虚,敌较麻痹,有把握打下)。这样,鄂西苏区不致因红军渡江完全抛弃,同时,可振军威,并可声东击西,乘敌不备,使渡江作战奏效。第二,整顿军队,加强两军(原红二军和红六军)的团结。

监利县城紧靠长江北岸,是敌人阻截我洪湖根据地南北通路的最大据点,仅县保安团就有16个连队之多,群众受国民党匪军的残害很深。攻打监利的行动开始后,监利、华容等县的群众和赤卫队、游击队支援者达七八万人,他们在战斗中送饭送水,搜索溃散敌人,配合作战起了很大作用。9月22日拂晓,天刚蒙蒙亮,中夏、贺龙、段德昌等同志亲临前线指挥。我军分三路突然发起猛攻,首先歼灭了堤头、毛家口、太马河等地的敌人,很快逼近县城。在北郊曾家夹堤、火把堤一线击溃守敌后,立即冲入城内。巷战中,敌人两个连在我地下党员率领下举行火线起义,残敌一个营退守城南江堤和大庙顽抗,在我军的连续进攻下,第二天早晨终于全部缴械投降。同日又歼灭了朱河方向来增援的一部分敌人。这次战斗,一共歼灭敌人三师教导团及监利保安团共2000多人,缴迫击炮五门,步枪1000多支。

攻克监利后,立即在县城召开了湘鄂西苏维埃第二次代表大会,中夏亲自到会作政治报告,群众情绪十分高涨。

为了进一步增强两军的团结,中夏和贺龙同志又因势利导地帮助二、六两军各级干部,狠抓部队的整顿。整顿中,中夏亲自上政治课,讲红军和白军的阶级区别,讲无产阶级军队的性质,讲不良倾向的危害,讲加强革命团结的必要。经过这次整顿,部队作风焕然一新,战斗力大大提高。

这时,中夏察觉继续东进对我军不利,遂毅然放弃渡江计划,改为北上攻取仙桃镇。10月5日,部队分两路向仙桃前进。6日,二军从西路收复沔阳县城,接着在张家沟歼敌两连,乘胜占领里仁口;六军从东路经尤拨,攻占彭家场。7日,两军会攻仙桃,经过激烈战斗,歼敌一部,俘虏200余人,残敌退守襄河北岸。

部队出征后,中夏就得了疟疾,每天发作一次,特别是打仙桃镇时最厉害,但他硬是咬牙坚持下来,到战斗结束时才痊愈。

不久,部队即转到峰口整训。

经过这段实践,中夏发现负责军训的干部,有的出身讲武堂,有的毕业于保定、黄埔军校,教法很不统一。战士们在作战中虽很勇敢,但战斗动作较差。经他倡议,利用战斗间隙,再次对部队加以整顿。军事方面选择最迫切需要的加以大概的训练,如射击、攻击、行军警戒、防御、夜战、遭遇战、山地战、攻城、渡河等;政治方面选择几个基本问题,如阶级斗争、国际国内形势等进行宣讲;此外,尽量裁汰冗员,减少行李、马匹,整顿各级机关。经过一系列努力,红二军团的政治、军事面貌得到进一步的改观。

在中夏及贺龙等同志领导下,虽有"左"倾机会主义的干扰,由于他们在许多重大斗争策略上,坚持从实际出发,因此,地方党和红二军团仍然取得了不少胜利。队伍扩大到两万人,有枪1.2万支;根据地扩大了,解放了监利、沔阳、潜江、石首等重要城镇及广大农村。将许多零散的苏区,连成了北抵汉水、南至洞庭湖边、东临汉川,西至公安、石门,纵横数百里大的一块革命根据地。

冒进中的警觉

中夏来到湘鄂西后,深深感到自己虽做了多年党的工作,但主要是在工人运动、学生运动方面,有一些斗争经验;在领导红军斗争和根据地政权建设方面,还是一门新课。因此,他开始废寝忘食地学习,每到一地,就进行深入细致的调查研究,熟悉地理环境、风土人情,倾听群众的呼声。

在监利进行的调查中,他正确地处理了农民的反水问题。有一时期,不少乡的农民在反动分子煽动下,组织了"北极会"和"硬肚会"等反动团体,帮助白军反对红军和苏维埃政权。一次,有个乡开群众大会,他们竟举行暴动,杀害了30多名共产党员和40多名政府工作人员。当时有人认为,这些反水农民和反动派没有什么两样,主张采取更严厉的措施。中夏经过调查后认为,农民群众的反水,除了有反动分子挑拨,我们的经济和土地政策不妥当也有关系,因为当时鄂西土地并未平均分配,只是把没收的地主土地转给了原来的佃户,而大量的基本群众,主要是广大的雇农和失去土地的农民,并没有得到土地革命的实际利益。更重要的是,对待富农的政策也有问题,不是动员贫雇农向富农斗争,而是利用苏维埃政府的权力,对富农实行一种特捐,甚至还有绑票的行为。最出奇的是用一种飞条子办法,知道谁家富裕有余钱,就由政府下条子征收去一半,说是借贷,实际是没收。错误更严重的,是把中农当作富农对待,连土地也不分给。我们有的出版物,甚至公开认为富农、中农都是反革命。中农本来是我们的同盟者,这样做的结果,使不少人发生动摇,加上坏人的挑拨、利诱,有些农民就反水了。此外,中夏还认为,像监利的谷米、黄豆、芝麻、棉花,都可以出口做生意,可是政府却一概禁止,结果金融不流通,市场不活跃,广大群众负担很重,加上政府很少关心群众生活,就在许多基本群众中失去了支持。中夏把以上情况如实地向中央作了反映,虽然遭到立三路线一些领导人的指责,但他仍坚持在实际斗争中,纠正了中央"左"倾路线造成的一些错误,争取了群众,扩大了红军的影响。

部队攻下仙桃镇后,配合白军作战的"北极会"反动武装也受到沉重的打击。如按过去的办法,就要大批镇压。由于中夏提出"杀尽老师(指道门头领),保护群众",派干部在群众中广泛宣传"头领是地主豪绅的走狗,是我们的敌人。受蒙蔽的群众是我们的阶级兄弟",号召广大群众与我们联合起来,杀尽欺骗压迫他们的老师。这一来,"北极会"群众纷纷动摇,退出会籍,转为拥护苏维埃政权,不少人还参加了赤卫队。有的"北极会"头领回来,群众就说:"不要来了,你们与共产党有仇,我们与共产党无仇,你们再压迫我们,我们只有往赤色区域跑。"有的甚至把头领捉来交给苏维埃政权。

中夏还正确地解决了赤区与白区群众对立的问题。一个时期,部分白区群众在反动派挑拨下,见了赤区的人就杀,见了东西就烧,赤区一些群众气愤不过,也以这种手段作为报复。这样,交界区便成为互相仇杀的地带,交通断绝,十几公里没有人烟。有的领导同志不仅不纠正这种错误,反而支持这种做法。中夏批评这些同志说:"他们不了解赤区和白区,是两个政权的对立,不是两地群众的对立,他们把地区的对立代替了阶级的对立,这种策略,可以使苏维埃陷于灭亡,不仅不能扩大赤区的政治影响,反而使白区群众仇恨赤区。"他多次教育红军、赤卫队和地方负责同志,注意纠正这一错误政策。在中夏教导下,不少赤区群众改变了做法。如沔阳暴动队、赤卫队随红军攻打仙桃镇,搜索会道门老窝时,逮捕门徒500余人,经过宣传教育全释放了。这一来扩大了红军的政治影响,有力地争取了白区群众。

中夏早在党的"八七"会议上,就拥护毛泽东同志关于武装夺取政权的观点。后来,毛泽东同志的《井冈山的斗争》一文发表后,他十分重视,并在二军团的《红星周报》上写文章加以阐述,也极力主张"要有革命根据地,巩固地向前发展"。

在湘鄂西,他发现在根据地建设上,存在着一些错误做法。如有的同志认为我们的方针是农村包围城市,苏维埃政权机关就一定要设在农村中。沔阳、潜江县城本来没有敌人,苏维埃政权机关也不去占领和利用。另一种偏向是不注意组织群众进行根据地建设,采取"跑兵主义",敌人一来,苏维埃政权机关的人打锣叫群众跑兵,不组织群众反抗,还说什么"跑兵是革命的群众"。中夏了解到这些情况后,立即召开会议,狠狠地批评了这种错误倾向,他一针见血地指出说:"如果不打倒这种倾向,湘鄂西根据地就永远没有扩大和巩固的可能!"在他和同志们的坚强领导下,经过广大指战员和革命群众的浴血苦战,终于将监利、江陵、南县、华容、安乡等9县连成一片,形成大块的根据地。有条件的苏维埃机关,还迁入了城内。在全苏区,除红军外,还设立了红色警卫队,由联县政府统一指挥。又设立驿站,把各县紧密联系起来,大大加强了根据地的建设。

随着革命斗争形势的发展,中夏对建立革命根据地的观念越来越强烈。二军团打下监利后,在朱河镇召开前委紧急会议,决定攻打新堤。因新堤工事坚固,左江右湖,不便包围,经前委讨论决定转向仙桃镇,再攻岳口,然后分两路,六军取天门、京山,二军取钟祥、荆门。攻克仙桃镇后,中夏考虑红军收复地域百余里,地方组织无力接受,如果继续北进,势必离开有群众基础的根据地,大军冒进,白区情况复杂,也为军事所忌。因此,经前委讨论,临时变更计划,决定改为移师南征,并退回峰口整顿,为南征作准备。他说:"红军向北冒进,事实上等于太平天国攻城略地,随得随丢,好似猢狲抓板栗,抓一个丢一个,这和我们扩大红色区的意义不合。"

10月中旬,二军团再次接到中央关于截断武长路、进攻岳州的指示,中夏也执行了这个指示。部队渡江后,连克南县、华容等县,歼灭敌人1000多。接着打公安,克藕池,攻澧州,占津市。敌人急忙调集重兵企图夹击。前委为了避开敌人锋芒,决定放弃澧州,撤出津市,转为进攻石门,建立临时后方,作为向常德进攻的基地。随后,再次进逼津澧,因为敌人顽强抵抗,加上缺乏攻城装备,未能奏效。这时,敌人发起进攻,我军再次撤退,致使南征计划失败。在南征路上,中夏对于立三路线逐渐有了认识,对盲动主义有了察觉,后来,他总结这段历史经验时说:"虽然我们在冒进中曾有几次的警觉与动摇,但这种警觉与动摇,终归不能并且不敢冲出立三路线的'中心城市发展论'的圈圈以外。"

二军团撤至杨林市后,敌军云集洪湖周围,形势对我十分不利。经过战斗,二军团从杨林市突围,转战走马坪、鹤峰一带。在走马坪召开的前委会议上,对今后部队行动方案,有两种主张,一是上山,一是下湖,两种意见都以巩固和建立根据地为思想基础。中夏认为部队转至山区,"凭借五峰、鹤峰、石门、长阳,冲破敌人包围向外发展,是我们惟一的正确出路"。因此,提出以武陵山脉为依托,建立像井冈山那样的第二个苏区。然而,这个主张却受到后来王明路线的攻击,说什么"上山是逃跑主义","妄图建立第二个井冈山根据地是英雄主义",等等。对于这些非难,中夏一直坚持自己的看法。直到后来被撤销职务,谈话中,仍然坚持"三军(即原二军团)应当找一个东固",即要建立一个像江西的东固那样典型的山区根据地。

在红二军团一年多的时间里,中夏的主要错误是贯彻执行了第二次"左"倾路线,最突出的表现在军事上,为了配合红一、三军团攻打长沙,红二军团离开洪湖根据地,并带走了大部分地方武装,致使洪湖根据地受到摧残。对这些问题,中夏从不推卸责任,他说:"对于湘鄂西苏区,特别是二军团政治领导的错误,无疑应由我负主要责任。虽然我在第二军团没有最后决定权,然而不论任何同志的意见,经过前委的决议,我就应完全负责。""事实已经很清楚,洪湖赤区的被摧残,第二军团的削弱,都应由我负责。"

中夏被王明路线的中央撤销职务后,随军部住在潜江北关一所旧式的楼房里,足不出户,经常到深夜才熄灯,他写了一份七八万字的报告,总结了在洪湖地区的工作。又利用旧式账簿纸,凭记忆写了一本《中国共产党史》,后来交给别人,可惜在一次战斗中损失了。

1931年底,中夏离开了湘鄂西苏区。一个白雾茫茫的早晨,一个同志把他送到周老咀街南的小河边,由地下交通同志伴送他搭船向上海驶去。

第十一章 街 灯

战斗不能中断

这时,党又遭到了第三次"左"倾路线袭击。以王明为首的"左"倾机会主义者统治了党,推行了一条极左路线。他们对抱有不同意见的同志,进行了"残酷斗争"与"无情打击"。中夏便是因犯立三路线错误遭到无情打击的一个。

1932年,中夏在上海度过了他一生中最艰难的岁月。没有任何工作,没有任何收入,连吃饭都没有钱,只能依靠后来回国的李瑛挣得的一点工资度日。

当时,他们住在一间十分简陋的房子里,每月光房租就得3块钱,而李瑛在日本人开的纱厂当学徒,一个月才挣7块钱。两人的一切花费就从这4块钱里出,生活——就是几把米一锅粥呵!

中夏不忍让李瑛一人承担生活,自己在家白吃,便主动担负起琐碎的家务,每天天不亮就起来,生火,做饭,买菜,洗衣,一直忙到天黑。由于对这些不熟,常常累得满头大汗。有时自己菜也不吃,总想法给李瑛弄点好的。

为这,李瑛心里常常有说不出的感动与难受。

那时,厂里老板对工人们真是敲骨吸髓。李瑛每天都得从天不亮干到天黑,一连12个小时。加上担任一些党的秘密工作,一天累下来,简直不成个人样。回家的路上昏昏沉沉,到了家,什么都不想动,不想吃,不想喝,眼睛也睁不开,只想能有个好觉睡。

这天,她推开家门,见中夏因病烧得满面通红,咬着牙,摇摇晃晃撑着一张凳子,正在做饭。屋里还晾着几件洗得干干净净的衣服。她知道中夏的疟疾又犯了,眼泪止不住地往外流。

她连忙让中夏趴在她的肩上,把中夏扶到床边,轻轻躺下。她不敢当着中夏的面哭,背过脸,偷偷地抹泪。

中夏给她擦去眼泪,强憋出一点笑容来安慰说:"妹妹,你这次到工厂的最下层工作,可以接近群众,得到更大的锻炼和考验。虽然艰苦一些,但我是很高兴的。"

原来,中夏这次回到上海,李瑛正在情报机关工作,当她听到中夏受王明控制的中央的处分时,心里十分震惊。她向组织申请,让中夏和她住在一起。可是得到的答复是:"不行,邓中夏犯了路线错误。"经过再三斗争,她庄重声明:"只要他还是一个共产党员,就是我的丈夫!"最后总算住在一起,但因此她也被调离了工作。

半年后,由于技术熟练,李瑛每月挣到了15元,生活本来可以好些,可是因为过于劳累,她小产了。那时,厂里规定女工不得怀孩子,不然就要开除。由于整天担惊受怕,营养又不好,生的时候,李瑛整整昏迷了3天。

醒来时,李瑛想看看孩子。

中夏迟疑了一会,走过去轻轻地安慰说:"妹妹,千万千万别难受,孩子……死了。"

李瑛涌出了泪。

中夏充满感情地说:"妹妹,我们一个革命者,就是要吃尽这世上的苦中苦呵,我们能被这痛苦吓倒吗?……"

李瑛想起前后生的4个儿子,老大、老三生下不久都死了。老二为了革命,不便带在身边,又留在了苏联。现在,最小的儿子,又是这样遭遇,她怎能不伤心呢?

她含着泪,心酸地说:"可是,做妈的,孩子总是自己身上的一块肉啊!"

中夏理着李瑛凌乱的头发,说:"我们都是党的战士,绝不能为了个人的爱而放弃对集体的爱,需要的话,是要把自己的一切都交出去的!"

由于王明路线带来的恶果,多少组织被敌人破坏了,多少同志失去了职业,许多人连饭都吃不上,饿极了,喝碗凉水,勒紧裤带,还是抖着精神干。他们知道党的处境很困难,从不向党伸手要钱,也不在同志面前流露半点声色。中夏看在眼里,疼在心里,有时就把饿了的同志们带到家里吃一顿。这些在敌人刀枪下出生入死的好同志,往往因此感动得掉泪。

同志们走后,中夏经常对李瑛气愤地说:"王明手下那帮人把党的经费胡花乱花,而对同志们却毫不关心!要知道,这些好同志,都是无产阶级的骨干呵!我们不支援,谁支援呢?"

就是这样,他们每个月的工资,很快就花光了。家里比较像样的衣服,也一件件当光了。

为了不使李瑛想念孩子,过于难受,中夏经常鼓舞她:"妹妹,红军又打胜仗了!毛泽东同志和朱德同志又把敌人的围剿粉碎了!"

过了些天,中夏见李瑛的心情逐渐平静,才告诉她孩子并没有死,是送人了。

李瑛关心地问:"在哪儿?送给谁了?"

中夏怕她想念,没有告诉,只说:"妹妹,我们现在只有这一些钱,要先救济同志们,不能再顾孩子。我们要割爱!要为革命割骨肉之爱!让能养活他的人去养他吧!……"

李瑛为中夏崇高的大公无私的精神感动了,想到中夏受了那样大的打击和精神上的伤痛,哼都不哼一声,还要安慰和鼓励自己,自己又怎能忍心为这些事再同他吵闹呢?

几个月后,中夏接到组织通知,要他去谈谈工作。

他怀着满腔热情,兴奋地去了。他是多么地渴望工作呵,他是多么希望能为党、为革命尽更多的力呵!因为自从1920年他去长辛店那一天起,就从来没有一天不为共产主义的伟大理想而工作。谁知到了那儿,组织上派来的人却冷冰冰地叫他去区里刻蜡版。

他二话也没说。

从此,在区委宣传部的办公室里,每天一早,就有一个头发长长的人走来,趴在桌上,拿着一支铁笔,在蜡纸上吃力地一字一字地刻着。每天每天,总要到天漆黑漆黑了,才回去。谁也难以想像,这就是当年在省港大罢工中威震敌胆、叱咤风云的伟大人物。然而,王明的惩办主义确确实实就是这么干的。

一天,李瑛从厂里下工回来,发现中夏站在桌边,拧着眉头,好像有很大的心事。

她不安地问:"怎么了?"

中夏不自然地露出笑容,掩饰地说:"呵,没什么。你回来了!"

李瑛不放心地摸摸他的前额:"是不是又打摆子了?"

中夏放声地笑起来,把手向两边摊开说:"你看,不是好好的么?来,天不早了,吃饭吧。"

李瑛见饭菜已经做好,疼爱地说:"瞧,你总不歇歇,上回摆子打得那么厉害,还硬撑着做饭,累坏了咋办?"

中夏拍拍胸脯,坦然地笑着说:"累不坏,累不坏!"说着把凳子端来。

"你对我真好!"李瑛一边吃一边感动地说,"就是那年离开广州,连句话也没说。"

原来,那是1927年离开广州的事,由于形势紧急,中夏接到通知,来不及回家告诉一声,就匆匆忙忙登车而去。

中夏笑起来说:"这是哪百年的事了,还记在心里?"

李瑛有气地说:"怎么不记着!那回害我找了多少天,差点把人急死!"

中夏笑着说:"好,怨我,怨我,以后罚我多做几个月饭,多洗几个月衣服也就是了。"

李瑛"噗哧"笑了。

吃过饭,李瑛想起方才进门时的情景,又追问说:"我看你方才好像有什么心事。"

"没有,没有。"中夏掩饰地说。

李瑛笑了笑说:"我不信。"

中夏辩白说:"瞒你干什么?"

李瑛体贴地问:"是不是对处分有些不满?"

中夏说:"怎么能这样?犯了错,受处分是应该的。"

李瑛问:"是因为以前不给你工作么?"

中夏说:"那都是过去的事了。"

李瑛见他两眼熬得很红,说:"是不满意刻蜡版?"

中夏猛地站起来,激动地说:"妹妹,你怎么能那样说?我只是恨自己,以前没有好好学刻蜡版。……唉,不谈这些了,我们还是学习文件吧。"

他关上门,从地板下拿出一份文件,坐下刚要教李瑛学,忽然想起一件事,心情有点沉重地说:"忘了告诉你,今天听到几个意外的消息。"

"什么?"

"史文彬牺牲了!"

"呵!……"李瑛一怔。

中夏陷在往日的回忆里,感情深厚地说:"早在1920年,我们就认识了。他是个非常忠厚、非常坚定的工人同志呵!在党的第六次代表大会上,他被选为中央的候补委员。1929年,他也来到莫斯科,我们一起去海参崴参加了第二次太平洋劳动会议。前不久,因为上海生活负担重,他想把老婆、孩子送回长辛店,不料走在半路上,被敌人发现,杀害了。"

他的眼里涌满了泪。

过了一会,他有点激愤地说:"还有一个消息,郝文才、吴雨铭叛党了。吴雨铭过去坐过牢,表现很坚定,没想到,最后也终于经不住斗争的考验,叛变了!"

老　杨

不久,中夏和李瑛被调到我们党和外国革命者接头的机关工作。几个月后,忽然遭到了一件意外的不幸。

一个寒冷的夜晚,中夏吃完饭有事要出去。临走,对李瑛悄悄嘱咐说:"妹妹,这几天外边风声很紧,千万不要随便出去,我一会儿就回来。"

李瑛说:"我要送一份急需翻译的外国文件……"

中夏一边穿着外衣一边说:"不要去了。现在外边很紧,有什么等我回来再说,好么?"

李瑛看中夏出了门,回来收拾了碗筷,一人在屋里呆着感到很烦闷。她不知中夏为什么不让她出去,是关心、有意让她歇歇,还是真有危险呢?如果真有危险,他又为什么出去呢?她想起自己的工作不能完成,心里像有团火在烧,坐也不是,站也不是。拿起报看了一会,哪知两个钟头过去了,中夏还没回来,一狠心,决定还是走了出去。

当她来到圣母院路高福里找姓朱的翻译时,由于叛徒出卖,门口已有特务盯梢,她与姓朱的便一起被敌人逮捕了。

中夏回来,发现屋里空空的,李瑛不知上哪儿了。等了好久,估计是出了事,连忙销毁文件,作紧急的转移……

两天后,在郊区一条偏僻的小街上,出现了一个穿长衫的陌生人。他自称姓杨,是个教员,在一家叫做"光华理发馆"的三楼上,租了一间不大的屋子。每天一早,他把房门锁上,就从后门走了,一天也不回来,直到夜深人们都睡了,才开门回到他的房间。

这个穿长衫的人,就是中夏。

当时,整个国家民族危机已经万分严重,日本帝国主义侵占了东三省,又进而吞并了热河,严重地威胁着华北和整个中国的生存。可是,国民党反动头子蒋介石不但不积极抗日,反而疯狂镇压共产党和群众的抗日活动。

被捕的人越来越多。为了加强被捕人员的救济工作,不久,中夏被调到赤色互济会全国总会,担任了党团书记。按理说,中夏是一个知名的共产党人,担负这种工作危险性是很大的,也是不应该分配这种工作的。而王明路线的中央,却这样做了。

在险恶的环境中,中夏经常化了装在各处奔走,积极参加群众的抗日活动。

一次,他受命去参加一个群众集会。当时情况很紧,有人劝他不要去,但他还是要去。

会上,他作了一个很有煽动力的讲话。

散会时,一个老工人走来,充满热爱地说:"老杨同志,听你讲话,使我想起了一个人。"

"谁?"

"邓中夏。"

中夏心里一动。

"你们俩口音怎么这么像,是老乡么?"

中夏镇静地笑笑:"不光老乡,有人还说我们像一母生的亲兄弟呢!"

老工人借着暗淡的灯光,端详了一番,说:"模样儿倒也像,只是邓中夏长得比你年轻些、漂亮些。"

中夏笑起来。

回到住地,那个劝中夏别出来的同志,也跟来了。他进门后,见中夏伏在桌上写文章,吃惊地说:"现在这么紧,你怎么还敢在这儿写文章?如果敌人来了怎么办?"

中夏微笑地说:"不要紧。"

他领那个同志去后面的小晒台上,借着灯光,悄悄掀开屋顶上的一块瓦,说:"文章就放在这儿。"

回到屋里,那个同志依然不放心地说:"顾顺章叛变后,敌人利用叛徒破坏我们的党组织,越来越厉害了。现在国民党到处通缉你,你还是少出去,少参加一些会议为好,认识你的人很多,像今天这个老工人,就差点把你认出来。如果万一让敌人碰上,那有多危险哪!"

中夏坦然地笑笑,说:"是的,我们应当善于隐蔽,但也不能因为个人的安全,就失去了同群众的联系。要知道,我们脱离了群众,就会无所作为,一事无成,敌人也就用不着怕我们了,因为我们已经失去作为一个革命战士的作用了。"他停了一会,感情很深地说,"现在斗争经验比较丰富的同志很少,能从事公开斗争,又能从事秘密斗争的老同志就更少了。老一点的同志,比一般新同志,是该更多地做些工作才对呢!"

街　灯

转眼,已是 1933 年春天。

一天,中夏正在召开党团会议,门被推开,进来了一个青年。

那个青年刚要招呼,他忙站起来,笑着说:

"认得我老杨么?"

青年领会他不愿暴露真实姓名,便笑着说:"再过 10 年,我也忘不了你!"

他们谈了几句,中夏低声地说:"小陈,这几天没空,下星期我来看你。"然后提高嗓子说,"和四川人摆摆龙门阵是蛮有趣的!"

说过,两人笑了起来。

几天后的一个傍晚,那个叫陈同生的青年,正在路边水龙头下洗头,掏出手帕,擦着头上的水。忽然,觉得背后有人轻轻拍了他一下。

他回过头一看,见是中夏。

中夏低声地责备说:"你怎么在这儿洗头?"

陈同生不解地问:"怎么了?"

中夏盯了他一眼说:"你想坐监牢么?"

陈同生感到很奇怪。

中夏指明挑亮地说:"你化装成工人,可是一看就知道你这是学生习惯。你看,工人哪有这样在水龙头下洗头的?叫包打听一眼就看穿了。"

陈同生这才恍然大悟。

他们走进万国公墓,在一棵枝叶低垂的大树下坐下来。

四周很静,没有一个人。

他们愉快地谈着别后几年的生活。

陈同生一边谈,一边亲切地看着中夏,短短几年没有见面,他比以前显老了。虽然他只不过 39 岁,两鬓已经出现了初生的白发,额上皱纹也增添了。然而眼睛仍然那么乌亮有神。从他的谈吐、风度上,也可以看出经过几年风霜的磨炼,比过去是更加成熟了。

当他们谈到以往遭到的挫折和失败时,中夏无限感慨地说:"小陈,一个人忠于革命还比较容易做到,可是要将革命事业办好,单靠忠心便不够了,还要有正确的思想,对辩证唯物主义有深刻的领会,并且善于从走弯路中找出正确的途径。一个人遇到挫折、失败是难免的,也是不可怕的;可怕的是受到挫折,便失去了信心,不能从失败中吸取教训。甚至又重犯错误,这就不能原谅了。"他心情十分沉重地说,"在洪湖,我也曾经犯过错误,受到党内的处分,在区委宣传部刻过蜡版,可是,有一条,我相信我一定会改正,会比以前更好地为党工作!"

远处,走来一个人,他们沉默了一会。

人走远后,他们又谈了自己近来的工作。

陈同生有点不满地说:"我真想回到苏区干红军去!到那儿,一刀一枪地干,多好!就是再像在东江一样,吃一年烂番薯,也比住大洋房,随人抓、随人杀要强得多。"

中夏像父亲一般地批评道:"小陈,你还是有一点孩子气!要知道,像我们这种人,做工作是不能选择哪里痛快便往哪里去的。重要的是看对革命是否需要!"他声音很重地说,"最困难、最危险、什么人都不喜欢的工作岗位,我们应当义不容辞地站上去!"他看了看表,拍拍小陈,"时间不早了,我们走吧。"

路上,街灯亮了。

他们走过了小沙渡。

马路中心,矗立着一个几丈高的大自鸣钟,庄严地、高高地伸向天空。

中夏把帽子掀起,向那里久久地注视着……

陈同生也向那里看去,并没发现什么。

他看了看中夏,在街灯下,见中夏一动不动,仍然全神贯注地向那里凝望着,眼神里流露出浑厚、浓烈的感情……

"你老望那个自鸣钟干什么?"陈同生不解地问。

中夏扭过头,望着小陈,感情很深地说:"我每次见到这座自鸣钟,就想起了刘华,到现在,他牺牲快7年了。他被敌人害死的时候,群众曾经自动在这里集会,决定将来革命胜利了,要把这座钟改为刘华的纪念碑。……"他心情激动地抬起头,再一次望着自鸣钟,喃喃自语地说,"像刘华这样的人,中国实在太需要了!我们应该去发现更多的刘华。这样的人多起来,中国革命是一定会胜利的!"

劝 告

那时,党的赤色互济会总会,设在一家布店的楼上。因为这一带是租界交界处,人多,地杂,敌人不注意,有了情况也容易躲避。

一天,中夏和陈同生正在谈工作,党的上级机关派了一个特派员来。

这个特派员穿着一身漂亮的西装,结着领带,脸上露出一副十分高傲的神气。他略微寒暄了几句,接着就以指示的口吻说:"今天,组织上派我来布置你们一件紧急任务。现在,敌人日暮途穷,已经到了总崩溃的边缘了,为了迎接伟大的全国革命高潮的到来,组织上决定在'五一'这天组织一次大规模的示威游行。要求你们立即发动全体群众上街,参加这个伟大的斗争!"

中夏心情变得沉重起来,近来这种事已经接连发生多起了。在教条主义者的统治下,由于错误地估计了当前形势,夸大了自己的力量,低估了敌人的力量,每一次的行动都受到了惨痛的损失。然而这些血的教训,并没有使这帮满嘴马列主义词句的领导者有丝毫的醒悟。他们仍然一意孤行地组织着一个又一个没有成效的示威。

对革命事业强烈的责任心,驱使中夏不能不提出自己的看法。他压抑着内心的冲动,尽量使自己冷静下来,说:"我想说明一下这里的情况,现在,我们的力量还很弱,全区加入赤色工会的人,还不到2%,一切……"

"一切什么!"那个特派员粗暴地打断他的话,"什么困难也吓不倒我们!革命要求我们的是战斗,是前进!是不惜自己一切的牺牲!——列宁早就说过,在革命高潮即将到来的重要时刻,如果还是动摇、畏缩,就是自取灭亡,就是断送革命!"

中夏尽力克制地说:"我不是怕困难,怕牺牲,我是说现在我们的力量还很小,还不行。把自己软弱的力量暴露给敌人,这不是示威,而恰恰是示弱。说得重点,这是对革命的犯罪!"

特派员暴怒了。他猛地跳起来,大声地说:"这是党的决定!党组织的决定!你知道么?"

中夏以最大的努力,压下心头的怒火说:"党的决定也要根据实际情况。这里的组织还刚刚恢复,还只有很少的先进分子,什么都还没有巩固,便让他们去冲锋,去拼命,这不是葬送革命是什么!"

特派员的脸涨得通红,大声地说:"你怎么能这样说,你,你……"

中夏用力咬住下唇,愠怒地说:"我认为这不是革命,这是拿斗争开玩笑,拿人命当儿戏!"

特派员暴跳如雷地叫:"你简直右倾透了!现在是什么时候?革命已经面临着伟大的高潮,难道我们不该走在前头,领导大众前进么?"他激怒地挥着胳膊,"在这样重要的时刻,谁要是表现出丝毫的动摇,就是可耻的取消主义,就是无耻的逃跑!"

中夏再也抑制不住了,他痛心地说:"同志,盲动主义,立三路线,使我们党付出了多大的代价!这些惨痛的教训,难道还不够,还要再犯么?"

特派员把桌子一拍,狂怒地叫:"你怀疑党的百分之百的布尔什维克的正确性吗?你,你不要忘了,你是一个党员!……"

他再也说不下去,把门"砰"的一声关上,怒气冲冲地走了。

中夏望着他走出去的房门,对站在一边的陈同生无限感慨地说:"什么时候,我们这些同志,这些自以为理论水平很高的同志,才能真正懂得只有长期积蓄力量,才能进行决战的真理呢!什么时候,他们才能比较客观地面对现实,而不这样的固执呢?……"

陈同生忿忿地说:"恐怕等他们碰得头破血流,也不会懂得的!"

中夏感触很深地说:"几千年以前,孙武子就说过:知己知彼,才能百战百胜。我们今天这些自封为理论家的人,是既不知己,又不知彼,他们的脑子里,所能记得的只是纪念日、书本和一些一成不变的条文!……"他深深地叹了一口气,"要想说服一个没有经验,而又妄自尊大的人,真是不容易啊,我简直怀疑自己的能力太弱了。"

在教条主义分子硬性的命令下,中夏和同志们只好执行了组织上的决定。结果,这次示威游行果然遭到了很大的损失。

中夏在沉痛的心情下,果断地决定:一定要向中央提出自己的意见!

被 捕

不久,中夏为一件意外的事,不幸被敌人逮捕了。

1933年5月16日的中午,朱大妈正在院里生火做饭,门外,朱晓英抹着泪走进来,呜咽着说:

"昨天晚上,邓叔叔被敌人抓去了!"

大妈愣住了。

晓英边哭边说:"早上,我拿了宣传品,去环龙路底骏德里37号,看门上记号没动,就上去打门。谁知道门刚开,就有两个大人一下把我抓进去了。他们上上下下搜我,把传单和我身上的一块钱都拿了去。幸亏我把一个地址放在袖子衣褶里,趁他们没注意,我一边吃芒果,一边把地址吃下去了。"

"后来呢?"大妈问。

"后来,他们把我带到巡捕房,问我住在这个机关里的那个女的是什么人,又问我一个头发长长、左眉下有颗黑痣的男人是什么人。我一听,准是邓叔叔,急得我差点哭出来。我说:'我什么也不知道,我走错了人家,宣传品是路上捡的。'他们不信,就打我,我就哭,外国人烦了,骂一通,就把我放了。"

大妈听到中夏被捕,心像刀绞一般,抱着晓英哭起来。

这天清早,上海闻名的史良大律师起床不久,一个不认识的人,给她送来一张字条。这纸条是草纸,上面用铅笔匆忙地写着一行字"我要求你来接见我",署名"施义"。背面还有几个字:"请代付送信人5元。"

她当即付了钱,问明了地点,知道捕房一般在9时后才将犯人移送法庭,在这以前,是可以随便接见的,便匆匆坐车赶去。

到了那里,看守把她领进一间小屋,她吃了一惊:面前站着的竟是中夏。

中夏沉着地说:"史大律师,我早就认识你……"

史大律师向他递了一个眼色,要他注意看守在旁边。

中夏马上说:"我妻子有一副金手镯,将来可以作为讼费,请你给我当个辩护人。"

史大律师笑了笑,拿出两枚银币给那个看守,要他弄一杯开水喝,看守拿着银币,眉开眼笑地走了。

中夏轻轻地说:"我被叛徒出卖了。"

史大律师说:"第一步,要争取就在租界审讯,不被引渡,这样就可以保住性命。然后再说第二步。"

她怕室内有偷听装置,掏出笔,在纸上写了一句:"你什么也不要承认。"

中夏刚接过纸条,塞进袋里,看守就回来了。

当天下午4时,正式审讯开始。

这时,党已请了唐律师来为中夏作辩护人。

开庭时,先审问那个一同被捕的女性。女的自称叫林素琴,说被查出的抗日传单,是在半月前一个朋友寄存的箱子,不知里边装的是什么。

接着,提审了中夏。

审判长照例问了问姓名、年龄,便接着问:

"你什么职业?"

"从前当小学教员,现在还没有职业。"中夏沉着地回答。

"几时加入的共产党?"

"没有。"

"那你怎么在共产党机关里?"

"我不知道什么共产党机关。"

"你怎么认识那个女的?"

"她丈夫和我是朋友,在汉口当兵,这回是托我给她带信的。"

审判长忽然掉转话头。

"你从哪儿来?"

"江华。"中夏用了李瑛的原籍。

接着,审判长提出一连串追问,问他一路怎么走,坐的什么船,经过什么地方,住的什么旅馆,甚至连住的几号房间,老板姓什么,都问到了,企图从这里出其不意地找到突破口,查明中夏的身份。可是,不料中夏胸有成竹,不慌不忙地一一回答了。

审判长只得又回过头来问:"你到底和共产党有什么关系?"

"没有什么关系!"中夏说,"我没有罪,我要求法庭立刻放我出去。"

审判长要中国的公安局督察员及告密的证人讲话。

督察员说本案是由上海市公安局会同法租界捕房共同破获的。有人证明被捕的林素琴,就是共产党互济总会的援救部长杜林英,为此,要求引渡到上海市公安局。

辩护律师站起发言,认为案情尚未查清,仍应由本法庭办理。

在中夏等坚决的斗争下,第一次审讯就这样安然地度过了。

半个月后,法庭进行了第二次开庭。

这次,史大律师找来了上海最有名的董大律师,为中夏做辩护人。

审判长上来,首先审问了林素琴。接着,上海市公安局派来的督察员,提出正式公文,坚决要求引渡中夏与林素琴。

法庭上,展开了异常激烈的争辩。

上海市公安局的人提出:"被告林素琴家里,查出大批传单、宣传品,又有证人证明。林素琴虽一味否认,但不能提出反证。为此,坚决要求将林素琴及同犯施义引渡过去。"

林素琴的辩护律师据理力争,说:"上海市公安局要求引渡的是杜林英,可是她并不是杜林英,她叫林素琴。至于宣传品是不是林素琴的,现在还没有足够的证据。根据刑事诉讼法第十三条规定,本案还应由本院受理。"

唐律师也站起来说:"被告施义,没有丝毫犯罪嫌疑和其他证据;所在地区又是法租界,完全属于本法庭管辖范围;加上本人又没别的案件牵连,因此,根本没有引渡的道理。"

董大律师对引渡也表示激烈的反对。

最后,由审判长宣布审判结论。

他站起来看了看四周,照着宣判书大声念道:"根据本法院审理结果,决定本案被告林素琴由上海市公安局移提归案讯办,被告施义由本院处理。"

这时,法庭上忽然发出一声刺耳的女人尖叫声,这声音是这样恐怖,这样地令人毛骨悚然,叫人不禁打了一个冷颤……

最后的会面

这一时期,党通过各种努力,对中夏进行大力营救,终于使法院驳回了上海市公安局引渡的要求,最后判了中夏52天徒刑,事情逐渐向好的方面发展。

就在离徒刑期满还有19天的时候,突然,情况发生了意外的变化,被引渡的林素琴叛变了。至此,中夏的身份完全暴露。国民党特务听说施义就是赫赫有名的邓中夏,如获珍宝,坚决要把他引渡过去。

为了进一步查明中夏的身份,法庭决定把他的爱人李瑛提来当场对证。

在中夏被捕的第二天,早已被捕入狱的李瑛就得到了消息。那天,狱里几个同志被提去受审,在候审室里遇到了中夏,见他手脚已被电刑烧焦,身上布满红肿青紫的伤痕。回来,她们就把这些情况告诉了李瑛。

李瑛听后,好像晴空霹雳,万把钢刀扎在心中。同志们告诉她,中夏捎话,让她千万设法找一个能救他出狱的社会关系。她想:天哪,自己入狱已经半年,事先准备好的惟一的社会关系,已在自己受审时用过了,现在到哪里去找呢?她向一起的同志们打听,可是谁也没有可用的社会关系。

7月26日早晨8点,李瑛突然听到提审她,顿时全身每根神经都像要爆炸了。她紧张地判断着调她上庭的原因:法庭已经判她3年4个月的有期徒刑,现在为什么又突然叫她上庭呢?和她有瓜葛的案子只有中夏和与她同时被捕的那个姓朱的。……很大可能,是中夏那里吃紧,是不是中夏被人出卖了?如果真的是,调她上法庭岂不是要和中夏对庭吗!因为那个姓朱的已经叛变,供出了她与中夏是夫妻了。这可怎么得了呢!……又一想,也可能是敌人还没有抓住中夏的真凭实据,只要自己死不承认他是中夏,他就有得救的可能。想到这里,她好像有了点底,可是心里火辣辣的像是有盆火在烧,半年不见中夏了,她多么想看看中夏啊,哪怕看一眼也好,可是想到这里,又感到害怕起来,怕自己感情太激动,万一被敌人发现,看出他们的关系,怎么办呢?

就在这种极端矛盾的心情里,她被士兵押着,拐了好几道弯,来到了法庭。

法庭门口,一左一右站着两个持枪的国民党兵。进了法庭,右前方是法庭的正面,高高的台阶上是法官的席位,上面坐着审判长、推事、检察官和书记官。屋里阴森森的,审判官们被暗淡的光一照,一个个的脸半边明半边暗,活像传说中的鬼判官。

李瑛站在审判长的面前。

审判长看看她,说:"今天叫你来认一个人,这个人就是你原来的丈夫:邓中夏。"

李瑛心里很沉着,入狱后,为了掩护自己,她假称已和中夏离婚。

审判长笼络她说:"这事,对你也有很大好处,如果说了实话,证明他就是邓中夏,就可以提早放你出去。"

李瑛冷冷地看了他一眼，说："认得就认得，不认得也不能乱冤枉人！"

审判长奸笑地说："好，好，你认认看。"

他叫士兵把她带到隔壁一个犯人候审的小屋里等着。

李瑛看看周围，这是一间隔开的小屋，只有一面是窗，把头从窗户里探出去，正好望见下边看守所的大门。她见方才押自己来的那些士兵，又去提中夏了。她的心，从狱中出来时就已非常不安，这时跳得更厉害了。她多么想看到中夏呵，不知他被敌人摧残成什么样了。想着想着，她的心痛起来了，手脚冰冷，头发昏，全身止不住地发抖，眼泪像泉水似的不住地流。由于不敢放声痛哭，憋得透不过气来。就在这时，她猛地一惊，想到这样难过，如果见到中夏非大哭起来不可，这不正好告诉敌人他们是什么关系么？这怎么行？敌人就是希望她这样的。这种有害的儿女之情，在今天这种场合是会坏大事的。但是那眼泪，那猛烈跳动的心，那发抖的全身呀，都不理睬这些。她用手按也按不住，眼泪还是不断地涌出来……

忽然，中夏出现在看守所门前了。她的感情像一匹脱了缰的野马，在疯狂地奔跑、冲撞，怎么也控制不住。她急坏了，这怎么行？这会被敌人看出来的呀！猛地，她狠狠地痛骂起自己来："你这是一个共产党员的感情吗？你再不压下这种有害的感情，就是在出卖自己的丈夫，你就是一个叛徒啊！"说也奇怪，这么一骂，不知怎的，自己的心立刻安静下来，脑子也清醒了。

中夏迈着有力的步伐走过来，从房门口过去了。虽然他的步子不太稳，但是却那样的从容不迫，那样的吸引着李瑛的心呵！

敌人来传李瑛了。她走上法庭，见中夏在挨着窗户的一边站着，距自己只有四五步远。他半侧着脸，面对着窗户，透过玻璃凝视着远方，像是在瞭望遥远的未来。红红的朝霞照在他的身上，身躯显得非常高大。李瑛好似听到了他脉搏的跳动，嗅到了他周身清馨的气息，心中感到了极大的安慰。中夏穿着他喜爱的那件长大褂，泰然地站在那里，他的纽扣系得整整齐齐，就是头发长得很长，倔强地向四处伸着。头的右侧有一块耳朵大的伤疤，还在往外渗着血水……看到中夏被敌人摧残成这样，人也憔悴、消瘦多了，李瑛心里有说不出的悲痛。

审判长坐在高高的台上,一直盯着他俩。

李瑛微微抬起头,看看中夏。恰好中夏也转过身来看她,给她递了个眼色。接着,回过身,很快地对审判长说:"我不认识这个女人!"

审判长气得大叫:"没有问你,你为什么说话?混账!该死!真该死!"

中夏神色不动。

审判长每骂一句,李瑛的心便像针扎一样,感到比骂自己还难受。她低着头,一看也不敢看。

审判长对李瑛说:"你抬头看看,是不是认识他?"

李瑛早就想好好地看看他了,既然给她看的机会,为什么不好好地看看呢?再说,今后也许再也见不到了。她便缓缓地抬起头,见中夏站在那里,样子好像很吃力,手腕和脚腕都有血迹斑斑的伤痕,瘀在袖口和裤脚的血痂,呈着紫红色。她想他的身子被敌人摧残得多厉害啊!看着,看着,她的心又跳起来,只得一再告诫自己:"心儿呀,千万千万不能跳呀!"

她真想好好地看个够啊,又怕敌人看出他们的关系,便尽力不使自己的脸色有变化。

她的视线刚与中夏的视线相遇,中夏又丢给她一个眼色,好像是叫她少看,怕她伤心。可是,她怎么能不让自己多看一看自己日夜想念的亲人呢?

审判长在上边催着说:"你认识他吗?"

李瑛心里想:怎么不认识,这就是我的中夏呀!她转过脸,冲着万恶的敌人,干脆地回答说:"我没见过这个人。"

敌人不死心,又叫:"你再看看,一定能认识。"

李瑛又看了看,她看到中夏那泰然自若的神色,那昂扬、无畏的革命气概,两眼目不转睛地望着她,心里受到很大的鼓舞。

她坚决地回答说:"不认识!"

审判长急了,派人拿中夏的照片给她看。

她还是说不认识。

审判长没法,只好宣布退庭,一个个垂头丧气,夹着公事包走了出去。

押送的士兵，见法官们走了，也就乐得去屋里吸烟、聊天了。

这时，犯人候审室前的走廊边，只剩下了中夏和李瑛两人。虽然离得这么近，两人却不敢说话。李瑛热烈地凝望着中夏，中夏也深情地凝望着李瑛，时间并不长，最多只有一刻钟，可是这是人的一生多么宝贵的一刻钟呵。中夏的乌黑的眼一眨都没有眨。李瑛从他的眼光中，感到了无限的温暖与力量，她的心快要跳出来了，她真想跑过去拥抱他啊，他那目光，不就和新婚那天，在黄花岗烈士墓前，真挚地望着自己的目光一样么？那天，中夏也是穿着长大褂，他俩跑到城外，爬上黄花岗的山顶，眺望着广州全城美好的风光。一朵朵绚丽的鲜花点缀着一座座烈士的坟墓，使黄花岗变得更加庄严肃穆。他们肃立在烈士墓前，中夏把双手搭在她的肩上，真挚地望着她，说："妹妹，要记住，斗争就会有牺牲，不要忘记死去的先烈们。"今天这句话好似又回响在她的耳边。……她的眼眶湿了，不敢再往下想了，身体不由得动了一下。中夏好像知道了她的心，摇摇头要她注意，李瑛只有尽力地看着他，从他的眼光里，好像看出他在说：我如能活着出去，要永远忠于党，忠于人民，忠于革命。李瑛的泪水又要涌出来了，见中夏又摆摆头要她坚强些，便极力压抑住激动的感情。看到他那消瘦的面容、斑斑的伤痕，如在平时，自己一定会跑过去抱住他痛哭一场，可是现在连一点表示也不能有，连一点点声响也不能有，眼泪只能往肚里流呵！

宝贵的时间，一分一秒地过去。

敌人走来，要把中夏带走了。一刹那间，李瑛想到这一别，也许再也见不到面了，再也见不到自己亲爱的中夏了，她的眼里转着泪，她的话涌到嘴边，她真想冲过去抱住他，抓住他，不让敌人把他带走啊！

中夏乌亮的眼珠，闪过一丝泪光，他坚定地、依依不舍地看着她，对她摇了摇头。

她发呆地站在门口，看着中夏从身边走过去。

中夏挺着胸脯，一步步沉重地向前迈着，快到长廊尽头，忽然，回过头来留恋地看了她一眼……李瑛的心整个地碎了。

情况变得越来越严重。

9月5日下午，法院门口忽然停了一辆黑色的警备车，后边两扇铁门开着，好似一只要吃人的怪兽。法庭里边，空气也很紧张，散布着许多佩带武器的武装人员，有的坐在旁听席上，有的站在两旁通道上。连附近的长廊里，也有一些武装人员来来往往，好像要发生什么大事。

辩护律师走上法庭不久，只听法警一声吆喝，审判长和书记官，跟一个穿红边长袍的检察官进来了。在这同时，几个武装人员拥着一个粗矮肥胖的律师，也从侧门走了进来。

那个矮胖律师，神气地在席位上坐下，接着，武装人员在他身后及两侧，也围着坐下，像虎狼一样看着大庭。

中夏在众目注视中，被带上了法庭。

审判长简单地问了中夏几句，便问那个矮胖的律师有什么请求，那个律师便将一件公文交给值庭法警递给推事，然后站起身来，充满杀气地大声说道：

"本人代表上海市公安局，今天向法庭提出一份公文，根据可靠事实证明，施义就是中共著名领袖邓中夏。……为此，上海警备司令部亲奉中央密令，要求立即引渡归案。"

董大律师当场表示反对，认为本案既经法租界捕房起诉，就应仍归本院审判。

唐律师也认为光凭林素琴一人口供，证据未免不足，反对引渡。

最后，法庭宣布裁决，说："被告施义即邓中夏，有林素琴供词可据，其前在湘鄂西戒严区域有指导红军之罪行，又有《红旗周报》足资证明，依据危害民国紧急治罪法第七条，应归该区域内最高军事机关审判之规定，应准移提归案。"

话音刚落，只见警备司令部的军人一拥而上，拿出手铐立刻将中夏的两手铐上，中夏圆睁两眼，仰天一望，昂着头，挺着胸，被这群虎狼拥了出去。

辩护律师怒不可遏，大声地叫："对于法庭这种无理判决，我们将提出强烈的抗议和上告！"

审判长们走后，唐律师全身像麻木了一样，无力地脱下律师服装，没像平常那样把它折起来，就往皮包里一塞。他呆望着法庭的正门——中夏被拥走的去处，忽然被一声鬼啸般的长叫惊醒，连忙三步并作两步赶到法院门口，向右一看，只见远远一辆警备车的黑色背影拖着连续发出的长啸声,在柏油路上疾驰而去。一会,就变得无影无踪了。

在他的耳朵里,警备车鬼啸的长叫声,不知怎么,和上次被引渡的那个女人毛骨悚然的尖叫声混合在一起了。……

第十二章　雨　花　台

下　关

这时,国民党反动派的头子蒋介石,正在庐山避暑,听说捉住了邓中夏,高兴得眉开眼笑,连忙给南京宪兵司令部的司令谷正伦打了一个紧急电报,命令他急速把邓中夏从上海押解到南京。

一个深夜,敌人打开牢门,把中夏提出来,中夏以为最后的时刻到了,就按一个共产党人应当做的那样,喊起了动人心魄的口号:

"打倒国民党!"

"共产党万岁!"

这时,一个瘦长个子的特务走了过来。他戴着一顶礼帽,穿着一身绸衫,满脸奸笑地说:"我道是谁在喊口号呢,原来是老英雄!老英雄,请先冷静点吧!"

中夏蔑视地看了他一眼,也冷笑了一声说:"我从来就很冷静。不管我过去出席我们党中央的会议,还是今天上你们的法庭和刑场,都是冷静的!"

上车时,这个特务不自量地又走过来,挖苦地说:"老英雄啊,在你们红军里面,是不是也有政治犯哪?"

中夏厉声地说:"什么叫政治犯?"

那个特务嘻笑地说:"就是你们红军说的反革命呵!"

中夏立刻迎头痛击说:"如果红军捉到像你这样的反革命,早就枪毙了!"

那个特务没有想到挨了这么一闷棍,自讨没趣,灰溜溜地不言语了。

几小时后,一列飞快的客车,奔驰在从上海到南京的铁路线上。

最后一节车厢里,空落落的,只有7个犯人,两头坐着十几个宪兵,带着枪,门窗都关得严严的。

中夏两颊消瘦,长发已被剪短,太阳穴边还留着一块干了的血疤。他紧闭着嘴,浓眉竖起,仍然透出一股英气。

火车轰轰隆隆地奔驰着,他的身子也随着轻轻地摇摆着。

他想抽支烟,刚一抬手,旁边那个青年的手也动了,这才想起自己的手,和别人的手是铐在一起的。

他无奈地皱皱眉,掏出烟,给那个青年递了一支。

那个青年叫小马,原来同他关在一个号子里,早已互相认识了。

他们见宪兵都睡觉了,便轻轻地聊起来。

小马悄悄问中夏是怎么被捕的。

中夏点起烟,抽了一口说:"老弟,不是吹的,我在他们眼皮底下,来回晃了多少年,他们也没抓住我。这回,是抓别人,凑巧把我抓住了。要不,哼,他们是怎么也逮不住我的!"

事实确是这样,十几年来,在残酷的出生入死的革命斗争中,中夏地下工作的经验非常丰富,并且始终保持着地下工作者的高度警惕,从来没有因为丝毫的疏忽被敌人捕去。上海二月罢工和广东省委开会那两次被捕,都是因为别人牵连出的事。

中夏问小马是在哪儿被捕的。

小马说是在沪东区互济会,因为他是那里的主任。

中夏听了笑起来,说:"那么,我们还是一个系统的,我是互济总会的呢。"

小马也笑起来说:"原来,你还是我的上级。"

中夏爽朗地说:"要不是这个机会,我们还没法见面呢!"然后,风趣地抬起了手,"看,这一下可真把我们紧紧地连在一起了!"

小马笑了一阵,皱起眉,有点纳闷地说:"不知他们要把我们押到哪儿去?"

"看来,是往南京宪兵司令部。"中夏朝远处的宪兵努努嘴,"你没见押我们的是什么人么?"

小马有点惊讶地说:"呵,听说押到那里的人,案情都比较重哩。"

"怎么,"中夏说,"有些担心么?"

小马说:"不,我不是担心自己,像我这样的年轻人,多死几个没什么。可是,像你这样的老同志,又是中央委员……"

中夏哈哈大笑地打断他说:"这有什么!死一个邓中夏,算得了什么,在我们党内,像我这样的人多得很!"

他把一只手搭在小马的膝上,满怀热爱地说:"有些人,总觉得死是那么地可怕。其实,对于一个革命者来说,死算不了什么,你要革人家的命,人家怎么会放过你呢?一个人在他入党的时候,就应该考虑到,作为一个共产党员,活在今天的世界上,不要怕短命而死,主要应该看是为什么而死,是不是死得其所,死得其时。我们这次在国民党的断头台上,结束自己的一生,就是死得其所,死得其时,这正是我们的归宿!"

火车好似赞同中夏的这番话似的,发出了震耳的汽笛声,接着,在一个较大的站停下了。外边传来了嘈杂的人声。一会,车激烈地晃动了几下,又跑了起来。

中夏沉默了一会儿,回忆起以往的岁月,怀着很深的感情对小马说:"十几年前,我在长辛店搞工人运动,认识了一个工人,名叫史文彬,他的立场非常坚定,斗争非常坚决。'二七'罢工的时候,不幸被敌人抓去,经过严重的考验,一直表现很好,到死也没有动摇。……在那个时候,我还认识了一个学生出身的人,名叫吴雨铭,最初对革命很热情,也经过同样的考验,但是最后终于没有经住更严重的考验,叛变了。"他停顿了一下,感触很深地说,"一个人,要想成为一个真正的革命者,要经过多少烈火的考验呵!"

这时,小马才意识到这位老革命,是利用这短短的空隙,再一次给自己做工作,坚定自己的信心。中夏是不放弃任何一个做工作的时机的。

火车放开洪亮的嗓门,长长地叫了一声,接着,窗外闪过一排明亮晃眼的灯光,随即又黑了下来,又一个小站过去了。

天刚蒙蒙亮,火车便到达了南京下关。

下车后,宪兵见没车来接,跑去打电话,大约那边还没上班,老挂不上。大家在车站上,等得又饿又困,肚里一个劲咕噜。

"喂!"中夏忽然冲着宪兵叫。

"干什么?"

中夏拍拍肚子:"肚子饿了。"

宪兵瞪了他一眼,说:"饿了,忍忍吧!"

"那怎么行!"中夏摆着架势说,"老乡,我是常在外边跑世面的,你们的规矩,我多少还知道一些。"

宪兵和一个伙伴,交换了一下眼色,只得无可奈何地去了。

一会,果真提来了一包蛋糕。

犯人们饿得要命,都涌过来抓了吃。

吃完,中夏又问:"有水果没有?渴着哩!"

那个宪兵无奈,只得又去买来些香蕉、桔子。

大家一边吃,一边感到很惊异。

小马好奇地问中夏:"他们怎么就听你的?"

中夏轻轻地笑起来:"告诉你,这些宪兵都是有押解费的,不要,就给他们贪污了。"

小马恍然大悟,暗暗佩服这位老革命不仅富有斗争精神,而且富有斗争经验。在短短的旅途中,他觉得向中夏学了不少的东西。

群　众

黑色的警备车在寂静的街道上,飞快地奔驰着。它穿过高大的城门、空旷的街道,向南门外一个偏僻的地方笔直地驶去。

经过好长时间,车子在一个路口,猛然向左一拐,驶进了一条叫道署街的横道。没走多远,路北出现了一个大铁门,两边警卫森严地站着岗哨,门旁挂着一个大牌子,写着几个触目惊心的大字:"南京宪兵司令部。"

汽车通过打开的大门,驶了进去。

南京宪兵司令部,是国民党专门屠杀共产党和革命人民的军事特务机关,是一个渗透千万人鲜血的杀戮场。它里边有三个大牢房,经常关满了从全国各地押来的大批政治犯,凡是到这里来的,大都按"紧急治安法"判罪,"格杀勿论",很少有人能活着出去。犯人在这里过着非人的生活,号子里,整日见不到一点阳光,阴暗,潮湿,充满了难闻的腥臭味。尤其是夏天,又热又闷,臭虫一堆一堆的,咬得人简直没法睡。二三十人挤在一起,晚上都翻不了身。平时,每天都有人被提出去,打得血肉模糊地拖回来。不少刑法简直骇人听闻:一种是将铜板烧红,然后,一个个贴在犯人的胸上,烧得皮肉吱吱地响;一种是将人装在麻包里捆上,由几个大汉拿了粗棍,在四周毒打;更有的被投入漆黑的水牢……

过去国民党多在白天杀人,把人绑在洋车上,在街上示众。但是共产党人却利用这个机会,向群众进行慷慨激昂的讲演,敌人没法只得改为夜间杀。开始,国民党杀人,都在报上拼命宣传,借以恫吓。后来,因为杀人太多,遭到社会舆论的强烈谴责,就改为偷偷摸摸地杀。这一来,也就更不计其数了。

然而,这一切并没有吓倒中华民族的优秀儿女,他们在敌人残酷的屠杀面前,进行了顽强的坚贞不屈的斗争。

这一天,犯人中悄悄传着,说要进来一个大共产党,整个监牢都惊动了。人们都挤在铁栅栏边,睁大眼睛,紧张地望着外边……

一阵杂乱、滞重的脚步声,从外边传来。在看守兵大声的吆喝下,新的难友们进来了。他们头发蓬松,衣服褴褛,陌生的眼光向四处搜索着。号子里,顿时响起一片窃窃的私语声。

一阵骚动声过后,人们看见最后走进来的是一个个子高高的中年人。他穿着一件灰布长衫,手里拿着一个布包,太阳穴边有一块受刑的干了的疤痕,他缓缓走来,步态从容,面含微笑,显得异常潇洒。

看守兵发出了检查的命令。

人们又乱了一阵。

一会,响起了开牛尾锁和监房门的哗哗啦啦的响声。

一个粗野的嗓子叫:

"施义,11号。"

一扇门被打开了,那个中年人站在门外,左手拿着衣物,右手拿着一个油漆小牌,他看了一下小牌,轻蔑地说:

"为什么写施义即邓中夏呢,这么噜嗦,写邓中夏3个字不就得了!"

号子里,一个当过红军师长的难友,吃惊地愣住了。

边上,一个叫小罗的青年,附在师长耳边低声地问:"老郑,你还认得他么?"

老郑悲痛地点点头说,"认得,他是邓中夏同志。"

他俩无声地叹了口气。

中夏走到门口,环顾了一下周围,笑了笑说:"好,这地方还不错!"说着,他走进号子,看看大伙,点点头说,"难友们,你们好啊!"

人们默默地向他点点头。

这时,老郑想上去招呼,又怕犯人里有特务,灵机一动,便装作不认识的样子大声说:

"哦,你就是邓中夏啊?早就听说你的大名了!"

中夏看了他一眼,会意地笑笑说:"不敢,不敢。"

老郑恭敬地说:"是革命老前辈了,不想能在这儿见面,请上边坐吧!"

中夏放下小包,拱了拱手,爽朗地笑着说:"你们不要这样看重我。"他们一起在上层铺上坐下,接着诙谐地说:"昨天,他们倒很看重我,半夜从上海上火车,街上全部戒严,一个人没有,前后的人都是全副武装,简直像他们的党国要人一样。"

说过,仰脸一阵哈哈大笑。

那个叫小罗的青年,凑近悄声地笑着说:

"很早就听到中夏同志的名字,没想到,今天会在这儿见到。"

中夏很兴奋,豪迈地说:

"在监狱里见面,是共产党人的光荣!"

接着,他问老郑:"听说罗登贤①同志也在这儿,见到没有?"

老郑说:"见到了,可惜,不久前,到雨花台去了。"

中夏慨叹了一声,点点头,说:"很好!"

老郑试探地说:"你打算怎么办?"

中夏把手一挥,笑着说:"那有什么,跟他一块走么!"

大家都沉在深深的感动里。

接着,中夏在门旁尿桶边打铺。

那时,犯人进来,铺位都有不成文的规矩,一般新来的人都要睡

---

① 罗登贤,中共中央委员。

在尿桶边。只有等老的人走了,才能顺着次序慢慢地往前移。

小罗是号子里的号长,负责管理难友们的生活。他和老郑商量了一下,觉得中夏睡在下边最脏的地方,心里很不过意,便想让他睡到上边来,以表示对这位革命家的最后的敬意。

可是,这不是他们两人能够决定的,这种事要全号子的人都同意才行。他们决定向大家说明这事。可是,由谁出面呢?因为这会引起敌人的注意,是有很大危险的。经过再三考虑,决定由老郑出面,因为他的案子较重,敌人已经对他有了注意。

老郑当即跳下床去,很客气地对大家说:

"难友们,我有一件事想同大家商量商量。方才进来的这位难友,就是中国有名的革命家邓中夏,他是'二七'大罢工的领导者,又是红二军团的政治委员。轰轰烈烈的省港大罢工,也是他领导的。现在,他被国民党逮捕了,为了表示对他的尊重,我提议,请他睡在上铺,难友们同意么?"

掌声热烈地响起来,人们嚷着:"好,上去,上去!"有的跑来帮忙递衣包,有的则怀着尊敬的眼光看着中夏。

事后,一个难友感动地说:"我来监狱十几年,他还是第一个不按顺序睡觉的人。"

同 志 间

中夏的到来,震动了整个的监狱。对革命领袖的爱戴和关怀,很自然地引起了党内同志的猜测与担心。难友中,开始出现了窃窃不安的私语:

"啊呀,怎么把邓中夏也抓来了?"

"他是咱们的中央委员,党的领导人哪!"

"假若出了问题可怎么办?那影响就太大了。"

"我看不会。省港大罢工,我就和他在一起,革命精神总是很饱满的。"

"他犯错误,处分他去刻蜡版,也没发生问题。"

"那也难说,敌人的花招多得很。以前有很多红人,不也动摇了?"

那时,陶铸同志也关在这个监狱里,并且担任着共产党的支部书记。他说:

"对,这不是一件小事。我看,我们可以问问他。"

一次放风时,陶铸找到老郑,悄悄地打听说:"老郑,邓中夏同志这几天表现得怎么样?"

老郑说:"很好,我看精神很好。"

陶铸关切地说:"回去请替我问问他,就说支部的同志们对他都很关心,想问问他的政治态度怎么样?"

收风后,老郑回到号子里。这时,有的难友在下棋,有的把几棵洋葱根,栽在盛了土的热水瓶的盖子里。边上,中夏正在已经用过的洗脸水里,轻轻地洗着衣服。这里一人一天只能分到一点水,洗脸时,大家得凑在一起,轮着洗。洗过,让它放在一边澄清。洗衣时,就可以先用脏水,然后,再用清水过净。

老郑等他洗好,凑过去说:"中夏同志,有一句话想问问你。"

中夏转过脸,看了他一眼,说:"老郑,有什么话,你说吧。"

老郑有点不自然地解释说:"这不是我要问你,是牢里的同志们,要我来问你的。"

中夏放下手里的衣服,变得严肃起来:"他们要问我什么?"

老郑吞吞吐吐地说:"他们……"

这时,看守从门外走过,老郑停止了谈话。

看守走远后,中夏说:"老郑,你是个直爽人,有什么,只管说好了!"

老郑鼓着勇气说:"他们问你的态度怎样?"

"什么态度?"

"政治态度。"

"呵!——"中夏激动起来,脸色绯红,猛然站起,把脚上的镣铐,震得乱响,大声地说:

"问得好!应该问!你对他们说,就是把邓中夏的骨头烧成灰,他也是个共产党员!"

老郑十分激动,立即把这事告诉了党支部所有的同志。大家听了都很感动,都很振奋,大大加强了同志们的斗争勇气和信心。在议论中,许多同志关切地说:"他是我们的中央委员,革命的领导人,我们不能让他生活得这么苦。……再说,他也活不多久了。"大家一致决定,不能让他吃牢里的饭,要为他从外边叫包饭。接着,大家纷纷捐款,你一块两块,他三毛四毛,从同志们手里凑集起来。

晚饭时,老郑给中夏端来一大碗白米饭,一盘炒菜。

中夏惊讶地说:"这是怎么回事?"

老郑见中夏非常惊异,解释说:"这是包饭,是同志们凑钱叫外边饭铺送的。"

中夏说:"为什么要这样呢?"

老郑说明是大家的心意,再三申明:"这是大家决定的。"

中夏心里十分感动,知道不好再拒绝,但又不愿一个人吃,就把小罗硬拉过来,说:"好吧,咱们一块吃。"

饭后,老郑走过来,笑眯眯地说:"大家要我向你提个要求。"

"什么要求?"

"想请你给大家讲讲党课。"

中夏高兴地说:"1924年我在上海讲过,多少年没讲了,行,明天就开始吧!"

"那我就去通知大家。"老郑说。

中夏见看守从附近走过去,悄悄地问:"要我讲些什么呢?"

老郑说:"讲讲党史。"

中夏有点惋惜地说:"党史?我在洪湖写过一本,可惜在战争中丢失了。好,再写个提纲吧。——我看,听的人可以扩大些,非党员也可以参加。"

老郑点点头。

转眼,中秋节快到了,有的人家里给送来了一些月饼和钱。

大家都分了一份给中夏,中夏感动地说:"我哪吃得了这么多。"就将月饼和钱,分成几包包好。

他朝过道对面的号子叫了一声。

小马听到,走近铁门。

他把纸包扔了一包过去,说:"过中秋节吧!"

小马打开一看,是几块月饼和一块多钱,感动得涌出了泪。

审　讯

中夏除了上党课，还经常和大伙在一起讲故事，下象棋，每天都是谈笑自若，议论风生，态度非常潇洒。

下棋时，他总是在一边看，坐在那儿，斜着身子，给人出主意。因此，人们又亲切地叫他"参谋长"。

一天，中夏正在看老郑和小罗下象棋，突然，门锁"咔嚓"地响了一声。

看守在门外粗野地叫："施义！"

中夏装作没有听见，依然在看下棋。

看守又叫："施义，你怎么不动，上边传讯你哩！"

大家目光一齐看着中夏。

中夏不慌不忙，指着棋盘说："小罗，我叫你进攻，你偏要防御，你看，把马快憋死了吧！"

说过，慢吞吞地站起来，抖了抖衣服，刚要迈步，又回过头说："你还是赶快把马跳出来，迂回一下，也许还能有胜利的希望。"随后，坦然地对看守说："你急什么，我又跑不了，走吧！"

中夏大步跨出号子，铁门在他背后"哐啷"一声锁上。大家看他步态从容、不慌不忙地向外走去。

中夏穿过一条走廊，拐了几个弯，经过一个广场，来到一个高大的石坛前。

这个石坛有一人多高，前边是十几级台阶，石坛上有一排平房，门口站着全副武装的宪兵。据说平房下边，就是有名的秘密水牢，犯人整年泡在齐胸深的水中，不见天日。

中夏在宪兵的押解下，一步步走上石级。

宪兵将他领进西边一间屋里，墙边放着老虎凳、杠子、鞭子，还有一些其他叫不出名字的刑具。屋子的另一边，放着一张桌子，桌边坐着一个法官，一个书记，其他什么人也没有。

中夏知道这是一次秘密审讯。

法官冷冷地看了中夏一眼，装模作样地问：

"叫什么？"

中夏笑了笑,说:"我想你们早知道了,不要再来这个例行文章了!"

法官上来就碰了一鼻子灰,自觉没趣,只好向书记那边歪歪头,说:"写上,——邓中夏。"

书记忙低下头,写上。

法官忍住憋在心里的气,恼怒地看了看中夏。这个法官的地主父亲,就是在一次共产党领导的农民运动中,被农民打死的,因此,他对共产党充满了深仇大恨,每逢共产党的案件经过他手,他总是狠狠地加以重刑。惟独这次,他知道站在面前的是共产党里赫赫有名的一位要人,这就不能不克制些。

法官又冷冰冰地问:"什么职业?"

中夏理了理长得很长的黑胡子,微笑地说:"你不知道,我是共产党?"

"你都犯过什么罪?"法官又问。

中夏直截了当地说:"我没有犯罪。"

法官大声指责说:"你危害民国!"

中夏从容地一笑,说:"这算什么罪?像你们这帮贪污腐化、男盗女娼、屠杀人民的'民国',早就该推翻了!"

法官涨红了脸,摇摇手说:"不和你说这个,你在共产党里都做些什么?"

中夏说:"谈起这个,那就多了。谅你们也知道,我领导过京汉铁路'二七'大罢工,这次罢工,把曹锟、吴佩孚吓得手忙脚乱。我领导过省港大罢工,几十万工人把英帝国主义困得屁滚尿流。要不是我们中国共产党和广大劳动群众的英勇奋斗,你们的蒋委员长会有今天?"他的声音忽然变得激愤起来,"可是,他这个叛徒,竟然忘恩负义,背叛革命,反而举起屠刀残杀共产党人,屠杀工农群众!我倒要问问你,没有共产党,没有广大革命人民,你们的'国民政府'是哪里来的?你们的'民国'是哪里来的?"他抬起头,愤怒地说,"这几年,你们又勾结日本帝国主义,把我们的大好河山,一枪不放地送给了敌人,可怜东北三千万同胞,就这样白白地遭到敌人的糟蹋、蹂躏。你说说,是谁'危害民国'?是谁'危害民国'?"

法官坐不住了,大声地说:"我今天不是和你在这儿争论这些理论问题,我是问你在共产党里到底担任什么职务?"

中夏怀着自豪的语气,坦然地说:"我是中国共产党中央委员,红二军团的政治委员,红三军的政治委员,——其实,这也不用问,你们特务机关的档案里,早就都有了。"

法官不死心:"还有什么,你还做过什么?"

中夏笑了笑,大声说:"算了,不要问了,凭你们蒋委员长的法律,邓中夏这3个字,就够判几个死刑了!"

法官还想作最后的努力,说:"你们的红三军,现在还有多少人?"

中夏仰头哈哈大笑。

法官惶然地问:"你,你笑什么?"

中夏说:"你明明知道我不会说,还问我干什么?这不是多余么?"

法官弄得面红耳赤,说不出话。中夏讥讽地说:"先生,戏就唱到这儿吧,可以休息了。假如你们想让戏演得热闹些,我建议你们可以举行公开审判,像这种没有观众的戏,何必再演下去呢?我看可以收场了!"

这场审问,就这样灰溜溜地结束了。

中夏回到号子里,脸上带着笑容。

老郑和小罗还在下棋,奇怪地问:"怎么这么快?"

中夏说:"那还不简单!"

他把方才的经过说了一遍。

大家哄堂大笑,有的把泪也笑出来了。

中夏走到棋盘前,坐下来,看了看说:

"还是那一盘吗?小罗,糟了,你这个小鬼不听话,叫你进攻,你不进攻,你看这盘棋是输定了!"

回　击

敌人为了诱使中夏投降,接着,使出了新的诡计。

一天,中夏被看守叫走。两个宪兵押着他,顺着狭窄、破落的长廊走去。走到一个水池边,前面那个宪兵,忽然拐进一个月亮门。

中夏见不是去上次审讯的地方,正在纳闷,后边的宪兵催促着,他只好默默地一面走一面留神地注意着周围。进了月亮门,眼前出现了一座十分漂亮的庭院,他见这不像犯人到的地方,更加感到奇怪。就在这时,一扇门被打开,他被宪兵领了进去,在一间华丽的客厅里,他看见沙发上坐着一个秃顶、方脸、道貌岸然的人,身穿纺绸长衫,外罩缎子马褂,嘴里叼着一支雪茄烟,一看,就知道是一位要人。

边上,站着一个军官,指着那人,向中夏彬彬有礼地介绍说:"这是我们最高党部的中央委员、著名的理论家……"

那位中央委员兼"理论家",连忙满脸带笑,站起来说:"是邓中夏先生么,请坐,请坐……"

中夏没有理他,径自在一边坐了。

那位委员看着中夏,假惺惺地说:"邓先生的大名,兄弟早已如雷贯耳,只是没有机会见面,今天……"

中夏不耐烦地打断他:"有什么话,你就直说吧!"

那位委员笑了笑,从上到下打量了中夏一眼,说:"邓先生,你在这儿受委屈了!嘿嘿嘿,这帮饭桶,实在混账,兄弟已经严厉地训斥了他们。今后……"

"不必了。"中夏讥讽地说,"我们共产党人,为了革命,死都不怕,还怕这个?"

委员装出一副钦佩的表情说:"是的,是的,先生献身主义的精神,兄弟是十分钦佩,十分钦佩。兄弟原也追求过共产主义,只是感到共产主义虽好,却不怎么适合中国的国情。"

中夏冷冷地一笑说:"哦,那么说你们的贪污腐化、丧权卖国,倒很适合中国的国情了?"

委员的脸"刷"地红了。他局促不安地说:"唉,唉,怎么能这么说。……兄弟的意思是,近百年来,中国在列强瓜分下,经济已是奄奄一息,百姓生活贫困,国内早已没有什么贫富之分,要有,也只不过是大贫、小贫而已。当今,惟有举国上下,同舟共济,一致携手,才有民族振兴之日,国家鼎盛之时。"

中夏从鼻子里哼了一声,说:"同舟共济,多动听的字眼!我倒要请问你,吃山珍海味的人和肚子饿得咕咕乱叫的人,能称兄道弟么?身着绫罗绸缎的人,和连肉体都遮不住的人,能够平起平坐么?

再有，住高楼大厦和连狗棚也住不上的人，也都是一样的贫困么？够了，快收起你那套骗人的鬼话吧！你们吃人民的肉，喝人民的血，今天还想编出这套鬼话来骗人，没有人会信你们的。总有一天，人们会觉悟过来，彻底推翻你们的黑暗统治！"

那个委员，被这一连串的责问，弄得张口结舌，狼狈地说："好，好，我们不要谈理论了，不要谈理论了，还是谈谈具体事，谈谈具体事吧。"

中夏冷冷地笑了一声，毫不放松地追问说："你还有什么话讲吗？"

那个委员满脸通红，一时说不出话。

中夏把手一指，说："请你告诉你们的中央委员会，假如你们认为自己是有理的，中共和邓中夏是有罪的，那么，就请你们在南京举行一次公开的审判。我们可以事先商定一个君子协定，你们全体中央委员都可以出席，我么，辩护律师也可以由自己担任。最后，谁若被说得情亏理输，便要自动宣布向对方投降。"

那个可怜的委员，结结巴巴地说："这个，这个我只能转达，转达……"

中夏鄙视地一笑说："量你们也不敢！你们的蒋委员长，第一个便不敢这样办！"

那个委员脸色变得十分难看，喝了一口茶，强自振作了一下，说："邓先生，你也不要太激动了。中共目前的内部情况，邓先生想必是知道的，可以说是越来越糟，越来越不像话了。据我看，堂堂一个中国共产党，已经被那些人闹得不成其为一个政党，完全变成打家劫舍的盗匪了。"他故作关心地逼进一步，"像邓先生这样从事革命多年、声望很高的政治家，何必与他们为伍，何必为那些无识无知的愚民，牺牲自己宝贵的生命呢！"

中夏蔑视地一笑，说："嘿嘿，你居然谈起共产党的错误来了。我倒要问问你们这些国民党的老爷们，1927年，你们跟着蒋介石背叛革命，屠杀人民，向帝国主义献媚、投降。清朝皇帝、北洋军阀不敢做的，你们都做了。你们犯的罪孽，真是罄竹难书！你们还有什么脸来说中国共产党的缺点与错误，来嘲笑我们？真是妓女谈贞操，不知人间还有羞耻事！"

在中夏大义凛然的驳斥下,那个委员满脸羞愧,吃吃地说:"邓先生这片忠心,真不愧是中共党中的豪杰,革命的先进,只是,唉,唉……想不到邓先生身为中共的老前辈,素孚众望,却不能列入28个半布尔什维克之中,反受莫斯科训练回来的那帮小辈的欺侮,给弄到小小的机关刻蜡版去,真叫人十分不平,十分不平!"

中夏霍地拍案而起,厉声地说:"这是我们党内的事,你有什么权利过问?我倒要问问你:害杨梅大疮到了第三期的不可救药的人,是不是有资格去嘲笑那些偶尔伤风感冒的人!"他激怒地叫,"你有这个资格和权利吗?"

那个委员沉不住气了,很不愉快地说:"好啊,好啊,你既然这样强硬,大概是不想出去了!"

中夏坦然一笑,说:"我没有进来的时候,倒想着有一天会进来;现在进来了,倒从来没有想到要出去!"

那个委员狡狯地一笑:"不要装腔作势了。说真的,给你自由,你也不要吗?"

中夏仰脸哈哈大笑,反问他:"你会给我自由?我看你自己连半点自由也没有!快收起你那骗人的鬼话吧,你们活着狂吠的日子,不会太久了,比我能为人民说话的日子,也多不了几天了。中国人民和英勇的工农红军,会很快来结束你们的罪恶统治的!"

那个委员狂怒地叫:"我要关你10年!"

中夏蔑视地笑笑:"我看你们在南京坐不了10年!"

那个委员向宪兵狂怒地大叫:"快给我带走,快给我带走!"宪兵走来,把中夏押了下去。那个委员,像泄了气的皮球,一下倒在沙发里。

就　义

日子一天天过去,中夏来到南京宪兵司令部监狱已经半个月了。经过审讯和国民党要人的谈话,中夏很明白自己最后的日子已经快到了。

监牢里,笼罩着死亡的恐怖,每逢星期二、四、六,就是敌人杀人的日子。杀人1天分3次,天快亮时杀共产党,上午9时杀军事犯,下午2时杀其他刑事犯。杀人的方法，除了枪毙和砍头，有的就用绞索活活勒死，有的甚至将人装在麻包里，用刺刀乱戳，然后，扔进大江。

然而，这一切并没有使中夏感到丝毫的恐惧。每天，他照常与人们谈笑着，抽着烟，下着棋。

9月末，一个黎明之前，天色异常浓黑，人们都在号子里睡了。外边，忽然传来一阵杂乱的脚步声，接着，门上一尺长的铁锁，忽然"哗啦"一声打开了，接着有人大声喊道：

"11号，邓中夏！"

声音划破了宁静的黑夜，人们一下都惊醒了。一会，只听11号那边有人庄严地大声喊道："共产党万岁！共产党万岁！……"声音是那样地有力，那样地洪亮，整个监狱里的人都听见了。紧接着，是一片混乱的叫声："摁住他！""塞住他的嘴！""别让他喊！"嘈杂声中，那个洪亮的声音，骂了一声："混账东西，我自己走！"接着，传来一阵搏斗，一件什么东西甩到铁门上，方才那个洪亮的嗓子叫："小罗，我的绒衣送给你！"接着，又传来几声怒喊："快，快塞住他的嘴！""对，就用这块布，快！"最后，又是一阵挣扎的声音，就再也听不到什么了。

人们从铁门里，看见五六个刽子手，拥拥挤挤地把中夏推出门外，就在那里，暗淡的灯光下，站着十几个全副武装的宪兵。他们手里端着步枪，刺刀闪着阴森的寒光，中间站着上次审问的那个法官，他穿着一身草绿色的军装，伸开了腿，竭力想装得威风些，可是总也掩不住他那外强中干的恐惧。他拿着电棒，在中夏脸上照了照，对了对手里的照片。边上，一个书记站在拂晓前的冷风里，缩着脖子，瑟瑟地发着抖。中夏挺着胸脯，叉开两腿，凛然不屈地站在刺刀前边，灰布长衫已经被扯去一块，耷拉在胸前。

一会，法官命令："把布扯出来，叫他说！"一个宪兵上去，把布从中夏嘴里扯了出来。

法官狞笑地看着中夏，说："邓中夏！现在，你不强硬了吧！该后悔了吧！"

中夏响亮地说："我一生没有什么后悔的事！"

"嘿，还强硬呢！"法官指着他，说，"我再问问你，你最后还有什么话要说?"

一个抓住中夏臂膀的宪兵,见中夏不答,凑在耳边,大声地说:"问你呢,你还有话说么?"

中夏对法官怒目而视,厉声地说:"狗东西!我从来没有什么话要对你们说!"他转过身来,用眼扫了一下那些宪兵,放缓语调说:"对你们当兵的,我倒有几句话要说说:请你们睡到半夜三更,好好地想一想,共产党是为了中华民族求解放的,是为了广大人民群众谋幸福的,你们杀死了共产党,对你们自己到底有什么好处呢?"

"赶快拉出去!"法官恼怒地咆哮了,"死到临头,还要宣传赤化!"

中夏仰头哈哈大笑:"你瞧,你害怕了吧,你们的手都发抖了。"他扫了士兵一眼,"总有一天,他们会明白应该对谁开枪,到那时候,你们的死亡便到来了!"

法官脸色变得煞白,狂怒地叫:"快拉出去,快给我拉出去!"

中夏轻蔑地一步步迈出去,走上了囚车。

"打倒国民党!""共产党万岁!""全世界无产阶级联合起来!"空中响起了中夏洪亮的口号声。

囚车开上大街的时候,难友们听到飘来一阵悲壮、激昂的歌声:"曙光在前,同志们奋斗……"

歌声越来越远,越来越远,同志们眼里涌满热泪,默默地送别着中国工人阶级的伟大的儿子。

有人怀着满腔悲痛,用刀在墙上用力地刻下了几个字:"1933 年,9 月 21 日。"

传　说

几十年匆匆地过去了。

1961 年,为了搜集中夏同志的事迹,我们和中夏同志的夫人夏明同志(即李瑛同志),一起来到了南京。

一个初夏的早晨,我们到了雨花台。过去,这儿是一片荒山野岭,如今,已经种满了漫山遍野的果树,特别是那些火红的石榴花简直像是烈士们的鲜血。在纪念馆的同志陪同下,我们走上了一个高大的石坛，两旁是成行的雪松，中间立着一个庄严的纪念碑，上面是毛泽东同志的亲笔题字："死难烈士万岁。"我们怀着虔敬的心情，在碑前，默默地献上了花圈，在致哀的几分钟里，夏明同志的脸色是严峻的，我们每个人的心也是非常沉痛的，我们想起了邓中夏这位杰出的无产阶级革命家光辉、战斗的一生，我们想起了他那悲壮的可歌可泣的牺牲。邓中夏同志的39年的不平凡的生活道路，告诉了我们什么是共产党人，一个青年应该如何继承先烈的伟大革命精神，这种精神，对于我们今天的事业是多么重要，多么可贵。……当我们从石坛上走下时，眼前是一片浩瀚的树海，一直延伸到远处。纪念馆的同志说，这都是解放以后新栽的，中央一位负责同志曾经指示说："应该把雨花台周围整个大地都铺上绿装，要使我们革命的雨花台，变得更肃穆、更庄严！"就在这时，一队戴着红领巾的孩子，打着队旗从附近走来，他们是来烈士塔前举行入队宣誓的。我们心情激动地想着：许许多多革命的前辈们已经光荣地倒下了，但是新的一代又成长起来了，革命的红旗是永远会高举前进的。这正是我们的希望所在。

夏明同志解放后虽然已是第二次来南京了。由于对亲人的强烈思念，这次仍然想找到中夏同志牺牲的具体地点。在她的引导下，我们顺着山坡，向一个洼地走去，不远处，一块石头牌坊，孤零零地矗立在那里，牌坊上写着："死难烈士殉难处。"纪念馆的同志说，烈士殉难的地方，一共有两处，一个是抗战时期的，一个是抗战以前的。烈士牺牲后，专有两个地保，将尸首拉到山后埋葬。因为枪杀都在夜间，牺牲的人太多，埋了一层又一层，根本没法分清谁的尸骨在哪里。我们怀着沉痛的心情，向山后一步步走去，心里存着一丝渺茫的幻想，希望也许能发现什么，可是，到了那里，只见满山一片杂草乱林，哪里能找到烈士的一点遗迹，只有遍地殷红的石块，好像浸透了当年烈士的鲜血……

就在这儿，在漫长的黑暗的反动统治的年代里，蒋家王朝和日本帝国主义灭绝人性，先后屠杀了一二十万共产党人和革命的人民。

中华民族无数优秀的儿女，在这里发出最后的喊声，英勇地倒下了。他们的鲜血染红了雨花台的每一块石头，每一寸土地。他们以自己的生命,写下了中国人民革命史上最光辉、最灿烂的一页!他们是中华民族的精华,是中国无产阶级的骄傲!

纪念馆的同志还对我们说,早在解放以前,在雨花台附近的人民中,就悄悄流传着一个优美、动人的传说——

每当天色将明、黑夜将尽的时候,在夜雾茫茫的雨花台的上空,便传来一片庄严、悠扬的鼓乐声。接着,响起了飒飒的清风,这风越刮越大,越刮越猛,最后飞沙走石,狼哭鬼嚎,好似要把整个天地掀翻。不一会,风声渐渐减弱,远处,好像有千军万马在奔腾,在呼喊,这喊声越来越响,越来越近,好像还有无数的大旗在空中招展,又好像有千千万万的人在那里呐喊、吼叫……

转眼,东方的天,便整个地红遍了。